Oetinger

SARA HOLLAND

EVERLESS

Zeit der Wahrheit

Deutsch von Jessika Komina
und Sandra Knuffinke

Verlag Friedrich Oetinger · Hamburg

MIX
Papier aus verantwortungsvollen Quellen
FSC® C014496

Die englische Originalausgabe erschien bei HarperCollins, USA,
unter dem Titel »Evermore«.
Aus dem Englischen von Jessika Komina und Sandra Knuffinke
Einband von formlabor, Kerstin Schürmann,
unter Verwendung von Bildmaterial von © Radoman Durkovic,
© Cloud, © Magenta10, © slava gerj @ shutterstock.com
Satz: Datagroup-Int Timişoara, România
Druck und Bindung: GGP Media GmbH, Karl-Marx-Straße 24, 07381 Pößneck
Printed 2019
ISBN 978-3-7891-0919-5

www.oetinger.de
www.everless.de

Für meine Geschwister:
Rachel, Ben und Hannah – ich bin gespannt,
wohin eure Reisen euch führen.

Die Zauberin sah, wie ein silberner Schatten von der Leiche des Alchimisten aufstieg und davonhuschte, zu flink, als dass sie ihm hätte folgen können. Innerhalb des silbernen Schimmers glühte und pulsierte etwas Dunkelrotes. Zu spät begriff die Zauberin, dass der Alchimist sie überlistet hatte, denn er hatte ihr das Herz gestohlen.

Aus *Erzählungen aus Sempera –*
Die Legende über den Alchimisten und die Zauberin

Und was, wenn die Alchimistin gar nicht tot ist? Was, wenn sie einen Weg gefunden hat weiterzuleben?

Aus *Liam Gerlings privaten Notizbüchern*

DIE ZAUBERIN

Heute Nacht werde ich das Blut der Alchimistin – Jules Embers Blut – in eine Waffe verwandeln.

Ich befinde mich in einer Kammer tief unter all den Galerien und Ballsälen von Shorehaven. Mir gegenüber steht ein Zeitpfänder, gebückt und mit schweißüberströmter Stirn, und mischt an seinem Arbeitstisch die Pulver. Er ist der letzte in einer langen Reihe von Zeitpfändern, die ich damit beauftragt habe, die Alchimistin aus ihrem Versteck zu locken. Bis jetzt sind alle gescheitert – und alle haben ihr Leben dafür gelassen. Doch etwas sagt mir, dass es heute Abend anders sein wird.

Die Luft flirrt vor Gefahr. Vor Verheißungen.

Die Bewohner von Sempera sind so einfallslos, wenn es um ihre kostbare Zeit geht, um ihr Bluteisen. Entweder sie saufen es, gierig wie Tiere, oder sie vergeuden es, um ihre Blumen zum Blühen und ihre Feuer zum Prasseln zu bringen, damit sie es im Winter warm haben.

Dabei vermag das richtige Bluteisen die Welt in Schutt und Asche zu legen.

Als der Zeitpfänder nun Jules Embers Blut aus der Phiole in seinen kleinen Kessel gießt, zuckt ein Lichtblitz durch den Raum, als befänden wir uns nicht unter der Erde, als wäre es viel zu früh und unerwartet Tag geworden. Ruß hüllt mich ein, und kurz darauf reißt eine Explosion uns beide von den Füßen.

Für den Bruchteil einer Sekunde sehe ich die ganze Welt vor mir, straff gespannt wie das Fell der Kriegstrommeln vor vielen Jahrhunderten. Und jemand hat soeben den Schlägel darauf niedersausen lassen.

Noch bevor ich rücklings auf dem Boden lande, stimmt mein Blut einen Triumphgesang an. Gleichzeitig erscheint hinter meinen Lidern ein Bild: ein Flammenmeer, und mitten darin die Silhouette eines ärmlichen Dorfes mit einem ebenso ärmlichen Namen: Crofton.

Vor mich hin lachend, stemme ich mich wieder auf die Füße. Der Zeitpfänder liegt flach auf dem Bauch, der Aufprall scheint ihm sämtliche Luft aus den Lungen getrieben zu haben, denn er japst wie ein Fisch auf dem Trockenen. »Also bist du es wirklich …«, murmelt er. Das Wort *Zauberin* erstirbt ihm auf den Lippen.

Doch ich kümmere mich nicht weiter um ihn. Denn in dem Bronzekessel schwappt nun eine Flüssigkeit, von der ein schwaches Leuchten ausgeht und hin und wieder Funken aufstieben. Sie ist farblos und erstrahlt zugleich in jeder nur erdenklichen Farbe. Mit meinen menschlichen Augen fällt es mir schwer, sie direkt anzusehen. Der Zeitpfänder, der halb tot zu meinen Füßen liegt, hat das Elixier aus den kostbarsten Diamanten Semperas und einem einzigen Jahr des Bluteisens gebraut, das die liebreizende Jules Ember auf Everless zurückgelassen hat.

Ich hebe den kleinen Kessel an die Lippen und koste ihre Lebenszeit. Nur einen kleinen Schluck.

Mit dem Rest habe ich anderes vor.

Es versengt mir die Kehle.

Aber ich bin am Leben. Schwer atmend, umklammere ich die

Tischkante, während mein geschwächter Körper von Krämpfen geschüttelt wird. Ich warte darauf, dass die Zeit zu Tausenden von Dolchen verschmilzt, wie damals in jener Nacht auf Everless, der Nacht, in der ich begriffen habe, wer sich wirklich unter Jules Embers Haut verbirgt, in ihrem Herzen. Ich warte darauf, dass ihre Zeit beginnt, sich aus meinem Körper herauszukämpfen wie ein lebendiges Wesen.

Doch nichts davon passiert. Stattdessen spüre ich, wie mich Macht durchströmt.

Energie wallt durch die Kammer, eine Flut von Magie, die nur darauf wartet, freigesetzt zu werden, auf die Welt losgelassen wie ein Rudel wilder Hunde.

Ich fülle einen kleinen Teil der Flüssigkeit in eine Flasche aus dunkelgrünem Glas, um das diamantene Funkeln zu verhüllen.

Zurück über der Erde, übergebe ich die Flasche Hauptmann Ivan Tenburn. Ich sehe ihm an, dass er sich vor mir fürchtet. Die Flasche hält er mit spitzen Fingern, als könnte sie ihn beißen. Gut. Er soll vorsichtig sein. Schließlich muss er unser Elixier unversehrt nach Crofton bringen.

Und dort wird es mir die Alchimistin ausliefern.

»Leg ein Feuer«, raune ich Ivan ins Ohr.

An die Bürger von Sempera

Gesucht wird Jules Ember aus Crofton für den Mord an Ihrer Majestät unserer Ersten Königin, der Erretterin Semperas, der Herrscherin über die Jahrhunderte; und an Lord Roan Gerling, geliebter Sohn von Lord Nicholas Gerling und Lady Verissa Gerling, ergebener Bruder von Lord Liam Gerling.

Wer die Mörderin unversehrt an die Soldaten von Königin Ina Gold ausliefert, wird mit Bluteisen im Wert von fünfhundert Jahren belohnt.

I

Als ich erwache, sind meine Hände blutverschmiert.

Es ist nur eine Täuschung aus Mondlicht und wabernden Schatten. Dennoch wische ich mir panisch die Finger an meinem klammen Mantel ab, als könnte die simple Geste all das Rot auslöschen, das meine Erinnerungen tränkt.

Ich hocke im Hühnerstall meiner Freundin Amma ein Stück außerhalb von Crofton, und meine Zähne klappern mehr vor Angst als vor Kälte, während ich, zusammengekauert in einer Ecke, drei Hühnern zusehe, die, leise gackernd, vor mir auf und ab stolzieren. Ein leichter Frühlingsregen prasselt aufs Dach. Früher, wenn ich mich als kleines Mädchen in Papas Arm schmiegte, war das Rauschen des Regens wie ein Schlaflied. Es erzählte von neuem Leben, von einem jungen Weizenspross, der bald geerntet, zu Teig geknetet und in einem bullernden Ofen zu Brot gebacken werden würde. Damals hat das Geräusch mich in den Schlaf gewiegt, so sanft und tröstlich wie die Stimme eines geliebten Menschen.

Jetzt dagegen gleicht es einem schwachen Trommeln, das mit jeder Windbö lauter wird. Der Klang aufziehenden Unheils.

Crofton selbst war es, was mich schließlich aus dem Wald gelockt hat, jene gezackte Silhouette aus Dächern, die mir so vertraut ist. Bis zu unserer Kate sind es nur zehn Minuten Fußweg, und Trauer erfasst mich, als ich wieder daran denken muss, dass das Haus nicht mehr Papa und mir gehört. Ich hätte sofort mein Leben auf Everless aufgegeben, all die Pracht und Behaglichkeit, nur um noch einen Abend wie früher mit ihm am Feuer zu sitzen. Doch selbst Everless, mein erstes wirkliches Zuhause, ist verloren für mich – nun darf ich keinen Fuß mehr in das Schloss setzen.

Ich hatte nicht geplant, nach meiner Flucht von dort in Crofton haltzumachen, doch als ich den Stall am Rand des frisch gepflügten Feldes sah, trugen mich meine Füße einfach her wie von selbst. Als könnte ich, indem ich mich hier in der beruhigenden Dunkelheit verkrieche, die Zeit zurückdrehen, um Wochen oder gar Monate, und alles ungeschehen machen, was seither passiert ist.

Und mit ein bisschen Glück Amma Lebwohl sagen.

Das alles war mitten in der Nacht und ist inzwischen Stunden her. Draußen sind Soldaten auf der Suche nach mir. Nach Jules Ember, die die Königin ermordet hat. Hin und wieder habe ich die Trupps durchs Unterholz stapfen gehört. Zweige barsten unter ihren schwerfälligen Schritten, sodass mir stets genug Zeit blieb, um mich in eine Höhle oder auf einen Baum zu flüchten. Und jetzt bin ich hier, endlich in Sicherheit –

Draußen knackt etwas. Laut genug, dass ich es trotz des Regens und des fernen Donnergrollens mitbekomme.

Durch eine Ritze in der morschen Bretterwand hinter mir spähe ich nach draußen, besorgt, ein Soldat oder Bluträuber könnte zufällig auf mein Versteck gestoßen sein. Ich bin nicht sicher, was schlimmer wäre. Ein Bluträuber auf Beutezug würde mir vermutlich die Kehle aufschlitzen und sich an meinen Jahren gütlich tun, ohne mich auch nur eines genaueren Blickes zu würdigen. Ein Soldat dagegen würde mich in Ketten legen und auf einem Karren zum Palast schaffen. Doch alles, was ich draußen erkenne, sind windgepeitschte Bäume, deren Äste wie schattenhafte Arme in meine Richtung deuten –

Die Mörderin! Die Alchimistin!, scheinen sie zu flüstern.

Ich schlucke. Einen Moment lang meine ich, das Mädchen zu sehen, das mich seit meiner Kindheit in meinen Albträumen heimsucht, umrahmt von gleißend hellen Blitzen. Ein bleiches Augenpaar in einem Gesicht, dessen Freundlichkeit nichts als Fassade ist. Das Haar so dunkel wie der Nachthimmel. Die weißen Zähne zu einem Grinsen gefletscht.

Als ich noch ein Kind war, hat Papa mir stets versichert, die Träume könnten mir nichts anhaben, doch das war gelogen. Denn vor zwei Wochen ist das Mädchen aus meinen Träumen in die Wirklichkeit übergetreten.

Caro. Die Zauberin. Meine älteste Feindin.

Ich atme ein. Aus. Schließe die Augen und versuche, mein hämmerndes Herz zu beruhigen, umschlinge meine Knie und ziehe sie an die Brust. So lausche ich auf das stetige Tropfen des Regens auf dem Dach, doch auch dadurch löst sich der Knoten aus Angst nicht, der sich immer fester in meiner Brust zusammenzieht. Draußen im Wald konnte ich meine Furcht die meiste Zeit über verdrängen. Sie beiseiteschieben und mich auf meine Aufgaben konzentrieren: weitergehen, jagen, mich verstecken. Es nach Ambergris schaffen, der Hafenstadt, wo ein Schiff auf mich wartet, mit dem ich Liam Gerlings Plan zufolge Sempera verlassen werde.

Doch wie könnte ich jetzt, da ich nun einmal hier bin, gehen, ohne mich von Amma zu verabschieden?

Jeden Tag, gleich nach Sonnenaufgang, kommt sie hierher, um Frühstückseier für sich und ihre Schwester Alia zu holen.

Bald wird sie mich sicher entdecken, aber mir bleibt nichts anderes übrig, als zu warten. Mich zu fragen, ob meine treue Freundin bei meinem Anblick aufschreien wird, ob sie schnurstracks zu den Soldaten laufen wird, die ganz zweifellos Tag und Nacht durch Crofton patrouillieren, in der Hoffnung, mich endlich gefangen nehmen zu können.

Noch während ich meinen Gedanken nachhänge, öffnet sich knarrend die Tür. Natürlich hatte ich damit gerechnet, doch ich erschrecke trotzdem, und mein Kopf ruckt hoch.

In der Tür erscheint Amma, eine Decke um die Schultern geschlungen und einen Weidenkorb über dem Arm. Sie wirkt gesund, der Anblick ihrer roten Wangen freut mich. Ich habe ihr das Bluteisen gegeben, das Liam Gerling mir im Geheimen geschickt hat, nachdem Papa vor den Toren von Everless gestorben war. In der Hoffnung, dass es ihr und Alia helfen würde, sich ein besseres Leben aufzubauen.

Meine Freundin reibt sich im Hereinkommen die verschlafenen Augen – und bleibt wie angewurzelt stehen, als sie mich sieht.

Ich will aufstehen, doch auch ich bin wie versteinert. Wortlos starre ich zu ihr hoch, versuche all die Worte, die mir durch den Kopf schwirren, in eine sinnvolle Form zu bringen, aber Amma erholt sich als Erste.

»Jules?«, flüstert sie.

»Amma.« Meine Stimme klingt heiser nach der schweigsamen Woche in den Wäldern zwischen Crofton und dem Schloss der Gerlings und bricht ein wenig, als ich ihren Namen ausspreche. Ich stütze mich an der Wand hinter mir ab und rappele mich unsicher auf, gehe jedoch nicht auf Amma zu. Noch nicht. Nicht bevor ich mir sicher sein kann, dass sie nicht schreiend die Flucht ergreift.

Sie öffnet den Mund, schließt ihn entsetzt wieder, und flüstert schließlich: »Bitte sag mir, dass du es nicht getan hast.«

Sie muss mir nicht erklären, was sie mit *es* meint. Die Nachricht über meine mutmaßlichen Verbrechen dürfte sich inzwischen bis in den letzten Winkel von Sempera verbreitet haben. Wie ich während meiner Zeit als Dienstmädchen auf Everless Roan Gerling verführt und ihn dazu benutzt haben soll, mir Zutritt zu den Gemächern der Königin zu verschaffen. Wie ich Roan anschließend die Kehle aufgeschlitzt und der Königin ein Messer ins Herz gerammt haben soll.

»Nein.« Meine Stimme ist kaum mehr als ein flehendes Krächzen. »Ich habe es nicht getan, Amma.«

Amma steht noch immer stocksteif in der Tür, und ihre Augen, feucht glänzend und rund, bohren sich in meine. Dann macht sie einen zögernden Schritt in meine Richtung und bleibt in einem Lichtstrahl stehen, der durch ein Loch in der Decke hereinfällt. Sie zittert. »Was ist denn dann passiert? Wer hat die beiden getötet?«

»Sie heißt Caro«, antworte ich, und meine Worte klingen zaudernd, obwohl ich sie unzählige Male im Stillen geübt habe. Es fällt mir schwer, ihren Namen auszusprechen, der mir wie ein Stein im Hals steckt. Ganz Sempera hält mich für eine Mörderin. Und jetzt, als ich hilflos und bibbernd vor Amma stehe, wird mir klar, dass ich jemanden brauche, der mir glaubt. Ich brauche Amma.

Wenn selbst meine beste Freundin nicht die Jules in mir sieht, die sie schon so lange kennt, nicht die Jules, die ich wirklich bin, dann werde ich daran zerbrechen.

»Caro war die Kammerzofe der Königin«, fahre ich fort, bemüht, meine Stimme wieder unter Kontrolle zu bringen. »Sie hat die Königin und Roan getötet und die Morde mir angehängt. Und alle glauben ihr.«

Beinahe hätte ich hinzugefügt, *alle außer Liam Gerling*, doch ich kann mich noch rechtzeitig davon abhalten.

Amma blinzelt und schließt dann die Tür hinter sich. Mein Herz macht einen Satz, als ihre Laterne flackernde Schatten an die Stallwände wirft.

»Warum?«, fragt sie mit bleichem Gesicht. »Warum sollte die Kammerzofe der Königin Roan töten?«

Meine Augen beginnen plötzlich zu brennen. »Ich weiß es nicht«, lüge ich und schlucke die Tränen hinunter, bevor sie zu fließen anfangen. »Es heißt, sie stehe in der Gunst von Lady Gold. Vielleicht denkt Caro, dass sie an mehr Macht gelangt, wenn Ina Königin wird.«

Wie sehr ich mir wünschte, diese Erklärung, diese Halbwahrheit, würde genügen. Würde bewirken, dass die Falte zwischen Ammas Brauen sich glättet und die Anspannung in ihren Schultern sich löst. Doch Falte und Schultern bleiben unverändert, und mir wird bewusst, welch trügerischer Hoffnung ich aufgesessen bin. Amma hat es mir schon immer angemerkt, wenn ich lüge, schon als wir kleine Mädchen waren und ich über Dinge wie verschüttete Suppe oder kaputte Puppen geflunkert habe.

»Sie sagen, du seist eine Hexe. Denn nur eine Hexe könne eine so mächtige Frau wie die Königin von Sempera töten.« Ammas Stimme klingt dünn.

Mir wird fast übel vor Angst beim Gedanken daran, ihr die Wahrheit zu sagen: dass ich der Alchimist aus den Legenden bin, wiedergeboren in einem neuen Körper. Ich wappne mich innerlich und hole tief Luft. »Erinnerst du dich noch an die

Geschichten, die ich dir damals immer erzählt habe? Über die Füchsin und die Schlange?«

In Ammas Augen flackert etwas auf. »Vage.«

Hauptsächlich um Zeit zu schinden, greife ich in meine Tasche. Amma zuckt leicht zusammen und folgt mit ihrem Blick jeder meiner Bewegungen. Ich versuche, den Stich zu ignorieren, den mir das versetzt.

Behutsam ziehe ich das ledergebundene Notizbuch aus der Tasche, das ich aus der Schatzkammer der Gerlings gestohlen habe. Das Buch, das ich schon aus meiner Kindheit kenne, voller Geschichten und Zeichnungen, die ich anfangs der etwas zu lebhaften Phantasie eines kleinen Mädchens zugeschrieben habe. Bis Papa bei dem Versuch, es zurückzuholen, gestorben ist, weil er verhindern wollte, dass es in die falschen Hände gelangt, weil er mich beschützen wollte – vor der Zauberin, meiner ältesten Feindin. Jetzt ist es, als würde das geheime Wissen darin mir die Hände wärmen und, mehr noch, als wäre es meine einzige Verbindung zu dem Schloss, dessen Mauern so viele meiner Erinnerungen bergen.

Du hattest recht, Papa. Ich war in Gefahr, denke ich traurig, als ich Amma das Buch hinhalte. Er dachte, es sei die Königin, von der die Bedrohung ausging. Doch die ganze Zeit über lag die echte Zauberin auf der Lauer und wartete auf den rechten Zeitpunkt, um zuzuschlagen. Ich freundete mich mit ihr an, dem netten Dienstmädchen, und offenbarte ihr mein Geheimnis, bevor ich es auch nur selbst entschlüsselt hatte.

Die Füchsin und die Schlange. Die Zauberin und der Alchimist.

Amma beäugt skeptisch das Buch und presst die Lippen aufeinander. Dann jedoch macht sie einen vorsichtigen Schritt auf mich zu, nimmt mit der einen Hand das Buch und hält ihre Laterne darüber.

»Deine Geschichten«, murmelt sie, während sie hindurchblättert. Dann sieht sie wieder zu mir hoch. Auf ihrem Gesicht, diesem Gesicht, das ich so gut kenne, tobt ein Kampf zwischen Sorge und Misstrauen. »Du hast sie aufgeschrieben? Was ist das alles, Jules?«

»Das sind nicht bloß Geschichten. Das Buch ist ein Schlüssel. Zu Dingen, die ich vergessen habe.« Mein Mund ist trocken vor Nervosität. »Die Schlange ... so habe ich mich einst selbst bezeichnet. Und die Füchsin ist Caro.«

Amma blickt mir in die Augen. »Das Mädchen, das die Königin getötet hat.«

»Wir waren einmal befreundet, lange bevor du und ich uns kannten. Oder zumindest habe ich damals geglaubt, wir wären Freunde.«

»Du meinst, als du und dein Vater noch auf Everless gelebt habt?« Jetzt blitzen Ammas Augen wie damals, als wir noch Kinder waren und sie mich angebettelt hat, ihr alles über Everless zu erzählen, begierig darauf, durch meine Geschichten am Leben der Lords und Ladys teilzuhaben.

»Ungefähr, ja.« Zittrig hole ich Luft. »Amma, als ich kürzlich nach Everless zurückgegangen bin, habe ich etwas über mich selbst erfahren. Du wirst mich wahrscheinlich für übergeschnappt halten, wenn ich es dir erzähle, aber bitte hör mich einfach an. Und danach gehe ich. Wenn du willst.« *Bitte schick mich nicht fort*, füge ich in Gedanken hinzu. Ich habe so viel verloren in den letzten Wochen, Papa, mein Zuhause, meine Freunde, sogar Everless, den Ort, den ich lieben und hassen gelernt habe. Nun auch noch Amma zu verlieren, würde ich nicht ertragen.

Ein Bild von Liam Gerlings Gesicht steigt in meinem Kopf auf, von der Gewissheit in seinen Augen, als er mir gegenüberstand und mir eröffnete, ich sei die Alchimistin. Ich wünschte, er wäre jetzt bei mir, und sei es nur, um Amma davon zu überzeugen, dass ich nicht verrückt bin. Noch nicht.

»Glaubst du an die Zauberin?«, frage ich sie.

»Natürlich.« Amma antwortet ohne das geringste Zögern. Ich denke an die kleine Holzfigur, die an ihrem Fenster steht, die geschnitzten Eisbeeren über den Türen in ihrem Haus, dem Zeichen der Zauberin. Dasselbe Motiv, wie man es an Heiligenstätten überall in Sempera findet. Für Amma, genau wie für jeden anderen, ist die Zauberin das personifizierte Gute und der Alchimist der böse Dieb, der ihr Herz gestohlen hat. Wut streift wie ein Finger über meine Kehle. Caro hatte Jahrhunderte Zeit, um sich ihre Geschichten zurechtzulegen, während der Alchimist – während *ich* mit jeder Inkarnation ganz von vorne beginnen muss, gehüllt in einen Schleier aus Unwissenheit.

»Die Zauberin gibt es wirklich«, sage ich nun. Dann schließe ich die Augen, um nicht Ammas Reaktion auf das sehen zu müssen, was ich als Nächstes sagen werde. »Ich bin ihr begegnet.«

Amma keucht leise auf. »Wie ist das möglich?« Ich höre Staunen, beinahe Ehrfurcht, in ihrer Stimme. Ihre Augen sind so weit aufgerissen, wie ich es noch nie erlebt habe.

»Caro – Caro ist die Zauberin.« Die Worte hallen seltsam im Stall nach. »Sie hat sich als Zofe der Königin getarnt, um sich unbemerkt ihre Macht zunutze zu machen. Sie ist nicht mehr so stark, wie sie einst war, darum musste sie in die Rolle einer Dienstbotin schlüpfen.«

Ich erschaudere, als mir wieder einfällt, was Caro mir entgegengeschrien hat, kurz bevor sie vor meinen Augen Roan Gerling tötete. *Ich will wieder von der Zeit befreit sein, ohne Angst vor dem Altern oder dem Tod, ohne Bauernblut trinken zu müssen wie ein verdammter Wolf.* Liam hat mir erzählt, dass ich Caro, als ich ihr Herz gestohlen habe, damit auch ihre Unsterblichkeit genommen und sie in zwölf Stücke gebrochen habe – zwölf Leben. Und doch ist die Zauberin noch immer am Leben. Selbst ohne ihr Herz ist sie mächtiger als jeder andere Mensch auf Erden. Mächtiger als ich, auch wenn ich nicht verstehe, wie das möglich ist.

»Jules …« Amma blickt mich unsicher an, den Kopf schief gelegt, als wäre das hier eins unserer Rätsel, die wir einander als Kinder immer gestellt haben. »Ich verstehe das nicht.« Eins der Hühner stößt ein leises, fragendes Gackern aus. »Wie kannst du dir so sicher sein, dass diese Caro die Zauberin ist? Und warum hätte sie Roan töten sollen?«

»Sie hat es mir selbst gesagt.« Obwohl ich mit all diesen Fragen gerechnet habe, fällt es mir zunehmend schwerer, sie zu beantworten. Ich spüre, wie mir Tränen in die Augen treten, als eine Erinnerung durch meinen Kopf schießt: daran, wie Caro ihren Bann von der Königin gehoben hat, die daraufhin zu Boden sackte wie eine Marionette, deren Fäden gekappt wurden. »Sie hat mich bedroht. Sie hat versucht, mir das Herz zu brechen.«

»Warum?«

Meine Stimme ist kaum mehr als ein Wispern. »Weil sie glaubt, dass sie dadurch ihre volle Macht zurückerlangen kann.«

Ganz langsam weicht auch noch das letzte bisschen Farbe aus Ammas Gesicht. Ihr Blick richtet sich auf das Notizbuch, dann zurück auf mich. Die alten Geschichten, ihre Freundin, die vor ihr steht. Ich sehe ihr an, wie sich die Puzzleteile in ihrem Kopf nach und nach zusammenfügen. »Aber in der Legende –«

»In der Legende heißt es, der Alchimist habe die Zauberin betrogen.« Wieder höre ich Liams Worte, als ich an die verschiedenen Versionen denke, die erfundene Fassung, die sich über die Jahrhunderte mit der Wahrheit verwoben hat. Die Stellen, an denen sie sich mit ihr deckt, und die, an denen sie sich davon unterscheidet. »Er« – die meisten Menschen denken, der Alchimist sei ein Mann gewesen – »hat ihr zwölf Steine dargeboten und erklärt, jeder sei ein Stück des Herzens, das er ihr gestohlen habe, aber sie hat sie nicht angenommen.«

Amma nickt, als sie die ihr vertraute Version hört. »Und dann hat sie ihn dazu gebracht, die Steine selbst zu essen.« Ihre Augen glänzen in der Dunkelheit. Ihre Fäuste sind nun nicht mehr geballt, und sie ist ein Stückchen näher auf mich zugetreten. Einen Moment lang kann ich mir beinahe einbilden, wir wären wieder Kinder und würden uns aneinandergekuschelt am Feuer Geschichten erzählen, um die Kälte und Finsternis des Winters zu vertreiben.

»Die Steine waren tatsächlich das Herz der Zauberin, Amma, ihre Zeit, ihr Leben.« Jetzt flüstere ich. »Und als der Alchimist sie geschluckt hat, ist es zurück in seinen Körper geflossen. Doch die Zeit war nun in Stücke zerbrochen. Anstatt wie die Zauberin ewig weiterzuleben, starb der Alchimist nach einer Weile und wurde jedes Mal wiedergeboren.« Ich gerate ein wenig ins Stocken. Dies ist ein Teil meiner Vergangenheit, an den ich mich nach wie vor nicht erinnern kann, obwohl ich spüre, dass er wahr ist.

»Jules, du redest ja völligen Unsinn.« Amma stößt ein ersticktes Lachen aus, und ich merke ihr an, dass sie versucht, zu ihrer gewohnten Gelassenheit zurückzufinden. »Lassen wir die Geschichten doch erst einmal. Du solltest etwas essen und dich ausruhen, und wenn es dir besser geht, erzählst du mir, was genau hier vorgeht.«

»Nein, Amma, hör mir zu.« Unwillkürlich strecke ich die Hand nach ihr aus. Sie zuckt zurück – das Herz zieht sich mir schmerzhaft zusammen –, also greife ich stattdessen nach dem Notizbuch, froh über dessen tröstliches Gewicht. Der weiche, abgenutzte Ledereinband und die Geschichten, mit denen es gefüllt ist, verleihen mir neue Kraft. Auf meinem Weg durch die Wälder habe ich es oft durchgeblättert. Manchmal ist es das Einzige, was mir die Gewissheit verleiht, dass ich nicht wahnsinnig bin. »Ich bin der Alchimist. Die Alchimistin.«

Tränen steigen Amma in die Augen und rinnen ihr übers Gesicht. Sie glitzern im fahlen Morgenlicht, und bei ihrem Anblick spüre auch ich einen Kloß im Hals. »Warum erzählst du mir das?«, flüstert Amma.

Dies ist die erste Frage, die ich nicht vorhergesehen habe, und sie verschlägt mir für einen Moment den Atem. Mir wird bewusst, dass ich das Notizbuch vor mich halte wie einen Schild. Ich lege es auf den Boden, und es öffnet sich auf einer Seite mit einem grob skizzierten Bild: ein Fuchs, der mit einer sich aufbäumenden Schlange kämpft, ein Gewirr aus Klauen und Zähnen.

»Glaubst du mir?«, frage ich mit bebender Stimme. Es ist nicht das, was ich hatte erwidern wollen, bloß das, was mir über die Lippen kommt.

Wieder breitet sich Schweigen zwischen uns aus, dann hebt Amma das Notizbuch auf. »Ich habe nie geglaubt, dass du sie ermordet hast«, sagt sie leise und sieht beinahe schüchtern zu mir hoch. »Ich wusste, dass du sie nicht leiden konntest, aber Roan …«

Als ich seinen Namen höre, fange auch ich an zu weinen. Amma schnappt leise nach Luft und macht einen Schritt auf mich zu, als wollte sie mich in den Arm nehmen, schreckt jedoch im letzten Moment zurück.

»Ich wollte nicht, dass es so kommt. Ich wollte nicht –«

Der Rest meiner Worte geht in einem Schluchzer unter, und nun tritt Amma doch auf mich zu und drückt mich an sich. Kurz fürchte ich, meine Beine könnten unter mir nachgeben, vor Erleichterung über diesen ersten Moment der Freude seit einer schieren Ewigkeit. Ich lehne mich an sie, und sie umschlingt mich fest, ohne sich daran zu stören, dass ich von oben bis unten dreckverkrustet bin. Ihr Geruch ist so vertraut, es ist der Geruch von zu Hause, und eine Weile tue ich nichts anderes, als ihn einzuatmen.

»Du bist meine beste Freundin, Jules«, murmelt sie. »Natürlich glaube ich dir.«

Das bringt meine Tränen nur noch stärker zum Fließen. Sie zeichnen Furchen in den Staub von mehreren Tagen auf meinen Wangen. »Danke, Amma.«

Als sie sich schließlich von mir löst, ist ihre Miene nachdenklich. »Also ist Caro die Füchsin, und du bist die Schlange?«

Ihre Stimme – geduldig, aber leicht skeptisch, wie wenn sie eine von Alias wilden Geschichten hinterfragt – entlockt mir ein kleines heiseres Lachen. »So scheint es, ja.«

»Meine Jules, der Alchimist aus den Legenden.« Dann wird ihre Miene ernst. Sie legt das Notizbuch vorsichtig auf eine Holzkiste und ergreift meine Hand. »Verzeih, aber um das zu verstehen, werde ich wohl noch eine Weile brauchen.«

»Ich verstehe es ja selbst noch nicht ganz.«

»Schon als die Boten von Everless mit der Nachricht ins Dorf gekommen sind, habe ich es nicht geglaubt.« Sie senkt den Kopf, und ihr Blick wird traurig. »Hat sie darum Roan getötet? Um dein Herz zu brechen, weil es ... eigentlich ihres ist?«

Ich nicke und versuche den Kloß in meinem Hals herunterzuschlucken. »Aber es hat nicht funktioniert.« Sosehr mich die Ereignisse der letzten Wochen auch erschüttert haben, ich bin noch am Leben, und an diesen Gedanken klammere ich mich wie an einen Rettungsring. Ammas Hände umfangen warm die meinen. »Vielleicht habe ich ihn nicht wirklich geliebt. Oder bloß ... nicht genug.«

»Es ist nicht deine Schuld, Jules«, entgegnet sie. »Vielleicht ist dein Herz einfach stärker, als du denkst.«

Ich zucke mit den Schultern, obwohl ich insgeheim weiß, dass das nicht stimmt. Denn selbst in diesem Augenblick fühle ich mich zerbrechlich, als könnte ein einziger wohlplatzierter Schlag mich in tausend Stücke zerspringen lassen. Amma tritt einen Schritt zurück – als sie mich loslässt, erfüllt es mich beinahe mit körperlichem Schmerz. Sie schiebt mich rückwärts, bis ich auf einem Strohballen sitze. Dann lässt sie sich neben mich fallen und legt sich das Notizbuch auf den Schoß. Langsam beginnt sie, darin zu blättern.

»Hier steht ...« Ihr Blick huscht kurz zu mir, und sie zieht die Stirn kraus. »Hier steht ... *Die Füchsin wird die Schlange jagen, bis in alle Ewigkeit.*«

»Das tut sie.« Ich versuche, mich unbeeindruckt zu geben, doch mein Magen verkrampft sich bei den Worten. »Seit elf Leben, und ich glaube, sie hat mich in jedem einzelnen davon getötet.«

Amma tippt mit dem Finger auf die Seite. »Und was hast du jetzt vor?«

Ich erkenne ihre Furcht daran, wie sie die Schultern krümmt, doch ihre Stimme klingt ruhig. Was beinahe tröstlich ist, als müsste ich nur alles gut genug durchdenken, um zu überleben.

»Ich bin auf dem Weg an die Küste, nach Ambergris«, antworte ich zögerlich. »Ich muss Sempera verlassen.« *Aber vorher wollte ich dich noch einmal sehen.*

Ammas Lippen werden zu einem schmalen Strich. »Na ja, du weißt sicher am besten, was jetzt das Richtige ist …« Sie wirkt unsicher.

»Bist du anderer Meinung?«

»Es ist nur …« Sie verschränkt die Arme und löst sie wieder, eine nervöse Angewohnheit, die mir verrät, dass sie nachdenkt. »Ich will nicht respektlos gegenüber deinem Vater sein, aber hat er nicht all die Jahre versucht, dich versteckt zu halten? Es scheint mir nicht sonderlich gut funktioniert zu haben.«

»Ich komme ja bald zurück.« Natürlich habe ich keine Ahnung, ob das die Wahrheit ist, aber es ist die einzige, die ich ertragen kann. »Wenn ich stark genug bin, um mich ihr zu stellen.«

»Pack die Gelegenheit beim Schopf, Jules. Bevor sie dich bei deinem packt.« Ammas Augen funkeln. Ich lache; das war schon immer einer ihrer Lieblingsaussprüche, obwohl ich die ernste Botschaft darin erkenne: Koste das Leben jetzt aus, denn wenn du zur armen Bevölkerung Semperas gehörst, kann es sein, dass es kein Morgen gibt. »Dann sollte ich wohl besser dafür sorgen, dass du gut gerüstet bist. Was brauchst du?«

Ich schüttele den Kopf, so dankbar, dass mir schon wieder Tränen in den Augen brennen. Amma hat mir bereits alles gegeben, was ich so dringend brauchte, und sogar noch mehr. Ich habe das Gefühl, als könnte ihr Vertrauen allein mich geradewegs bis nach Ambergris und auf Liams Schiff tragen. Doch natürlich ist es nicht so einfach. »Etwas zu essen, wenn du was übrig hast.« Ich lächele ein wenig befangen. »Und vielleicht könnte ich für heute hierbleiben?«

»Selbstverständlich«, antwortet Amma, die nun angefangen hat, Eier zu sammeln. Von einer Sekunde zur anderen hat sie zu ihrer gewohnt forschen Emsigkeit zurückgefunden, die es ihr ermöglicht, ganz allein für ihre jüngere Schwester zu sorgen. »Die Soldaten sind schon heute Morgen durchs Dorf gekommen, also kannst du wohl so lange bleiben, wie du möchtest.«

Mein Herz zieht sich zusammen vor Dankbarkeit. »Danke, Amma.«

»In einer Stunde muss ich auf dem Markt am Fleischerstand sein, aber nach dem üblichen Morgenansturm müsste ich mich für eine Weile loseisen können. Ich bringe dir etwas zu essen, sobald ich kann. Und vielleicht auch warmes Wasser und Seife, wenn ich schon mal dabei bin.« Sie grinst mich an. »Du siehst aus wie eine Waldfee, die statt Kleidern nur Schmutz und Staub trägt.«

Ich erschrecke über mein eigenes Lachen. »Gut, nur her mit der Seife. Mal sehen, was sich retten lässt.«

Amma dreht sich ein letztes Mal zu mir um, bevor sie den Stall verlässt. Nachdem sie einmal angefangen hat zu lächeln, scheint sie kaum mehr damit aufhören zu können, als würden ihre Mundwinkel sich ganz von selbst nach oben bewegen.

»Ich komme zurück, bevor du auch nur merkst, dass ich weg war.«

In den nächsten Stunden kann ich trotz des begrenzten Platzes in dem winzigen Schuppen, den ich mir auch noch mit den

Hühnern teilen muss, zum ersten Mal seit meiner Flucht von Everless ruhig schlafen, gestärkt durch Ammas Nähe, getröstet durch ihre Worte. Ich träume nicht von der Zauberin, dem Mädchen, das mich über finstere Ebenen und durch Wälder jagt oder vor mir davonläuft. Stattdessen reihen sich schöne Bilder aus Crofton aneinander: wie ich im Sommer mit Amma über blütenstaubflirrende Wiesen tolle oder abends mit Papa am Küchentisch sitze, an das stolze Lächeln in Papas Gesicht, das er nie vor mir zu verbergen versucht hat. In meinen Träumen sind wir glücklich und zufrieden in unserer kleinen, warmen Kate, erfüllt vom Duft des über dem Feuer röstenden Wilds, das ich von der Jagd mitgebracht habe.

Doch etwas stimmt nicht. Irgendwo draußen erheben sich wütende Rufe, Angstgeschrei. Papa horcht auf, und sein Lächeln verblasst. Der Rauchgeruch wird intensiver. Plötzlich liegt eine seltsam scharfe Note darin.

Ich erwache, zurück in Ammas Hühnerstall, doch der Geruch bleibt.

Ein Gefühl von Unwirklichkeit umfängt mich, als ich mich aufsetze und umsehe. Ammas Hühner gackern panisch. Die gegenüberliegende Wand des Stalls ist von flackerndem orangefarbenem Schein gerahmt, und glühende Finger scheinen durch die Ritzen zwischen den Brettern zu langen. Hastig rappele ich mich hoch und greife nach meinem Beutel, als im selben Moment eine Feuerzunge das auf dem Boden verstreute Heu in Brand steckt.

Kurz ist es, als wäre ich wieder sieben Jahre alt und stünde da wie erstarrt, während um mich die Everless-Schmiede niederbrennt.

Doch diesmal ist Papa nicht zur Stelle, um mich zu retten

und in Sicherheit zu bringen. Diesmal bin ich auf mich allein gestellt.

Ich verschwende keine Zeit mit Nachdenken. Meinen Beutel an die Brust gedrückt, drehe ich mich um und trete mit dem Fuß nach der Wand hinter mir, einmal, zweimal, dreimal, bis das morsche Holz schließlich nachgibt. Dann reiße ich die Tür des Hühnerverschlags auf, damit die Tiere hinaus- und in den Wald fliehen können.

Doch all meine Sorgen darüber, dass ich Ammas Hühner freilasse oder ihre Scheune brennt, sind vergessen, als ich mich umdrehe und mit dem Blick dem Feuerband folge, das bis zu meinem Versteck vorgedrungen ist.

Denn ganz Crofton steht in Flammen.

2

Panik legt sich um mein Herz. Überall Rauch.

Nicht weit von mir lodern Flammen über den Dächern von Crofton. Ich renne über die Felder von Ammas Großvater in Richtung des Dorfkerns, versinke in frisch gepflügter Erde und stolpere über das lose Kopfsteinpflaster. Ich muss Amma finden. Vor meinem inneren Auge sehe ich das gedrungene Haus, in dem sie das Fleisch von den Knochen löst, den kleinen Marktstand, an dem Alia und sie Tag für Tag arbeiten.

So viele Menschen, so viel Feuer, so viel Holz.

Meine Lungen brennen, und meine Beine beginnen zu schmerzen, doch ich zwinge mich weiter, springe über die eingestürzte Mauer, die das Dorf von den umliegenden Gehöften trennt. Ich erreiche die Hauptstraße und eile weiter auf die kleine Ansammlung von Gebäuden zu, nehme kaum die verstreuten Grüppchen von Leuten wahr, die in die entgegengesetzte Richtung fliehen. Sie könnten mich jederzeit erkennen, doch das scheint mir nun die geringste Sorge. Die Häuserfassaden sind in flackerndes Licht getaucht, grell wie einschlagende Blitze. Dichter Qualm verhüllt den Himmel.

Zauberin, hilf mir, Amma zu finden, flehe ich, während eine kindliche Verzweiflung von mir Besitz ergreift. Doch die Zauberin anzurufen bringt niemandem mehr Segen. Stattdessen ist ihr Name zu einem tödlichen Fluch geworden.

Bald darauf zwingt mich die Hitze, die mir das Gesicht zu versengen droht, langsamer zu werden. Meine Augen tränen. Jedes einzelne der Holzhäuser rings um mich steht in Flammen. Vom Schulhaus ein Stück weiter die Straße hinunter ist nur noch ein Haufen rauchender Schutt übrig. Überall liegen schwelende Trümmerteile, die Überreste von Marktständen und Möbeln. Immer wieder muss ich über brennende Häufchen springen, während ich mich im Laufschritt weiter vorankämpfe, verzweifelt auf der Suche nach jedem Anzeichen von Leben. Die Straße ist schmal, das Feuer nah, und ich spüre, wie sich mein Haar unter der Hitze zu kräuseln beginnt. Ein seltsamer Geruch weht mir in die Nase. Ich hebe den Kopf und erkenne, dass nicht weit vor mir das Haus des Zeitpfänders lichterloh brennt. Ich könnte schwören, das schmelzende Bluteisen blubbern zu hören.

Eine Erinnerung flackert in mir auf, an ein Gartenfest auf Everless, das eine Ewigkeit her zu sein scheint. An das Feuer in einem bronzenen Becken in der Mitte des Gartens, genährt von Bluteisen, von Stunden und Tagen und Jahren, die die Flammen selbst im Winter nicht verlöschen ließen. Wieder erfasst mich eine Welle von Panik.

Wie lange wird dieses Feuer brennen?

»Hilfe!«, schreie ich, doch es ist niemand da, der mich hören könnte. »Amma!«

Keine menschliche Stimme antwortet auf meine Rufe, stattdessen jedoch stiebt die Glut plötzlich auf, als wäre eine Windbö hineingefahren, und ein paar Funken landen auf meinem Ärmel. Ich reiße die Hand zurück –

Und halte inne. Irgendetwas wirkt falsch an diesem Feuer, mehr noch, als wenn es bloß aus Bluteisen gespeist würde. Die

Flammen, ein wirbelndes Inferno aus Gelb und Rot, schwellen in einem Rhythmus an und ab, der an Atemzüge erinnert, gleichmäßig, beständig, *lebendig*.

Ein Krachen reißt mich aus meinen Gedanken, und ich fahre herum. Ein Mann kommt aus einem Haus gestürzt. Hinter ihm fliegen Funken aus der offenen Tür.

Er rennt auf mich zu, und das Feuer folgt ihm bis auf die Straße. Es verbreitet sich nicht so, wie Flammen es normalerweise tun, sondern schlängelt sich hinter dem Mann her wie ein lebendiges Wesen, leckt an seinen Fersen und bewegt sich in kleinen, unberechenbaren Sätzen die Straße hinunter. Als der Mann näher kommt, das Feuer nur Zentimeter hinter ihm, muss ich an ein Rudel Kojoten denken, das ich einmal bei der Jagd im Wald beobachtet habe. Ein halbes Dutzend der Tiere jagten damals ein bereits verwundetes Reh. Hechelnd sprangen sie umher, so übermütig, als bereitete es ihnen Freude, ihre Beute immer weiter in die Enge zu treiben.

»Was machst du noch hier? Lauf!« Der Mann packt mich im Vorbeirennen am Arm und zieht mich mit sich, zurück in Richtung von Ammas Hof. Jetzt, da ich neben ihm herlaufe, scheinen die Flammen hinter dem Mann zurückzufallen. Ich wage es nicht, darüber nachzudenken, was das bedeuten könnte.

»Was ist passiert?«, keuche ich, heiser vor Rauch und Furcht.

»Tenburn –«, ruft der Mann zurück, doch der Rest geht in einem Hustenanfall unter. Mit einer Hand hält er etwas an seine Brust gepresst. Es ist eine kleine Kupferfigur der Zauberin, ein Glücksbringer. Dann fährt er fort: »Das ist unnatürlich, es lässt sich nicht löschen. Meine Frau ist zum Hof der Reades gelaufen, zum Bach –« Er umklammert die kleine Statue fester, ein lautloses Flehen um Hilfe.

Unnatürlich, denke ich und gleich darauf: *Caro*. Das hier ist *ihr* Werk. Es kann nicht anders sein.

Die Zauberinnenfigur in der Hand des Mannes ist unversehrt, ohne jede Brandspur. Sie scheint mich zu verhöhnen.

Ich stemme die Fersen in den Boden und versuche, meinen Arm aus dem Griff des Mannes zu befreien. »Loslassen, bitte, ich muss zurück – meine Freundin –«

»Larys!« Eine Frau kommt uns entgegengelaufen. Ich erkenne sie trotz der Rußflecken auf ihren Wangen. Es ist Susana, die Hufschmiedin, die uns oft in unserer Kate besucht hat, wenn sie den Rat meines Vaters in Schmiedeangelegenheiten brauchte. Zuerst ist ihr angstvoller Blick auf Larys fixiert, dann jedoch richtet er sich auf mich, und ich sehe, wie sich ihr Gesicht zu einer Maske des Entsetzens verzerrt. Sie bleibt stehen und starrt mich an, als wäre ich selbst aus Flammen gemacht.

»Schlange«, faucht sie mich an. Ihre Miene ist unmissverständlich – blanker Hass. Der Mann, Larys, lässt mich los und weicht zurück, die Arme schützend um den Körper geschlungen. Als könnte ich mich jeden Moment mit gefletschten Zähnen auf ihn stürzen.

Bevor ich reagieren kann, ist die Frau auf mich zugetreten, und ihre Hand schließt sich um meinen Arm wie ein Schraubstock. »Deinetwegen ist mein Bruder tot. Sein Haus ist über ihm zusammengebrochen. Du hast dieses Unglück über uns gebracht«, speit sie mir entgegen, zitternd vor Angst oder Zorn. Rasch blickt sie sich um. Auf der Suche nach jemandem, der es noch nicht weiß. »*Mörderin.*«

Dann stößt sie mich hintenüber. Direkt in ein Nest aus Flammen.

Ich fasse panisch in die Luft, doch es ist nichts da, woran ich mich festhalten könnte. Mit der Ferse bleibe ich an den Resten einer Hausmauer hängen und stürze hinterrücks ins Feuer. Der Schmerz ist überwältigend, allumfassend – und dann ist er plötzlich verschwunden.

Als sich der rote Nebel vor meinen Augen lichtet, sehe ich, dass die Flammen sich zurückgezogen und zu einem Ring formiert haben, der mich inmitten der Ruine umschließt. Ich spüre ihre Hitze, doch die Asche unter mir ist kühl. Larys und Susana stehen vor mir auf der Straße und starren mich an.

»Soldaten!«, schreit Susana unvermittelt. »Soldaten!«

»Nein, bitte –« Ich will protestieren, doch die Worte ersterben mir auf den Lippen. Tränen verschleiern mir den Blick, was mir das Gefühl gibt, mich in einem meiner Träume zu befinden. Ich sehe die Menschen, unter denen ich aufgewachsen bin und die nun mit den Fingern auf mich zeigen und *Schlange, Hexe, Lügnerin!* schreien. *Wag es nicht, dich je wieder hier blicken zu lassen!*

Ihr kennt mich, hätte ich am liebsten geantwortet. *Ich bin es, Jules Ember. Pehrs Tochter. Das hier ist mein Zuhause!*

Doch es wäre zwecklos. Caros Geschichten haben sich über Sempera verbreitet wie eine Giftwolke. Ich bin der Dämon in Menschengestalt, der die Königin und Roan Gerling ermordet hat, eine Feindin der Zauberin, der Krone, des Staates Sempera selbst. Ich verstehe nicht, was Caro hier in Crofton in Gang gesetzt hat, aber mir ist nun klar, dass es mir gilt.

Sie würde alles und jeden in Sempera töten, wenn sie dadurch mich in die Knie zwingen könnte.

Amma. Beim Gedanken an sie ist es, als wäre ein Funke bis in mein Herz vorgedrungen und hätte es in Brand gesetzt.

Ich stemme die Hände in die Asche und stehe auf. Larys und

Susana ergreifen die Flucht, als wäre ihnen der Teufel selbst auf den Fersen. Doch das kümmert mich nicht mehr. Wie damals, als ich Roan in Papas Esse stürzen sah, denke ich nicht. Ich *kann* nicht denken. Irgendetwas Größeres hat von mir Besitz ergriffen, erfüllt meine Brust und steuert meine Muskeln von innen.

Ich drehe mich um und renne auf die Flammen zu, weiter hinein in das brennende Dorf.

Rauch verstopft meine Lungen wie Sand. Meine Augen tränen so stark, dass ich kaum noch etwas sehen kann. Doch die Flammen auf der Straße teilen sich vor meinen Füßen, umströmen mich wie Flusswasser einen Felsen. Sie berühren mich nicht, während ich weiter in Richtung der vertrauten Gasse laufe, in der die Fleischerei liegt. Vielleicht ist Amma ja längst geflohen, hat es sicher aus dem Dorf herausgeschafft und sieht nun von außen zu, wie es in sich zusammenfällt, voller Angst um mich.

Das Knacken und Knarren verkohlenden Holzes erfüllt die Luft. Eine Wäscheleine hat Feuer gefangen, und die Hemden und Laken segeln wie brennendes Herbstlaub vor mir zu Boden. Hustend rufe ich immer wieder Ammas Namen, als ich endlich die Straße erreiche, in der sie so viele ihrer Tage verbringt.

Und bleibe, wie angewurzelt, stehen.

Hier muss das Feuer ausgebrochen sein. Die meisten der Gebäude hier sind bis auf die Grundmauern heruntergebrannt. Das größte verbliebene Stück des Fleischerladens reicht mir bis knapp über den Kopf, und ich kann ins Innere des Hauses sehen, bis in die Lagerräume, in deren Trümmern noch letzte Glutherde schwelen.

Eine Rauchwolke steigt in den Himmel und scheint die Gestalt eines schlanken Mädchens anzunehmen. Mein fiebriger Geist verleiht dem Qualm ein Gesicht: schön, aber mit einem boshaften Lächeln auf den Lippen. *Caro.*

Ich höre ihre Stimme in meinem Kopf. *Ich werde dir das Herz brechen, Jules.*

Kurz vermag ich mich nicht zu rühren, nicht zu denken, nicht zu atmen. Caro kann nichts davon gewusst haben. Das ist unmöglich. Sie kann nicht gewusst haben, dass Amma meine Freundin ist. Oder? Dann jagt mir ein frischer Adrenalinstoß durch die Adern, und ich setze mich wieder in Bewegung – durch Hitze und dicken Qualm, der alles verschlingt, der im Wind wabert, mir Haut und Kehle versengt und in Nase und Augen brennt. Achtlos bahne ich mir einen Weg, vorbei an geborstenen Holzbalken und gesplitterten Arbeitstischen, durch die verkohlten Reste jenes Raums, in dem ich einst stundenlang gehockt und Tratsch und Geschichten mit Amma ausgetauscht habe. Ein halb von Flammen zerfressener Vorhang, eine zerbrochene Teekanne, das Porzellan rußgeschwärzt. Keine Spur von Menschen. Vielleicht hat Amma ja tatsächlich fliehen können.

Vor mir kracht mit ohrenbetäubendem Lärm ein Deckenbalken herunter. Und durch das Loch, das er in die Wand gerissen hat, sehe ich etwas, bei dessen Anblick mir das Herz stehen bleibt.

Amma lehnt zusammengesunken an einem weiteren heruntergestürzten Balken. Ihre Augen sind weit aufgerissen und starren ins Leere.

»Amma«, hauche ich.

Ich kämpfe mich zu ihr durch, sinke auf die Knie und umfasse sanft ihre Schultern. Ihre Brust bewegt sich nicht. Ihre Haut weist keine Brandmale auf – doch ihr Kleid ist an einer Seite blutverschmiert. Mein Blick bleibt an einem mavafarbenen Fleck hängen, kaum auszumachen auf dem schmutzigen Stoff. Es ist eindeutig die Farbe, wie sie nur die Klinge eines königlichen Soldaten hinterlassen würde. Und –

Aus ihrem Rücken ragt der Griff eines Dolches hervor. Obwohl das polierte Silber voller Blut ist, erkenne ich die Waffe sofort: Sie gehört Ivan Tenburn, dem Hauptmann der Everless-Wache.

Caro hat bereits begonnen, ihre Drohung wahr zu machen.

Mich packt der Zorn, gefolgt von einem Energieschub. Ich strecke die Hände aus und greife nach der Zeit um mich, doch ich befehle ihr nicht anzuhalten, sondern umzukehren, rückwärtszulaufen, wie damals auf Everless, als ich Roan Gerling gerettet habe. *Bring Amma zurück*, pocht es in meinem Kopf.

Langsam zieht sich der Rauch um mich zurück Richtung Boden. Das Grau beginnt zu wirbeln, sich unabhängig vom Wind zu Strudeln zu formen. In der Ferne glaube ich, die Flammen verlöschen zu sehen. Die Lache vor mir auf dem Boden schrumpft, als das Blut wieder in Ammas Körper strömt.

Mit einem Mal jedoch erfasst mich ein jähes, lähmendes Gefühl, eine Art seelentiefe Übelkeit, die meine Beine unter mir nachgeben lässt. Ich erschaudere, als jegliche Kraft aus mir herausfließt, und im nächsten Moment sitze ich auf Händen und Knien im Schutt und schluchze. Ascheschwarze Tränen tropfen vor mir auf den Boden.

Ich schreie auf. Vor Trauer, vor Frust, vor Wut.

Die Mauerreste um mich stürzen ein und begraben Ammas Leiche unter sich. In der Gasse, die dahinter zum Vorschein kommt, steht eine Einheit königlicher Soldaten in ihren dunkelroten Uniformen. Die Gesichter der Männer sind hinter Stoffmasken verborgen.

»Ergreift sie!«, bellt einer von ihnen.

Als sie auf mich zustürzen, sackt mein Kopf nach unten, und meine letzten Kräfte verlassen mich. Aus dem Augenwinkel nehme ich etwas Silbriges neben mir auf dem Boden wahr – ein Fleischermesser, das Amma aus der schlaffen Hand gerutscht sein muss. Ich schließe die Finger um den Griff und lasse es in meinem Ärmel verschwinden, bevor die Soldaten mich erreichen.

Sie zerren mich aus dem Dorf. Die Alchimistin aus den Legenden, mit blutverschmierten Händen und halb wahnsinnig vor Kummer. Meine Füße schleifen durch die Asche. Alles um mich dreht sich, als befände ich mich in einem Traum, und die Worte der Soldaten dringen nur gedämpft wie durch eine Glasscheibe zu mir durch. Das Einzige, was ich mir zusammenreimen kann, ist, dass sie mich in den Palast bringen, nach Shorehaven. Zu Caro.

Wehr dich!, flüstert eine schwache Stimme in mir. Wenn es mir gelingen würde, die Magie in meinen Adern anzuzapfen und die Alchimistin in mir zu wecken, könnte ich vielleicht lange genug die Zeit anhalten, um mich aus dem Griff der Soldaten zu befreien und zu fliehen.

Doch ich versuche es nicht. Denn ich erkenne an der Art, wie sie mich fesseln, wie sie mir die Ketten ein paarmal stramm um Arme und Rumpf schlingen, dass die Soldaten Angst vor mir haben. Sie wagen es kaum, mich zu berühren, und finden daher auch nicht das Messer in meinem Ärmel. Ihre Furcht beruhigt mich, selbst als sie mich in einen Wagen stoßen und die Tür hinter mir schließen. In der Dunkelheit sehe ich nichts als Ammas Totengesicht, klar und deutlich wie auf schwarze Leinwand gebannt.

Caro hat sie mir genommen, wenn sie auch nicht selbst das Messer geführt hat. Sie hat Crofton dem Erdboden gleichgemacht. Mein Zuhause in Schutt und Asche gelegt.

Jetzt ist es an mir, sie in ihrem heimzusuchen.

Pack die Gelegenheit beim Schopf, flüstert Ammas Stimme in meinem Ohr.

Darum wehre ich mich nicht. Noch nicht. Nicht bevor die Soldaten mich nach Shorehaven gebracht haben.

3

Der Wagen hat eine kleine rechteckige Öffnung in der Tür, die mit rostigen Gitterstäben gesichert ist. Mein Fenster zur Welt für die nächsten Tage. Die Soldaten kutschieren mich quer durch Sempera, wobei sie die Städte meiden und sich stattdessen im Wald oder auf den offenen Ebenen halten. Ich stelle mir die wütenden Massen vor, die sich auf den Wagen mit der Mörderin ihrer Königin stürzen würden.

Man reicht mir Wasser und Essen durch die Öffnung, doch ich rühre kaum etwas an. In meinem Körper ist kein Platz für etwas anderes als Wut und eine anhaltende, unterschwellige Angst. Und das stetig stärker werdende Gefühl, dass sich, je weiter wir nach Osten gelangen, der aufgehenden Sonne entgegen, etwas in mir zusammenfügt, als würde sich die Alchimistin tief in meinem Inneren an den Weg zum Palast an der Küste erinnern – und als sehnte sie sich danach, dorthin zurückzukehren.

Im nebligen Morgenlicht nach dem zweiten Sonnenaufgang dieser Reise verändert sich das kleine Stückchen Außenwelt, das ich zu sehen bekomme: Die Wälder und Felder weichen sanften Hügeln, sandig und von flachen Büschen bewachsen. Die Straßen werden breiter und ebener. Jedes Mal wenn unser Weg auf einen anderen trifft, gesellen sich mehr Wagen zu uns, die alle in dieselbe Richtung unterwegs sind, beladen mit Kisten voller Äpfel oder Mastvieh. Selbst die Luft ist anders. Schwer und salzig scheint sie förmlich zu pulsieren vor ... Macht.

Wir nähern uns Shorehaven. Und damit der Zauberin.

Mein Blut beginnt zu brodeln, wenn ich an meine Sachen denke, die die Soldaten mir weggenommen haben, besonders das ledergebundene Notizbuch. Obwohl sie sich Mühe geben, leise zu sein, höre ich sie manchmal durch die Holzwände des Wagens reden.

»Mir gefällt das nicht«, sagt eine weibliche Stimme. »Sie ausgerechnet jetzt während der Krönungsfeierlichkeiten nach Shorehaven zu bringen. Wenn es im Palast nur so wimmelt vor einfältigen Edelleuten, die alle einen Blick auf sie erhaschen wollen –«

»Wir sind fast da«, entgegnet ein männlicher Soldat. »Noch einen Tag, dann sind wir sie los, dann ist sie das Problem der Königin.« Er lacht hämisch. »Und ich brauche das Bluteisen. Bei meiner Frau kann es jeden Tag so weit sein.«

Ihre Stimmen schwappen über mich hinweg, bis die Worte keinen Sinn mehr ergeben und im rhythmischen Stapfen ihrer Schritte untergehen. Die Stunden schleichen dahin. Jedes Mal wenn unser Tross haltmacht und sie mich kurz aussteigen lassen, damit ich mich erleichtern kann, folgt mir ein halbes Dutzend Soldatinnen mit Gewehren und gezückten Dolchen. Ihre wachsam aufgerissenen Augen und zitternden Hände verschaffen mir eine schwache, seltsame Genugtuung. Sie tun recht daran, mich zu fürchten, sie alle, wenn auch aus einem anderen Grund, als sie möglicherweise meinen.

Bei dem Gedanken breitet sich Unbehagen in mir aus. Seit wann erfüllt mich die Angst anderer mit Freude?

In der dritten Nacht nach dem Feuer in Crofton – nach dem

Tod meiner besten Freundin –, während die Dunkelheit langsam einer fahlen Dämmerung weicht und ich denke, jeden Moment unter all der siedenden Wut in mir explodieren zu müssen, höre ich es: das Rauschen von Wellen, die sich an einer steilen Küste brechen. Ich ziehe mich hoch zu der vergitterten Öffnung, ohne auf das schmerzhafte Prickeln in meinen Beinen zu achten, und spähe nach draußen. Soeben rollt der Wagen über eine schmale Holzbrücke zwischen zwei Klippen.

Etwa dreißig Meter unter uns liegt das Meer. Voll endloser Pracht erstreckt es sich bis zum Horizont, schwarz und still in der Ferne, weiß und schäumend in Küstennähe. Ich atme tief ein – schon immer hatte ich das Gefühl, dass Sempera wie von einem Käfig umgeben ist, der uns von all den anderen Ländern, über die ich nur in Büchern gelesen habe, abschottet. Und hier ist er nun, in Form all dieser Wassermassen, die uns gefangen halten, auf dass wir uns gegenseitig zerfleischen.

Liams Landkarte und den Klippen, die in der Ferne in die Brandung ragen, nach zu urteilen ist das hier eine Bucht und nicht das offene Meer. Doch so nah wie jetzt bin ich ihm noch nie zuvor gekommen, zumindest nicht in diesem Leben. Ich kann nur ungläubig hinausstarren, zuerst aufs Wasser und schließlich auf die Silhouette, die am Ende der Straße emporragt. Shorehaven, der Königspalast von Sempera. Hoch oben auf den Klippen gelegen, leuchtet er mit dem Mond um die Wette.

Das Schloss ist aus hellem Stein gebaut und scheint regelrecht zu triefen vor Licht. Es wirkt auf gespenstische Weise wie aus dem Fels gewachsen, wunderschön in seiner Asymmetrie. Der Anblick versetzt mir einen schmerzhaften Stich. Ich habe den Palast noch nie zuvor gesehen. Natürlich nicht. Doch während ich die Hunderte von Fenstern betrachte, die den Bau vor dem nächtlichen Meer erstrahlen lassen wie einen Kronleuchter, wird mir klar, dass das nicht stimmt. Ich kenne das Schloss, weiß, dass ich beim Näherkommen Bänder von Erz sehen werde, die den hellen Marmor netzartig durchziehen, zusammen mit Splittern von Kohle, und Gold, Rubinen und Saphiren, die so geschickt in den Stein eingelassen sind, dass man sie kaum sieht, bis die Sonne auf- oder untergeht. Dann ist es, als würde das Schloss in Flammen stehen.

Die Erinnerung trifft mich vollkommen unvermittelt, als hätte ein vertrauter Geruch mich plötzlich zurück in meine Kindheit versetzt. Ich bin schon einmal hier gewesen, hier in Shorehaven. Nur dass ich damals noch nicht Jules war – sondern die Alchimistin.

Eine Flut von Bildern, Klängen und Gefühlen reißt mich mit sich. Caro hatte mich gefangen genommen. Mich ins Verlies von Shorehaven geworfen. Schon damals hat sie versucht, mich zu besiegen, genau wie heute. Scharfe Klingen, Feuer, Schmerz. Schnell ziehe ich mir meinen Kragen über den Mund, damit die Soldaten die keuchenden Schluchzer nicht hören, die ich nicht unterdrücken kann.

In meinen Kleidern hängt noch immer der Brandgeruch aus Crofton, selbst nach der tagelangen Reise. Er holt mich zurück in die Gegenwart und ruft mir in Erinnerung, weshalb ich hergekommen bin. Amma ist tot. Roan ist tot. Papa ist tot. Aber es sind noch immer Menschen am Leben, Menschen, denen Caro etwas antun könnte, um mich zu besiegen. *Das Problem der Königin*, so hat der Soldat mich bezeichnet. Wieder sehe ich Inas Gesicht vor mir, glücklich lächelnd, so wie ich sie das letzte Mal erlebt habe, bevor ich die Wahrheit über Caro und die

Königin herausgefunden habe. Und über Ina – dass wir beide die Töchter eines Mannes namens Ezra und einer Frau namens Naomi sind, die uns in dem Dorf Briarsmoor zur Welt gebracht hat, inmitten von Feuer und Geschrei. Kurz bevor mein Leben in tausend Stücke zerbrach, erfuhr ich, dass Ina meine Zwillingsschwester ist. Und nun denkt sie – denkt meine *Schwester* sicher, dass ich eine Mörderin bin.

Oder ... würde sie mir glauben, so wie Amma?

Könnten wir gemeinsam Caro besiegen und ihrer heimlichen Herrschaft ein Ende setzen?

Ich hole tief Luft, um einen klaren Kopf zu bekommen und die jähe Hoffnung im Zaum zu halten, die meine Trauer und Wut übertönt.

Als wir uns dem Palast nähern, kommt eine Hauptstraße in Sicht, über die sich Kutschen schieben wie eine Reihe glänzend schwarze Käfer. Die Prozession wird von Öllaternen an hohen Eisenpfählen entlang der Straße erleuchtet. Das hier müssen die Edelleute sein, die aus ganz Sempera zu Inas Krönung anreisen. Ob Liam sich schon irgendwo hinter den Schlossmauern befindet?

Eine Sekunde lang sehe ich sein Gesicht vor mir, mit den nachtschwarzen Augen, die Lippen leicht geöffnet, als er ein einziges Wort flüstert: *Alchimistin.*

Das Wort lässt mich zusammenzucken, als hätte mich jemand geohrfeigt. Denn selbst in meinen Tagträumen ist das der Name, bei dem er mich ruft. Nicht Jules. Wenn keiner von uns beiden je hinter die Wahrheit gekommen wäre, wenn ich eine einfache Bauerntochter aus Crofton geblieben wäre, hätte er dann überhaupt jemals meinen wirklichen Namen erfahren?

Ich schiebe den Gedanken von mir. Das spielt nun keine

Rolle mehr. Nicht seit Caro es sich zum Ziel gesetzt hat, jeden Menschen zu jagen, der mir etwas bedeutet. Stattdessen stelle ich mir wieder Inas blasses, sommersprossiges Gesicht vor, ihre klugen Augen, umrahmt von kurz geschnittenem dunklem Haar, ein Anblick, der mir schon vertraut war, bevor ich mir dessen bewusst wurde. Sie ist diejenige, die ich finden muss. Vorausgesetzt, es gelingt mir, den Wachen zu entwischen.

Anstatt sich der prunkvollen Kutschenparade anzuschließen, die sich auf das Palasttor zubewegt, biegt unser Wagen scharf in eine der zahlreichen schmaleren Gassen ein, die von der Hauptstraße abzweigen wie Äste von einem Baumstamm. Ich stehe vor meinem vergitterten Fensterchen, die Finger um die kühlen Eisenstäbe geschlossen.

Auf der Landseite ist der Palast von einer nahtlosen, perlmuttfarbenen Mauer umschlossen, deren geringe Höhe trügt, denn sie ist so glatt und abweisend wie Metall. Über uns sehe ich goldenes Licht hinter Glas, blumengeschmückte Balkone und Lampionketten. Unter uns donnern riesige Wellen an die Klippen, deren Gischt beinahe bis zu den untersten Fenstern in der Palastmauer emporstiebt. Das Meerwasser lässt den Marmor feucht glitzern.

Um gegen die wachsende Unruhe anzukämpfen, während der Palast stetig näher rückt, gehe ich im Stillen immer wieder durch, was ich zu tun habe. Ob als Gefangene oder nicht, ich muss einen Weg finden, zu Ina zu gelangen. Und Caro aufzuhalten.

Ich umfasse das Fleischermesser in meinem Ärmel, als könnte ich daraus Kraft ziehen.

Oben auf der Mauer regen sich die dunklen Schatten der Wachsoldaten, von denen die meisten dem Palasttor zugewandt sind. Selbst über das Tosen der Wellen hinweg höre ich Gelächter und einen Chor volltönender, beschwingter Stimmen. Links von uns, wo die glatte Palastmauer nahtlos in die steil abfallende Klippe übergeht, gähnt ein schwindelerregender Abgrund, an dessen unterem Ende das Meer schäumt. Dort ragen tückische Felsspitzen aus der Brandung wie die Zähne eines Seeungeheuers, das das Maul aufreißt, um den Palast zu verschlingen.

Ich bekomme Angst, als wir durch ein schmales Tor im nördlichen Teil der Mauer fahren. Die Flügel schließen sich ächzend hinter uns und sperren das Meeresrauschen aus. Stille umfängt uns, unterbrochen nur vom Klang ferner Musik und dem Wind in den Bäumen.

Ich denke an Amma in der niedergebrannten Fleischerei, wie einsam und verlassen sie zwischen den Trümmern lag. Wut und Trauer wallen in mir auf und zwingen die Angst nieder, während wir durch einen nächtlichen Garten rollen.

Die Tür des Wagens öffnet sich, und Mondlicht, zähflüssig wie Blut, ergießt sich über mich. Behandschuhte Hände greifen nach mir. Hastig krabbele ich nach draußen, bevor sie mich packen können, und verkneife mir ein Wimmern, als meine Beinmuskeln zu krampfen beginnen. Im kühlen Gras sinke ich zusammen. Hinter den Soldaten, die mich in sicherem Abstand umzingeln, liegt der prachtvolle Garten mit seinen blühenden Büschen und schlanken Bäumen. Ich spähe hoch zu den erleuchteten Fenstern, in der Hoffnung, einen Hinweis darauf zu finden, wo Ina ist.

Doch dann – »Hallo, Jules«, sagt jemand.

In meiner Kehle gefriert ein Schrei.

Ein Stück von mir entfernt steht Caro, reglos wie eine Statue. Ihr Gesicht ist in Schatten gehüllt, doch ich würde sie überall erkennen. An ihrer Haltung, ihrem Haar, das sanft in der Meeresbrise weht. Ich will fliehen, doch es ist, als wäre mein Körper zu Eis erstarrt, genau wie die Luft in meinen Lungen.

Caro gibt den Soldaten ein Zeichen, die sich daraufhin durch das Tor zurückziehen, durch das wir gekommen sind. Einer von ihnen reicht ihr meinen Beutel, bevor er sich zum Gehen wendet. Caro öffnet ihn, holt mit spitzen Fingern das Notizbuch heraus und wirft es achtlos ins Gras. Ärger keimt in mir auf, doch ich rühre mich nicht. Papa hat für dieses Buch sein Leben gelassen.

»Jules«, sagt sie wieder, und ihre leise Stimme dringt zu mir herüber, hüllt mich ein, als hätte sie mir direkt ins Ohr geflüstert. »Wie schön, dich zu sehen.« Caro tritt auf mich zu, bis sie nur noch wenige Schritte vor mir entfernt ist, und zieht einen langen Dolch aus ihrem Gürtel. Ein Kribbeln läuft mir über die Haut, als ich mich dafür wappne, dass sie zusticht.

Doch das tut sie nicht. Schlimmer – auf ihrem Gesicht breitet sich ein Lächeln aus, so träge, dass sich die Sekunden zu Minuten auszudehnen scheinen. Es ist das Lächeln eines jeden Adligen, der einen dampfenden Becher Bluteisen leert.

Sie hält mir den Dolch hin, mit dem Griff voran. Ihre Finger umfassen behutsam die Klinge.

Mondlicht erhellt ihr Gesicht, das mir so vertraut ist nach meiner kurzen Zeit auf Everless und aus Jahrhunderten voller Erinnerungen, die sich tief in mein Bewusstsein eingeprägt haben. Es ist, als würde sie lediglich eine Schulfreundin begrüßen, die sie seit ein paar Tagen nicht gesehen hat. Ihre Zähne schimmern im Dunklen.

So ruhig, wie meine wackeligen Beine es erlauben, stehe ich auf und ziehe Ammas Messer aus dem Ärmel, anstatt Caros

Dolch zu nehmen. Mit einem Schulterzucken dreht sie ihn wieder um, und ihre Finger schließen sich locker um den Griff.

Sie hat keine Angst vor mir.

Ich richte mein Messer auf sie und kann nur hoffen, dass sie nicht sieht, wie es in meiner Hand zittert. Doch es ist nicht die Klinge, vor der Caro sich in Acht nehmen sollte. Ich taste nach der Zeit in meinem Blut, locke sie hervor und keuche auf vor Beinahe-Schmerz, als sie gewaltsam aus mir hervorbricht – mehr Zeitmagie, als ich jemals freigesetzt habe –, und die Erde unter meinen Füßen beginnt zu beben.

Doch nichts um mich herum erstarrt. Es ist, als würde die Luft im Garten erzittern, doch die Zeit läuft weiter. Das Blut stockt mir in den Adern. Etwas hält mich zurück, hindert mich daran, die Zeit zu stoppen oder auch nur zu verlangsamen.

Caro stößt einen Seufzer aus. »Ach, Jules.«

»Wie machst du das?«, knurre ich wütend.

Ihr Lachen perlt durch die Nacht wie Glöckchengeläut und vermischt sich mit der leisen Musik aus dem Inneren des Palasts, die auf uns niederrieselt wie feiner Regen. Caro macht einen weiteren Schritt auf mich zu, bis sie mir so nah ist, dass ich sie berühren könnte. »Du hast ein paar Jahrestaler auf Everless zurückgelassen. Du solltest nicht so nachlässig mit deinem Blut umgehen.«

Wieder durchfährt mich ein Kribbeln. Ich hatte vollkommen vergessen, dass ich die Münzen dort zurückgelassen habe, in jener schrecklichen Nacht, nachdem Caro einen Einbruch in die Schatzkammer der Gerlings inszeniert und mich dazu gebracht hat, meine Zeit zu verkaufen, um ihr das Leben zu retten. Als ich daraufhin versuchte, ihr mein Bluteisen einzuflößen, formte es sich zu einer Kugel und blieb ihr im Hals stecken, sodass sie um ein Haar daran erstickt wäre. Dies war der Moment, in dem ihr endgültig klar wurde, dass ich die Alchimistin bin und nicht Ina.

Caro scheint mir die Erinnerung vom Gesicht abzulesen. »Ich habe einen Weg gefunden, es einzunehmen, und ich muss sagen, es hat eine äußerst interessante Wirkung«, sagt sie, und wieder verzieht sich ihr Mund zu einem Lächeln. »Du hast dir mein Herz einverleibt, Jules, da gönnst du mir doch sicherlich ein wenig von deinem –«

»Sei still«, fauche ich. Der Messergriff, hart und kalt und rau in meiner verkrampften Hand, ruft mir ins Gedächtnis, was ich verloren habe und warum ich hier bin. Einen Herzschlag später gebe ich meinen Versuch, die Zeit zu stoppen, auf, und stürze mich stattdessen mit erhobener Klinge auf Caro.

Sofort bereue ich meine Unbeherrschtheit und weiche zurück, als Caro sich wegduckt und ihren eigenen Dolch hebt. Er ist nicht schartig und rußgeschwärzt wie Ammas Messer, sondern juwelenbesetzt und beängstigend scharf. »Ich dachte, du hättest langsam begriffen, dass es sinnlos ist, dich mir entgegenzusetzen, Jules. Du bist in jedem deiner Leben gescheitert. Wie kommst du darauf, dass du in diesem damit Erfolg haben könntest?«

Weil Amma gesagt hat, dass sie an mich glaubt, denke ich aufgebracht, doch die Wahrheit in Caros Worten trifft mich tief, und mit einem Mal fühle ich mich winzig neben den hohen Türmen von Shorehaven. Caro dagegen scheint regelrechte Wellen von Macht auszusenden. Ich versuche, mir meine Angst nicht anmerken zu lassen. »Immerhin habe ich dir dein Herz gestohlen, oder etwa nicht?«

Zufrieden registriere ich, wie sie vor Wut die Zähne zusammenbeißt.

»Und dennoch besiege ich dich immer wieder aufs Neue«, höhnt sie. »Eines Tages werde ich mir zurückholen, was davon übrig ist, auch wenn du so viel von seiner Kraft verschwendet hast in« – sie hält inne und hebt den Blick zum nachtblauen Himmel, als müsste sie überlegen – »elf jämmerlichen Leben. Ich werde dich nicht heute töten, Jules. Und du tätest gut daran, dich ein wenig zurückzunehmen bei dem einen Leben, das dir noch bleibt«, zischt sie. »Ich werde dich zu meiner Marionette machen, genau wie ich es mit der bedauernswerten Königin getan habe. Ganz Sempera wird staunen, was ich mit der Zeit zu tun vermag, bis es mir endlich gelingt, dein Herz zu brechen. Und dann werde ich mir Ina vom Hals schaffen, und Sempera bekommt eine Königin, die ihres Thrones würdig ist. Was könnte ich den Menschen sonst noch aus den Adern ziehen, Alchimistin?«

Ihre Worte sickern mir wie ein eisiges Rinnsal den Rücken hinunter. Die Furcht lähmt so sehr, dass ich Caros Dolch kaum ausweichen kann, als sie spielerisch nach mir sticht.

»Aber ich dachte, zuerst könnten wir uns ein bisschen unterhalten«, sagt sie dann in lockerem Plauderton. »Du hast mir gefehlt. Und außerdem sollten wir die Krönungsgäste nicht beunruhigen.«

»Du hast meine Freundin getötet«, stoße ich hervor, heiser vor Zorn. »Du hast mein Zuhause niedergebrannt.«

»Ich musste dich schließlich irgendwie hierherbringen. Verkrochen hast du dich wirklich lange genug.« Caro schnaubt, doch gleichzeitig trübt etwas wie Schmerz ihren Blick. Im nächsten Moment weicht der Ausdruck einem verzückten Lächeln, das ihr Gesicht zum Strahlen bringt. »Warst du dort? Hast du es gesehen?«

»Ja«, antworte ich, während ich abermals mit meinem Messer nach ihr aushole. Ich versuche, mich an die Nahkampflektionen zu erinnern, die Roan mir gegeben hat, als wir noch Kinder waren, doch der Gedanke an ihn schürt meine Wut und Trauer nur noch mehr. Caro weicht meinem Angriff aus, ohne mich aus den Augen zu lassen.

»Wir könnten Erstaunliches erreichen, wenn wir unsere Kräfte vereinen würden, Jules.«

Ihre Worte brennen sich in mich hinein. Ich versuche, sie zu ignorieren, sie von mir zu schieben – was für eine Rolle spielen die Ereignisse von vor fünf Jahrhunderten jetzt noch, da wir uns, jede von uns mit einem Messer in der Hand, gegenüberstehen? »Amma hat dir nichts getan«, zische ich ihr zu. »Du hättest sie da rauslassen sollen. Genau wie alle anderen in Crofton.«

»Die anderen interessieren mich nicht.« Eine unbändige Freude tritt in ihre Stimme. »Das sind Würmer verglichen mit uns, Jules. Alle.«

Vor lauter Wut und Entsetzen bleibt mir meine Antwort im Hals stecken. Wieder stürze ich mich mit erhobenem Messer auf Caro.

Sie wirbelt zur Seite, und ihre eigene Klinge beschreibt einen silbernen Bogen in der Luft. »Ich kenne dich besser als jeder andere«, trällert sie geradezu. »Du bist genauso impulsiv wie früher.«

Während sie redet, tänzelt sie auf und ab und weicht meinen Hieben aus, jede ihrer Bewegungen flink, elegant, kalkuliert. Sie versucht nicht mehr, mich zu verletzen, doch mir wird bewusst, dass wir uns immer näher kommen. Caro lockt mich zu sich, genau wie sie mich *hierher*gelockt hat, denke ich bitter. Mein

Zorn entlädt sich in einem neuerlichen Angriff, und ich falle mit einem frustrierten Keuchen auf die Knie, als Caro zur Seite springt.

»Ina weint jede Nacht um ihn«, flüstert sie, und in ihren Worten schwingt nun etwas Bösartiges mit. »Er war keinen Tagestaler wert, aber sie wird fast verrückt vor Trauer um ihren treulosen kleinen Gerling.«

Die Bilder von Roan in seinem eigenen Blut, von Ammas Leiche inmitten des Schutts brennen mir hinter den Lidern. Dann noch Papa und so viele andere – ein Chor von Geistern erhebt sich in meinem Kopf. Eine Sekunde lang droht die Trauer mich zu überwältigen, meine Haut zu sprengen. Wieder werfe ich mich mit einem wortlosen Knurren nach vorn –

Und bohre Caro mein Messer in die Seite.

Sie schreit nicht, sie schnappt bloß nach Luft, als hätte ich ihr einen Schlag versetzt. Blut quillt aus der Wunde. Mit einem Japsen lasse ich das Messer fallen und stolpere rückwärts. Die Welt um mich beginnt sich zu drehen, bis nur noch ein einziges Detail gestochen scharf aus dem Gewirr hervortritt: der derbe Griff des Fleischermessers, der zwischen den Falten von Caros Seidenkleid hervorlugt.

Caro umklammert noch immer ihren Dolch, doch ihr Arm sinkt herab, nutzlos und schlaff. Es ist zu dunkel, um viel zu erkennen, doch das Blut, das rings um die Klinge aus der Wunde quillt, schimmert wie Öl. Ich kann den Blick nicht davon abwenden.

»Jules«, flüstert Caro und berührt die Wunde. Ihr Lächeln ist verschwunden. Ihre Stimme klingt so schwach und verwundbar, dass mir die Brust eng wird.

Dann sackt die Zauberin in sich zusammen.

Ich bin hin- und hergerissen, mein Instinkt drängt mich, zu ihr zu eilen und ihr zu helfen, doch ich sperre mich dagegen. *Nein, nein, nein.* Die clevere Kammerzofe, mit der ich mich auf Everless angefreundet habe, war nichts als eine Erfindung, eine Maske. Caro ist die Zauberin. Sie hat Roan Gerling getötet. Sie hat Amma getötet. Sie hat Crofton in Schutt und Asche gelegt. Daran ändert auch das Blut nichts, das ihr über die Finger rinnt, oder ihr qualvoll verzogener Mund, wie ein Messerschnitt quer durch ihr Gesicht.

Ihr Gesicht. Irgendetwas stimmt nicht damit … irgendetwas darin scheint sich zu verändern, kaum zu erkennen im fahlen Licht. Ich trete einen Schritt näher. Falten verbreiten sich über ihr Kinn, ihre Wangen, ihre Stirn. Ihre Augen sinken tiefer in ihre Höhlen, um die sich violette Schatten bilden. Ihre Haut wirkt noch blasser als gewohnt, bis sie die Farbe von Pergament, dann verblichenen Knochen annimmt.

Entsetzt sehe ich zu, wie sich als Nächstes ihr Haar silbern verfärbt, als würde der Mondschein daran haften bleiben und ihren Zopf herabrinnen, bis er ihre Schultern erreicht. Sie stößt ein heftiges Stöhnen aus und schlingt die Arme um ihren Oberkörper.

Irgendetwas veranlasst mich nun doch dazu, die letzten zwei Schritte auf sie zuzugehen. Ohne recht zu wissen, warum, drücke ich ihr meine Hand auf die Brust, direkt über dem Herzen.

Oder dorthin, wo sich ihr Herz befinden sollte. Denn zumindest in diesem Punkt scheinen die Geschichten wahr zu sein.

Ihre Haut ist eiskalt, als befände sich darunter ein Eisklumpen, der, statt eines Herzschlags, Wellen von Kälte aussendet und meine Hand taub werden lässt. Ein Frösteln windet sich meinen Arm herauf, bis ich schwören könnte, eine eisige Klaue zu spüren, die sich meine Rippen entlangtastet und schließlich mein Herz umfasst, kalt wie der Tod. Ich stoße ein Keuchen aus und mit ihm eine Wolke von Frost. Fein wie ein Schleier hängt sie zwischen uns in der Luft.

Ich habe die Geschichte über das Herz der Zauberin unzählige Male gehört, doch dies ist das erste Mal, dass ich sie *fühle*. Auf meiner Haut. In meinen Knochen. In meiner Brust. *Ich trage das Herz der Zauberin in mir.*

Einen Moment lang drängt mein Pulsschlag mich näher zu ihr, als würde das in mir gefangene Herz an seinen ursprünglichen Platz zurückstreben.

»Daran erinnere ich mich«, murmelt sie schwach, mehr an sich selbst gerichtet als an mich. Ihre klamme Hand legt sich auf meine.

Voller Grauen blicke ich ihr ins Gesicht. Es verändert sich weiter, und immer mehr Fältchen laufen fächerartig von ihren Augen- und Mundwinkeln nach außen. Sie sind fein, verglichen mit den Furchen, die der Schmerz zwischen ihre Brauen gräbt, doch sie werden tiefer und tiefer, je länger ich zusehe.

Und dann –

Ein heftiger Ruck geht durch meinen Körper. Ich kneife die Augen zu und höre, wie sich die Welt um mich neu formiert: ein einziges, kurzes Aufblitzen von Lärm. Von Licht, das selbst meine geschlossenen Lider durchdringt.

Ein Geruch. Nasses Zedernholz, Weihrauch, ein Hauch von Blut.

Noch bevor ich meine Augen wieder aufzwingen kann, weiß ich, dass ich nicht mehr im Palastgarten bin. Ich bin … anderswo.

Der Boden unter meinen Knien ist feucht, hart. Der Mond ist

verschwunden, und an seiner Stelle flackert eine kümmerliche Kerze. Caro liegt in meinen Armen, den Mund zu einem Schrei verzerrt. Der Laut ist unerträglich.

Doch es ist nicht Caros Schrei – sondern meiner. Die Kerze, die Wände um uns, Caro, alles ist in der Zeit erstarrt. Mir fällt auf, dass sie nun ein schmutziges blaues Kleid trägt, nicht mehr das nachtschwarze Seidengewand, das meine Klinge durchstoßen hat.

Wieder beginnt sich alles um mich zu drehen. Und einen Atemzug später bin ich zurück in Shorehaven.

Caro liegt in meinen Armen, ihre Augen sind geschlossen. Doch das Blut, das eben noch über den Stoff ihres Kleids geronnen ist, fließt zurück in die Wunde, während gleichzeitig das Grau aus ihrem Haar weicht.

Sie regt sich. Öffnet die Augen und sieht zu mir hoch. Ihr Blick ist voller Leben. Und voller Zorn.

4

Ich stoße die zu neuem Leben erwachte Caro von mir und springe auf die Füße. Die Welt verschwimmt vor meinen Augen. Mit klarem, funkelndem Blick stemmt Caro sich hoch auf die Knie. Übelkeit scheint meinen Magen beinahe entzweizureißen. Mit einer einzigen, entschlossenen Bewegung schließt Caro die Hand um das Messer, zieht es aus ihrem Brustkorb und lässt es ins Gras fallen.

Beim Anblick des Bluts an der Klinge wird mir schwindelig. Hastig weiche ich vor Caro zurück, während ich mich dafür verfluche, dass ich tatsächlich geglaubt habe, die Zauberin aus den Legenden sei mit einem einfachen Messer zu besiegen. Schließlich ist es mir noch nie zuvor gelungen.

Ich kann sie nicht töten.

Ina. Ich muss Ina finden.

Bevor sie mich Caro überließen, haben mich die Soldaten durch das Palasttor gebracht, also renne ich auf den nächsten Eingang zum Schloss zu. Die Tür führt in einen engen Korridor. Ich zwinge mich, mich nicht zu Caro umzudrehen, obwohl ich aus dem Augenwinkel sehe, wie sie sich langsam weiter aufrappelt.

Jeder Schritt ist eine Qual für meinen rebellierenden Magen, doch ich kämpfe mich verbissen den Gang hinunter, der zum Dienstbotentrakt gehören muss. In einer leichten Rechtskurve folgt er der Krümmung der Außenmauer, und durch einen Gang zu meiner Linken erkenne ich ein Stück Treppe. Darauf laufe ich nun zu, in der Hoffnung, dass Caro, wenn sie mir folgen sollte, nicht wissen wird, ob ich die Treppe hoch- oder runtergegangen bin. Ohne lange zu zögern, erklimme ich erst ein Stockwerk, dann zwei, dann drei. Meine Lunge und Beine beginnen zu schmerzen, doch das Adrenalin und der Gedanke an Ina halten mich bei Kräften.

Verzweifelt durchforste ich mein Gedächtnis nach jeder noch so kleinen Erinnerung an Shorehaven, daran, dass ich schon einmal hier gewesen bin. Ich kenne diesen Ort. Wohin würde sich eine junge Königin zurückziehen, die auf ihre Krönung wartet?

Gedämpfte Stimmen hallen von der gewölbten Decke wider – da ist noch jemand auf der Treppe. Ich weiß nicht, ob es Gäste, Wachen oder Bedienstete sind, nur, dass sie vermutlich meine Schritte hören, also zwinge ich mich, langsamer zu werden und in normalem Tempo weiterzugehen. Mein Herz pocht so laut in meinen Ohren, dass es beinahe das Geschwätz der Diener auf den Fluren übertönt, genau wie das Rascheln von Seide, als die vor dem Palast eintreffenden Edeldamen hereingeführt werden.

Im nächsten Stockwerk angekommen, muss ich mich entscheiden, ob ich dem dortigen Dienstbotenkorridor oder lieber weiter der Treppe folgen soll. Diesmal lasse ich mich nicht von meinem verborgenen Wissen leiten, sondern von dem, was ich auf Everless über Inas Gewohnheiten gelernt habe. Dass die Wachen vor ihren Gemächern sie stets nervös gemacht haben und wie mühelos sie die Soldaten belogen hat, die sie daran hindern wollten, das Schloss zu verlassen.

Wie ich sie kenne, wird sie sich irgendwohin verkrochen haben, wo sie allein sein kann. Einen Turm vielleicht, so weit entfernt von den Wachen wie nur möglich.

Also weiter nach oben.

Ich verdränge den Gedanken an die Kälte in Caros Brust. Mehrere königliche Dienstboten in goldenen Uniformen kommen mir entgegen, doch sie wirken beinahe genauso gehetzt wie ich und beachten mich kaum.

Nirgends Wachen. *Seltsam*, erhebt sich eine warnende Stimme in meinem Kopf. *Vielleicht ist es eine Falle?* Aber ich laufe weiter, aus Sorge, Caro zu mir hochstarren zu sehen, wenn ich auch nur einen Blick über das Geländer werfe. Meine Füße tragen mich höher und höher, bis ich in einen von Fenstern gesäumten Korridor gelange, der auf eine mächtige Flügeltür zuführt.

Ich öffne sie und betrete eine weitläufige Zimmerflucht mit hohen Fenstern, erleuchtet von einigen wenigen Lampen und Mondschein. Durch die bunten Scheiben sehe ich die Dachfirste und Turmspitzen des Palasts und dahinter das glitzernde Meer. Überall liegen Bücher, Stoffpuppen und Kleider, verstreut wie Blütenblätter.

Doch dann fällt mein Blick auf sie, und mein Herz setzt aus vor Schreck.

Ina.

Die zukünftige Königin – meine Schwester – sitzt mit dem Rücken zu mir vor einem großen Spiegel und pudert sich das Gesicht. Der Anblick ruft mir die Nacht in Erinnerung, in der ich die Gemächer der alten Königin betreten habe, im Glauben, sie sei die Zauberin, und sie in derselben Position vorgefunden habe, bleich wie ein Gespenst vor ihrem Spiegel. Aber Ina ist nicht die alte Königin. Sie ist keine leere Hülle und nicht dem Tod geweiht.

Mit klopfendem Herzen und ohne Ina aus den Augen zu lassen, mache ich einen weiteren Schritt in den Raum hinein. Ich mustere ihre hängenden Schultern, ihren matten Blick, die Schwerfälligkeit ihrer Bewegungen, als würde jede einzelne sie unermessliche Kraft kosten. Meine Freundin.

Meine Zwillingsschwester. Geboren in Briarsmoor, an jenem Tag, an dem dort die Zeit ins Stocken geriet. Dem Tag, an dem die Königin und Caro Ina mit nach Shorehaven nahmen und Papa mich davonschmuggelte. Mit einem Mal packt mich die Erkenntnis, dass sie alles ist, was mir von meiner Familie geblieben ist.

Jetzt entdeckt Ina mich im Spiegel. Die Puderdose rutscht ihr aus der Hand, prallt von ihrem hochglanzpolierten Toilettentisch ab und hüllt sie in eine flirrende Staubwolke. Ina fährt mit weit aufgerissenen Augen zu mir herum.

Für den Bruchteil einer Sekunde denke ich, dass sie auf mich zueilen und mich in die Arme schließen wird – ich sehe den Impuls über ihr offenes, vertrauensseliges Gesicht huschen, doch im nächsten Moment schleicht sich eiskalter Hass in ihren Blick. Sie streckt die Hand nach einer silbernen Glocke unterhalb des Spiegels aus, bereit, das Zimmer von Wachen stürmen zu lassen. Doch noch verharren ihre Finger in der Luft.

Flehend blicke ich sie an. »Ina.« Mein Mund ist trocken. »Bitte, hör mir einfach zu.«

Ina bewegt sich langsam, beinahe wie unter Schmerzen. Mit einer Hand nimmt sie die Glocke vom Toilettentisch und mit der anderen einen silbernen Dolch, den ich dort nicht hatte liegen sehen. Dann erhebt sie sich aus ihrem gepolsterten Sessel.

»Caro hat mir von deiner Gefangennahme erzählt.« Ihre Stimme klingt gefasster, als ich erwartet hatte, doch zugleich kälter als der eisigste, dunkelste Wintertag meines Lebens, als Papa und ich in Crofton kurz vor dem Verhungern waren.

Meine Freundin. Meine Königin. Meine Schwester. Mustert mich voller blankem Hass. Doch es ist der darunterliegende Schmerz, der mir den Anblick unerträglich macht.

»Es tut mir leid«, flüstere ich unwillkürlich. Eine heisere Bitte um Gnade, um ihr Verständnis.

»Warum? Ich weiß, dass du ein schweres Leben hattest, Jules. Ich verstehe, warum du meine Mutter gehasst hast, oder die Gerlings. Aber ich habe dir nie etwas getan. Und *Roan* hat dir immer nur geholfen.« Ihre Stimme zittert, doch ihre Hand mit dem Dolch bleibt ruhig. »Ich habe dir vertraut.«

»Ina«, wiederhole ich und hebe verzweifelt die Hände. »Ina, ich habe –«

Ich will ihr versichern, dass ich Roan nicht getötet habe. Doch bevor ich den Satz beenden kann, sehe ich wieder Ammas Gesicht vor mir. Wie sie mich im Stall umarmt hat, nur um wenige Stunden später auf dem Boden der niedergebrannten Fleischerei zu liegen, in ihrem eigenen Blut.

Ich habe Amma dazu gebracht, mir zu vertrauen. Sie hat mir geglaubt. Und trotzdem wurde sie mir genommen.

Ina tritt auf mich zu, und die Kälte, die sie ausstrahlt, ist beinahe mit Händen greifbar. Tränen steigen mir in die Augen. »Ich war immer freundlich zu dir, und als Dank dafür hast du mein Leben zerstört. Caro hat mich immer gewarnt, die Menschen würden meine Gutherzigkeit ausnutzen. Ich hätte auf sie hören sollen.« Einen letzten Schritt von mir entfernt, bleibt sie stehen. Ihre Finger umklammern so fest den Griff ihres Dolches, dass es wirkt, als wäre die Klinge ein Teil von ihr: eine einzige nadelspitze Kralle.

Eine Träne rinnt mir über die Wange, dann noch eine, doch ich wische sie nicht weg. Ich habe weder Roan noch ihre Mutter, die Königin, getötet – ich bin nicht das Monster, für das sie mich hält, doch das macht ihre Worte kein bisschen weniger wahr. Die beiden mussten meinetwegen sterben. Und nun ist Ina allein mit Caro. Caro, die vermutlich in diesem Moment auf dem Weg hinauf hierher ins Turmzimmer ist.

Ich schlucke all die Erklärungen hinunter, die ich mir eigentlich schon für Amma zurechtgelegt hatte. Es ist besser für Ina, wenn sie weiterhin an eine Lüge glaubt.

Widerstrebend rufe ich mir Caro vor Augen, Ivan, all die Gerlings, die meinem Vater das letzte Bluteisen aus der Tasche gezogen haben.

»Deine Mutter und die Gerlings haben *mein* Leben zerstört«, zische ich. In meinem Inneren regt sich die altvertraute Wut, geweckt durch meine feindseligen Worte. »Sie haben meinen Vater allein dafür getötet, dass er einen Fuß nach Everless gesetzt hat. Aber zuerst haben sie versucht, uns auszuhungern, zusammen mit allen anderen Bewohnern unseres Dorfes.«

Ina hat noch immer nicht gelernt, ihre Gefühle zu verbergen, und ich kann sie ihr trotz meines Tränenschleiers vom Gesicht ablesen: Verwirrung, Wut, Entsetzen, und wieder Wut. Jede davon trifft mich wie ein Schlag in die Magengrube, während ich nach Worten suche. Alles in mir verzehrt sich danach, ihr die Wahrheit zu sagen, irgendetwas, das sie erkennen lässt, wie es wirklich gewesen ist.

Doch es gibt nichts, kein Fünkchen Wahrheit, das sie nicht in Gefahr bringen würde. Ich suche und suche, doch es ist vergeblich.

»Die Königin war ein Fluch für Sempera, für die Armen,

denen sie den letzten Tropfen Blut aus dem Leib gesaugt hat. Was sind unsere Jahre euch denn schon wert? Deiner Mutter? Den Gerlings? Ich habe Menschen sterben sehen, während du und Roan euch bei Festbanketten vergnügt und am Bluteisen der Hungernden gütlich getan habt.« Ich muss die Worte über meine Lippen zwingen, sie förmlich hinauswürgen, doch ich mache weiter. »Die Königin hatte den Tod verdient.«

Ina läutet ihre Glocke.

Der klare, durchdringende Ton geht durch Mark und Bein. Ich höre Schritte, das Stampfen zahlreicher Stiefel, die sich der Tür nähern. Dann eine helle weibliche Stimme, die über den Lärm hinweg einen Befehl ruft.

Obwohl ich Ina gerade selbst weisgemacht habe, dass ich genau das Ungeheuer bin, für das sie mich hält, wird mir vor Schreck und Schmerz die Kehle eng, als sie nun auf mich zutritt – mit einer tödlichen Grazie, die sie auf Everless noch nicht besaß – und mir die Spitze ihres Dolches auf die Brust setzt. Doch ich blicke ihr fest in die Augen, als könnte ich ihr auf diesem Wege die Wahrheit über mich vermitteln, über *uns*. Als könnte ich in einer Sprache mit ihr kommunizieren, die keiner Worte bedarf, einer Sprache, wie Amma und ihre Schwester sie hatten, ein gemeinsames Geheimnis.

Ina presst die Lippen zusammen. Das Schweigen dehnt sich aus, lauter als die donnernden Schritte auf der anderen Seite der Tür. Unter Tränen starre ich meine Schwester an, hin- und hergerissen zwischen dem Drang, sie von mir zu stoßen, und dem, ihr wider jede Vernunft die Wahrheit zu sagen.

Schließlich, im selben Moment, als die Tür auffliegt und die Wachen hereinströmen – Caros wehendes Gewand in ihrer Mitte wie das Auge eines Sturms –, senkt Ina ihren Dolch.

Kurz darauf trifft mich ein harter Schlag an der Schläfe, und alles wird dunkel.

Als ich wieder zu mir komme, sehe ich Caros Gesicht über mir, ihre klaren Züge und leuchtend grünen Augen – der täuschende Liebreiz einer Giftpflanze. Einen Moment lang stelle ich mir vor, ich wäre wieder zurück auf Everless und würde neben ihr im Bett liegen, wie nach unserem Ausflug nach Laista, wo wir mit Ina in einer Taverne gesessen und Madel getrunken haben, um ihre anstehende Hochzeit mit Roan zu feiern. Einen Herzschlag lang bin ich glücklich. In Sicherheit.

Dann reißt mich der pochende Schmerz in meiner Schläfe zurück in die Wirklichkeit. Nach und nach kann ich den Raum um uns besser ausmachen. Ich erkenne hohe Fenster und dahinter den Sternenhimmel, dessen Abbild auch in den Spiegeln an den Wänden zu sehen ist, sodass es wirkt, als befänden wir uns in einem Meer aus Silber und Sternen.

Wir sind noch immer in Inas Zimmer. Aber Ina ist nicht mehr da.

Ich liege in Caros Schoß, deren Gesicht so jung und hübsch ist wie zuvor und an deren Körper nichts darauf hinweist, dass ich ihr vor Kurzem ein Fleischermesser in die Seite gerammt habe. Mit einer Hand stützt sie mich, während sie mir mit der anderen sanft über die Stirn streicht. Ein Schauder überläuft mich. Caro hebt die Finger vor ihr Gesicht und betrachtet fasziniert das Blut daran, das im Sternenlicht schwarz wirkt. Sie flüstert ein Wort in einer Sprache, die ich nicht verstehe, und für einen kurzen Moment züngeln Flammen aus ihren Fingerspitzen. Sie lodern hell auf und sind gleich darauf verschwunden, bevor ich auch nur reagieren kann. Danach sind ihre Hände wieder sauber. Als hätten die Flammen mein Blut aufgeleckt.

Mich beschleicht eine leise Ahnung, wie dumm ich gewesen bin. Ich dachte, ich könnte sie mit meiner armseligen Kontrolle über die Zeit besiegen. Caros Kräfte dagegen sprengen jede Grenze meiner Vorstellungskraft. Und bei dem manischen Glanz in ihren Augen bin ich mir nicht einmal sicher, ob sie sie selbst ganz versteht.

»Hör auf, mit mir zu spielen«, murmele ich benommen. »Wenn du mich töten willst, dann tu es.«

Caro zuckt zusammen und beugt sich dann über mich.

»Wie oft soll ich es dir denn noch sagen, Jules?«, fragt sie, und trotz ihrer entrückten Miene klingt ihre Stimme normal, so leise und melodiös wie immer. Wenn auch vielleicht ein wenig ungeduldig. »Ich werde dir nichts zuleide tun, solange es nicht nötig ist.«

»Bis du herausgefunden hast, wie du mir das Herz brechen kannst«, knurre ich.

»Richtig.« Ihre Augen bohren sich in meine. »Und jetzt sag mir –«

Der Rest ihrer Worte geht in einem Schwall von Musik unter. Der Klang wirkt so fehl am Platz inmitten all dieses Grauens, dass es einen Moment dauert, bis ich ihn einordnen kann. Saiteninstrumente, viele davon, gedämpft hinter Mauern. Ferne Trommeln bringen den Boden zum Beben, so leicht, dass ich es womöglich gar nicht bemerkt hätte, selbst wenn ich auf den Beinen gewesen wäre.

Caro holt tief Luft und runzelt unwillig die Stirn. »Die Krönung. Ich fürchte, ich muss dich eine Weile allein lassen, Jules.«

Sie greift in die Tasche ihres Kleids und holt ein kleines

Fläschchen mit etwas hervor, das an braunes Salz erinnert. Bevor ich mich wehren oder auch nur daran denken kann, hält sie mir die Flasche unter die Nase. Als ich einatme, senkt sich eine Art flimmernder Nebel über mich und zieht mir auch noch das letzte bisschen verbliebene Kraft aus dem Körper. Im nächsten Moment zuckt ein scharfer Schmerz von der Mitte meines Kopfes nach unten, als hätte jemand mit einem Beil mein Bewusstsein gespalten.

Ich kann mich nicht abfangen, als Caro mich von ihrem Schoß gleiten lässt, und falle zu Boden wie eine Stoffpuppe.

Durch den hämmernden Schmerz in meinem Schädel höre ich Caros Stimme, hell und scharf und gebieterisch. Sie ruft etwas die Treppe hinunter. Ich verstehe nicht, was sie sagt, doch im nächsten Moment ist sie verschwunden, und ihre Schritte entfernen sich, während die Musik ihre Worte verschluckt.

Zwei verschwommene Gestalten in dunklen wallenden Mänteln kommen zögernd auf mich zu – Soldaten der Palastwache.

Wieder kann ich nichts dagegen tun, als sie mich bei den Armen packen und mir mit einem groben Strick die Hände auf dem Rücken fesseln. Ich will protestieren, bringe jedoch nur unverständliches Gebrabbel heraus. Es ist, als hätte Caro einen schweren Schatten über meinen Verstand gelegt, der alles verhüllt, was ich bräuchte, um mich zu verteidigen.

Es würde sowieso nichts ändern, denke ich niedergeschlagen. *Wer würde einer Mörderin helfen?*

Vor meinem inneren Auge sehe ich Liams Gesicht. Ich hätte auf ihn hören sollen, denke ich vage. Ich hätte nach Ambergris flüchten sollen. Jetzt sind all unsere Pläne dahin.

Meine Unfähigkeit zu sprechen scheint den Wachen Mut zu verleihen. Sie schleifen mich zur Tür, die Treppe hinunter und durch einen Flur. Was auch immer Caro mir da unter die Nase gehalten hat, sorgt dafür, dass meine Glieder schlaff und vollkommen nutzlos sind. Ich kann lediglich versuchen, mir den Weg einzuprägen: eine Steintreppe nach der anderen hinunter, durch Korridore, die stetig enger und düsterer werden. Die ganze Zeit über höre ich dabei ein Wispern in meinem Kopf, das halb nach Caros Stimme, halb nach meiner eigenen klingt und immerzu fragt: *Warum solltest du dich wehren, warum es auch nur versuchen, du wirst ihr ohnehin nicht entkommen.*

Doch selbst das Wispern verstummt, als die Wachen mich in eine winzige Zelle schubsen und die Tür hinter mir zuschlagen.

5

In meinen Träumen verwandle ich mich in eine Schlange, mein langer Körper von smaragdgrünen Schuppen überzogen. Schatten greifen nach mir wie Finger, während ich durch die Dunkelheit gleite. Etwas Goldenes huscht vorbei. Eine schlanke Silhouette, bernsteinfarbene Augen. *Die Füchsin*, denke ich. Ein eiskalter Luftzug, Licht, als die Füchsin zu mir zurückblickt. Angst, schreckliche Angst, und hinter mir ein Geräusch, wie das Heulen eines Sturms oder eines Wolfs, der knurrend und schnappend seine Beute hetzt, der langsam näher kommt –

Erschrocken wache ich auf. Oder zumindest glaube ich, dass ich wach bin; es ist zu dunkel, als dass ich mir sicher sein könnte. Ich blinzele. Mein Blick richtet sich auf einen Lichtstrahl, der die Schwärze durchschneidet. Das Glühen dringt durch eine kleine Öffnung in meiner Zellentür. Noch immer durchströmt mich Adrenalin nach meinem Albtraum. Dieses schreckliche Heulen.

Ich stemme mich auf die Ellenbogen hoch und versuche, die Erinnerung daran zu verdrängen. Wieder blinzele ich, während meine Augen sich langsam an die Lichtverhältnisse gewöhnen. Dies muss das Verlies von Shorehaven sein – der Boden unter mir ist aus demselben elfenbeinfarbenen Stein, nur schmutzig und staubig. Im Halbdunkel erkenne ich Spuren auf dem Boden, wo ehemalige Gefangene auf und ab gelaufen sein müssen. Meine Glieder verkrampfen sich schmerzhaft, als ich mich zum Sitzen hochquäle.

Es ist still, aber nicht vollkommen. Wenn ich genau hinhöre, vernehme ich schwache Stimmen, und der Lichtstrahl wird unterbrochen, wann immer ein Wächter an meiner Tür vorbeigeht.

Die Zeit rinnt dahin, rieselt mir durch die Finger wie Sand. Stundenlang starre ich auf die Öffnung und zwinge meine Augen, sich auf das kleine helle Rechteck zu konzentrieren. Ich zähle die schwebenden Staubkörnchen im Licht. Angestrengt lausche ich auf jedes Wort der Wächter hinter dem dicken Holz, versuche, ihre Akzente einzuordnen und zu erraten, woher sie stammen. Alles, um einen klaren Kopf zu bekommen nach dem Gift, das Caro mich hat einatmen lassen, was immer es gewesen sein mag. Alles, um nicht an das Blitzen ihrer Klinge zu denken oder den eiskalten Blick in Inas Augen, deren gewohntes Leuchten erloschen ist.

Als ein neuer Schatten über den Boden meiner Zelle fällt, erstarre ich in unruhiger Erwartung.

»Ihr zwei verpasst ja die ganze Feier da unten«, ertönt eine unbekannte weibliche Stimme. »Geht ruhig, die da läuft euch schon nicht weg.«

»Wir haben Befehl von Lady Caro, die Zelle zu bewachen, Frau Hauptmann«, entgegnet ein Soldat, mürrisch, aber gleichzeitig nervös.

»Sie ist gefährlich«, fügt der andere hinzu und versetzt meiner Tür einen Fußtritt. »Hat mit bloßen Händen die Königin angegriffen. Ich war dabei.«

Vorsichtig nähere ich mich der Tür, um besser hören zu können. Im Moment komme ich mir alles andere als gefährlich vor, aber wenigstens scheint die Wirkung der Droge langsam nachzulassen, und meine Sinneswahrnehmungen kehren zurück, wenn auch noch immer getrübt.

Die Tür öffnet sich so weit, wie es die Kette erlaubt, und eine Frau späht mit kritischem Blick zu mir herein. Gleich darauf jedoch reißt sie die Augen auf, und ihre Lippen formen lautlose Worte.

Ich starre sie verwirrt an. Sie wiederholt die Worte, und diesmal erkenne ich, was sie sagt.

Stopp die Zeit!

Ich bin noch immer benebelt, und mein Kopf schmerzt, was jedoch bloß zur Folge hat, dass ich mich keine Sekunde lang mit der Frage aufhalte, warum diese Soldatin mich dazu auffordert, meine Magie anzuwenden. Mein Herz klopft wie wild. Es kostet mich keine Mühe, die Handflächen auf den Boden zu pressen und den Lauf der Zeit um mich zu verlangsamen. In meiner Benommenheit sehe ich beinahe die Fäden, die von meinen Händen ausgehen, vorbei an der Frau in der Tür, und die beiden Wachen einhüllen. Sie erstarren wie zwei Aufziehpuppen, deren Räderwerk zum Stillstand gekommen ist.

Ich kann den Zustand nicht lange aufrechterhalten, dafür bin ich zu schwach. Doch das ist auch nicht nötig. Die Frau geht den Flur hinunter und erstickt dabei die reglosen Flammen der Fackeln. Ihre Gesten sind knapp und präzise. Kurz bevor mir die Zeitfäden wieder entgleiten, kehrt sie zurück an ihren Platz.

Die Welt setzt sich wieder in Bewegung.

Dunkelheit breitet sich aus, und die Frau stößt einen glaubhaften Angstschrei aus. Als Nächstes höre ich zwei dumpfe Schläge, gefolgt von je einem schweren Ruck. Der zweite Soldat hat noch Zeit, ein heiseres, ersticktes Grunzen von sich zu geben, bevor er das Bewusstsein verliert. Mir stockt der Atem. Dann höre ich ein Zischen, als eine Fackel entzündet wird.

Die Schritte der Frau nähern sich wieder meiner Zelle, dann öffnet sich die Tür ganz.

Ich kneife die Augen zusammen und erkenne eine Palastsoldatin mit einem langen geflochtenen Zopf. Sie trägt dieselbe Uniform wie meine anderen Wächter. Ich habe sie noch nie gesehen. Während sie atemlos in meiner Tür steht, löst sich eine weitere Gestalt aus den Schatten am anderen Ende des Korridors.

Es ist Liam.

Kurz bin ich mir sicher, dass das Riechsalz, mit dem Caro mich in Inas Gemach betäubt hat, Halluzinationen verursacht, doch dann kommt Liam in meine Zelle geeilt, und ich weiß, dass er real ist. Liam, der mir eröffnet hat, dass ich die Alchimistin bin, der mich schon auf Everless aus Caros Fängen befreit hat. Niemals könnte meine Einbildung so überzeugend seine gewandten Bewegungen nachahmen, oder die Haarsträhnen, die sich aus seinem Zopf gelöst haben und ihm ins Gesicht fallen. Er wirkt blasser und ausgezehrter als zuvor auf Everless, aber gleichzeitig imposant in seinem flaschengrünen Militärrock mit glänzenden Goldknöpfen und Epauletten. Auf seiner Brust prangt das Wappen der Gerlings.

Er nickt der Soldatin zu, die daraufhin lautlos davoneilt. Als Letztes sehe ich ihren schwingenden Zopf um die dunkle Ecke verschwinden.

Meine alte Angst vor den Gerlings und besonders Liam packt mich, als er mit drei Schritten meine Zelle durchquert, und ich weiche unwillkürlich zurück. Mir war klar, dass er ebenfalls im Palast sein würde, doch ihn nun vor mir zu sehen ist etwas vollkommen anderes.

Ich schlucke. Trotz meiner Benommenheit sehe ich sein Gesicht im Fackelschein gestochen scharf. Der Ausdruck in seinen Augen wandelt sich von Reserviertheit über Erleichterung zu Furcht.

»Jules«, sagt er, und mein Name entfährt ihm wie ein lang angehaltener Atemzug. »Du lebst.«

Als ich ihn das letzte Mal gesehen habe, hat er mir zur Flucht aus den Verliesen von Everless verholfen und mich auf den Weg nach Ambergris geschickt, wo ein Freund aus den wilden Landen auf mich warten sollte. Er hat mir das Leben gerettet. Nicht, weil er dazu gezwungen war – er hat es einfach getan. Jetzt geht er vor mir in die Hocke und mustert mich: meine zerlumpten Kleider, die Wunde knapp unter meinem Haaransatz. Er strahlt Wärme aus und gleichzeitig Sorge. »Du bist nie in Ambergris angekommen, wie wir es geplant hatten. Ich dachte, du wärst vielleicht von Bluträubern …«

Ich senke den Blick. Ich hatte nicht erwartet, dass er sich um mich sorgen würde. »Mir geht es gut.«

Lass dir nichts anmerken.

Es hatte seinen Grund, dass ich Everless verlassen habe, ohne mehr als *Danke* zu sagen. Ich kenne Liam kaum – aber Roan kannte ich auch nicht viel besser, und Caro hat ihn dennoch getötet. Zu viel ist zwischen uns passiert in der kurzen Zeit, seit Liam und ich zu Verbündeten geworden sind. Unser Schweigen wirkt aufgeladen. Gefährlich.

Ich stütze mich an der Wand ab und versuche, mich auf die Füße zu stemmen, weil ich vor ihm nicht schwach erscheinen will. Liam streckt die Hand nach mir aus, und ich zucke zurück. Wenn Caro herausfindet, dass er mir hilft …

»Du hättest nicht kommen sollen«, sage ich.

Ein verletzter Ausdruck huscht über sein Gesicht. »Das könnte ich genauso gut zu dir sagen. Umso mehr Grund, schnell von hier zu verschwinden.« Er ergreift mich beim Arm und hilft mir auf die Füße, lässt mich jedoch sofort wieder los und beginnt, die Fesseln um meine Handgelenke zu lösen. »Was ist denn passiert? Hat Caro dir etwas getan?«

Diesmal sehe ich ihm in die Augen. Ich weiß, dass er auf meine Stirnwunde anspielt, doch die ist nur ein winziger Teil dessen, was Caro mir angetan hat. »Sie hat Crofton niedergebrannt«, sage ich. Allein beim Gedanken daran wird mir wieder die Kehle eng. An den Qualm, die Schreie. Die hasserfüllten Blicke der Überlebenden. Ammas Leiche.

Liam wird blass. »Was? Niedergebrannt?«

»Ja, komplett, bis alles in Schutt und Asche lag.« Mein Blut gerät in Wallung. »Also hast du nicht einmal davon gehört? Zumindest hat sich kein Gerling blicken lassen.«

Liam senkt verschämt den Blick, doch seine Stimme klingt scharf. »Ich habe mich in letzter Zeit nicht sonderlich viel mit Gerling-Angelegenheiten befasst. Alles, woran ich denken konnte, warst du. Deine Sicherheit«, fügt er dann schnell hinzu.

»Ivan war da«, fahre ich fort, heiser vor wieder aufkeimendem Schmerz. »Das Dorf ist vollkommen zerstört.«

Liam wird stocksteif, und seine Finger verharren reglos an meinen Handgelenken. Er scheint nicht einmal zu atmen. Dann gibt er sich einen merklichen Ruck, und gleich darauf fallen meine Fesseln zu Boden. Nach einem kurzen Blick in den Flur winkt er mich heran und ergreift stützend meinen Arm.

»Wir hatten einen Plan«, sagt er leise, aber schroff.

»*Du* hattest einen Plan«, entgegne ich und muss dem Drang widerstehen, ihn von mir zu stoßen. Ich stelle mir vor, wie

Caro mich von irgendwoher im Verborgenen beobachtet. Ärger schwillt in meiner Brust an und presst die Worte lauter über meine Lippen als beabsichtigt. Liams rechthaberische Art macht mich wütend, selbst nach allem, was passiert ist.

Meinen Arm fest umfasst, führt er mich aus der Zelle in den engen, schummrigen Flur. »Das spielt jetzt keine Rolle mehr. Als Erstes müssen wir hier weg.«

Ich lehne mich, Halt suchend, an die Wand, während er die beiden bewusstlosen Wächter in die Zelle schleift. Dann nimmt er ihnen die Schlüssel ab und verschließt die Tür hinter ihnen. Ich fange seinen Blick auf. Trotz seiner nüchternen Miene sehe ich etwas in seinen Augen blitzen, wie eine Münze am Grund eines Brunnens. Angst. Um mich. Im nächsten Moment ist der Ausdruck verschwunden, dennoch zieht sich mir der Magen zusammen.

Liam löst eine Öllaterne von der Wand und leuchtet uns den Weg. »Sag mir wenigstens, dass Caro dich nicht gesehen hat.«

Mein Schweigen ist Antwort genug.

»Jules, Crofton war vermutlich eine Falle für dich«, weist er mich zurecht.

»Das habe ich inzwischen auch begriffen«, entgegne ich unwirsch.

»Sie kennt dich –«

»Sie kennt die Alchimistin«, fauche ich, doch das Fünkchen Wahrheit in Liams Worten sengt sich mir unangenehm in die Haut. Natürlich war es eine Falle. Caro war klar, dass ich kommen würde, wenn Crofton Gefahr drohte. Vor wenigen Stunden noch hat sie ein Messer auf meine Brust gerichtet und mich wegen meiner Impulsivität aufgezogen. »Nicht *mich*«, füge ich dennoch hinzu.

Erinnerungen an meinen Albtraum in der Zelle holen mich ein, ein Gewirr aus Fragmenten meiner Vergangenheit, tief vergraben in meinem Bewusstsein. Blut und Magie, Schwäche und Stärke, Füchsin und Schlange, und ein entsetzliches Heulen in der Ferne.

»Was ist los?«, fragt Liam. Ohne es zu merken, bin ich langsamer geworden.

Schnell schließe ich zu ihm auf. »Meine Erinnerungen kehren zurück. An – frühere Leben.« Ich versuche, unbeteiligt zu klingen. Die Wahrheit fühlt sich befremdlich an, beinahe wie eine Lüge. »Woher hast du gewusst, dass ich hier bin?«

»Ich habe das hier auf dem Boden gefunden.« Während wir weiter durch die stillen Flure eilen, zieht er etwas aus der Tasche und hält es mir hin. Mein Notizbuch.

»Du hättest es nicht mitnehmen sollen«, sage ich mit zittriger Stimme. »Wenn dich jemand damit erwischt, wissen sie, dass du mir hilfst.«

»Denk nach, Jules.« Liam lässt das Buch zurück in seine Brusttasche gleiten. Er wird langsamer und öffnet eine Tür zu unserer Rechten. Wir betreten einen weiteren verlassenen Flur, der von nur wenigen Zimmern gesäumt ist. Ein Gästeflügel. Jeden Moment könnte eine der Türen auffliegen, und dann wären wir am Ende. Ich kann nur beten, dass die Bewohner gerade unten bei den Feierlichkeiten sind. »Es gibt noch einen anderen Grund, aus dem ich auf der Suche nach dir sein könnte. Schließlich heißt es, du hättest meinen Bruder getötet. Niemand würde vermuten, dass wir Verbündete sind.«

Ein Schauer überläuft mich, als mir die Bedeutung seiner Worte klar wird. Caro und Ivan gehen davon aus, dass Liam mir feindlich gesinnt ist. Kein Wunder. Er hätte jedes Recht, mich zu hassen. Zwar habe ich Roan nicht getötet, aber ohne mich und meine kindische Schwärmerei für ihn wäre er noch am Leben.

Liam schweigt, bis wir einen der höher gelegenen Korridore erreichen, der mit dicken silbernen und blauen Teppichen ausgelegt ist. Wandbehänge zeigen Szenen aus der Geschichte Semperas. Während Liam voraneilt, entfaltet sich rechts und links von mir das Leben der Königin in einer Abfolge kunstvoll gewebter Schlachten samt schillernd roten Blutlachen. Ein nahezu grotesker Anblick.

Eine Gestalt jedoch zieht meine Aufmerksamkeit besonders auf sich. Es ist ein Mann mittleren Alters, der auf einem schwarzen Pferd sitzt und eine grün-goldene Fahne schwenkt, während rings um ihn der Krieg tobt. Zu seinen Füßen steht ein stolzer silbergrauer Hund. Der Mann hätte nichts weiter Bemerkenswertes an sich, wäre da nicht sein Gesicht: Selbst in dieser winzigen Darstellung wirkt es geradezu gelangweilt.

Ich bleibe stehen. Beinahe ohne mein Zutun hebt sich meine Hand und nähert sich dem Wandteppich. Dann jedoch holt mich das ferne Lachen einer Frau in die Wirklichkeit zurück, und ich eile hastig Liam nach.

Am Ende des Korridors zieht Liam einen Schlüssel hervor und öffnet eine blaue Tür. Wir schlüpfen hindurch, und ich atme erleichtert auf.

Es ist das Gemach einer Edeldame, unschwer zu erkennen an der Unmenge von Kleidern und Schmuckstücken, die überall herumliegen, als hätte jemand Stunden damit verbracht, sie anzuprobieren, und alles Verschmähte achtlos auf den Boden geworfen. Um ein Haar wäre ich auf eine Perlenkette getreten. Wut keimt in mir auf angesichts dieser gedankenlosen Opulenz, wenn auch gedämpft durch die Bilder von Rauch und Feuer, die noch immer meinen Kopf erfüllen.

Mit steifen, schweren Gliedern lasse ich mich in einen gepolsterten Sessel fallen. Liam tritt unterdessen vor den sperrangelweit offen stehenden Kleiderschrank, der einen Schwall Samt und Seide ins Zimmer zu speien scheint.

Erst jetzt, als ich still sitze, wird mir das Ausmaß der Gefahr bewusst, in der wir uns befinden. »Warum nimmst du ein solches Risiko auf dich, Liam?«, frage ich leise, während er die Kleider durchwühlt.

Es dauert einen Moment, bis er antwortet. »Das Schicksal Semperas ist untrennbar mit deinem verknüpft«, sagt er schließlich, ohne sich zu mir umzudrehen. Wieder fallen mir seine Worte ein, nachdem er mich aus Everless fortgebracht und mir eröffnet hat, ich sei die Alchimistin. Als er versucht hat, mich zur Flucht zu bewegen.

Wenn die Königin dich findet, wird sie dich töten. Und wenn sie dich tötet, bekommt sie ihre Macht zurück.

Ich erschaudere bei der Vorstellung, wie Caro meinen Widerstand brechen will. Sie will sich meinen Körper zu eigen machen, genau wie zuvor den der Königin, sich meine Magie überstreifen wie einen Handschuh, um die Welt ihrem Willen zu beugen. Ich schiebe den Gedanken von mir und sehe erleichtert hoch, als Liam sich zu mir umdreht, in den Händen ein Bündel indigoblauen, spitzenbesetzten Samt.

»Was ist denn das?«, frage ich und hätte beinahe gelacht.

Liam blinzelt. Er macht ein paar Schritte auf mich zu, dann aber bleibt er stehen und legt das Kleid auf ein kleines Tischchen. »Ganz Shorehaven ist in höchster Alarmbereitschaft, während du hier bist«, sagt er. »Es wird nicht lange dauern, bis sie die ohnmächtigen Wächter finden. Die Soldaten werden Ausschau nach allem halten, was ihnen ungewöhnlich vorkommt, aber Ina und Caro werden für den Rest des Abends mit der Krönung beschäftigt sein. Sie werden nicht damit rechnen, dass du dich unter die Gäste mischst, wo dich jeder sehen könnte. Das ist unsere beste Chance zur Flucht.«

»Die Krönung«, wiederhole ich. Selbst nach unserer Begegnung im Turm ist es eine seltsame Vorstellung: Ina – meine Freundin, meine *Schwester* – wird die neue Königin von Sempera sein. Dann dringt der Rest von Liams Worten zu mir durch, und ich stoße ein Schnauben aus. »Denkst du denn, Ina wird mich nicht erkennen, bloß weil ich ein teures Kleid trage?«

Liam hebt etwas Dunkles, halb Durchscheinendes von dem Haufen Stoff. Ein Schleier.

»Alle Damen tragen heute so etwas«, entgegnet er ruhig, aber mit einem Unterton, den ich nicht recht deuten kann. »Als Zeichen des Respekts. Für das, was eigentlich eine Hochzeit hätte sein sollen.«

Roans Hochzeit. Plötzlich bildet sich ein Kloß in meinem Hals, und ich schlucke. »Wenn wir auffliegen, wirst nicht mal du dich rausreden können.«

»Glaubst du etwa, das weiß ich nicht?«, entgegnet Liam gereizt. »Ich weiß, dass mir der Tod droht, wenn das hier schiefgeht. Und genau darum solltest du mir vertrauen.« Er greift wieder nach dem Kleid und wirft es mir in den Schoß, ohne mir dabei in die Augen zu sehen. »Zieh dich um, damit wir es endlich hier rausschaffen und ich dich nach Ambergris bringen kann.«

Ich schließe die Hand um den kühlen Stoff, doch ansonsten rühre ich mich nicht. »Du solltest dich lieber in Sicherheit bringen, bevor uns jemand erwischt.«

Ich versuche, mir den alten Liam vor Augen zu rufen, aus meiner Zeit in Crofton und Everless, als er noch mein Feind war. Seine kerzengerade Haltung, seine steinerne Miene, den eisigen Blick. Liam Gerling, wie er früher war, gefürchtet und grausam und stets wie in eine unsichtbare Rüstung gehüllt.

Fast hätte es funktioniert, doch dann sagt er: »Die Gefahr kümmert mich nicht.«

»Sag das nicht«, fahre ich ihn an und richte meinen Blick auf einen Punkt irgendwo über seiner Schulter. Er steht so dicht bei mir, dass ich ihn fast berühre.

Aber das tue ich nicht. Ich muss ihn von mir stoßen, genau wie zuvor Ina. Es ist der einzige Weg, ihn zu beschützen.

Worte quellen über meine Lippen wie heißes Gift. »Ich will – ich will nicht, dass noch mehr Blut an meinen Händen klebt. Nicht mal deins.«

»Nein«, sagt Liam leise. »Natürlich nicht.«

Eine eisige Last senkt sich auf meine Brust. Ich ziehe mir die Ärmel über die Hände und balle die Fäuste, bis sich meine Fingernägel in meine Handflächen bohren, konzentriere mich voll und ganz auf den Schmerz anstelle des Stachels, der sich mir mit jedem Wort, das ich sage, tiefer ins Fleisch gräbt. »Ich habe dich so lange gehasst. Ich hatte Angst vor dir. Kannst du nicht verstehen, warum es mir schwerfällt, dir jetzt zu vertrauen?«

Liams sucht in meinem Blick, als könnte er darin die Antwort finden. Doch ich gebe nichts preis.

Schließlich sagt er: »Wir sind keine Kinder mehr. Ob du mich nun liebst oder hasst, wir haben einen gemeinsamen Feind.«

Rasch verschränke ich die Arme, um ihr Zittern zu verbergen. Ich kann nur hoffen, dass Liam die Geste als Zeichen von Wut deutet. »Und das ist alles, was uns verbindet.«

Energisch raffe ich die Sachen zusammen, die Liam mir herausgesucht hat, und marschiere schnurstracks in das Ankleidezimmer nebenan. Dabei zwinge ich mich, ihm nicht ins Gesicht zu sehen, obwohl alles in mir danach schreit. Im Gehen schnappe ich mir einen schlanken Dolch von einer Kommode.

Nicht gerade Ammas Fleischermesser, aber besser als gar nichts.

Während ich mir Gesicht und Arme wasche und mich aus meiner Reisekleidung schäle, gibt Liam mir durch die Tür knappe Anweisungen. Ina wird in diesen Sekunden zur Königin gekrönt – bei der Vorstellung bekomme ich eine Gänsehaut – und nach der Zeremonie wird sich die ganze Gesellschaft zum Feiern im östlichen Ballsaal versammeln. Die angrenzende Terrasse geht zur Bucht hinaus, und tief darunter fällt steil die Klippe ab. Wir werden den Saal durchqueren und über eine Treppe bis in die Bucht hinuntersteigen, wo Liams Freund Elias, ein weiterer geladener Krönungsgast, das Boot vertäut hat, das uns von dort fortbringen wird.

Während ich mein Haar richte und in das Kleid schlüpfe, würde ich Liam am liebsten fragen, ob er wirklich glaubt, dass es funktionieren wird. Und – der Gedanke fühlt sich an wie die Spitze einer Klinge auf meiner Brust – ob er mich auf meiner Flucht begleiten wird.

Stattdessen jedoch ziehe ich mir den Schleier übers Gesicht, und die Welt verschwindet hinter einem Muster aus grauem Taft. Erst dann, während Liam mir erklärt, dass ich mich als Elias' Cousine aus Connemor vorstellen soll, wage ich es, einen Blick in den Spiegel zu werfen.

Das Kleid passt wie angegossen. Die Farbe erinnert an den

Himmel in einer Hochsommernacht, mit Sternbildern aus weißer Spitze an den Armen und über dem Schlüsselbein. Ein tiefer Rückenausschnitt gibt den Blick auf meine Schulterblätter frei. Mit meinem verhüllten Gesicht und dem Dolch, den ich mir unsichtbar mit meinem Gürtel um die Wade geschnürt habe, könnte ich tatsächlich als ganz normaler Krönungsgast durchgehen. Solange sich niemand zu sehr dafür interessiert, was sich hinter dem Schleier verbirgt.

Liam ergeht sich unterdessen in einer detailgenauen Beschreibung des Wegs, auf dem wir uns am geschicktesten durch den Ballsaal bewegen. Doch als ich aus dem Ankleidezimmer trete, verstummt er abrupt, und seine Augen werden groß. Eine Sekunde lang wünsche ich mir verzweifelt, dies wäre mehr als bloß eine Scharade und ich wäre wirklich auf dem Weg zur Krönung meiner Schwester, mit jemandem an meiner Seite, der mich genau so ansieht, wie Liam es in diesem Augenblick tut. Wünsche mir, ich könnte den Ballsaal betreten und mit ihm tanzen, ohne mein Gesicht zu verbergen.

Doch ich war noch nie Teil dieser Welt. Und Liams überraschte Miene weicht bereits wieder seiner gewohnt kühlen Nüchternheit. Er ist vielleicht mein Verbündeter, aber er darf niemals mehr für mich sein. Ich darf Caro nicht noch mehr Gelegenheit bieten, mir das Herz zu brechen. Sie hat schon genug zerstört.

Ich schlucke. Dann trete ich hinaus in den Flur, und Liam und ich folgen der Musik, die von unten heraufschallt.

6

Als wir den Ballsaal erreichen, weichen meine Angst und Wut für einen Moment purem Staunen.

Der Fußboden und die Wände sind aus hellem, silbern und schwarz geädertem Marmor, genau wie der Rest des Schlosses. Die Decke ist eine Glaskuppel, die einen Blick auf das satte Farbenspiel des Sonnenuntergangs über dem Ozean gewährt. Rotes, orangefarbenes und violettes Licht strömt die Wände herab, flutet den Boden und taucht die Menschen, die sich auf der Tanzfläche drehen – es sind so viele, sicher mehr als zweihundert –, in flüssiges Gold. Ich umfasse Liams Arm fester.

Doch er schreckt kaum merklich zurück, was mir in Erinnerung ruft, dass er, ungeachtet des Lächelns auf seinen Lippen, Angst hat und wir in Gefahr sind. Er nimmt mich beim Ellenbogen und führt mich die Treppe hinunter ins Getümmel. Der Saum meines Kleids streift über den Boden, und ich spüre das Gewicht des Dolches unter meinem Rock.

Im vorderen Teil des Raums erhebt sich ein breites Podest, auf dessen Stufen verteilt ein Orchester sitzt. Noch nie habe ich etwas Vergleichbares gesehen: Dutzende von Musikanten spielen gleichzeitig auf Cellos und Hörnern und Trommeln und anderen Instrumenten, die ich nicht einmal benennen kann. Ich sehe eine lange Flöte, die aus einem menschlichen Knochen zu bestehen scheint. Die Musik ist wunderschön und lässt mich gleichzeitig erschaudern. Als wir weitergehen, umfängt mich die Melodie wie eine Sprache, die ich nicht spreche und die mich dennoch auf sonderbare Weise berührt.

Oberhalb des Orchesters steht ein verlassener Thron aus dunklem glänzendem Holz.

Auf halbem Weg die Treppe hinunter bleibt Liam stehen und wendet sich mir zu. Er beugt sich zu mir vor und flüstert mir etwas ins Ohr. Ich bemühe mich, nicht allzu offensichtlich zu erzittern.

»Dort drüben. Siehst du die Tür?«

Er deutet mit dem Kinn auf eine offene Fenstertür am anderen Ende des Saals, durch die ein üppig grüner Garten zu sehen ist und leises Wellenrauschen hereindringt. Unser einziger Fluchtweg liegt in unerreichbarer Ferne, hinter einem Meer aus Tanzenden. Ich nicke.

Liam lächelt steif einem vorüberschreitenden Paar zu. »Dahinter liegt die Terrasse.«

Als wir das Ende der Treppe erreichen, rechne ich jeden Moment damit, dass mir die Umstehenden die Köpfe zuwenden und die üblichen *Mörderin*-Rufe ertönen, Schleier hin oder her.

Doch nichts passiert. Die Paare – Männer in Militäruniformen und Frauen in prachtvollen Roben samt Schleiern – folgen einer komplizierten Choreografie, und niemand beachtet mich. Alle sind voll und ganz aufeinander konzentriert. Dennoch streifen mich vereinzelte Blicke, und mein Herz fängt an zu klopfen, bis mir die Gerüchte wieder einfallen, die vor einiger Zeit durchs Land gingen, über Liam und die vielen reichen Heiratskandidatinnen, die Lady Verissa ihm vorführte und die er eine nach der anderen ablehnte. Kein Wunder, dass ein Mädchen an seinem Arm da Aufmerksamkeit erregt, aber das ist nun nicht zu ändern.

Eine Traube von Gästen mit Weingläsern in den Händen kommt uns entgegengeschlendert und plaudert über das Angebot an der Banketttafel. Ein Mann in dunkelrotem Rock löst sich von den anderen und steuert geradewegs auf Liam zu. Mein Magen verwandelt sich in einen Stein, als ich Lord Renaldi von dem Gartenfest auf Everless wiedererkenne. Er war derjenige, der gedroht hat, Bea ein Jahr abzuzapfen, nachdem sie ihm versehentlich Wein über die Weste gegossen hatte. Zum Glück konnte Roan mit seiner charmanten Art ihn schnell wieder besänftigen.

»In was für faszinierenden Zeiten wir doch leben«, posaunt er nun leicht lallend. »Der erste Machtwechsel in fünf Jahrhunderten, und wen bekommen wir als neue Königin? Ein Schulmädchen.« Er grinst Liam an und schlägt ihm, röhrend vor Lachen, auf die Schulter.

Ich erstarre. Mag sein, dass Ina mir nicht mehr vertraut, aber es trifft mich dennoch, jemanden so abfällig über sie sprechen zu hören. Ich muss mich zusammennehmen, um dem Mann nicht sein Glas aus der Hand zu reißen und den Inhalt ins Gesicht zu schütten.

»Was sagen Sie dazu, Lord Gerling?«

Liam lächelt. Sein Blick ist frostig, doch Renaldi scheint zu betrunken, um es zu merken. »Wir werden sehen«, sagt er. Dann setzt er der Unterhaltung mit einem knappen Nicken ein Ende und schiebt mich sachte voran.

Gelächter steigt zur Decke auf. Die Gruppe bewegt sich weiter. Als Liam zu mir herunterblickt, wird mir bewusst, dass ich die Fäuste geballt habe. *Zweifelst du etwa auch an Ina?*, würde ich ihn am liebsten fragen, doch das hier ist weder der richtige Moment noch der richtige Ort dafür.

»Siehst du? Niemand erkennt dich«, murmelt Liam mir zu. Dann legt er mir die Hand ins Kreuz. Keinem, der uns beobachtet, würde der Unterschied auffallen, doch Liams Berührung ist distanziert und unpersönlich, sein Lächeln hohl.

Ganz in der Nähe der Treppe hat sich eine kleine Menschenmenge versammelt, und jeder, der hinunterkommt, macht dort halt. Auch Liam steuert mich darauf zu, und ich recke neugierig den Kopf. Dann wird mein Mund trocken.

An einem Tisch im Zentrum der Gruppe sitzt eine Zeitpfänderin mittleren Alters. Sie ist so vornehm gekleidet wie alle anderen hier, in einem tannengrünen, mit goldener Spitze verzierten Kleid, und hat ihre silbernen Utensilien vor sich ausgebreitet. Es sind zierlichere, glänzendere Instrumente als die, die ich bei Duade in Crofton gesehen habe, oder bei Wick, dem Mann, von dem ich mir in Laista zehn Jahre habe abzapfen lassen. Dennoch wirken sie nicht weniger scharf, nicht weniger bedrohlich.

Der Anblick erfüllt mich mit Verwirrung. Etwas ist anders – die Leute, die einer nach dem anderen bei ihr Platz nehmen, lächeln und plaudern mit ihr, reichen ihr bereitwillig ihre Hände. Den Wartenden in der langen Schlange vor Duades Laden in Crofton war die Verzweiflung anzusehen: Mit geneigten Köpfen beteten sie leise zur Zauberin, sie möge ihnen nur eine oder zwei Stunden schenken. Als ich bei Wick in Laista war, hat er jedem Kunden zunächst einen Tropfen Blut abgenommen und den Zeitgehalt darin gemessen, indem er ein Pulver hineingestreut und das Ganze angezündet hat. Dann hat er sorgfältig die Sekunden bis zum Erlöschen der Flamme gezählt, um sicherzugehen, dass er sein Gegenüber nicht tötete, indem er ihm zu viel abzapfte. Diese Zeitpfänderin dagegen hält sich nicht mit Messungen auf. Jeder hier kann einige Jahre entbehren, wenn nicht gar Jahrzehnte.

Soeben wendet sich ein Paar von ihrem Tisch ab und kommt an uns vorbei. Ich höre, wie die Frau sagt: »Vorsicht, Liebling, du machst mir noch Blutflecken auf mein Kleid!«

»Was hat das zu bedeuten?« Wut und Empörung brechen sich in meinem Flüstern Bahn.

Liam blickt sich nervös um. Ich weiß, was er denkt – dass sich die Schlange von Wartenden genau zwischen uns und der Terrassentür befindet. Was auch immer an diesem Tisch vor sich geht, wir werden nicht darum herumkommen.

»Ein Blutzehnt zu Inas Ehren«, murmelt er mir zu und zieht mich dichter an sich. »Jeder hier muss ein Jahr von seinem Blut für sie geben. Eine Art Geschenk zu ihrer Krönung. Tut mir leid, mir war nicht klar –«

Mein Magen zieht sich zusammen. Ein ganzes Jahr. Und niemand hier scheint sich daran zu stören. Im Gegenteil, die Leute lachen und scherzen, während sie sich die Ärmel hochkrempeln und ihre entblößten Unterarme vorstrecken, bleich wie Fischbäuche im flackernden Kerzenschein. Ihre Haut ist glatt. Unversehrt. Ohne ein Anzeichen dafür, dass sie sich jemals Blut haben abzapfen lassen.

Ein Jahr ist nichts für sie. Weil sie noch nie zuvor eines geben mussten.

Ein Mann mit silbernem Haar erhebt sich vom Tisch der Zeitpfänderin. Die Frau verkorkt eine Phiole mit seinem Blut und legt sie zu den bereits Dutzenden von anderen in eine samtgefütterte Schatulle. Alles, was den Mann zu kümmern scheint, ist, dass das Blut seine teure Kleidung besudeln könnte, und er tupft sich die Hand mit einem bestickten Taschentuch ab.

Das Blut in den Phiolen funkelt wie eine Sammlung Edelsteine. Ein Mann hinter mir fängt meinen Blick auf und fragt: »Stehen Sie an?«

»Ja«, antwortet Liam für mich. Er zieht mich neben sich und raunt mir zu: »Keine Sorge. Ich gebe einfach ein Jahr für dich mit.«

»Danke. Ich – ich glaube sowieso, meine Zeit kann niemand einnehmen«, stammele ich. »Als Caro auf Everless versucht hat, sie zu trinken, ist sie fast daran gestorben. Glaubst du, bei Ina wäre das genauso?« Meine Worte versiegen, als mir ein noch beängstigenderer Gedanke kommt. Was passiert, wenn Caro mein Blut noch einmal in die Finger bekommt? Zu welcher finsteren Magie würde es sie ermächtigen?

Durch den Stoff meines Schleiers sehe ich Liams Entsetzen. Trotz seiner jahrelangen Studien war ihm diese Eigenheit meines Bluts unbekannt.

Mit einem Mal wirkt er schrecklich jung, und mir wird bewusst, was wir im Grunde sind: ein Junge, der, so klug und gebildet er auch sein mag, gerade einmal neunzehn Jahre alt ist, und ein Mädchen, das die Erinnerungen, das Wissen und die Magie von Jahrhunderten in sich trägt, aber keinerlei Zugriff darauf hat.

Die Schlange bewegt sich vorwärts, und als Nächstes ist Liam an der Reihe. Er drückt mir sanft den Arm, bevor er an den Tisch tritt, während ich wie erstarrt zurückbleibe. In meinem Kopf rast alles durcheinander. Der Blutzehnt. Liams Angebot, eines seiner Lebensjahre für mich zu geben. Die überwältigende Furcht, Caro könnte abermals an mein Blut gelangen und durch meine Schuld noch mehr Schaden anrichten.

Ich sehe, wie das Messer Liams Haut aufschlitzt, und mir wird schwindelig. *Es ist nur seine Hand. Nur seine Hand.* Ich wende mich ab, damit ich sein Blut nicht sehen muss.

Als es vorbei ist, dreht Liam sich mit einem geduldigen Lächeln zu mir um. »Sie müssen meine Liebste entschuldigen«, sagt er, und seine Stimme trieft vor Charme. »Den Anblick von Blut erträgt sie einfach nicht.«

»Na, na«, entgegnet die Frau im selben höflichen Plauderton, doch ich registriere eine unterschwellige Schärfe darin. »Sie kann ja die Augen schließen, oder Sie können ihr die Hand halten.«

Dann hebt sie die Stimme und wendet sich direkt an mich. Ihr herausfordernder Blick gefällt mir nicht. »Sie wollen doch sicher nicht auf die Ehre verzichten, Ihre Zeit für unsere Königin zu geben?« Jetzt klingt sie geradezu anklagend. »Man hört, sie will sich einen Bluteisenstein für ihre Krone anfertigen lassen.«

Mit Schrecken werde ich mir dessen bewusst, dass die Leute ringsum einer nach dem anderen auf mich aufmerksam werden und neugierig die Köpfe in meine Richtung wenden. Ihr Interesse ist wie ein beunruhigender Luftzug, der mir den Schleier vom Kopf zu reißen und mein Mörderinnengesicht der versammelten Gesellschaft preiszugeben droht.

Also trete ich vor, meine Glieder bleischwer vor Furcht. »Selbstverständlich nicht«, antworte ich leise und betont schüchtern, während ich mir den Ärmel hochkrempele. Liam legt den Arm um mich, und obwohl seine Berührung mich kurz zuvor noch beunruhigt hat, bin ich nun dankbar dafür. Als die Zeitpfänderin nach meinem Handgelenk greift, beugt er sich vor, als wollte er mir einen tröstenden Kuss auf die Schläfe geben. Stattdessen jedoch streifen seine Lippen mein Ohr.

»Mach dir keine Sorgen.«

Doch im selben Moment, als die Frau die Klinge hebt, wird es still im Saal, und überall um mich wenden sich die Menschen ruckartig zum Thron um. Die Zeitpfänderin lässt meine Hand los und sinkt in eine tiefe Verbeugung, als sich die Tür hinter dem Thron öffnet und zwei junge Frauen in prunkvollen Gewändern erscheinen.

Caro. Gefolgt von der frisch gekrönten Königin von Sempera: Ina Gold.

7

Furcht durchzuckt mich. Seit Caro den Saal betreten hat, erscheint mir der Schutz meines Schleiers unzureichend, dennoch kann ich den Blick nicht von Ina wenden. Auch sie trägt einen Schleier, aber er ist durchsichtig und durchwirkt von winzigen tränenförmigen Bluteisensplittern. Ihr Gesicht scheint regelrecht zu leuchten. Ihr Kleid ergießt sich über die Stufen wie ein schwarzer Wasserfall.

In ihrem dunklen Haar funkelt eine Krone. Mir fällt auf, dass auch die Spitzen der goldenen Zacken rötlich schimmern, was sie wie in Blut getaucht wirken lässt. Ina schreitet auf den mit Schnitzereien verzierten Eichenthron zu und bleibt einen Moment lang davor stehen, bevor sie sich so würdevoll darauf niederlässt, wie es einer Königin geziemt. Die Leute um mich halten in ihren Gesprächen inne und strömen in Richtung des Podests. Schon bald ist Ina von einer Traube aus Lords und Ladys umringt, die darauf warten, ihr die Hände zu küssen und sie mit Glückwünschen zu überhäufen.

Liams Hand auf dem zarten Stoff über meiner Wange reißt mich aus meinen Gedanken. Ein Stück Verband lugt unter seinem Ärmel hervor. Seine Haut ist viel wärmer als meine. Ich weiß nicht, warum mich diese Erkenntnis überrascht.

Er dreht mich zu sich um. Er lächelt, doch ich sehe auch die Unruhe in seinem Blick, fühle sie in seinem rasenden Puls. Ich lasse mich von ihm auf die Tanzfläche führen, weg von der Zeitpfänderin, die zu abgelenkt vom Erscheinen der neuen Königin ist, um meine Flucht zu bemerken.

Am liebsten würde ich mich durch die Menge drängen und auf Inas Thron zustürmen, um ihr all das zuzurufen, was ich wenige Stunden zuvor nicht herausgebracht habe. Dass ich ihre Verbündete bin, dass sie Caro nicht trauen darf, dass ihre Dienerin versuchen könnte, eine Marionette aus ihr zu machen, genau wie sie es mit der alten Königin getan hat. Dass sie und ich in derselben Nacht in einem Dorf namens Briarsmoor zur Welt gekommen sind. Dass der Name unserer gemeinsamen Mutter Naomi lautete.

Stattdessen jedoch tue ich dasselbe wie all die anderen Paare im Ballsaal, lege eine Hand auf Liams Schulter und lasse mich von ihm führen. Seine eine Hand liegt sanft auf meinem Rücken, und die Finger der anderen sind mit meiner rechten verschränkt. Nur seine zusammengebissenen Zähne verraten mir, wie sehr er sich fürchtet.

Gehetzt blicke ich mich um. Was, wenn einer der Gäste bemerkt, dass ich die Schritte nicht kenne, und mich als Eindringling enttarnt? Die ganze Zeit bin ich mir jeder Bewegung Caros auf dem Podest bewusst. Zwar kann ich sie nicht sehen, doch ich spüre die finstere Anziehungskraft, die von ihr ausgeht. Liam fängt meinen Blick auf und deutet ein Kopfschütteln an. Dann beugt er sich zu mir herunter, um mir etwas zuzuflüstern. Als seine dunklen Locken meine Wange streifen, erschaudere ich.

»Hör auf, dich ständig umzusehen«, sagt er streng. »Sei nicht so nervös. Wir müssen es nur zur Tür und dann unbemerkt nach draußen schaffen.«

Glücklicherweise reicht mein Kleid bis auf den Boden und verbirgt die Reisestiefel, die ich darunter trage. Es ist mir sogar gelungen, mir die Haare zu etwas hochzustecken, was den kunstvollen Frisuren der anderen Edeldamen gleicht – einer Art geflochtenen Krone, die meinen Schleier hält. Dennoch habe ich das Gefühl, unter all diesen Leuten hervorzustechen, und komme mir schrecklich fehl am Platz vor. Nur Menschen, durch deren Adern Jahrhunderte strömen, beherrschen diese Art zu tanzen. Ich versuche, so gut es geht, im Takt zu bleiben. Das Paar aus der Schlange bei der Zeitpfänderin wirbelt elegant an uns vorbei. Ich sehe, wie die Frau, deren Schleier dünner ist als meiner, schüchtern zu ihrem Partner hochlächelt.

Sehnsucht nach etwas, was ich nie gekannt habe, durchflutet mich, als das Orchester zu einem neuen Lied ansetzt. In einer anderen Welt, in einem anderen Leben, hätte ich diese Frau sein können. Ich stelle mir vor, wie es sein muss, als geladener Gast bei Hofe zu tanzen, und der Gedanke erfüllt mich mit einem Kribbeln. In meiner Phantasie jedoch würde ich keinen Schleier tragen. Genauso wenig wie alle anderen, denn es gäbe keinen Grund zur Trauer, nur zur Freude. Ina würde nicht einsam und mit kühler Miene auf ihrem Thron sitzen, sondern mit uns tanzen, genauso ausgelassen an ihrem ersten Tag als Königin wie zuvor als Prinzessin.

Und bei ihr wäre Roan. Liam und ich würden mit ihnen tanzen und lachen.

Doch dies ist nicht die Welt, in der ich lebe. Hier ist all die Schönheit von Traurigkeit durchzogen, die sich in unseren Schleiern zeigt, im melancholischen Lied der Violine und in Ina, die so nah ist und doch so fern, so unerreichbar. Ich spüre eine Leere in mir, einen Hohlraum, den all die Dinge hinterlassen haben, die ich niemals hatte, all das, von dem ich mir bis vor Kurzem nicht einmal vorstellen konnte, dass ich es je vermissen würde. Ich werde niemals so mit Liam oder irgendjemand anderem tanzen, so sorglos und frei.

Nicht, solange Caro am Leben ist.

Nicht, solange ich nicht herausgefunden habe, wie ich sie besiegen kann.

Mit einem Mal überkommt mich der überwältigende Drang zu fliehen, und ich kann mich nur mit Mühe davon abhalten, geradewegs zur Tür zu stürmen.

Ein junger Mann mit bronzefarbener Haut und auffällig goldenem Haar tanzt an uns vorbei, in seinem Arm eine Frau in violetter Seide. Ein warmes Lächeln breitet sich auf seinem Gesicht aus, und Liam nickt ihm zu, doch seine Miene wirkt angespannt. Kurz darauf ist der Mann wieder in der Menge verschwunden.

»Das ist Elias«, murmelt er mir ins Ohr. »Er erwartet uns draußen.«

Ich kann nicht anders, als Elias hinterherzustarren. Ohne mir dessen bewusst zu sein, bin ich jemandem von außerhalb Semperas begegnet, jemandem, durch dessen Blut keine Zeit strömt. Denn dieses Unheil lastet nur auf unserem Land.

Als ich im Gewimmel der Tanzenden einen weiteren Blick auf Elias erhasche, suche ich nach einem Zeichen von Fremdheit in der Form seiner breiten Schultern, seinem fröhlichen Lächeln, doch ich finde nichts. Auf den ersten Blick sieht er ganz normal aus, obwohl er auffallend attraktiv ist, offensichtlich wohlhabend – oder bilde ich mir die geradezu übermenschlich wirkende Eleganz jeder seiner Bewegungen nur ein? Als würde sein Blut unbeschwerter dahinfließen als bei uns anderen? Ist es Fluch oder Segen, nicht zu wissen, wie viel Zeit einem noch bleibt?

»Können wir ihm vertrauen?«, flüstere ich Liam zu.

»Du kannst ihm genauso vertrauen wie mir.«

Wieder stimmt das Orchester ein neues Stück an, diesmal lauter, beschwingter. Ich lasse meinen Blick durch den Saal schweifen, um nicht Liams zu begegnen, während wir uns Stück für Stück beim Tanzen weiter in Richtung der Terrassentür vorarbeiten. Nur noch ein paar Minuten, beschwöre ich mich im Stillen, und mein Herz beginnt zu klopfen. Dann sind wir draußen und können uns unter die Gäste dort mischen. Nur noch wenige Takte dieser angespannten und kribbeligen Nähe zu Liam, dann werden wir in Sicherheit sein.

Doch je mehr wir uns der Tür nähern, desto dichter kommen wir auch Caro, die wie ein schweigender Schatten neben dem Thron steht.

Wieder beugt Liam sich zu mir herunter. Ich versuche, ein Zittern zu unterdrücken.

»Wenn das Stück zu Ende ist, haben wir unsere Gelegenheit«, flüstert er. Hinter der Tür sehe ich einen Streifen des vom Sonnenuntergang eingefärbten Ozeans. In diesem Moment lösen sich zwei Frauen aus dem Reigen der Tanzenden und treten nach draußen. Caro blickt ihnen nach. Mein Herz klopft schneller.

»Es wäre gut, wenn du den Anschein erwecken könntest, dass du dich in meiner Gesellschaft wohlfühlst«, fügt Liam hinzu. Wenn ich nicht so nervös gewesen wäre, hätte ich vermutlich darüber gelacht, wie kalt und ungehalten seine Stimme klingt, während er mich so gekonnt über die Tanzfläche führt.

Liam ändert unsere Tanzrichtung und lenkt mich in Richtung der Tür. Der Wechsel überrascht mich, und ich gerate kurz aus dem Takt, woraufhin Liam mich dichter an sich zieht. Ich schnappe nach Luft, doch Liam bekommt es entweder nicht mit oder lässt sich zumindest nichts anmerken.

Mir wird bewusst, dass wir die Tanzfläche zur Hälfte überquert haben und uns der offenen Glastür nähern. Liam drückt mir die Hand noch fester ins Kreuz, und ich zwinge mich zu einem Lächeln, blicke ihm unverwandt in die Augen, bemüht, möglichst unbekümmert zu wirken. Als das Stück endet, erreichen wir die Tür, und mir schwirren Tausende Fragen durch den Kopf. Ob die Wachen in meiner Zelle inzwischen entdeckt wurden? Spüre ich da Caros Blick im Rücken? Die Härchen in meinem Nacken stellen sich auf, aber ich wage es nicht, mich zu ihr umzudrehen. Liam löst sich von mir, ohne jedoch meine Hand loszulassen, was, so ungern ich es mir auch eingestehe, das Einzige ist, was meine Angst im Zaum hält.

Zusammen betreten wir die Terrasse, die um die gesamte Seite des Palasts verläuft und dessen gegenüberliegendes Ende ein Stück über die Klippe hinausragt. Der kleine Garten hier oben ist mit schlanken Bäumen bepflanzt, und die Blütenpracht ist so üppig, dass sie beinahe den zerklüfteten, salzbefleckten Fels darunter vergessen lassen. Doch das dumpfe Grollen der Brandung tief unter uns ruft ihn mir wieder in Erinnerung, und meine Muskeln verkrampfen sich vor lauter Angst. Die Freiheit ist zum Greifen nah. Ich höre bereits das Rauschen der Wellen, die mich bald davontragen werden.

Verstohlen spähe ich aufs Wasser hinunter. Boote schaukeln in der Bucht, von kleinen Nussschalen, die für Vergnügungsfahrten genutzt werden, bis hin zu stattlichen Jachten. Über einigen wehen die Wimpel der fünf mächtigsten Adelsfamilien

Semperas, neben ein paar anderen, die ich nicht erkenne. Dann entdecke ich ein schlankes Boot mit der rot-goldenen Flagge Connemors – Elias' Schiff, das uns von hier fortbringen soll. Etwa ein Dutzend Meter vor der Küste wiegt es sich im Halbdunkel auf den Wellen. Ich habe keine Ahnung, wie wir es unbemerkt dorthin schaffen sollen.

Liam hält noch immer meine Hand und bugsiert mich an ein paar weiteren umherschlendernden Gästen vorbei. Eine Frau sieht uns nach. Sie hat ihren Schleier zurückgeschlagen, der den Blick auf ein sympathisches Gesicht mit bronzebrauner Haut freigibt. Eine Weile taxiert sie Liam, und ihr Interesse wirkt alles andere als beiläufig. Meine Brust schnürt sich zusammen vor Sorge, die Frau könnte uns auf die Schliche gekommen sein.

Es hat nichts zu bedeuten, versuche ich mir einzureden. Liam ist groß, gut aussehend und wirkt äußerst imposant in seiner Uniform. Kein Wunder, dass er Aufsehen erregt.

Wir sind dem Meer jetzt so nah, dass ich das Salz auf den Lippen schmecke. Meine Beine würden am liebsten losstürmen, doch Liams fester Griff um meine Hand zwingt mich, an seiner Seite zu bleiben. So zu tun, als wären wir bloß ein junges Paar, das sich vom Ballsaal in den Garten stiehlt.

Plötzlich verstummt das Orchester im Saal. Es ist nicht das sanfte Verklingen am Ende eines Stücks, sondern ein abruptes Innehalten. Ich hatte die Musik über dem Rauschen der Wellen kaum mehr wahrgenommen, jetzt jedoch registrieren meine Ohren die Stille.

Sofort ist mir klar, dass Caro von meiner Flucht erfahren haben muss. Unwillkürlich taste ich nach dem Griff des Dolches unter meinem Kleid, und nur der Gedanke an die zwei Frauen, die hinter uns gehen, hält mich davon ab, ihn zu zücken.

Liam braucht eine Sekunde länger, um die Unheil verkündende Stille zu bemerken, dann jedoch weiten sich seine Augen, und ich spüre, wie er förmlich versteinert. Seine entschlossenen Schritte geraten ins Stocken.

»Was jetzt?«, wispere ich ihm zu, aber es gibt nur zwei Möglichkeiten: hinunter in die Bucht, wie geplant, oder zurück in den Ballsaal.

Liams Gesicht wirkt blass in der hereinbrechenden Dunkelheit. »Sie weiß nicht, wo du bist«, sagt er so leise, dass ich Schwierigkeiten habe, ihn zu verstehen. »Nur, dass du irgendwo im Palast sein musst. Wir können noch immer unbemerkt entkommen.«

Ich nicke, doch wieder sehe ich im Geiste Roan in seinem Blut liegen und muss mit aller Kraft gegen den Drang ankämpfen, mich von Liam loszureißen und so viel Abstand wie möglich zwischen ihn und mich zu bringen – denn meine Nähe bringt nichts als Tod und Gefahr. Nur mit Mühe gelingt es mir, ruhig weiterzugehen und meine zitternden Finger davon abzuhalten, nach dem Dolch zu greifen. Stattdessen ziehe ich den Schleier vor meinem Gesicht zurecht.

Hinter uns weicht die Stille einem Chor aufgeregter Stimmen, und die ersten Menschen strömen aus dem Saal, voller Neugier, was vor sich geht.

Die Mörderin der Königin?

Hier?

Geflohen?

Mit einem Mal packt mich eine so entsetzliche Angst, wie ich sie seit dem Moment, in dem ich in Caros Armen zu mir gekommen bin, nicht mehr verspürt habe. Ohne Vorwarnung geben meine Knie unter mir nach, und alles um mich dreht sich. Liam zögert keine Sekunde. Er schlingt mir den Arm um die Taille und zieht mich an sich, als wollte er lediglich seine Geliebte stützen, die ein paar Gläser Madel zu viel getrunken hat. So führt er mich weiter durch die Menge. Die Anspannung zwischen uns ist verflogen, und ich schmiege mich an ihn, im Versuch, Kraft aus dem Gefühl seines Körpers an meinem zu ziehen.

Wir nähern uns dem Ende des Gartens und damit der Brüstung.

Dann öffnet sich eine Tür in der Palastmauer. Etwa ein Dutzend Soldaten, allesamt mit breiten Schultern und polierten Brustpanzern, strömen heraus und verteilen sich auf der Terrasse. Wahllos ergreifen sie die ersten Krönungsgäste, Männer wie Frauen, bei den Armen. Ein Glas fällt zu Boden und zerspringt auf dem Stein. Ich blicke zu der Frau hinüber, die es fallen gelassen hat. Ein Soldat redet auf sie ein, und nach kurzem Zögern hebt sie ihren Schleier.

Sie kontrollieren die Gäste. Auf der Suche nach mir. Panik überkommt mich.

Liam rennt los und zieht mich mit sich. Erschrockene Gäste springen uns aus dem Weg, während wir versuchen, es an einer Gruppe Soldaten vorbeizuschaffen, die sich ein Stück vor uns zu einer Reihe formieren. Ein salziger Windstoß schlägt uns entgegen und reißt mir den Schleier vom Gesicht.

Auf einem höhergelegenen Balkon hat sich eine Tür geöffnet. Caro und Ina treten hinaus, und ich starre in ihre vertrauten Gesichter. Inas Gesicht ist vor Wut verzerrt. Vor Hass. Auf Caros dagegen liegt bloß ein Furcht einflößendes Lächeln.

Auch die Gäste rings um mich blicken zu den beiden auf, wie hypnotisiert vom Licht aus dem Inneren des Palasts. Dann hebt Ina die Hand und deutet geradewegs auf mich.

Rufe werden laut. Die Soldaten vor uns schließen die Reihen, ihre goldenen Brustpanzer wie eine Linie aus Bluteisen, die unserer Flucht ein Ende setzt.

Nein, denke ich, während sich mir Hunderte Gesichter auf einmal zuwenden. Sie sehen mich – und sie sehen Liam, der neben mir steht. Zu nah.

Ein einziger Gedanke schießt mir durch den Kopf. Was auch immer mit mir geschieht, Caro soll Liam nicht bekommen.

Ich ziehe mein Messer. Und stürze mich auf ihn.

8

Inmitten des Gewirrs erhasche ich einen Blick auf Liams Gesicht; seine gewohnt kühle Überheblichkeit ist verschwunden. Ihn so zu sehen, den Mund halb geöffnet, die Augen aufgerissen, verursacht mir beinahe körperlichen Schmerz.

Es muss echt wirken. Entschlossen hole ich mit meinem Dolch aus und ziele auf die Stelle über Liams Brust, wo sich, wie ich weiß, die Tasche mit meinem Notizbuch befindet. Ich ramme die Spitze meiner Klinge hinein, sodass sie lediglich seinen Mantel und den ledernen Bucheinband durchstößt.

Es funktioniert. Rings um uns bricht Geschrei los. Liam taumelt rückwärts und presst sich die Hände auf die Brust, während ich ihm nachsetze und, ohne den Blick von ihm zu wenden, abermals bedrohlich mein Messer hebe. Liam weicht weiter vor mir zurück, doch noch während seine Hand reflexartig zu seinem Schwertgriff huscht, sehe ich in seinen Augen, dass er versteht.

Wieder hole ich nach ihm aus. Ich bin zu weit entfernt und verfehle ihn um Längen, aber mehr bringe ich einfach nicht über mich. Und so bin ich dankbar, als eine Soldatin Liam zurückreißt und sich mir an seiner Stelle entgegenstellt. Nur Zentimeter vor ihrer erhobenen Handfläche wirbele ich herum und ergreife, das Messer fest umklammert, die Flucht.

Die Krönungsgäste hasten aus dem Weg, doch von überallher stürzen Soldaten auf mich zu und holen rasch zu mir auf. Ich renne, so schnell ich kann, ungeachtet des Brennens in meiner Brust und meinen Beinen. Hunderte Blicke bohren sich in meinen Rücken, aber mehr als alles andere spüre ich Caros Nähe, sehe im Geiste die Luft unter ihrer schrecklichen Kraft erzittern, wie zuvor im Garten.

Ich bin nicht schnell genug. Ein riesiger Soldat wirft sich von hinten auf mich und schleudert mich mit solcher Wucht gegen die Brüstung, dass ich um ein Haar hinuntergestürzt wäre. Sämtliche Luft wird mir aus den Lungen gepresst, doch trotz der Schmerzen steche ich blindlings mit meinem Messer nach seinem Arm. Er flucht und springt zurück. Aber ich bin längst umzingelt. Fünf Soldaten bilden einen Halbkreis um mich, und in meinem Rücken ist nur der Ozean. Hinter mir ragt die Terrasse ein Stück über die Klippe hinaus, an deren Fuß sich bleiche, scharfkantige Felsbrocken türmen. Weit unten in der Bucht schaukelt Elias' Schiff auf den dunklen Wellen, und seine Segel scheinen mir zum Abschied zuzuwinken.

Ich sitze in der Falle.

Also bleibt mir keine andere Wahl.

Ich entfessle meine Kraft, um die Soldaten erstarren zu lassen, doch es ist, als existierten sie gänzlich außerhalb der Zeit. Meine Versuche, sie aufzuhalten, gleiten von ihnen ab wie Wasser an Öl. Panik erfasst mich, und ich sehe zu den fernen Gestalten von Caro und Ina auf dem oberen Balkon hinauf.

Verzweifelt suche ich nach Liams Gesicht in der gaffenden Menge. Er steht mitten auf der Terrasse, umringt von Soldaten und verängstigten Gästen, und blickt mich hilflos an.

»Verhaftet sie!«, donnert Inas Stimme zu den Soldaten herunter.

Als die Wachen vortreten, um mich zu ergreifen, werfe ich einen Blick über die Schulter, hinaus aufs Meer.

Es liegt so tief unten, dass ein Sprung über die Brüstung zwar nicht den sicheren Tod bedeuten würde, aber dennoch gefährlich wäre. Ich könnte mir ein Bein brechen und müsste wehrlos abwarten, bis Caro mich aus dem Wasser fischen und zurück in den Kerker schleifen lässt. Vielleicht würde ich mir aber auch das Genick brechen, und dann wäre auf einen Schlag alles vorbei. Sicher weiß ich nur, dass die Soldaten mich, wenn ich noch länger zögere, zurück zu Caro bringen werden. Und Liam hat mich bereits zweimal aus ihrer Gefangenschaft befreit.

Würde sie riskieren, dass es noch einmal passiert? Oder würde sie mich diesmal endgültig besiegen?

Nein. Wenn ich sie jetzt nicht töten kann, muss ich fort von hier und mir einen neuen Plan zurechtlegen.

Ich schleudere meinen Dolch in Richtung des nächstbesten Soldaten und bemerke zu spät, dass es die Frau ist, die Liam geholfen hat, mich aus der Zelle zu befreien. Zum Glück mangelt es mir sowohl an Geschick als auch an Kraft, sodass die Waffe über ihre Schulter hinwegsegelt und klappernd auf dem Marmorboden landet. Doch die Leute beginnen immer lauter zu schreien, und die Soldaten wechseln besorgte Blicke. Ich nutze die Gelegenheit, um mein Kleid zu raffen – am liebsten würde ich den lästigen Rock einfach abreißen –, und klettere über die Balustrade, bis ich auf dem äußeren Sims stehe. Unter mir tost das Meer um die zerklüfteten Felsspitzen.

Erschrockenes Keuchen mischt sich unter das Geschrei. In der Ferne erwidert Caro meinen Blick. Ich sehe gerade lange genug hinunter, um mir die Position der Felsen im Wasser einzuprägen, und sofort wird mir schwindelig. Doch meine Entscheidung steht fest.

Ich drehe mich um und springe.

Wind erfüllt meine Augen und Ohren. Wellen rasen unter mir heran, gesprenkelt mit winzigen Booten. Im letzten Moment denke ich daran, die Knie anzuziehen und – kaum merklich, wie ich hoffe – den Lauf der Zeit zu verlangsamen, bevor ich mit Knochen zerschmetternder Wucht auf den Fels pralle. Meine Knöchel geben unter mir nach, und ich rolle auf die Seite.

Einige Augenblicke lang bleibe ich einfach liegen und klammere mich mit aller Kraft an den Stein, um nicht ins Meer zu rutschen. Am oberen Ende der Klippe sehe ich ein Gewirr von Gesichtern zu mir herunterstarren … und die Soldaten, die bereits Taue an den Streben der Balustrade befestigen, um sich abzuseilen.

Noch immer benommen stemme ich mich hoch und blicke zwischen den Silhouetten an der Brüstung und dem Wasser hin und her. Mir bleibt nichts anderes übrig, als weiter die Klippe hinunterzuklettern. Schon jetzt bin ich vollkommen durchnässt von der eisigen, salzigen Gischt. Mein Kleid klebt mir schwer am Körper, und der raue Fels hat bereits den Samt zerfetzt, genau wie meine Handflächen.

Ich könnte versuchen, zu Elias' Boot zu schwimmen, doch schon von hier aus erkenne ich, dass die Strömung zu stark ist. Die Wellen haben weiße Kronen und scheinen nach mir zu schnappen wie hungrige Bestien.

Die Vorstellung, ich könnte ertrinken, in den Tod getrieben wie ein verängstigtes Tier, jagt mir einen Adrenalinstoß durch den Körper. Mit jedem abgehackten Atemzug wütet die Zeit wilder in meinem Blut, begierig darauf, endlich freigelassen zu werden. Ich schließe die Augen und versuche, die geschwächte Magie in mir zu einem Sturm zu bündeln. Ich könnte sie zu einer Wolke machen, die aus mir hervorquillt und alles verschluckt, was sich ihr in den Weg stellt. Zu einem Rammbock. Oder –

Wieder sehe ich zu den Soldaten hoch, die inzwischen die Taue hinunterklettern. Ich präge mir ihre Position vor dem Nachthimmel ein. Dann schließe ich die Augen und stelle mir vor, ich würde mit der Zeit ausholen wie mit einer Peitsche, ein glühender Strang aus Licht über dem Meer und der steinigen Küste. Ich stelle mir vor, wie sich der Strang mit den Tauen verwebt, wie er die Fasern altern lässt, zehn Jahre in einer Sekunde, fünfzig, hundert, und grabe tiefer nach meiner Magie als jemals zuvor. Sie raubt mir jegliche Kraft, und ich muss mir in Erinnerung rufen zu atmen. Meine Brust schmerzt bereits vor Luftmangel. Doch selbst aus dieser Entfernung spüre ich, dass es funktioniert, spüre, wie Caros unsichtbare Ketten von mir abfallen. Und ich weiß, dass jeden Moment die Taue der Soldaten ausfransen und reißen werden.

Ich denke nicht weiter darüber nach, bis der Erste von ihnen auf das dunkle Meer zustürzt.

Von oben ertönen Schreie. Als ich die Augen wieder öffne, sehe ich, wie die verbliebenen Soldaten sich panisch an den Tauen hinunterrutschen lassen. Einige schaffen es unbeschadet bis auf die Felsen. Ein weiterer ist nicht schnell genug – sein Tau reißt, und auch er fällt schreiend in die Tiefe. Der Aufprall geht im Tosen der Wellen unter, dennoch schnürt sich mir die Kehle zusammen. Noch ein Mensch, dessen Tod ich verschuldet habe. Nein, zwei.

Doch noch während der Gedanke in meinem Kopf Gestalt annimmt, wende ich meine Aufmerksamkeit den Klippen zu, auf die sich die drei übrigen Soldaten gerettet haben. Ich stelle mir die Felsbrocken vor, wie sie wären, nachdem über Jahrhunderte die Wellen an ihnen geleckt hätten, glatt geschliffen, nach und nach ins Meer bröckelnd. Mit aller Kraft konzentriere ich mich darauf. Meine Hände lösen sich von dem Stein, auf dem ich sitze. Wenn mich jetzt eine Welle erfassen würde, könnte ich nicht verhindern, dass sie mich mit sich reißt.

Einer der Soldaten verliert den Halt und schlittert ein Stück abwärts, bevor er sich im letzten Moment festklammern kann. Seine beiden Kameraden, ein bulliger Mann und die Frau mit dem geflochtenen Zopf – sie sind jetzt nah genug, dass ich ihre angstverzerrten Gesichter erkenne –, klettern die Klippe hinunter in meine Richtung. Die Frau kommt mir am nahsten und schafft es auf einen Felsen, den nur eine etwa sechs Meter breite Wasserrinne von meinem trennt.

»Jules«, ruft sie.

Doch ich kann nicht antworten. Ich bin voll und ganz damit beschäftigt, nicht das Gleichgewicht zu verlieren und gegen die Wellen anzukämpfen, die nach meinen Knöcheln greifen wie lebende Wesen. Inzwischen habe ich die Erosion der Felsen gestoppt, dafür dringt nun ein dumpfes, unheilvolles Knirschen aus ihren Tiefen empor.

Wie damals, wenn Amma und ich mit unseren grob geschnitzten Dominosteinen spielten, kann ich nicht mehr aufhalten, was ich in Gang gebracht habe. Die Felsen beginnen, in sich zusammenzustürzen und andere mit sich zu reißen auf ihrem Weg den sandigen, glatten Hang hinunter. Zuerst nur einer oder zwei, dann ein halbes Dutzend, und kurz darauf packt mich jähes Entsetzen, als mir klar wird, was als Nächstes geschehen wird.

Ich versuche, die Zeit anzuhalten, doch ich bin zu erschöpft, und meine Kraft ebenso. Nichts passiert.

Immer mehr Felsbrocken geraten ins Rutschen. Sie bewegen sich merkwürdig langsam, aber ich kann nicht sagen, ob das an meiner Magie liegt oder dem Grauen, das meine Wahrnehmung beeinträchtigt. Sicher ist nur, dass sie rollen, begleitet von ohrenbetäubendem Krachen und Kreischen. Auch der Stein unter mir beginnt zu beben, als könnte er jeden Moment nachgeben.

Ich kehre den Schreien hoch oben auf der Terrasse den Rücken zu und springe ins Meer.

Die Kälte trifft mich wie ein Schlag. An Land war der Abend lau und frühlingshaft, doch das Meer scheint einen Rest tiefsten Winters in sich konserviert zu haben und hüllt mich darin ein. Eisige Hände greifen nach meinen Gliedern, ziehen mich hinunter und dringen in meine Kehle ein auf der Suche nach dem Funken Wärme, der mich am Leben hält. Ich kann mich nicht bewegen, nicht einmal, um zurück an die Oberfläche zu schwimmen oder gegen die Wellen anzukämpfen, die mich gnadenlos hin und her werfen. Mein Atem blubbert aus Mund und Nase, und ich weiß nicht, ob der silbrige Glanz, den ich zu sehen meine, Mondlicht ist, das sich im Wasser spiegelt, oder ob mein Hirn in einem verzweifelten Flehen nach Luft Trugbilder heraufbeschwört.

Ich bin mir vage der Felsbrocken bewusst, die um mich ins Meer stürzen. Jeder durchbricht die Wogen mit einem satten, wassergedämpften Donnern, das mich bis auf die Knochen erschüttert, und wühlt fauchend die Strömung auf, sodass ich mal hierhin, mal dorthin gezerrt werde wie eine Stoffpuppe. Ich kann nichts tun, um mich vor den herabstürzenden Trümmern zu schützen, nicht wissen, wo der nächste einschlagen wird, nicht atmen.

Ich zwinge meine Arme und Beine zum Rudern und versuche,

mich in die Richtung zu bewegen, in der, wie ich hoffe, oben ist. Mein Kopf durchbricht für ein paar Sekunden die Wasseroberfläche, und ich erhasche einen Blick auf die Soldatin, die auf mich zuschwimmt, bevor ich zurück nach unten gerissen werde. Trotz all der uralten Magie und den Erinnerungen mehrerer Jahrhunderte, die ich in mir trage, bin ich gegen das Wasser absolut machtlos. Als ich abermals auftauche, bleibt mir nicht einmal genug Zeit zum Luftholen, bevor mich die Strömung wieder nach unten zieht. Furcht übermannt mich, während meine Glieder sich anfühlen, als stünden sie in Flammen. An den Rändern meines Blickfelds erscheinen schwarze Punkte. Ich werde ertrinken.

Ich will nicht sterben.

Ich *darf* nicht sterben.

Mit einem Mal schießt ein wilder Energieschub durch meinen Körper. Ich gebe einen Schrei aus nutzlosen Luftblasen von mir, spanne Arme und Beine an und beginne von Neuem, gegen die Wellen anzukämpfen. Es ist, als strömte pure Zeit durch meine Adern.

Aber dem Meer habe ich nichts entgegenzusetzen, es ist zu gewaltig, zu ungezähmt. Ich spüre die Tausende von Jahren, die mich mit jeder einzelnen Woge durchdringen. Alles, was mir bleibt, ist mein Körper, und ich ziehe mich in ihn zurück, sauge meine Magie nach innen, halte mit schierer Willenskraft meine verbleibenden Sekunden zusammen und flehe mein Herz an, seinen letzten Schlag hinauszuzögern. Ein seltsames Prickeln läuft über meine Haut: Ich fühle, wie mein Blut langsamer fließt, sich abkühlt, als verwandelte es sich in meinen Adern zu Blei.

Noch nie zuvor habe ich versucht, mich selbst in der Zeit erstarren zu lassen. Vermutlich werde ich wahrscheinlich dabei sterben, doch selbst meinem verzweifelten, langsam dahinschwindenden Verstand ist klar, dass ich ohnehin tot bin, wenn ich nichts unternehme. Mir bleiben höchstens Minuten, noch weniger bei Bewusstsein, und noch weniger, wenn einer der herabfallenden Felsbrocken mich trifft. Mein eigenes Blut zieht mich in die Tiefe.

In diesem Moment schließt sich eine Hand um meinen Arm. Es ist das Letzte, was ich spüre, bevor alles um mich schwarz wird.

9

Benommen registriere ich, wie jemand mich aufwärtszieht und aus dem Wasser hievt. Hände legen mich auf eine harte Oberfläche, rollen mich auf die Seite und beginnen, mir zwischen die Schulterblätter zu schlagen, bis ich all das Meerwasser hervorwürge, das ich geschluckt habe. Dann werde ich auf eine Bank gehoben, in eine Decke gewickelt. Ich bin zu schwach und zu unterkühlt, um mich zu rühren, die Augen zu öffnen oder irgendetwas anderes zu tun, als weiter Wasser auszuhusten und nach Luft zu ringen. Um mich herum höre ich Schritte und Stimmen und das Klatschen von Wellen an etwas Hölzernes, eine Schiffsflanke. Es ist, als wären sie zornig darüber, dass ich ihnen entwischt bin.

Und dann – Schmerz. Berge von Schmerz, die sich in meinem Körper türmen, massiv, schroff und unüberwindbar. Ich schreie auf, bevor ich mich davon abhalten kann.

Jemand bettet meinen Kopf auf seinen Schoß, wischt mir behutsam das Wasser aus dem Gesicht und steckt die Decke um mich fest, bis der Schmerz zu einem dumpfen Pochen abklingt. *Caro*, kommt mir unwillkürlich die Erinnerung an ihre geheuchelte Fürsorglichkeit.

Doch diese Hände sind groß, warm, sanft und vage vertraut. Und als ich schließlich die Augen aufschlage, ist es nicht Caro, die ich vor mir sehe. Sondern Liam, blass und mit sorgenvoll gerunzelter Stirn.

»Du lebst«, flüstert er zum zweiten Mal, seit die Soldaten mich nach Shorehaven gebracht haben.

Ich stoße ein schwaches Lachen aus. »Mehr oder weniger.«

Hinter ihm erkenne ich die Soldatin – die offenbar gar keine Soldatin ist und gerade ein schwarzes Segel hisst. Es ist kaum zu sehen vor dem Wasser, so dunkel, als wäre es aus der Nacht selbst gewebt. Ein Stück weiter breitet Liams Freund Elias noch mehr Tuch über die Reling, um den Rumpf des Boots zu tarnen. Zu seinen Füßen liegt eine rot-goldene, zusammengeknüllte Flagge.

»Jules, das hier ist Danna aus Connemor«, sagt Liam, der meinem Blick gefolgt ist. »Sie hat dich aus dem Wasser gezogen.«

Danna nickt mir knapp zu. Sie mag mich gerettet haben, aber offenbar hat sie mir noch nicht verziehen, dass ich sie auf meiner Flucht aus dem Palast ins Meer habe stürzen lassen.

»Und das da ist natürlich Elias«, fügt Liam hinzu.

»Hocherfreut, Miss Ember«, ruft Elias mir zu. Er klingt etwas nervös, spricht jedoch mit einem melodischen Akzent, und auf seinem Gesicht liegt ein breites strahlendes Lächeln, während die Meeresbrise ihm das Haar ums Gesicht peitscht. Er bückt sich nach einem aufgerollten Tau und wirft es Danna zu. »Ich habe schon viel über Semperas legendäre Alchimistin gehört.«

Ich erröte. Unzählige Fragen liegen mir auf der Zunge, doch ich bin noch immer zu aufgewühlt und erschöpft, um zu sprechen. Darum schiebe ich Liams Hände nicht beiseite, als er mir hilft, mich aufzusetzen. Ich zittere heftig, trotz der Decke. Mir ist, als hätte jemand meinen Körper ausgehöhlt und mit Salzwasser gefüllt.

Liam klettert auf meine andere Seite, um mir gegenübersitzen zu können. Hinter ihm ragt die Silhouette von Shorehaven in den Himmel. Der Palast ist schon weiter entfernt, als ich es für möglich gehalten hätte, und die beleuchteten Fenster des Ballsaals sind nur noch ein fernes Glitzern oberhalb der zerstörten Klippe. Eine dunkle Staubwolke hängt über den herabgestürzten Felsbrocken.

Der Wind strafft mit einem leisen *Flapp* unsere Segel und trägt uns durch die Bucht aufs offene Meer zu. Hier draußen, weit weg von der donnernden Brandung an der Küste, ist es ruhiger. Erleichterung überkommt mich.

Nach und nach leuchten hinter uns in der Bucht kleine Lichter auf und bewegen sich übers Wasser. Es müssen Caros Soldaten sein, die mit Booten nach mir suchen, oder nach meiner Leiche. Mein Herz gerät ins Stolpern, als wüsste es, dass jemand auf der Jagd nach ihm ist. Ich presse mir die Hand auf die Brust und versuche, die unbegreifliche Magie zum Schweigen zu bringen, die mich mit Caro verbindet.

»Wie viel Zeit ist vergangen?«, krächze ich.

»Eine Stunde.« Liam zieht eine Landkarte hervor. Natürlich ist er gut vorbereitet. »Sobald Shorehaven außer Sicht ist, setzt Elias uns an Land ab, und dort mieten wir uns eine Kutsche. Bei dem Chaos im Palast wird niemand bemerken, dass er eine Weile fort war.«

Meine Kehle ist trocken. Ich versuche, der Route zu folgen, die er mir auf der Karte zeigt, doch sie verschwimmt mir immer wieder vor den Augen, und ich bemühe mich, ruhig zu atmen, um meine Emotionen unter Kontrolle zu halten. »Gilt das auch für dich? Wird niemandem im Palast auffallen, dass *du* fort bist?«

Liam hebt den Kopf, und sein Blick ist leer.

Mein Magen verkrampft sich. Ich kenne ihn inzwischen gut genug, um zu wissen, dass er lieber schweigt, als lügen zu müssen.

»Du warst neun Minuten lang unter Wasser. Und immer noch bewusstlos, als Elias mich am Ufer abgeholt hat.« Seine Stimme klingt seltsam rau.

Neun Minuten. Reflexartig drücke ich Liams Hand, um mich meiner eigenen Existenz zu vergewissern. Ich bin nicht mehr im Wasser. Ich bin in Sicherheit.

»Ich dachte, ich würde sterben«, flüstere ich und höre mich selbst wie aus weiter Ferne. »Warum bin ich nicht gestorben?«

»Du hast dich selbst gerettet.« Liam spricht leise, und ich verstehe ihn nur, weil er mir so nah ist, sein Gesicht so dicht vor meinem. Irgendetwas rät mir, auf Abstand zu ihm zu gehen, aber alles, wozu ich in diesem Moment fähig bin, ist, mich aufrecht zu halten und mir die Decke fester um den zitternden Körper zu wickeln. »Du hast nicht geatmet, als Danna dich aus dem Wasser gezogen hat. Dein Herz hat nicht geschlagen. Die beiden wussten nicht, dass du nur – erstarrt warst. Sie dachten –«

An dieser Stelle versagt seine Stimme, und erst jetzt merke ich, wie sehr auch er zittert. Sein normalerweise straff zurückgebundenes schwarzes Haar hat sich gelöst und hängt ihm in feuchten Strähnen ins Gesicht.

Plötzlich umfängt mich Wärme, trägt mich mit sich wie eine Meereswoge. Ich beuge mich vor und schlinge die Arme um Liam, schmiege mein Gesicht an seine Schulter und will nichts mehr als mich sicher fühlen. Sein Körper versteift sich, dann jedoch, langsam, entspannt er sich wieder. Er hebt die Hände und legt sie auf meinen Rücken, und ich würde am liebsten wieder die Zeit anhalten.

Ich löse mich von ihm. Als ich schließlich etwas sage, ist meine Stimme heiser vor Angst, nicht nur vor Caro, sondern auch vor Liams Nähe. »Ich – ich dachte, ich sterbe.«

Ein leiser, gequälter Laut entwindet sich Liams Kehle, und er schließt einen Moment die Augen. Ich drehe mich nach Elias und Danna um, doch die beiden haben sich an den Bug zurückgezogen. Danna hält das Steuerruder umfasst, während Elias mit einem Fernrohr den dunklen Horizont absucht. Er sitzt vollkommen reglos da und starrt geradeaus, ein ehrenwerter Versuch, Liam und mir ein wenig Privatsphäre zu verschaffen.

»Es tut mir leid«, sage ich. »Was ich auf der Terrasse getan habe. Dass ich dich angegriffen habe.«

Liam blinzelt und streicht über das Notizbuch, das noch immer in seiner Brusttasche steckt. Ich kann seine Miene nicht deuten. »Du hattest keine Wahl.«

»Der Wind steht günstig«, ruft Danna. »Wenn er nicht dreht, sollten wir morgen Ambergris erreichen.«

»Ambergris?« Ich setze mich so hastig auf, dass Liam zusammenfährt. »Wir fahren nach Ambergris?«

Liam neigt den Kopf. »Und dann weiter nach Connemor. Warum, sollten wir nicht dorthin?«

Ich vergrabe das Gesicht in den Händen, als mich plötzlich das Gefühl überkommt, das Gewicht dieser Entscheidung müsse mich auf den Grund des Ozeans hinabziehen, wenn ich nicht hier im Boot säße. Obwohl wir Shorehaven inzwischen weit hinter uns gelassen haben und in sicherem Abstand zur Küste Kurs auf Süden nehmen, meine ich, Caro vor mir zu sehen, die an einem Palastfenster steht, einem dieser golden leuchtenden

Kiesel in der Ferne, und mich direkt anblickt. »Ich muss sie aufhalten. Sie hat gesagt, sie würde niemals aufhören, Jagd auf die Menschen zu machen, die ich liebe, solange sie am Leben ist.«

Liam legt mir die Hand auf den Arm. »Ich weiß, dass du Caro besiegen willst, Jules, aber du bist zu wichtig, um dein Leben derart aufs Spiel zu setzen.«

»Bist du dir so sicher, dass ich scheitern würde?« Ich schüttele seine Hand ab.

Er stößt einen ungeduldigen Seufzer aus, ganz der überhebliche Edelmann, als den ich ihn in Erinnerung habe. »Das wollte ich damit nicht sagen. Aber du darfst dich nicht unnötig in Gefahr bringen. Um Caro kann sich jemand anders kümmern.«

Alles in mir will schreien, weil er sich irrt, so furchtbar irrt. »Und wer? Wir sind nicht alle Gerlings, Liam. Ich habe niemanden, dem ich Befehle erteilen kann.«

Er fährt sich mit der Hand durchs Haar, und in dem Moment weiß ich, dass ich recht habe. »Caro zu töten – das bist einfach nicht du, Jules. Ich habe doch gesehen, wie du als Kind ein Mäusejunges aufgepäppelt hast, nachdem jemand es aus der Küche gejagt hatte.«

»Das ist lange her«, entgegne ich kühl. »Und du kennst mich nicht so gut, wie du denkst. Ich habe bereits versucht, sie zu töten.«

Liam blinzelt. Am anderen Ende des Boots lässt Elias sein Fernrohr sinken. »Du hast was?«

Erst nachdem ich die Worte ausgesprochen habe, wird mir klar, wie verrückt sie klingen müssen. Liam, Danna und Elias starren mich alle gleichermaßen schockiert an. Ich versuche, den Kloß hinunterzuschlucken, der sich in meiner Kehle gebildet hat. »Die Soldaten haben mich zu ihr gebracht. Ich hatte ein Messer … zuerst dachte ich, ich hätte sie getötet – sie hat schrecklich geblutet – aber dann hat ihr Gesicht angefangen, sich zu verändern, und das Blut ist in ihren Körper zurückgeflossen. Ich verstehe immer noch nicht, was genau passiert ist.« Ich erschaudere, als ich an Rinn denken muss, die Frau in Briarsmoor, die seit siebzehn Jahren jeden Tag aufs Neue ihren eigenen Tod durchlebt.

Ich lehne mich an die grobe Holzreling und richte den Blick auf das Dunkel von Himmel und Meer rings um uns, während ich mich daran zu erinnern versuche, was genau passiert ist. Wieder sehe ich Caros Gesicht, vor Entsetzen verzerrt. Höre einen Schrei, *meinen* Schrei, und der Laut jagt mir einen Schauer über den Rücken. Ich schließe die Augen. Da war noch etwas. Etwas ganz am Rand meines Blickfelds, ein Hauch von Schwarz, wie ein zwinkernder Schatten. Wenn ich mich nur hätte umdrehen können, dann hätte ich –

»Das macht es nur noch schlimmer, Jules. Du kannst sie nicht töten. Sie ist die *Zauberin.*« Liam stößt die Luft aus. »Sie ist die Zauberin, und du hast versucht, sie mit einem schnöden Messer zu töten.«

Seine Worte reißen auch noch das letzte bisschen Mut, das mir verblieben ist, in Fetzen. Caros Macht, meine Vergangenheit, all das ist unantastbar für mich. Ich bin nicht mehr als eine Bauerntochter aus Crofton. Tränen brennen in meinen Augen. Aber Liam ist noch nicht fertig.

»Du und Caro, seit Jahrhunderten seid ihr in diesen Kampf verstrickt. Glaub mir, ich habe mich mein halbes Leben lang damit beschäftigt. Das Beste, was du tun kannst, ist fliehen und irgendwo im Verborgenen leben. In Sicherheit.«

Das bringt meine Tränen zum Fließen. Liams Hand zuckt,

und ich frage mich, ob er den Reflex unterdrückt, sie mir von den Wangen zu wischen. Sicher, ich könnte nach Ambergris fliehen, fort von der Gefahr, wie Liam es für mich geplant hat. Ich könnte einfach ein Schiff besteigen und mich von ihm nach Connemor bringen lassen, in ein Land, in dem Zeit noch ein unteilbares Gut ist, ein Land, in dem Jules Ember das Wort *Alchimistin* für immer vergessen könnte.

Aber irgendwann wird Caro auf der Suche nach mir ganz Sempera niedergebrannt haben – was sollte sie dann davon abhalten, mir zu folgen? Könnte ein Ozean den Menschen stoppen, der elf Leben lang darauf hingearbeitet hat, mich zu besiegen? Könnte er verhindern, dass Caro Liam die Kehle aufschlitzt, wenn sie herausfindet, was er getan hat?

Mein Herz klopft die Antwort gegen mein Brustbein. Nein. Nein. Nein.

Irgendwo in mir ertönt Ammas Stimme. *Pack die Gelegenheit beim Schopf, bevor sie dich bei deinem packt.*

Ich will nicht – ich *kann* nicht – in ein freies Land flüchten.

Wieder versuche ich, den Kloß in meinem Hals hinunterzuschlucken, den Wust von Gedanken in meinem Kopf in Worte zu fassen. »Sie hat mein Zuhause zerstört. Sie hat meine beste Freundin getötet. Ich kann nicht nach Ambergris gehen.«

Liam holt scharf Luft. »Jules –«

»Wenn ich wirklich die Alchimistin bin, dann müsste ich über die Weisheit all meiner vergangenen Leben verfügen. Und du hast recht, unser Kampf währt schon seit Jahrhunderten. Ich muss irgendetwas in mir tragen, das mir hilft, sie zu zerstören.«

»Schon, aber …« Er bricht ab und presst die Lippen aufeinander, doch ich kann ihm die Gedanken vom Gesicht ablesen:

Ich *verfüge* nun mal nicht über die Weisheit meiner vergangenen Leben. Sie huschen lediglich durch mein Bewusstsein wie Gespenster.

»Meine Erinnerungen kehren zurück, wenn ich an Orte gehe, an denen ich schon einmal gewesen bin.« Ich denke an die düsteren Visionen darüber, wie ich im Palast gefoltert wurde. »Wenn ich jetzt nach Connemor fliehe, werde ich nie mehr darüber erfahren. Es muss irgendetwas geben, was mir zum Sieg gegen Caro verhilft, und das ist hier, in Sempera.« Ich ziehe mein Notizbuch aus Liams Brusttasche, und meine Fingerknöchel ertasten seine Haut unter dem Hemd. »Etwas, das so gefährlich und so wichtig ist, dass mein Vater dafür sein Leben gegeben hat.«

Die Worte hängen in der kalten Nachtluft. In meiner Brust regt sich Hoffnung: Allein etwas auszusprechen kann dazu führen, dass es wahr wird.

Liam öffnet den Mund, schließt ihn wieder. »Was hast du denn vor? Wo willst du hin?«

Mit einem Mal meldet sich Elias von vorne zu Wort, als hätte er nur auf den passenden Moment gewartet. »Sie könnte nach Bellwood«, sagt er.

Der Name klingt vertraut. Es dauert einen Moment, bis mir das Internat einfällt, in dem Liam seine Kindheit verbracht hat. »Bellwood?«, frage ich.

Elias wechselt einen Blick mit Liam, und ein lautloser Wortwechsel scheint sich zwischen ihnen zu vollziehen. Schließlich glätten sich Liams Züge zu einem resignierten Ausdruck, starr wie mit einer Schicht Eis überzogen.

In Elias' Augen dagegen funkelt eine diebische Freude, als er sich an mich wendet: »Ich dachte, das frühere Zuhause der

Alchimistin könnte vielleicht ein guter Ort sein, um deiner Vergangenheit auf die Spur zu kommen.«

Ich nicke. *Bellwood.*

Bevor Liam widersprechen kann, frage ich ihn: »Und was hast du vor?«

Liam starrt über meine Schulter zur Küste hinüber, als fände sich dort die Antwort. Nach einer Weile sagt er: »Ich komme mit dir.«

Ich hatte befürchtet, dass er das sagen würde. »Du kannst nicht einfach so hier verschwinden. Wie willst du das erklären? Du hast … Pflichten auf Everless.« Es gelingt mir nicht ganz, die Emotionen aus meiner Stimme herauszuhalten, und ich kann nur hoffen, dass Liam meine Eindringlichkeit als Zeichen von Ärger interpretiert, nicht von wilder, verzweifelter Hoffnung.

»Du bist wichtiger als Everless.«

Ich balle die Fäuste. Wie kann es sein, dass seine Worte mich frösteln lassen und zugleich ein Feuer in meiner Brust entfachen? »Wenn du jetzt in den Palast zurückkehrst, schöpft sie womöglich keinen Verdacht.«

»Du hast dich entschieden zu bleiben, Jules. Jetzt musst du auch meinen Entschluss akzeptieren.«

Bevor ich antworten kann, steht er auf und wendet sich von mir ab. *Du darfst nicht mit mir kommen, das würde deinen sicheren Tod bedeuten!*, würde ich am liebsten schreien. Doch gleichzeitig will ich ihn anflehen, bei mir zu bleiben, bis das alles vorbei ist, wie auch immer es enden mag. Ich hatte elfmal die Chance, die Zauberin zu besiegen, und bin jedes Mal gescheitert. Soweit wir wissen, ist das hier meine letzte. Ich bin verwirrt, und ich habe Angst, vor Caro, vor Liam, vor all den Möglichkeiten, die in der Ferne lauern wie hungrige Wölfe, davor, dass das hier nur eine weitere von Caros Fallen sein könnte –

Vor allem aber habe ich Angst herauszufinden, was für Geheimnisse ich noch in mir trage.

Doch ich sage nur: »Gut, also nach Bellwood.«

10

Als der Palast außer Sicht ist und wir in ruhigere Gewässer gelangen – so ruhig, dass Elias beschließt, nicht weiter in diese Richtung zu segeln, aus Sorge, das Boot könnte in einer Flaute liegen bleiben –, trennen wir uns von ihm und Danna. Ich habe eines von Dannas schlichten Kleidern angezogen; es ist lang und grau und eine deutliche Verbesserung gegenüber dem gestohlenen Kleid, wenn auch ein wenig zu groß. Danna plant, weiter nach Norden zu reisen, um bei Verbündeten von Elias' Familie Geld und Vorräte zu besorgen, wie ich ein paar belauschten Gesprächen entnommen habe. Elias dagegen wird nach Shorehaven zurückkehren, um sich dort sehen zu lassen und Neuigkeiten in Erfahrung zu bringen. Es fällt mir schwer, die Augen offen zu halten.

Liam und ich steigen in ein kleines Rettungsboot um, und er rudert uns Richtung Ufer. Meine Knie sind gegen seinen Rücken gepresst, und mein eigener Rücken stößt an die hintere Reling. Es fühlt sich an, als könnten wir jeden Moment kentern, wenn uns ein Windstoß aus einem ungünstigen Winkel erwischt. Doch Liams Bewegungen sind präzise wie ein Uhrwerk, und ich spüre, wie seine Rückenmuskeln arbeiten.

Bald schon lullt mich der gleichförmige Rhythmus ein, und Erschöpfung überkommt mich. Das ersterbende Mondlicht verwandelt Liams Profil in eine Skulptur aus Knochenweiß und

Tintenschwarz. Wie gern würde ich es berühren, um mich zu vergewissern, dass er keine Statue ist, sondern lebendig, voller Wärme und Energie. Doch ich tue es nicht.

Stattdessen sinke ich in eine Art Halbschlaf. In den letzten Sekunden, bevor ich wegdämmere, hoffe und fürchte ich zugleich, dass ich in der Finsternis meiner Träume Caro begegnen werde. Hauptsächlich jedoch träume ich von Amma, fröhlich und quicklebendig. Davon, wie wir einst zusammen durch den Wald hüpften, wie wir am Bach hockten und Papierschiffchen darauf schwimmen ließen, für die ich das Pergament aus Papas Vorrat stibitzt hatte, und von jenem fernen Tag in der Zukunft schwärmten, an dem wir zum ersten Mal das Meer sehen würden.

Als wir mit einem sanften Ruck das Ufer erreichen, öffne ich mühsam die Augen. Nach der durchruderten Nacht beginnt der Himmel im Osten für die hereinbrechende Dämmerung aufzureißen.

Wir klettern an Land, und ich stakse auf unsicheren Beinen über die mit Algen überzogenen Felsen. Dann versetzen wir dem Boot einen kräftigen Stoß und beobachten, wie es vor dem heller werdenden Horizont kleiner und kleiner wird, bevor wir dem Meer den Rücken zukehren.

Nachdem wir eine Weile gelaufen sind, weichen die salzverkrusteten Felsen einer steinigen Ebene, gesprenkelt mit kleinen Küstendörfern, und ich versuche, mich auf die Aufgabe zu konzentrieren, die vor uns liegt. Caro besiegen. Caro, die leibhaftige Zauberin aus den Legenden, die seit Jahrhunderten durch Sempera streift und dabei Wissen und Macht angehäuft hat, wie ich es nicht vermochte. Ich verziehe das Gesicht, als ich daran denke, wie ich ihr das Messer in die Seite gebohrt habe, das sanfte Flüstern, mit dem das Metall durch ihr Fleisch glitt. All die Empfindungen schwirren unaufhörlich durch meinen Kopf, und mit einem Mal ertrage ich es nicht mehr. Ich stolpere ans Ufer des Bachs, dessen Lauf wir folgen, knie mich hin und schöpfe mir Wasser ins erhitzte Gesicht.

Ich erhasche einen Blick auf mein Spiegelbild auf der Wasseroberfläche und erkenne mich kaum wieder. Im Flirren der Lichtreflexionen auf dem Wasser treten meine Wangenknochen spitz hervor. Das Bild wabert unter der trägen Strömung und scheint sich von Sekunde zu Sekunde zu verwandeln. Mir ist, als hörte ich ein Wispern aus dem Wald ringsum. *Mörderin … Hexe …*

Ich beiße die Zähne zusammen und füge in Gedanken *Alchimistin* hinzu. Denn das muss ich sein, wenn ich Caros Herrschaft ein Ende setzen will.

Jemand fasst mich bei der Schulter, und ich fahre herum. Erst dann erkenne ich, dass es Liam ist. »Alles in Ordnung?«, fragt er.

»Ja«, brumme ich. Doch mein Mund fühlt sich trocken an, und mir knurrt der Magen. Liam streckt die Hand aus, um mir hochzuhelfen, aber ich beachte sie nicht und dränge mich an ihm vorbei zurück zum Pfad.

Auf die Wildnis und die verstreuten Dörfer folgen schon bald die Ausläufer einer Stadt – Montmere.

Anders als Crofton oder Laista, die von Wäldern und Wiesen umschlossen sind, ist dies eine richtige Stadt, aus allen Richtungen gespeist von Flüssen und Straßen. Ich denke daran, wie ich früher mit Amma auf dem Fußboden gesessen habe, eine Karte von Sempera über unsere Knie gebreitet, während ihr Großvater uns all die Flüsse und Städte erklärte und von den Reisen berichtete, die er als junger Mann unternommen hatte. Montmere liegt im ältesten Teil von Sempera, in dem die Legende über die Zauberin und die Alchimistin ihren Ursprung hat. Und mitten in dieses verworrene Netz aus engen Gassen und Kanälen schmiegt sich Bellwood. Trotz der frühen Stunde rumpeln Wagen und Kutschen an uns vorbei, und ich rieche den Duft von Brot und Fisch, Kaffee und Früchten, begleitet vom Klimpern der Bluteisenmünzen. Die Fensterläden über uns sind weit geöffnet, um die kühle Brise einzulassen, und am Straßenrand ertönt der ewig gleiche Singsang der Bettler – *Eine Stunde? Eine Stunde?*

Liam hat mir seinen Mantel gegeben. Ich ziehe mir die Kapuze tief ins Gesicht und spähe darunter hervor auf die sauberen, hügeligen Kopfsteinpflasterstraßen. Obwohl ich jedes Mal hastig den Kopf senken muss, wenn uns jemand entgegenkommt, erhebt sich ein Summen in meiner Brust. Montmere ist mir vollkommen fremd, und doch berührt es mich auf seltsame Weise, so als wäre ich hier schon einmal gewesen. Ich erinnere mich an Elias' Bemerkung, dies sei die Geburtsstadt der Alchimistin, aber der Gedanke beunruhigt mich, und ich schiebe ihn beiseite. Montmere ist genau die Art von Ort, an die ich als kleines Mädchen unbedingt reisen wollte, damals, als Papa und ich noch auf Everless lebten und ich es nicht abwarten konnte, den Rest der Welt zu erkunden.

Plötzlich ertönt vor uns ein metallenes Scheppern, gefolgt von schweren Schritten und Rufen im Shorehaven-Akzent. Reflexartig biege ich in die nächstbeste Gasse zu unserer Rechten ein. Liam folgt mir, und wir pressen uns an eine Hauswand. Angst vernebelt mir die Sinne, doch die Soldaten marschieren vorüber.

»Glaubst du, sie wissen, dass wir hier sind?«, frage ich Liam gedämpft, als wir uns zurück auf die Straße wagen.

Liam hebt die Schultern, doch seine Stirn ist besorgt gerunzelt. »Unwahrscheinlich. Sie sind einfach überall.«

Wieder sehe ich Ina vor mir, ihr Gesicht, als ich sie in ihrem Zimmer überrascht habe. Ihre Wut, die beinahe an Hass grenzte. Die Vorstellung, dass meine eigene Schwester mich hassen könnte, erfüllt mich abermals mit Traurigkeit und Furcht. Noch schlimmer ist der Gedanke, Caro könnte Ina zu ihrer Marionette machen wie zuvor die Königin, und wie sie es auch mir angedroht hat. Ich erinnere mich an ihre Worte an jenem blutigen Tag, als sie sich mir auf Everless zu erkennen gegeben hat, daran, wie sie der Königin Dinge eingeflüstert hat, wie sie die Kontrolle über ihr Bewusstsein übernommen hat, um sie für ihre Zwecke zu missbrauchen. Ich kann mich nur an die vage Hoffnung klammern, dass Inas Wille stärker ist als der der Königin und dass es Caro noch nicht vollends gelungen ist, sie mit ihrer finsteren Magie in ihren Bann zu schlagen.

Nachdem die Stimmen der Soldaten sich entfernt haben, führt Liam mich weiter, bergauf, in einen ruhigeren Teil der Stadt, wo die Straßen breiter und nahezu verlassen sind. Wir gelangen an eine hohe Steinmauer, hinter der ich Baumwipfel erkenne und schwaches Vogelgezwitscher höre. Eine Weile folgen wir ihrem Verlauf, bis wir ein wuchtiges Tor aus Eichenholz mit Eisenbeschlägen erreichen. Darauf prangt eine Messingplakette mit einem einzigen Wort in geschwungener Schrift:

BELLWOOD.

Als wir uns dem Tor nähern, fällt mir auf, dass die Beschläge eine Reihe von Schlitzen aufweisen. Liam zögert keine Sekunde. Er zieht drei Tagestaler aus seiner Börse und steckt sie in drei der Schlitze: den dritten, den siebten, den ersten. Kurz darauf ertönt ein gedämpftes Knirschen, als sich im Inneren des Tors etwas in Gang setzt und es mit einem Klicken aufspringt. Ein Kombinationsschloss.

Liam schiebt das Tor weiter auf. Dahinter sehe ich eine weitläufige Rasenfläche mit mehreren efeubewachsenen Backsteingebäuden. Die aschgrauen Bäume zwischen den Bauten haben violette und gelbe Knospen getrieben, wodurch es wirkt, als wäre das gesamte Gelände mit bunten Girlanden geschmückt. Liam sieht sich kurz um und winkt mich hinein.

Ich kann mich kaum auf den Beinen halten vor Erschöpfung und kann nur hoffen, dass ich einigermaßen passabel aussehe. Mein Haar ist zurückgesteckt und unter Liams Kapuze verborgen. In Dannas Kleid könnte man mich für eine Schülerin halten, oder zumindest hat Liam mir das versichert. Woher sollte ich wissen, wie sich eine Schülerin kleiden oder verhalten würde?

Die nagende Angst hält mich wach und treibt mich an. Der helllichte Tag erscheint mir wie eine weitere Bedrohung, aber Bellwood, und was immer es für uns bereithält, ist eine neue Chance. Mir bleibt nichts anders übrig, als daran zu glauben, als auf die Vergangenheit zu vertrauen, ansonsten wäre ich nicht mehr in der Lage, einen Fuß vor den anderen zu setzen.

»Und du meinst, hier sind wir in Sicherheit?«, flüstere ich, als wir uns im Schutz der kahlen Obstbäume, die den Pfad säumen, auf den Weg machen.

Liam fährt sich durchs Haar. »Sicherer als überall sonst«, antwortet er und beschleunigt seinen Schritt. »Glaube ich. Und von hier aus können wir unauffällig Caros Spielchen verfolgen.«

Ein Hauch meiner alten Verachtung für Liam regt sich in mir. »Das Niederbrennen eines Dorfes fällt für dich unter ›Spielchen‹?«

»Nein. Aber für Caro.«

Grimmig schlucke ich meine Wut hinunter, als wären wir zurück in den Kellern von Everless.

»Komm jetzt«, drängt Liam, »wir sollten es vor dem ersten Glockenschlag um acht hinein schaffen.«

Mit der aufgehenden Sonne um die Wette erklimmen wir den Hügel und eilen auf die Ansammlung hübscher Gebäude zu, die jedes mit einer niedrigen, von Eisenspitzen gekrönten Ziegelmauer umgeben sind. Hier ist Liam aufgewachsen, nachdem ein Feuer die Schmiede meines Vaters zerstört hat und seine Eltern ihn von Everless fortgeschickt haben. Hier ist er zu dem Jungen geworden, der sich dem Studium der Legenden um die Alchimistin gewidmet hat und der mehr als einmal sein Leben für mich aufs Spiel gesetzt hat.

Der Himmel überschwemmt uns mit Licht. Wir halten uns im Schatten der Außenmauer, und Liam läuft ein paar Schritte vor mir. Ich gehe schneller, entschlossen, nicht hinter ihm zurückzufallen.

»Noch dürften alle schlafen, wegen der Krönung gestern«, murmelt er mir zu. »Aber wir sollten trotzdem vorsichtig sein, nur für alle Fälle.« Er selbst ist zu bekannt hier, um unentdeckt zu bleiben. Mir zieht sich der Magen zusammen. Wie lange wird es dauern, bis Caro und Ina eins und eins zusammenzählen und erkennen, dass Liam mir hilft? Oder sind sie längst dahintergekommen?

»Es ist wunderschön hier«, bemerke ich, um das Schweigen zwischen uns zu brechen. »Wie war es, hier zu leben?«

Liam blickt mich an, überrascht und ein wenig unsicher, als zweifelte er daran, dass mich das wirklich interessiert. Als ich ihn abwartend ansehe, stiehlt sich ein kleines Lächeln auf sein Gesicht, und mein Herz macht einen Satz.

»Meine Eltern haben mich zur Strafe hergeschickt«, antwortet er leise. »Fort von Everless, den Banketten, den Jagdgesellschaften, dem Luxus. Aber so habe ich es nie empfunden.« Er lässt den Blick über die von goldenem Licht gerahmten Gebäude schweifen, und seine Miene wirkt ungewohnt verträumt. »Ich *wollte* lernen. Ich mochte den Unterricht, die Lehrer. Schüler im ersten Jahr dürfen noch nicht in die Bibliothek – zu viele uralte Bücher, die zu Staub zerfallen könnten, wenn man sie falsch anfasst –, aber ich habe mich nachts dennoch hineingeschlichen und all die Geschichten gelesen.«

Ich werde ein wenig langsamer, damit er mein ungläubiges Gesicht nicht sieht. Ich kann mich nicht erinnern, jemals so viele Worte am Stück von ihm gehört zu haben. Plötzlich sehne ich mich schmerzlich nach Everless zurück. Und vielleicht ist es nur die aufgehende Sonne, doch in Liams Augen liegt ein Leuchten, an dem ich mich kaum sattsehen kann.

»Wo hast du Elias kennengelernt?«, frage ich hastig, um ihn am Reden zu halten. Wie viele Menschen muss es hier gegeben haben, die er respektiert hat, mit denen er Seite an Seite gelernt hat, die er gemocht hat? Vielleicht sogar geliebt?

Sogleich kehrt sein Lächeln zurück, und das Leuchten in seinen Augen wird noch heller. »Wir haben uns gleich im ersten Schuljahr kennengelernt. In unserer allerersten Unterrichtsstunde«, fügt er verschmitzt hinzu. »›Semperanische Geschichte‹. Wir waren beide zu früh und haben uns in die vorderste Reihe gesetzt, nicht so weit wie möglich nach hinten, wie alle anderen danach. Niemand hatte uns gewarnt, dass der Lehrer grauenhaften Mundgeruch hatte.«

Ich lache, zu laut, aber ich kann nichts dagegen tun. Liam klingt so glücklich, und es ist, als schüttelten wir gemeinsam die Last der vergangenen Jahre ab, als wären wir Kinder und der Lauf der Geschichte hätte sich verändert, damit wir Freunde sein können. Schmunzelnd wendet er sich mir zu.

»Ich habe mir immer gewünscht, du hättest mit herkommen können, Jules«, sagt er leise. »Es hätte dir gefallen.«

Ich grinse schief. »Das sagst du nur, weil du weißt, dass ich die Alchimistin bin.«

»Nein«, entgegnet er unerwartet ernst. »*Dir*, Jules Ember, hätte es hier gefallen.« Er deutet auf die Gebäude ringsum. »Die größte Bibliothek, die du dir nur vorstellen kannst. Dir bis spät in die Nacht mit deinen Klassenkameraden Geschichten erzählen, so wie du es auf Everless mit uns und den Dienstbotenkindern gemacht hast.«

Die Erinnerung versetzt mir einen Stich ins Herz und erfüllt mich mit dem bittersüßen Verlangen nach einem Leben, das ich niemals hatte, aber auch mit Wärme, denn Liam hat recht. Selbst jetzt klingen seine Worte verlockend und beschwören glückliche Bilder in meinem Kopf herauf. Er scheint mich besser zu kennen als jeder andere Mensch, der noch am Leben ist. »Kann schon sein«, gestehe ich, während ich versuche, die Gefühle im Zaum zu halten, die in mir aufgeflattert sind wie ein Vogelschwarm. Es hat keinen Sinn, Heimweh nach dem Schloss der Gerlings zu haben. Nicht, wenn ich nie wieder dorthin zurückkehren kann.

»Aber du hast recht, es heißt, die Alchimistin sei hier gewesen, als an diesem Ort noch nichts als Wildnis war. Hier hast du gelebt.« Er räuspert sich, und sein Tonfall verändert sich, als hätte er sich zu weit vorgewagt.

»Ich hatte immer vor, im Anschluss an Roans Hochzeit nach Bellwood zurückzukehren, auch wenn meine Mutter andere Pläne für mich hatte«, fährt er fort, während er mich weiter über das Gelände führt – zu einer geschwungenen Brücke unter einem Dach herabhängender Zweige, an einer großen quadratischen Rasenfläche entlang, über kopfsteingepflasterte Pfade und vorbei an einigen der hohen Backsteingebäude, die alt und zugleich zeitlos wirken. »Mach dir keine Sorgen. Niemand wird sich wundern, dass ich hier auftauche –«

Stimmen hinter uns lassen mich zusammenfahren. Ich fahre herum, jeder meiner Muskeln in Alarmbereitschaft, und Liams Hand schließt sich um meinen Arm, als wollte er mich schützend hinter sich ziehen. Doch es sind keine Soldaten, die soeben aus einem nahen Gebäude kommen. Sondern Schüler, zwei Mädchen und ein Junge, lachend und schwankend vor zu viel Madel.

»Lang lebe die Königin!«, ruft ein dunkelhäutiges Mädchen und prostet Liam mit einem imaginären Glas zu. »Warten wir's ab, wie lange sie diesmal durchhält!«

Liam erstarrt wie ein Hase im Angesicht des Fuchses, doch die drei gehen unbekümmert weiter. Nur das Mädchen mustert mich noch eine Weile. Trotz ihrer verschmierten Schminke und des torkelnden Gangs ist ihr Blick scharf und durchdringend, und ich wende mich beklommen ab.

»Sie hat mich gesehen«, flüstere ich, nachdem die drei weitergegangen sind. »Sie hat mein Gesicht gesehen.«

Liams Stirn ist gerunzelt, doch er schüttelt bloß den Kopf.

»Mach dir keine Sorgen deswegen.« Er blickt dem Trio nach. »Selbst wenn sie dich erkannt hat – was ich bezweifle –, Stef nimmt niemand ernst.«

Ich denke an den herausfordernden Ausdruck in ihren Augen. »Warum nicht?«

Er hebt eine Schulter. »Sie ist die uneheliche Tochter eines Chamberlaynes.« Der Name jagt mir einen Schauer über den Rücken. Die Gerlings sind die einflussreichste Familie Semperas und für ihre Grausamkeit gegenüber ihren Dienern bekannt. Doch wenn die Gerüchte stimmen, sind sie verglichen mit den Chamberlaynes noch wahre Wohltäter.

»Außerdem gab es unter ihren Vorfahren zahlreiche Zaunhexen«, fährt Liam fort. »Und du hast es ja selbst gehört, sie hat ein ziemlich loses Mundwerk, besonders wenn sie zu viel getrunken hat.«

»Sie ist eine Zaunhexe?« In großen Teilen Semperas werden Zaunhexen zum Zeitvertreib der Abergläubischen geduldet – was die Einwohner armer Dörfer wie Crofton ihres ohnehin mageren Bluteisen-Einkommens beraubt, wie Papa stets zu schimpfen pflegte. Die verstorbene Königin selbst soll sich mit mächtigen Hexen umgeben haben, obwohl es heißt, sie habe sie hinrichten lassen, wenn sie sie nicht zufriedenstellten. Ich erschaudere, als mir klar wird, wie nah dieses Gerücht der Wahrheit kommt. Was würden die Semperaner sagen, wenn sie wüssten, dass die Königin die Zauberin in ihren Diensten hatte – oder eher, dass die Zauberin die Königin in ihren Diensten hatte, dass sie sie für ihre Zwecke benutzt hat, um sie am Ende eiskalt mit einem Messerstich zu töten.

»Ich hätte nicht erwartet, in Bellwood einer Zaunhexe zu begegnen«, bemerke ich und versuche, die Gedanken beiseitezuschieben. »Braucht man kein Geld, um diese Akademie zu besuchen?«

Liam errötet. Er räuspert sich, sagt jedoch nichts mehr. Wir gehen ein Stück weiter, bevor er schließlich langsamer wird. Vor uns liegt eine uralt wirkende Ruine, die bröckelnden Außenmauern eines Gebäudes etwa von der Größe der Everless-Remise. Ein verbliebener Turm und die Reste zweier weiterer geben dem Bau den Anstrich eines kleinen Schlosses. Er ist von einem Streifen nackter Erde, oder möglicherweise Asche, umgeben, als hätten Gras und Schnee die stillschweigende Übereinkunft getroffen, diesen Ort zu meiden.

Das alte Gemäuer übt eine seltsame Anziehungskraft auf mich aus, und ich muss an mich halten, um nicht niederzuknien und die Hände in die Asche zu legen.

»Ist das …?«

Liam nickt. »Die Diebeshöhle. Das Haus der Alchimistin.«

Mein Herz setzt einen Schlag aus. Die Ruine vor uns ist grau, eine dreizackige Silhouette vor dem kühlblauen Himmel. Ich versuche, mir vorzustellen, wie sie ausgesehen haben mag, bevor sie derart verfallen ist. Das hier war einst ein Zuhause, ein Zufluchtsort.

»Was ist hier passiert?«, frage ich und steige durch ein Loch in der Wand ins Innere des Gebäudes. Drinnen, wo die Sonne nicht hinfällt, ist es schummrig, und Staub und Asche dämpfen unsere Schritte. Merkwürdig, dass der Wind sie noch nicht verweht, der Regen sie noch nicht fortgewaschen hat. Die Mauerreste weisen auf einen einst großen Raum hin, rund mit gewölbten, halb eingestürzten Fenstern. An einer Wand windet sich eine Treppe in die Höhe, die jedoch im Nichts unter der Decke endet. Während ich umherstreife, folgt mir Liam in ein paar Schritten Abstand. Ich spüre seinen Blick auf mir. Trotz des kalten Frühlingtags prickelt meine Haut vor Wärme – die Temperaturen in der Ruine scheinen anderen Gesetzen zu folgen als draußen.

»Die Königin hat es vor Jahrhunderten niederbrennen lassen. Dabei ist das meiste Wissen über Blut und Zeit verloren gegangen«, antwortet Liam. Er mustert mich einen Moment. Wieder wird mir heiß. »Aber nicht alles. Ein paar Bücher sind erhalten geblieben. Viele Menschen haben keine Ahnung, wie viele Geheimnisse ein einzelnes Buch bergen kann.«

Ich nicke. Meine Kehle wird eng, als ich an mein Notizbuch denke, an all das Wissen darin, glatt, trocken und leblos wie gepresste Blütenblätter, ein Geheimnis so unergründlich wie das andere. Wird mir diese Ruine helfen, das Rätsel des Buches zu verstehen, für das mein Vater sein Leben gegeben hat?

»Sieh mal.« Liam deutet auf eine Öffnung auf der gegenüberliegenden Seite des Raums, ein noch vollständig erhaltener, nach Osten weisender Bogen, der soeben perfekt die Morgensonne einrahmt. Liam nimmt meine Hand – ich erschrecke ein bisschen – und zieht mich durch einen der anderen, zerstörten Durchgänge nach draußen, um mich gleich darauf durch den intakten Gang wieder hineinzuführen.

Ich öffne den Mund, um zu fragen, warum wir im Kreis laufen, doch die Worte ersterben mir auf der Zunge.

Der Raum hat sich vollkommen verändert. Statt von düsteren Schatten erfüllt zu sein, ist er nun voller Licht. Zu einigen der nun mit Glasscheiben verschlossenen Fenster fällt warmer Sonnenschein herein. Hinter den übrigen Öffnungen liegen weitere Zimmer, in denen ich Bücherregale und eine weiße Porzellanbadewanne erkenne, und ein üppig grüner Garten. Die

Mauern dazwischen sind hinter Wandbehängen verschwunden. Der staubige Steinboden ist sauberen, glänzenden Kacheln und einem blauen Teppich gewichen. In der Mitte des Zimmers steht ein Tisch, beladen mit Brot, Wein, Blumen und Speisen, die mir zugleich fremd und halb vertraut sind. Draußen, hinter den durchscheinenden Vorhängen, sehe ich einen leuchtend blauen Frühsommerhimmel.

»Was ist das?«, flüstere ich.

»Ein Zauber.« Liam deutet strahlend auf den Durchgang, durch den wir das Haus betreten haben und in dem nun ebenfalls ein Vorhang erschienen ist. »Wenn du dort hindurchgehst und etwas bei dir hast, was einmal der Alchimistin gehört hat, dann landest du in diesem … diesem …« Er sucht nach den richtigen Worten und breitet die Arme aus.

Ich denke an das in der Zeit erstarrte Briarsmoor, das zwölf Stunden hinter dem Rest der Welt zurückliegt und dessen einzige Einwohnerin in einer endlosen Schleife aus Leben und Tod gefangen ist. All das war beängstigend, grotesk. Dies hier dagegen wirkt friedvoll, gut. Es weckt in mir dasselbe Gefühl wie früher, wenn ich, als Papa und ich noch in Crofton lebten, unsere warme Kate betrat, um dem heulenden Winterwind zu entkommen.

»Ich bin rein zufällig darauf gestoßen, als ich mit deinem Notizbuch in der Tasche hergekommen bin«, redet Liam leicht verlegen weiter. »Ich hoffe, du bist mir nicht böse deswegen.«

»Böse?«, wiederhole ich verwirrt. »Warum sollte ich?«

Liam wirft mir einen eigentümlichen Blick zu. »Weil das hier dein Zuhause ist – *war*. Das Zuhause der Alchimistin.«

Ich hole tief Luft und nehme den Geruch in mich auf, nach Brot und Blumen und noch etwas anderem, das mir schmerzvoll vertraut vorkommt. Ich kann mich daran erinnern, vor langer

Zeit von diesem Ort gelesen zu haben, im Schulhaus von Crofton oder in der Everless-Bibliothek. Etwa zweihundert Jahre, nachdem die Königin die fremdländische Invasion niedergeschlagen und den Thron bestiegen hat, verschlimmerte sich die Ungleichheit in Sempera, und das Bluteisen war nicht länger ein Segen, sondern wurde zu einem Todesurteil für die Armen. Inmitten all dieser Wirren setzte sich eine Gruppe von Gelehrten zum Ziel, das Land vom Joch des Bluteisens zu befreien, indem sie versuchten, Zeit und Blut wieder voneinander zu trennen. Die Königin ließ sie verbrennen, um es der restlichen Bevölkerung Semperas wie auch den Menschen von außerhalb eine Warnung sein zu lassen – eine Warnung, dass das Geheimnis der Bluteisenzeit allein ihres sei.

Oder allein Caros, denke ich. Die Königin hätte dieses Haus sicher nicht niederbrennen lassen, wenn Caro es ihr nicht befohlen hätte. War Caro damals bereits auf der Suche nach der Alchimistin, nach mir? Oder war sie lediglich darauf aus, jede Spur meines Einflusses auszulöschen und alles zu zerstören, woran mein Herz hing? Einen Moment lang breitet sich Trauer in mir aus wie Bluteisen in einer Tasse Tee. Ich fühle mich wieder wie zwischen den rauchenden Überresten von Crofton. Zwar ist diesmal der Schock durch die Kraft von Jahrhunderten gedämpft, doch der Schmerz ist derselbe. Meine Freude über den Zauber um mich schwindet.

»Warum wird es Diebeshöhle genannt?« Wieder dringt die Stimme der Frau in Crofton an mein Ohr, die mir seither nicht mehr aus dem Kopf geht. *Schlange. Hexe. Lügnerin.*

Liam, der einen Teil dessen, was in mir vorgeht, in meinen Augen zu lesen scheint, blinzelt. »Wie genau es angefangen hat, weiß ich nicht.« Er spricht langsam, als wägte er sorgfältig jedes Wort ab. »Aber laut einer Inschrift an der Wand hat die Alchimistin irgendwann selbst angefangen, ihr Haus so zu nennen. Und ihre Anhänger haben es wiederum von ihr übernommen.«

Ein Fünkchen Wärme glimmt in meiner Brust auf wie ein angerissenes Streichholz.

»Noch etwas«, fährt Liam fort. Er deutet auf die Wendeltreppe an der Wand. »Nach unten geht es in die Tunnel, durch die man sich ungesehen über das Bellwood-Gelände bewegen kann. Heute werden sie noch manchmal von den Schülern benutzt, aber nicht mehr oft.« Dann zeigt er nach oben. »Und da …« Am oberen Ende der Treppe ist nun eine hölzerne Tür mit Bronzeintarsien erschienen.

Ohne ein weiteres Wort führt Liam mich zur Treppe, und wir steigen hinauf. Vor der Tür angekommen, zieht er einen uralten, filigran verzierten Schlüssel an einem Lederband aus der Tasche und reicht ihn mir.

Ein nervöses Kribbeln überläuft mich, als ich ihn ergreife. Ich stecke den Schlüssel ins Schloss – ein leises Knirschen ertönt, aber er lässt sich leicht herumdrehen. Hinter der Tür führt die Treppe weiter nach oben, und ich eile an Liam vorbei. Es dauert einen Moment, bis mir klar wird, dass das Kribbeln von freudiger Erregung herrührt, so lange ist es her, dass ich mich aufrichtig über etwas freuen konnte. Es ist, als würde ich an einen vertrauten, geliebten Ort zurückkehren, und obwohl ich weiß, dass ich vorsichtig sein sollte, stürme ich ungeduldig voran. Im Hinaufgehen lasse ich die Finger an der Wand entlanggleiten. Wie die Treppe selbst sind auch die Mauern aus Backstein, alt und glatt geschliffen. Sie müssten sich kalt anfühlen, doch das tun sie nicht. Sonnenlicht fällt durch die kleinen Fenster in der gekrümmten Wand und bringt den Staub in der Luft zum Flimmern. Alles wirkt so vertraut, so *richtig*, und etwas in meiner Brust schwillt an und zieht mich weiter aufwärts.

Als ich das obere Ende der Treppe erreiche, bleibe ich, wie angewurzelt, stehen, und Liam prallt von hinten gegen mich. Wir müssen uns ganz oben in einem der drei Türme befinden. Die kleine Kammer ist vom Licht der Nachmittagssonne erfüllt.

In der trockenen Luft liegt der Geruch nach altem Pergament und Zimt. Anstelle eines Fensters gähnt ein Loch in der Wand, von dem aus man einen Blick auf die übrigen Bellwood-Gebäude und die dahinter liegenden Felder hat, über denen die Sonne golden schimmert. Seltsamerweise spüre ich keinen Luftzug von draußen. Drinnen auf dem Boden liegt ein dunkelroter Teppich, und in der Mitte des Raums steht ein wuchtiges Bett mit grün-golden gemusterten Decken und einer Truhe am Fußende, aus der Kleider hervorquellen. Auf einem Tisch an der Wand steht eine kleine Waschschüssel, auf der anderen Seite ein Schreibpult. Überall stapeln sich dicke, ledergebundene Bücher.

»Wie ist das möglich?« Meine Stimme ist kaum mehr als ein Flüstern. Liam schiebt mich sanft zur Seite und betritt ebenfalls den Raum. Er bleibt neben mir stehen und blickt sich ebenso ehrfürchtig um.

»Sieh mal, hier.« Er ergreift meine Hand und führt mich zu dem Loch in der Wand. Ich sehe das Mosaik der Hausdächer von Montmere und ein Feld, das sich gerade grün zu färben beginnt. Liam hebt unsere verschlungenen Hände und hält sie zusammen durch die Öffnung. Eine Sekunde lang spüre ich kalte Frühlingsluft auf der Haut, bevor er unsere Hände rasch zurückzieht.

»Das hier ist dein Schlafzimmer, Jules«, sagt er leise. »Dein Rückzugsort.«

Ich kann seine Stimme kaum hören über dem Dröhnen, das sich in meinen Ohren erhoben hat. All die Erinnerungsfetzen, die mir in den Kopf schießen, um sich gleich darauf wieder meinem Zugriff zu entziehen, verwirren mich, doch das Gefühl, das sie zurücklassen, ist untrüglich: Das hier war mein Zuhause; hier war ich sicher.

»Die Diebeshöhle mag ausgebrannt sein, aber es ist dir gelungen, sie genau so zu erhalten, wie sie bis zu jenem Tag war.« Liam, der vor Aufregung immer schneller redet, strahlt mich an. »Nur die Menschen, die der Alchimistin wohlgesinnt sind und die etwas von ihr besitzen, können hierhergelangen. Ich hatte dein Notizbuch. An diesem Ort herrscht ewiger Frühling, es gibt keinen Regen, keinen Schnee. Aber von außen ist es nichts als eine Ruine.«

»In der Zeit erstarrt«, füge ich hinzu, voller Staunen darüber, dass ich so etwas zustande gebracht haben soll. Liam nickt. Schließlich reiße ich meinen Blick von ihm los und sehe mich um. Alles ist sauber – nicht neu, aber auch nicht uralt, so als wäre ich bloß kurz ausgegangen und nun zurück nach Hause gekommen. *Nach Hause.*

Das Rot in Liams Wangen wird noch ein bisschen tiefer. »Manchmal habe ich unten gesessen und gelesen. Ich ... Ich hoffe, du hattest nichts dagegen.«

Einen Moment lang muss ich über seine Worte nachdenken, dann aber fange ich an zu lachen. Beinahe erschrecke ich selbst darüber, und auch Liam blickt mich mit großen Augen an.

»Nein«, erwidere ich schnell. »Natürlich nicht.«

Liams Lächeln ist ein wenig verblasst, und ich fühle mich an ihn als neunjährigen Jungen erinnert, wie er erwartungsvoll von einem Gesicht zum anderen blickte und auf die Reaktion der Dienstbotenkinder auf irgendeine historische Begebenheit wartete, die er uns zuvor dargelegt hatte. Damals habe ich ihn lediglich für einen Besserwisser gehalten, der mit seinem Wissen prahlte wie mit einer Börse voller Bluteisen und von uns bewundert werden wollte. Heute jedoch erkenne ich, neben derselben Unsicherheit wie damals, die Wehmut in Liams Augen, den brennenden Wunsch nach Zuneigung.

»Es ist unglaublich«, versichere ich ihm schnell. »Wirklich. Hier fühle ich mich … sicher.«

Sein Lächeln wird wieder breiter, und ich spüre ein Flattern in der Brust. »Auch wenn ich nicht gern zugebe, dass Elias richtiglag, ich glaube, du bist hier tatsächlich sicher, Jules. Caro scheint nichts davon zu ahnen, dass all das hier existiert.«

Mir entfährt ein angespanntes Lachen. »Wie beruhigend.« Erst jetzt wird mir bewusst, dass Liam noch immer meine Hand hält. Er streicht mir mit dem Daumen über die Handfläche, so sachte, dass ich kurz überlegen muss, ob ich mir den zarten Hauch seiner Berührung einbilde.

Meine Kehle wird eng. Hier, innerhalb dieser schützenden Mauern, fühle ich mich wie aus der Zeit gefallen, weit außerhalb von Caros Reichweite, unsichtbar für jeden in Sempera, mit Ausnahme von Liam, der direkt vor mir steht. Und mit einem Mal überkommt mich die Hoffnung, dass er mich an sich zieht.

Doch nichts passiert, und ich spüre einen Anflug von Enttäuschung. Ich löse meine Hand aus seiner. »Gibt es hier irgendetwas, das uns helfen könnte, Caro zu besiegen?«

Ich zwinge mich, ihm wieder in die Augen zu blicken, und sehe, dass er lächelt.

»Vielleicht, ja. Soll ich dir zeigen, weshalb ich dich hierhergebracht habe?«

11

Ich hocke an dem niedrigen Holztischchen im unteren Zimmer, während Liam vor mir auf und ab läuft. Seine Augen funkeln auf eine Weise, wie sie es nur tun, wenn er über historische Ereignisse redet, so viel weiß ich inzwischen.

Hinter ihm hängt ein schlichter Wandteppich, der mit einer vereinfachten, etwas fadenscheinigen Karte von Sempera in Blau- und Goldtönen bestickt ist. Jetzt wendet Liam sich mir zu, die Hände vor sich ausgebreitet, als stünde er vor einem Klassenraum voller Schüler, denen er im Begriff ist, eine Unterrichtsstunde zu erteilen.

Für einen Moment bin ich zurück auf Everless, sieben Jahre alt, und sehe einen ebenfalls viel jüngeren Liam, der Roan über eine Wiese hinterherläuft und ihm dabei irgendeinen obskuren Sachverhalt erläutert, dessen nähere Details der Wind davonweht. »Elias und ich haben im Laufe der letzten Jahre alles zusammengetragen, was wir über die Alchimistin und die Zauberin finden konnten.«

Auf Liams Gesicht liegt ein Grinsen. Es ist ungewohnt, so viel Freude in seinen Augen zu sehen, vollkommen befreit von der Verdrießlichkeit, in die er sich normalerweise hüllt wie in einen schweren Mantel. Ich kann mir das Lächeln nicht verkneifen, das an meinen Mundwinkeln zupft. »Und dabei wolltest du zuerst gar nicht herkommen.«

»Na ja … die Zauberin zu besiegen ist wie ein Rätsel, nicht wahr? Und Rätsel sind dazu da, gelöst zu werden.« Er räuspert sich, nimmt einen Stapel Papiere von einem Bücherregal, hockt sich neben mich und breitet sie vorsichtig auf dem Tisch aus. Einige der Seiten wirken so alt wie das Notizbuch, andere sind offenbar neuer. Auf die Rückseite von etwas, das ein Auszug aus dem Pachtverzeichnis der Gerlings zu sein scheint, ist das grobe Porträt eines Mädchens – weder ich, noch Caro – gezeichnet.

Ich lasse den Blick über die Seiten schweifen, erkenne jedoch lediglich Zeichnungen und Auszüge aus den *Füchsin-und-Schlange*-Geschichten. Nervosität packt mich und verdrängt meine vorherige Freude. »Was soll ich denn hier sehen?«

Liams Zeigefinger huscht von einem Blatt zum anderen. »Das alles hier habe ich immer wieder studiert, zuerst nur im Hinblick auf die Legende um die Alchimistin« – er errötet, redet jedoch weiter –, »aber dann ist mir ein Muster aufgefallen. In den Aufzeichnungen, die du zurückgelassen hast, finden sich die alchimistischen Symbole für Gift und Tod, und auch in anderen Schriften, von denen ich denke, dass du sie verfasst hast«, sagt er mit mehr Begeisterung, als mir für ein Gespräch über Gift und Tod angemessen erscheint. »Nach allem, was wir in Erfahrung bringen konnten, stammen sie aus deinen früheren Leben, mindestens sieben verschiedenen. Wir vermuten, dass du auf diese Weise versucht hast, der Nachwelt Informationen zukommen zu lassen.«

»Oder mir selbst, um mich zu erinnern«, werfe ich ein, als sich tief in meinem Inneren etwas regt.

Liam runzelt die Stirn. »Die Symbole tauchen ausschließlich

in den Geschichten auf, die vom Tod der Füchsin handeln«, fährt er fort.

Ein seltsames Gefühl erfasst mich, gefolgt von einer Welle neuen Selbstvertrauens. »Ich erinnere mich nicht daran, mir Geschichten über den Tod der Füchsin ausgedacht zu haben, aber das kann nur bedeuten, dass ich recht habe. Ich habe über ihren Tod nachgedacht. Den Tod der Zauberin.«

Liam lässt sich in den Schneidersitz sinken. »In dieser Geschichte geht es um eine Hundepfote, deren Krallen die Haut der Füchsin durchstoßen. In der da um einen Reißzahn, der ihrem Leben mit einem einzigen Biss ein Ende setzt. Was erst interessant wird, wenn man weiß, dass es im Hochsemperanischen ein Wort gibt, das sowohl ›Zahn‹ als auch ›Kralle‹ bedeuten kann, und dass somit in den Geschichten ein- und dasselbe Objekt gemeint sein könnte. Das Wort wurde lediglich von den Gelehrten, die sich mit den Texten beschäftigt haben, unterschiedlich übersetzt.«

Er blickt mich erwartungsvoll an, doch ich bin so überwältigt von dieser Lawine an Informationen, dass ich keine Antwort herausbringe. Gleichzeitig ballt sich Bitterkeit in meiner Brust zusammen, darüber, dass Liam, während Papa und ich uns von Tag zu Tag kämpfen mussten, ohne zu wissen, woher wir die nächste Mahlzeit nehmen sollten, hier saß und in aller Ruhe über meinem Rätsel brütete, über dem Rätsel der Zauberin, die Sempera nach mir durchkämmte. Dass er vollkommen versunken war in eine Welt aus mysteriösen Symbolen und verworrenen Geheimnissen – *meine* Welt. *Er weiß mehr über die Alchimistin als ich selbst*, denke ich missmutig.

»Und das ist noch nicht alles«, fügt er dann zögernd hinzu.

»Ach nein?«, brumme ich.

Liam ist bereits auf dem Weg zur Wand und zieht vorsichtig den Teppich zur Seite. Die Steinmauer dahinter ist glatt – bis auf eine hineingeritzte Inschrift. Es ist ein uraltes Symbol, fremdartig und zugleich irgendwie vertraut, ein Kreis mit zahlreichen Schnörkeln und Details. Jähes Erkennen durchzuckt mich. Ich stehe auf und trete darauf zu.

Von Nahem wird mir klar, dass es sich nicht um ein einziges Zeichen handelt, sondern eine Zusammensetzung aus vielen kleinen, die ein undurchdringliches Geflecht aus Linien und Kurven und Zacken bilden. Simple Kreise und Quadrate verschmelzen zu Reihen altsemperanischer Schriftzeichen, oder zumindest etwas, was ich dafür halte. All die Formen sind mit der Sorgfalt eines Vogels ineinandergefügt, der Tannennadeln und Grashalme zu einem Nest verflicht. Die Nase fast an die Wand gedrückt, studiere ich die zarten Linien, die jemand mit einem unvorstellbar kleinen, scharfen Werkzeug in den blanken Stein geritzt haben muss. Jede einzelne Furche ist mit feinem Goldstaub gefüllt, der das Symbol im Licht gleißen lässt.

Mich überläuft ein Schauder.

»Das habe ich schon einmal gesehen«, flüstere ich und drehe mich zu Liam um, dessen Augen sich weiten. »Das heißt, nicht genau dieses hier, aber etwas ganz Ähnliches war über die Tür von Callas Laden geschnitzt, einer Zaunhexe aus Crofton. Es war allerdings nicht so kompliziert wie dieses hier … oder so schön.«

Das Symbol ist tatsächlich schön, es wirkt beinahe wie aus einer anderen Welt, so verschlungen und vielschichtig, wie nichts, was ich je zuvor gesehen habe. Ich schließe die Augen und versuche, ein Bild von Callas Laden heraufzubeschwören, aus der Zeit, bevor Papa mir verboten hat, sie zu besuchen. Bis jetzt dachte ich, Papa wäre einfach streng gewesen und hätte vermeiden wollen, dass ich an Callas Hokuspokus glaubte und mein ganzes Bluteisen einer Zaunhexe in den Rachen warf. Jetzt jedoch wird mir klar, dass er mich vor den Geheimnissen schützen wollte, die ich selbst in mir trage. Damals habe ich es geliebt, den Geschichten der Zaunhexe zu lauschen, ohne zu wissen, wie viel Wahrheit sie beinhalteten.

»Calla hat immer erzählt, es diene zur Abwehr gegen …« *Den Geist des Alchimisten*, erinnere ich mich nun an ihre Worte. »Und eines Tages, als ich zu ihrem Laden ging, war es verschwunden.«

»Meine Mutter hat damals regelmäßig Kontrollen in unseren Dörfern angeordnet. Dabei wurden alle alten alchimistischen Zeichen entfernt. Meistens, wenn sie sich mal wieder bei der Königin beliebt machen wollte.« Liam deutet auf die eingestürzte Wand, hinter der nun eine nächtliche Landschaft liegt.

»Also, was –« Wieder richte ich den Blick auf das Symbol und versuche, aus dem Geflecht von Linien eine einzige Form zu erkennen. Meine Gedanken rasen. »Was bedeuten diese Zeichen? Wenn sie nicht wichtig wären, hätte sich schließlich niemand die Mühe gemacht, sie in die Wand zu ritzen, oder?«

Ich will die Mauer betasten, verharre dann jedoch zaudernd. Nach einem Moment tritt Liam neben mich und fährt mit einer Selbstverständlichkeit die Linien nach, die erahnen lässt, dass er dies nicht zum ersten Mal tut.

»Es ist eine Art von Sprache, wie sie früher Gelehrte und Alchimisten verwendet haben. Manche dieser Zeichen reichen sogar weiter zurück als das Altsemperanische, und niemand weiß genau, aus welcher Zeit sie stammen.« Er zeigt auf eine geschwungene Linie. »Das hier steht für Wasser.« Nach kurzem Innehalten streicht er über einen Kreis mit einem weiteren, kleineren Kreis im Zentrum. »Und das hier sieht aus wie ein Hundekopf. Aber es steht für die Zeit. Alchimisten – also du und deine Anhänger – haben alles getan, um deine Lehren für die Nachwelt zu verewigen, während die Königin, oder wahrscheinlich eher Caro, eure Werke immer wieder zerstört hat. Darum habt ihr das Wissen in kleine Häppchen zerteilt, in Geschichten. Ihr musstet es vor der Zauberin beschützen. Keine einfache Aufgabe.«

»Nein.« Erinnerungen an die alten Geschichten kommen in mir hoch. *Und die Schlange stahl der Füchsin das Herz, um es zu verschlingen.*

»Wir haben Jahre gebraucht, um die einzelnen Zeichen zu entschlüsseln und auch nur einen groben Überblick darüber zu erhalten, was das alles bedeutet. Aber dieses hier, das mehrmals wiederholt wird, steht für *Waffe*, genau wie in den Aufzeichnungen. Und das da, das größte von allen, für *Liebe* oder *Herz*. Aber dieses –« Er tritt einen Schritt von der Wand zurück. »Dieses bedeutet *böse*. Und so wie sie hier angeordnet sind, bilden sie alle zusammen die Wortfolge ›eine Waffe gegen das Böse‹.«

»›Eine Waffe gegen das Böse?‹ Gegen *Caro*«, flüstere ich. Mit einem Mal driften all meine Erinnerungen so dicht an die Oberfläche, dass es ist, als müsste ich bloß die Hand ausstrecken, um sie zu ergreifen. Aus dem Augenwinkel meine ich, eine Bewegung wahrzunehmen, doch als ich den Kopf wende, ist nichts zu sehen.

Hinter mir höre ich Liam weiterreden. »Von anderen Symbolen kenne ich noch immer nicht die Bedeutung. Ich habe jahrelang danach geforscht, aber sie tauchen nirgends auf. Elias hat auch nichts gefunden …«

Seine Worte dringen wie aus weiter Ferne zu mir herüber, als befände er sich am anderen Ende eines Tunnels.

Die Welt verschwimmt vor meinen Augen. Nur das Symbol vor mir an der Wand tritt plötzlich noch deutlicher hervor. Mein Atem beschleunigt, genau wie mein Herzschlag, und ich greife nach Liam, auf der Suche nach etwas, nach *jemandem*, der mich erdet. Doch bevor ich ihn berühren kann, scheint er vor meinen Augen zu zerfließen, und seine Stimme wird von einem Gewirr anderer übertönt, aufgeregt und irgendwie vertraut.

Dann sehe ich wieder klar. Ein scharfer, süßlicher Geruch steigt mir in die Nase. Liam ist nicht mehr da. Die Diebeshöhle ist noch immer intakt, doch der Schimmer, mit dem noch vor einem Moment alles überzogen war, ist verschwunden, und drinnen wie draußen herrscht Dunkelheit. Alles wirkt realer. Und überall um mich sind Menschen. Männer und Frauen in farbenfrohen Kleidern.

Es herrscht Aufruhr.

Die Leute laufen schreiend umher, greifen sich Bücher und Schriftrollen aus den Regalen und schieben sie unter ihre Mäntel, andere versammeln sich am Fenster und starren in die Nacht hinaus.

An der Tür teilt ein dunkelhäutiger alter Mann Schwerter an die Vorübergehenden aus, und neben mir am Tisch steht eine blasse, aber entschlossen wirkende junge Frau, die Vorratsgläser in Tücher wickelt und in einem Jutesack verstaut. Eine Träne rinnt ihr über die Wange.

Was geht hier vor?, will ich fragen, doch die Worte kommen nur verzerrt und gedämpft aus meinem Mund, als befände ich mich unter Wasser. Dennoch dreht sich die Frau zu mir um und streckt die Hand aus, um mir auf die Beine zu helfen.

»Wir müssen gehen, Mylady«, sagt sie, und ihre Stimme klingt erstickt vor Angst und Tränen. »Sie ist hier. Die Zauberin.«

Unten ertönt ein gewaltiges Krachen; jemand schreit. Durch die geöffnete Tür windet sich Rauch die Treppe hinauf.

Erinnere dich, denke ich, aber bevor ich mir darüber klar werden kann, woran, verschleiert meine Panik alles. Panik, weil ich weiß, dass die Zauberin hier ist und ich Bellwood nicht lebendig verlassen werde. Ich sehe zu, wie meine Hände sich nach der Mauer ausstrecken, spüre den Schmerz, als ich die Symbole wieder und wieder mit den Fingerspitzen nachfahre, bis die Haut wundgeschürft ist und mein Blut eine Botschaft in den Stein brennt. *Wasser. Blei. Rubin. Böse. Waffe. Kralle.*

Mein rot verschmierter Finger bewegt sich auf das nächste Zeichen zu, das wie ein Halbmond geformt ist, und hält dann abrupt inne.

Ich wirbele herum, und vor mir steht die Zauberin. Ihr langes dunkles Haar, um das sie ein blaues Seidenband gebunden hat, ist mit Blut und Asche verklebt. Mein Blick fällt auf einen Riss in ihrem Kleid, durch den ein Streifen bloßer Haut direkt über ihrem Herzen zu sehen ist – wulstig und vernarbt. Das Mal leuchtet rot in der zunehmenden Hitze.

»Dachtest du, du könntest mir entkommen?«, knurrt Caro, während sie sich das blaue Band aus dem Haar zieht und es mir in einer einzigen, fließenden Bewegung um den Hals schlingt.

Und dann –

Schwarz. Leere. Ich bin an einem anderen Ort, obwohl es so dunkel ist, dass es mir vorkommt wie nirgendwo.

Schmerz explodiert in meinem Körper, pulsiert heiß in meiner Handfläche, scharf und anhaltend. Ich blicke hinunter und öffne die Faust.

Darin liegt ein blutroter Edelstein, der an einem Ende spitz zuläuft. Um den Stein windet sich eine metallene Schlange als Griff. Ein Dolch. *Kralle. Zahn. Waffe.* Mich erfüllen Entsetzen und Ehrfurcht zugleich. Der Stein taucht meine Finger in scharlachrotes Licht, als würde er bluten. Als ich in die flackernde Reflexion blicke, grinst mir daraus mein Spiegelbild entgegen.

Nein. Caro grinst mir entgegen. Das Gesicht der Zauberin, ein Dutzend Mal gebrochen in der glasklaren Klinge des Dolches.

Und – da ist Caro, die wirkliche Caro. Sie liegt vor mir auf dem Boden, den Kopf zurückgebogen, die Augen weit aufgerissen.

Es ist meine Schuld.

Ich muss meine Tat verbergen, mich schützen. Ich muss fliehen …

Eine unsichtbare Hand ergreift meinen Arm, und ich schreie auf.

»Jules!«, ruft jemand. Es ist eine männliche, vertraute Stimme. Während sie in meinem Kopf verhallt, weicht die Dunkelheit bleichem Licht, und vor meinen Augen erscheint erneut das Zimmer.

Jetzt jedoch ist wieder Stille eingekehrt, und außer mir und Liam ist niemand dort.

Liam steht vor mir, bleich, doch er sieht mir nicht ins Gesicht. Ich folge seinem Blick hinunter zu meinen geballten Fäusten und schrecke zusammen, bevor der Schmerz einsetzt. Meine Finger sind blutverschmiert, die Knöchel weiß, genau wie in meiner Vision. Langsam, mit klopfendem Herzen, öffne ich die Hand –

Darin ist nichts. Nichts als Luft.

12

Enttäuschung wallt in mir auf, so heftig und unvermittelt, dass ich nur mit Mühe die Tränen unterdrücken kann. Ich knie zitternd neben dem Tisch auf dem Boden und verfluche die Vision dafür, wie schnell sie mich der Wärme und Geborgenheit der Diebeshöhle beraubt hat. Mein Magen rebelliert. Liam kauert sich neben mich und streicht mir über den Arm. Eigentlich müsste ich ihn wegstoßen, aber ich tue es nicht. Ich kann nicht.

»Was ist passiert?«, fragt er sanft. »Was hast du gesehen?«

Doch seine Worte wehen an mir vorbei, ohne mich wirklich zu erreichen. Ich fühle mich so träge und orientierungslos, als wäre ich am helllichten Tag eingenickt, um beim Aufwachen festzustellen, dass bereits die Abenddämmerung eingesetzt hat. Die panikerfüllten Gesichter der Menschen in meinem Traum – meiner Anhänger, wie mir nun klar wird – erfüllen meinen Kopf. Die Zauberin ist damals auf der Jagd nach mir in die Diebeshöhle gekommen. Sie hat mir ihr Haarband um den Hals geschlungen, wollte mich erwürgen. Ist es ihr gelungen? Wie viele der anderen Alchimisten mögen ihr entkommen sein? Wie viele von ihnen sind der Rache der Zauberin zum Opfer gefallen?

Mein Atem geht schwer. Liam legt den Arm um mich und zieht mich an sich. Dann knöpft er seinen Mantel auf und hüllt uns beide darin ein wie in eine Decke. Wärme, Geborgenheit. Erst jetzt wird mir bewusst, dass ich vor Kälte zittere. Liams

Herz klopft neben meinem. Ich spüre seine gespannten Muskeln und seine tröstenden Worte. Ich weiß, ich sollte mich von ihm lösen, doch ich habe zu große Angst, vollends zusammenbrechen, wenn ich es tue. Die Diebeshöhle hat mich mit einem Versprechen gelockt, nur um es im letzten Moment zu brechen.

»Alles in Ordnung«, murmelt Liam in mein Haar. Er drückt mich noch fester an sich, obwohl ich inzwischen aufgehört habe zu zittern, und schlingt dann auch noch den anderen Arm um mich, wie um mich vor jeglicher Bedrohung abzuschirmen. Seine Wärme beginnt, den kalten Knoten in meiner Brust aufzuweichen.

Noch immer schwirren mir Bilder durch den Kopf, eins nach dem anderen huschen sie hinter meinen geschlossenen Lidern vorbei. Ich versuche, sie in die richtige Reihenfolge zu bringen und den Sinn dahinter zu verstehen. Liam neben mir schweigt. Ein paar Minuten lang regt sich keiner von uns, dann breche ich schließlich das Schweigen: »Ich habe etwas gesehen. Eine Art Waffe.«

Liam blickt mich an. »Eine Waffe?«

»Ja.« Ich betrachte meine Hand, halb in der Erwartung, dort den Rubindolch zu erblicken. Ich schrecke zusammen, als ich mich an Caro erinnere, die zu meinen Füßen liegt, den Mund zum Schrei aufgerissen. Es ist dasselbe Bild wie das, was ich im Garten von Shorehaven gesehen habe, kurz nachdem ich ihr das Messer ins Fleisch gerammt habe. »Ich weiß nicht, was das für ein Dolch war oder wo er hergekommen ist, aber ich habe ihn in der Hand gehalten. Er hat sich so wirklich angefühlt wie –«

Ich breche ab, als mir bewusst wird, dass ich in meinem Eifer nach Liams Hand gegriffen habe. Hastig lasse ich sie wieder los. Dann befreie ich mich behutsam aus seinem schützenden

Mantel und deute auf die Seiten, die noch immer auf dem Tisch ausgebreitet sind, dann auf das Symbol an der Wand. »Was, wenn es die Waffe ist, von dem hier die Rede ist? Das Symbol –« Wieder gestikuliere ich Richtung Wand. »Warum hätte ich sonst eine so lebhafte Vision davon haben sollen?«

Liam überlegt ein paar Sekunden, bevor er schließlich nickt und sich räuspert. »Möglich wäre es. Vielleicht etwas, was du in einem deiner vergangenen Leben geschaffen hast? Ist die Waffe irgendwo hier?«

»Ich … ich weiß nicht.«

Liam verzieht enttäuscht das Gesicht. »Hast du gesehen, wo sie ist?«

»Nein.« Ich kneife die Augen zu und versuche, die Bilder abermals heraufzubeschwören, doch sie sind bereits verblasst. »Ich war in diesem Zimmer. Die Diebeshöhle stand in Flammen, und Caro hat mich gefunden, aber dann … ist auf einmal alles schwarz geworden. Ich konnte nichts mehr sehen außer dem Dolch. Ich wusste, dass ich ihn irgendwo verstecken musste, mir den Ort merken, aber ich habe es vergessen …«

Ein bitterer Geschmack breitet sich in meinem Mund aus. Ich schweige und senke den Blick auf meine bleichen, blutenden Hände. *Ich bin die Alchimistin*, sage ich mir. Doch ich fühle mich kein bisschen mächtig, so wie ich hier hocke, mich verstecke, während draußen schon fast die Jäger ums Haus streifen. Das Einzige, was ich fühle, ist Ärger über all das, was ich nicht weiß, was ich nicht verstehe –

Über den beinahe übermächtigen Drang, Sempera zu verlassen, wie Liam es mir geraten hat, bevor ich zurück nach Crofton gegangen bin und dann erneut nach unserer Flucht aus Shorehaven.

Ich starre ins Dunkel seiner Augen, und in mir verkrampft sich alles vor lauter Zweifeln. Wie viele Jahre habe ich verloren? Wie viele Jahre habe ich in Crofton verschwendet, während Liam Gerling staubige Bücher über meine ungewisse Vergangenheit wälzte? Wie viele Jahre war ich mir selbst fremd, der Alchimistin, die tief in den Schatten meines Gedächtnisses verborgen war? Selbst mein altes Zuhause öffnet sich mir nicht mehr bedingungslos. Meine Fingerspitzen sind blutig und aufgeschürft, nachdem sie meine Vision nachgespielt haben, und schmerzen. Genau wie mein Herz.

Wenn die Alchimistin für immer in mir begraben bleibt, wenn sie nie deutlicher als in flüchtigen Bildern in Erscheinung tritt, nie in Gänze – wer bin ich dann? Nicht Jules Ember. Und auch sonst niemand.

Ich stehe auf und gehe rückwärts zur Tür. Mit einem Mal will ich nur noch allein sein, nur noch weg aus der trügerischen Behaglichkeit der Diebeshöhle.

Auch Liam erhebt sich und blickt mich unsicher an.

»Lass mich«, warne ich ihn. »Ich muss nachdenken.«

»Du kannst nicht einfach gehen, Jules, es ist zu gefährlich –«

»Lass mich!«, fahre ich ihn heftiger an als beabsichtigt.

Liam blinzelt und lässt die Hand sinken, die er nach mir ausgestreckt hatte. Ich sehe, wie Schmerz in seine Augen tritt, doch ich drehe mich trotzdem um und stürme zur Tür.

Draußen atme ich gierig die kalte Frühlingsluft ein, obwohl sie meine Verwirrung kaum lindern kann. Noch immer habe ich den Geruch von Rauch in der Nase, die Schreie in den Ohren.

Wie viele hundert Jahre ist diese Nacht her, dieser Brand, der die Diebeshöhle zerstört und die anderen Alchimisten in alle Himmelsrichtungen vertrieben hat? Wie viele Menschen sind damals durch meine Schuld gestorben, genau wie jetzt auch wieder? Das Verderben, das ich über sie gebracht habe – denn das habe ich, ich spüre es tief im Inneren –, nagt noch immer an mir. *Sie sind dir gefolgt*, flüstert eine Stimme in meinem Bewusstsein, das älter ist als mein Körper. *Sie haben dir vertraut.*

Diese Vision war anders als all die vorherigen, die mich auf Everless oder dem Weg hierher heimgesucht haben. In dieser bin ich nicht durch einen Wald geirrt oder lag gefesselt in einem Verlies, während ich stumpf einem mir vorbestimmten Pfad folgte. Diesmal war ich in der Diebeshöhle, zusammen mit den anderen Alchimisten, habe ihre Angst gespürt. Ich war leibhaftig anwesend in der Erinnerung, konnte mich bewegen, konnte sprechen und fühlen. Und dann … das Gewicht des seltsamen Rubindolches, genauso real wie der Schmerz meiner blutigen Finger oder die Wärme von Liams Hand auf meinem Arm.

Ich knie nieder und kralle die Hände ins Gras. Die Bilder und Empfindungen von eben treten nach und nach hinter dem feuchten Geruch der Erde und dem Rauschen der Bäume im Wind zurück. Das kleine Zimmer war von Erinnerungen verhangen wie von Dunst, der mir die Lungen verstopfte, aber hier draußen bin ich außerhalb ihrer Reichweite.

Ich hebe den Kopf und drehe mich zur Diebeshöhle um. Als ich gegangen bin, habe ich Liam bei brennendem Licht zurückgelassen, von außen jedoch wirkt das Haus wieder wie eine malerische, verlassene Ruine.

Ein Verdacht beschleicht mich. Das hier könnte alles ein weiterer grausamer Trick Caros sein, das neueste ihrer kranken Spielchen, die sie so gern mit mir treibt. Genau wie zuvor mit der verstorbenen Königin, die sie sich mithilfe ihrer Magie untertan gemacht hat.

Oder steckt möglicherweise gar nicht Caro dahinter, sondern bloß meine eigene Schwäche? Verliere ich vielleicht einfach den Verstand, weil mir die Kraft fehlt, mit den Erinnerungen von Jahrhunderten zu leben?

Nein. Wieder sehe ich das Symbol an der Wand vor mir, verschmiert mit meinem eigenen Blut. Sein Anblick und die Umgebung der Diebeshöhle haben mich mit vereinten Kräften in jenen Moment zurückversetzt, die goldenen Linien verwoben zu einem Netz, das sich um mich schloss.

Eine Botschaft. Für mich.

Der Dolch. Direkt in meiner Hand; noch immer spüre ich die Hitze, das Licht, wie einen lautlosen Schrei aus meiner Vergangenheit. Der Griff hatte die Gestalt einer Schlange – das kann kein Zufall gewesen sein. Abwechselnd krümme und spreize ich die Finger, als könnte ich den Dolch durch pure Willenskraft wieder in Erscheinung treten lassen. Ich schließe die Augen und versuche, mir vorzustellen, wie ich diese seltsamen Symbole selbst in den Stein geritzt habe, versuche, mehr von dem zu sehen, was damals geschehen ist und worauf ich mich so dringend besinnen wollte. Ich wünschte, ich könnte die Düsternis der letzten Vision beiseiteschieben wie einen dicken Vorhang, in der Hoffnung, dass sich dahinter ein Hinweis auf den Ort des Geschehens verbirgt.

Doch es hat keinen Zweck. Erinnerungsfetzen tanzen verführerisch am Rande meines Bewusstseins, Splitter von Bedeutungen, die aufleuchten und wieder verschwinden wie Glühwürmchen in einer Sommernacht.

In der Ferne ertönt Stimmengewirr, und ich öffne die Augen. Erschrocken stelle ich fest, dass ich mich, ohne es zu merken, von der Diebeshöhle entfernt habe. Rings um mich wachsen

Kiefern, und unter meinen Füßen knistert ein dicker Teppich aus Nadeln. In der Ferne vernehme ich die gedämpften Geräusche der Stadt. *Es ist zu gefährlich*, hat Liam mich gewarnt.

Angst packt mich. Ich hätte nicht von Liam fortlaufen sollen, nicht solange meine Sinne derart vernebelt sind.

Ich erspähe eine Silhouette in der Richtung, in der ich das Haupttor vermute. Es dauert einen Moment, bis mir klar wird, dass es ein Mensch ist, denn das Mädchen – den Kleidern nach zu urteilen ist es eine Schülerin – rührt sich nicht. Mit dem Rücken zu mir sitzt sie im Gras und beugt sich über irgendetwas auf dem Boden. Sie wirkt vollkommen versunken in das, was sie tut. Hinter ihr prangt ein Fleck Sonnenlicht wie ein umgekehrter Schatten.

Ich weiß, ich sollte machen, dass ich wegkomme, doch irgendetwas drängt mich weiter vorwärts. Zwischen den Bäumen ist es kalt und dunkel. So dunkel hoffentlich, dass mein Gesicht verborgen bleibt.

Noch während ich überlege, ob ich mich bemerkbar machen soll, knackt unter meinen Füßen ein Zweig. Bevor ich reagieren kann, springt das Mädchen auf und wirbelt herum. Die Gegenstände, die sie rings um sich im Gras verteilt hatte, fliegen in alle Richtungen. Ich sehe bleiche Knochen und blitzendes Metall.

Das Instrumentarium einer Zaunhexe.

»Wer ist da?«, ruft sie. Es ist das Mädchen aus dem torkelnden Grüppchen von zuvor, Stef, die Liam zufolge aus einer Familie von Zaunhexen stammt und so höhnisch »Lang lebe die Königin« gerufen hat. Jetzt dagegen ist sie alles andere als betrunken. Ihre dunklen Augen suchen den Wald ab, und ihre Haltung ist angespannt, als überlegte sie, ob sie fliehen oder sich zum Kampf bereit machen soll.

Ich könnte einfach still stehen bleiben oder versuchen, mich auf leisen Sohlen davonzuschleichen. Doch die Erinnerung hat mich noch immer in ihren Fängen und raunt mir ins Ohr. Eine Idee nimmt in meinem Kopf Gestalt an – eine gefährliche, verzweifelte Idee.

Kurz bevor ich herausgefunden habe, dass ich einmal die Alchimistin war und Caro die Zauberin, haben Caro, Ina und ich eine Zaunhexe in Laista aufgesucht. Es war in der Nacht, bevor sich alles verändert hat: Ina wollte eine Blutrückführung vornehmen lassen, ein altes Ritual, bei dem man in seine Vergangenheit reist und tief vergrabene Erinnerungen heraufbeschwört, um darin zu blättern wie in einem Buch. Wie so viele andere der über die Dörfer Semperas verstreuten Zaunhexen war auch die in Laista eine Betrügerin, doch ihr weihraucherfüllter Laden förderte dennoch lebhafte Details aus meiner Vergangenheit zutage. Das neu gewonnene Wissen führte mich anschließend nach Briarsmoor, wo ich das Geheimnis meiner Geburt lüftete.

Wenn Stef wirklich eine Hexe ist, dann kann sie mir möglicherweise dort weiterhelfen, wo Liam an seine Grenzen stößt. Wo ich selbst an meine Grenzen stoße.

Also wage ich mich hinaus in die Sonne und gehe auf sie zu.

13

Stef«, rufe ich.

Ich halte den Atem an, als sie herumfährt und mir mein Leichtsinn bewusst wird. Aber jetzt gibt es kein Zurück mehr. Ihr scharfer, durchdringender Blick schlägt einen Funken Angst in mir wie ein Feuerstein auf Fels. Vielleicht wollte sie sich mit ihrer respektlosen Bemerkung über die Königin zuvor bloß ein bisschen aufspielen. Wenn das der Fall ist und sie mich als Jules Ember aus Crofton erkennt, die für die Ermordung der Königin gesucht wird, kann es sein, dass ich mich auf meiner verzweifelten Suche nach Hilfe gerade selbst zum Tode verurteilt habe.

Glücklicherweise jedoch erkennt sie mich nicht, oder wenn doch, lässt sie es sich zumindest nicht anmerken. Ihr Blick gleitet langsam über mein Gesicht, und sie presst argwöhnisch die Lippen aufeinander.

»Ich habe gehört, du bist eine Zaunhexe«, beginne ich und versuche, meine Stimme so heiter und neugierig klingen zu lassen, wie ich mir vorstelle, dass eine Schülerin es tun würde, wenn das hier nichts als eine Plauderei wäre.

Die starrt mich an. »Von wem hast du das gehört?«

»Liam Gerling«, antworte ich, als ich mich an etwas erinnere, was Papa mich stets gelehrt hat und sich auf Everless als äußerst nützlich erwiesen hat: Sag, so oft es geht, die Wahrheit, dann sind die Lügen dazwischen besser versteckt. Während ich rede, spähe ich verstohlen auf die Gegenstände hinunter, die zu Stefs Füßen verstreut liegen, und mein Herz beginnt zu klopfen. Seltsam geformte Metallstücke, geschnitzte Figuren aus hellem Holz oder Tierknochen, eine kleine Messingdose voll Pulver.

Sie reißt die Augen auf, kneift sie jedoch gleich darauf wieder skeptisch zusammen. »Du verkehrst ja in noblen Kreisen. Ich habe dich noch nie hier gesehen.«

Ich zucke mit den Schultern. »Und, sind die Gerüchte wahr?«

Stef sammelt rasch ihre Sachen ein und wickelt sie sorgsam in ein Stück dunkelroten Samt. Dann hebt sie ein Lederband aus dem Gras auf, bindet das Ganze zu einem Beutel und befestigt diesen an ihrem Gürtel. »Welche Gerüchte?«, fragt sie zurück, ohne mich aus den Augen zu lassen. »Da gibt es so einige. Du musst schon deutlicher werden.«

»Dass du dich mit Alchimie auskennst. Und dass du keine Anhängerin der Königin bist.« Letzteres füge ich unbedacht hinzu und halte dann ängstlich inne. Wie wird sie auf meinen Versuch reagieren, sie auszuhorchen?

Stef mustert mich und wirkt dabei genauso misstrauisch, wie ich es bin. Doch ich registriere auch einen Hauch von Belustigung in ihrem Blick. Über meine Direktheit, wie ich hoffe. »Für die alte Königin hatte ich tatsächlich nicht viel übrig. Was das kleine Waisenmädchen angeht, das jetzt auf dem Thron sitzt, bin ich noch unentschlossen. Aber ich bezweifle, dass sich mein Leben unter ihrer Herrschaft merklich verändern wird.«

Bei dieser Schmähung Inas zieht sich mir der Magen zusammen, doch ich schiebe das Gefühl beiseite. »Was ist mit der Alchimie?«, hake ich nach. »Ich bräuchte die Dienste einer Zaunhexe, ich würde auch dafür bezahlen.«

Sie starrt mich unverwandt an. »Selbst wenn ich wäre, wonach du suchst, warum sollte ich es einer Fremden auf die Nase binden?«

Ich hole tief Luft. »Weil ich Hilfe brauche. Es ist – wichtig.«

»Worum geht's?«, fragt sie gleichgültig und richtet sich wieder auf.

Ich wische mir die schwitzigen Hände an Dannas Kleid ab, was Stef nicht entgeht.

»Darum, mich an Dinge zu erinnern, die ich vergessen habe«, antworte ich. »Ich möchte eine Blutrückführung vornehmen lassen.«

Stef macht einen Schritt auf mich zu. Sie ist groß, mit dunkler Haut und langen, geflochtenen Zöpfen, die ihr über die Schultern fallen. Ihr grünes Kleid wirkt makellos sauber, obwohl sie bis eben noch damit auf dem Waldboden gehockt hat. »Blutrückführungen sind etwas für gelangweilte Edeldamen und verzweifelte Dummköpfe.« Sie lässt den Blick an mir hinunterwandern und richtet ihn dann wieder prüfend auf mein Gesicht. »Eine Edeldame bist du schon mal nicht. Es muss wichtig sein, wenn du mich um Hilfe bittest. Aber wie konnte es denn überhaupt erst dazu kommen, dass du deine Erinnerungen verloren hast?«

Mein Herz schlägt schneller. Sie scheint noch immer mein Gesicht zu studieren, und ich kann nur hoffen, dass sie in den letzten Wochen zu sehr aufs Lernen konzentriert war, um die Schule zu verlassen, und nicht die Plakate mit meinem Bild darauf gesehen hat, die überall in der Stadt hängen. »Es sind Geschichten über jemanden, der nicht mehr lebt.« Wieder keine Lüge.

»Wir alle haben schon Menschen verloren. Uns an ihre Vergangenheit zu klammern, bringt sie nicht zurück.« Stefs Miene zeigt keinerlei Regung. Dann fügt sie leiser hinzu: »Vergessen gibt uns die Kraft zum Weiterleben.«

Trotz ihrer abweisenden Worte meine ich, einen leichten Zweifel darin zu vernehmen, der mir Hoffnung gibt, einen Anflug von Neugier in ihren Augen. Jetzt ist es an mir, den nächsten Schritt zu wagen. »Bitte. Ich brauche dringend Hilfe.«

»Die musst du dir woanders suchen.« Ihre Stimme klingt nun deutlich kühler. Sie kehrt mir den Rücken zu – offensichtlich hat sie beschlossen, dass ich keine Bedrohung darstelle – und sucht weiter ihre Sachen zusammen. Eine kleine Schale, ein kurzes Messer in einem Bett aus Blüten. »Hat Liam Gerling dir auch erzählt, dass die alte Königin meine halbe Familie dafür hat hinrichten lassen, dass sie Magie praktiziert hat?«

Ich schlucke. »Nein.«

Sie dreht sich wieder zu mir um. »Tja, dieses Schicksal würde ich mir gern ersparen.«

»Und trotzdem führst du hier draußen Rituale durch«, merke ich an.

Ihre Augenbrauen rutschen jäh in die Höhe, doch sie sagt nichts. Ihr Schweigen verleiht mir neuen Mut.

»Das mit deiner Familie tut mir leid«, fahre ich leise fort. Ich beschreibe mit zwei Fingern einen Kreis vor meiner Brust, der eine Uhr symbolisiert, die gängige Geste zum Ausdruck von Beileid und Respekt vor den Toten. »Alles, was ich brauche, ist eine einzige Blutrückführung.«

Stefs Mundwinkel zucken. »Wenn du Gerüchte über mich gehört hast, dann wahrscheinlich auch über meine Eltern. Als Tochter eines Chamberlayne kann ich mir gewisse Freiheiten erlauben –« Ihre Hand greift unbewusst nach dem Beutel an ihrem Gürtel. »Aber ich habe nicht vor, mein Leben aufs Spiel zu setzen, indem ich für irgendein fremdes Mädchen aus dem Wald Blutrückführungen vornehme. Also mach's gut.« Sie wendet sich zum Gehen, und ihr grüner Seidenumhang flattert hinter ihr her.

»Ich heiße Jules!«, rufe ich, und meine Stimme überschlägt sich ein wenig.

Es ist, als hallte das Wort von den Bäumen wider – *Jules, Jules, Jules* –, und sofort wünsche ich mir, ich könnte meine Worte zurücknehmen. Wie erstarrt stehe ich da, während Stef sich langsam wieder zu mir umdreht. Mein Name scheint sich zwischen uns in der Luft aufzubäumen wie eine angriffslustige Schlange. Eine Warnung. Vor Gefahr.

»Jules«, wiederholt Stef nachdenklich. Ich sage nichts. »Doch nicht etwa Jules Ember?«

Mein Schweigen ist Antwort genug.

Stef stößt scharf die Luft aus und tritt auf mich zu. Ihre Füße verursachen keinerlei Geräusch auf dem Waldboden, doch ich sehe, wie ihre Hand abermals an ihre Taille wandert. Ich bereite mich darauf vor, meine Magie anzuwenden, für den Fall, dass sie ein Messer unter dem Mantel hervorzieht. Aber sie bleibt in einer Armlänge Abstand stehen.

Langsam kräuseln sich ihre Lippen zu einem Lächeln, wie Rauch über glühenden Kohlen. »Hast du wirklich die Königin getötet?«

Schweiß rinnt mir den Rücken hinab. Ich schüttele den Kopf. »Nein.«

Das Lächeln verblasst. »Ach. Schade. In dem Fall hätte ich möglicherweise eingewilligt, dir zu helfen.«

»Ich hatte es vor«, platzt es aus mir heraus. Ich habe ohnehin längst zu viel preisgegeben, was spielt es da für eine Rolle, ob sie auch noch den Rest erfährt? »Aber sie war bloß eine Marionette. Jemand hat sie manipuliert.« Ich räuspere mich und schlucke meine Furcht hinunter. »*Diese* Person will ich töten.«

»Du?« Wieder heben sich Stefs Augenbrauen. In ihrem Gesicht spiegeln sich Verwirrung und Neugier, gepaart mit einer Spur Sorge, doch am Ende scheint ihre Vernunft zu siegen, oder sie glaubt mir schlicht nicht, denn sie wendet sich abermals ab. »Na, dann viel Glück«, ruft sie mir über die Schulter zu.

Ja, ich!, würde ich ihr am liebsten hinterherschreien. *Wer sonst? Wer sonst, wenn nicht die Alchimistin?*

Es gäbe einen Weg, ihr die Wahrheit vor Augen zu führen.

Ich hebe die Hände und setze meine Kräfte frei. Bevor ich zu genau darüber nachdenken kann, was ich tue, taste ich nach den Bäumen und stoppe rings um sie die Zeit, sodass die Äste trotz des leichten Windes in Reglosigkeit verharren. Die Vögel verstummen mitten im Gesang, und Stille umfängt uns. Stef bleibt stehen.

Die Sekunden fließen so träge dahin wie Honig. Ich kann ihre Miene nicht ganz deuten, aber ich sehe verschiedene Emotionen darin aufflackern, Ehrfurcht und Angst und –

Begreifen.

Plötzlich verunsichert, lasse ich die Zeitfäden wieder los. Der Wind kehrt zurück, und das Vogelgezwitscher erfüllt die Luft. Einen Moment lang ziehen sich all die Geräusche zu einem hektischen Knäuel zusammen, als versuchten sie, die verlorenen Sekunden wieder aufzuholen.

Nach einer Weile sagt Stef: »Meine Mutter hat immer gesagt,

du würdest eines Tages kommen …« Sie bricht ab und macht einen weiteren Schritt in meine Richtung. »Alchimistin«, fügt sie dann hinzu, die Stimme zu einem Flüstern gesenkt.

Mein Herzschlag gerät ins Stocken. Dieses Wort aus dem Mund einer Fremden erfüllt mich mit eisiger Furcht.

»Deine Mutter?«, frage ich und wünsche mir gleich darauf, ich hätte es nicht getan, weil die Frage mich so jung und naiv klingen lässt.

Stef antwortet nicht darauf. Sie scheint mich entweder nicht gehört zu haben oder es ist ihr gleichgültig. »Also ist es wahr?«, fragt sie stattdessen und blickt mich eindringlich an, dann nimmt sie meine noch immer erhobenen Hände in ihre und dreht sie mit den Handflächen nach oben, als erwartete sie, ein Geheimnis darin zu finden – oder Hinweise auf einen Trick. Im nächsten Augenblick verändert sich der Ausdruck auf ihrem Gesicht von Erstaunen zu Wut. Jäh schiebt sie meine Hände von sich, und ich presse sie vor die Brust.

»Wenn du die Alchimistin bist, sollte ich mich erst recht von dir fernhalten«, ruft sie. Wir müssen uns ziemlich nah an der Schule befinden, aber Stef scheint das nicht zu kümmern. »Du hast meine halbe Familie auf dem Gewissen. Findest du nicht, dass dein Kampf gegen die Zauberin den Menschen schon genug Leid gebracht hat?«

Mein Inneres verkrampft sich. Ich denke an die Anhänger der Alchimistin, die ich noch vor einer Stunde in meiner Vision gesehen habe. Ob Stefs Vorfahren unter den Toten waren? Doch ich brauche noch immer Hilfe. Also kann ich die Gelegenheit auch gleich beim Schopf packen, erinnere ich mich an Ammas Worte und hole tief Luft.

»Du hast recht. Und ich will dich auch nicht bitten, dich

in diesen Kampf einzumischen«, erwidere ich. »Alles, was ich brauche, ist eine Blutrückführung. Gegen Bezahlung.«

Stef studiert abermals nachdenklich mein Gesicht. Dann verschränkt sie die Arme. »Fünf Jahre.«

Ich atme scharf ein. Allein der Gedanke an so viel Lebenszeit lässt mich innerlich erschaudern. Wie viele Menschen in Crofton sind schon für weit weniger gestorben? Doch ich weiß, dass Liam genug Bluteisen in seinem Beutel haben muss, also schlucke ich meine Einwände hinunter und willige ein. »In Ordnung. Fünf Jahre.«

»Meine Rituale sind echt, sie werden seit Jahrhunderten von meiner Familie praktiziert. Vielleicht nicht so machtvoll wie deine Magie, aber« – Stefs Blick wandert zu meinen Händen – »es sind auch keine Taschenspielertricks oder billige Schwindeleien. Gut möglich, dass du nichts siehst oder etwas siehst, was du nicht sehen willst.«

Ich nicke. »Lass uns anfangen.«

Die Kapuze tief in die Stirn gezogen, folge ich Stef in ihr Zimmer, damit sie die nötigen Utensilien für die Blutrückführung zusammensuchen kann. Ein triumphierendes Schrillen erhebt sich in mir und übertönt die Furcht. Ich habe es nicht eilig, in die Diebeshöhle zurückzukehren und Liam gegenüberzutreten. Ich könnte schwören, dass ich selbst über die Entfernung hinweg seine Wut auf mich spüre – dafür, dass ich Stef meine Identität preisgegeben habe.

Aber wie er mir schon damals in jener Winternacht in Laista vorgeworfen hat, neige ich nun mal dazu, mich leichtsinnig in Gefahr zu begeben. Er wusste also, worauf er sich einlässt.

Zu meiner Überraschung unterscheiden sich die Flure, die

zu den Schlafsälen der Schüler führen, kaum von den stickigen Dienstbotenkorridoren auf Everless. Doch die schummrigen Bellwood-Flure, ohne hin und her eilende Mägde, die riesige Wäschekörbe schleppen oder sich die schmerzenden Glieder reiben, wirken wesentlich heimeliger. Die Luft vibriert vor Geschichten und gedämpfter Fröhlichkeit.

Stef hat ein Zimmer für sich allein. Es ist klein und beengt, und nur durch ein schmales Fenster mit Blick über die Stadt dringt Licht herein. Ich muss mich ducken, um mir nicht den Kopf an den Balken zu stoßen. In einer Ecke steht ein Schreibpult. Stef öffnet die unterste Schublade und holt eine Holzkiste hervor, die mit allerlei Dingen gefüllt ist.

Ich halte mich höflich im Hintergrund, bemüht, trotz meiner Neugier nicht aufdringlich zu erscheinen, während Stef eine handtellergroße Schale, einen hölzernen Stößel und mehrere Kräuterbündel in ihren Beutel packt. Sie reicht mir ein zerfleddertes, mit altsemperanischen Zeichen beschriebenes Bündel Pergament. Die Seiten sind sichtlich alt und fühlen sich weich an. Sie riechen schwach nach Metall und Asche und den bittersüßen Ölen, die alle Hexen zu verwenden scheinen. Dann geht sie ans andere Ende des Zimmers und hebt eine der Bodendielen an, unter der eine Reihe Weinflaschen zum Vorschein kommt. Eine davon schiebt sie sich unter den Mantel und murmelt: »Ich zahl's dir zurück, Ruthie.«

Nachdem sie den Beutel ebenfalls unter ihren Kleidern verborgen hat, richtet sie sich wieder auf und blickt mich erwartungsvoll an. »Gut, und wohin jetzt?«

Ich spüre, wie ich blass werde. Am liebsten würde ich Stef mit in die Diebeshöhle nehmen, die schließlich mein Zuhause ist, aber dort wartet Liam.

»Ich bin ohnehin knapp davor, von der Schule zu fliegen«, bemerkt sie. »Da führe ich bestimmt keine magischen Rituale in meinem Zimmer durch. Wo wohnst du?«

Zweifel überkommen mich. Aber es gibt kein Zurück mehr.

Das Schweigen zwischen uns ist beinahe mit Händen greifbar und scheint regelrecht zu knistern vor Gefahr, als ich Stef zur Diebeshöhle führe. Eine Gruppe lachender Schüler kommt uns entgegen. Angst steigt in mir auf. Mir ist, als wäre ich zurück in Shorehaven und stünde am Rand der Klippe, vor mir nichts als Luft und zerklüftete Felsen. Auch Stefs Blick huscht unruhig umher. *Sie ist nervös*, denke ich, und meine verkrampften Muskeln lösen sich ein wenig. Ich bin diejenige von uns, vor der andere sich fürchten sollten – nicht sie.

Ich bitte Stef, kurz vor dem Haus zu warten, und gehe hinein. Natürlich kann ich selbst entscheiden, wen ich in mein Haus einlade, aber Liam muss trotzdem vorher verschwinden.

Doch als ich mein kleines Fleckchen gestohlener Zeit betrete, ist er nicht da.

Wahrscheinlich ist er auf der Suche nach mir, sage ich mir, während ich die Angst hinunterzuschlucken versuche, die sich in meiner Kehle zusammenballt. Doch die Vorstellung, wie er von Soldaten davongezerrt wird, lässt den Kloß immer größer werden.

Da ich nicht weiß, was ich sonst tun soll, rufe ich Stef herein und nehme sie mit hinauf in meine Kammer. Dort angekommen, klappt ihr der Mund auf, und sie sieht sich mit großen Augen um. Ihr Blick bleibt kurz an der Sommerlandschaft draußen vor der Öffnung in der Wand hängen, durch die sich Sonnenlicht über den Boden ergießt.

»Von diesem Ort hat mir meine Mutter immer erzählt, als ich noch klein war. Aber ich wusste nicht …« Staunend dreht sie sich einmal um sich selbst, und ein Lächeln huscht über ihr Gesicht, flüchtig, aber aufrichtig.

»Du hast vorhin erwähnt, dass sie von mir geredet hat. Was genau hat sie gesagt? Habe ich –« Die Worte erscheinen mir so fremd, dass ich kurz verstumme. »Hat sie die Alchimistin gekannt?«

Stef antwortet nicht gleich. Stattdessen geht sie zum Tisch und beginnt, ihre Sachen darauf auszubreiten. Nach einer Weile sagt sie: »Als sie ein kleines Mädchen war, ja. Sie ist mit den Geschichten über die Alchimistin und die Zauberin aufgewachsen wie jedes Kind – obwohl sie bei uns mündlich überliefert wurden, wir hatten keine Bücher darüber. Aber nachdem meine Großmutter in deinem Dienst gestorben war, hat meine Mutter aufgehört, von dir zu träumen. Was sie mir erzählt hat, diente eher zur Warnung.«

»Oh«, sage ich leise. Ein schlechtes Gewissen überkommt mich, und ich verknote die Finger. Doch gleichzeitig verspüre ich Neid. Was wäre gewesen, wenn Papa, anstatt die Wahrheit hinter einem Gespinst aus Lügen zu verbergen, von Anfang an ehrlich zu mir gewesen wäre, nachdem er mich als Kind in Briarsmoor vor der Zauberin gerettet hatte – vor Caro? Was wäre gewesen, wenn Liam mir die Wahrheit über meine Vergangenheit gesagt hätte, anstatt sie an sich zu raffen wie eine Handvoll Bluteisen, das man unter seiner Matratze versteckt? Wäre ich davor geflohen?

Oder wäre ich dann heute die wirkliche Alchimistin, stärker und mächtiger als meine Feindin?

Emotionen kochen in mir hoch, heiß und schäumend. Stef ist mit Magie aufgewachsen, und plötzlich verspüre ich den Drang, mich ihr anzuvertrauen. »Ich habe erst vor Kurzem erfahren, wer ich bin. Ich kenne niemanden aus meiner Vergangenheit, außer der Zauberin selbst –«

»Je weniger ich darüber weiß, desto besser«, fällt Stef mir ins Wort und wedelt abwehrend mit der Hand.

»Natürlich, ja.« Ich presse die Lippen zusammen und bemühe mich, mir meine Enttäuschung nicht anmerken zu lassen.

Stef seufzt. »Es ist schwer, alte Gewohnheiten abzuschütteln. Meine Mutter hat mir erzählt, dass früher einmal alles in Sempera – vielleicht sogar alles auf der Welt – voller Magie war. Dass man bis heute Magie aus einem Stein ziehen kann, wenn man nur weiß, wie man es anstellen muss.«

Stef winkt mich zu sich an den Tisch vor dem Fenster. Sie legt sich ein schwarzes Laubblatt, das wie eine Speerspitze geformt ist, eine leuchtend rote Frucht von der Größe einer halben Pflaume und einen Zweig mit tiefblauen, perlengleichen Beeren daran in die Handfläche. Ihre Stimme klingt schroff, doch ich meine, auch etwas wie Aufregung darin zu vernehmen. »Ein Blatt vom ältesten Baum Semperas, um dich mit deiner Vergangenheit in Kontakt treten zu lassen. Stundenfäule, eine hochgiftige Frucht, um die Gegenwart aus deinem Geist zu löschen, und –«

»Eisbeeren.« Ich versuche, meine Stimme ruhig zu halten. »Die nur dort wachsen, an denen die Zauberin von ihrer Magie Gebrauch gemacht hat.«

Das weiß ich, weil Caro mir selbst davon erzählt hat. Ich sehe ihr lächelndes Gesicht vor mir.

»Kraftvolle Magie hinterlässt immer Spuren«, bemerkt Stef nüchtern.

Dann wirft sie das schwarze Blatt, die rote Frucht und die Eisbeeren in die Messingschale auf ihrem Schoß und beginnt, alles mit dem Stößel zu zerstampfen. Als sie mit dem Ergebnis zufrieden ist, legt sie den Stößel hin und entkorkt mit einem leisen *Plopp* die gestohlene Weinflasche. Der süße Duft erfüllt den Raum.

Langsam gießt sie die dunkle Flüssigkeit in die Schale, bis die Pflanzenteile an der glänzend dunkelroten Oberfläche schwimmen. Zuerst geschieht nichts – bald darauf jedoch steigt eine dünne blassgrüne Rauchsäule von der Mixtur auf. Der Trank hat nichts mit dem Gebräu gemein, das mir die Zaunhexe in Laista vorgesetzt hat. Gerade als mir in den Sinn kommt, wie sehr der seltsame Rauch dem Stängel einer Blume ähnelt, zerbirst das obere Ende zu einer Blüte mit fünf goldenen Blättern um eine Mitte aus pulsierendem Rot. Der Anblick verschlägt mir den Atem. »Das ist ja wunderschön. So etwas habe ich noch nie gesehen.«

Staunend sehe ich zu, wie Stef die Rauchblume mit zwei Fingern von ihrem Stängel pflückt. Die nun beinahe durchscheinende Blüte strebt weiter aufwärts in Richtung der gewölbten Decke, wie ein Vogel, den man an der Flügelspitze festhält.

»Hör mir genau zu. Und konzentrier dich auf das, woran du dich erinnerst«, weist Stef mich an.

Ich öffne den Mund, um zu protestieren. Meine Vergangenheit wird von zahllosen Schatten bevölkert, die nun alle gleichzeitig in meinen Kopf strömen. Ich versuche, sie zurückzudrängen und mich auf das Objekt zu beschränken, das sich am wirklichsten angefühlt hat: den Rubindolch. Ich muss herausfinden, was es damit auf sich hat. Woher er kommt. Wo er ist.

Während ich mich bemühe, alles andere aus meinem Kopf zu

verbannen, beginnt Stef, etwas auf Altsemperanisch zu flüstern. Mein Bewusstsein verfängt sich im Klang ihrer Worte, fängt an zu wirbeln und kreiseln, bis es so dünn und durchscheinend ist wie der Rauch, der mich umgibt …

Mit ihrer freien Hand ergreift Stef mich beim Kinn, öffnet sanft meinen Mund und lässt die Blüte hineinfallen. Der Rauch löst sich sofort auf meiner Zunge auf, erst süß wie Honig, dann kalt wie Eis, dann heiß wie Feuer –

Und obwohl ich genauso reglos dasitze wie zuvor, spüre ich plötzlich, wie ich falle. Tiefer und tiefer und tiefer.

Harter Stein an meinem Körper, von allen Seiten. Ich bin in einem winzigen Raum, kleiner als das Zimmer in der Diebeshöhle und vollkommen dunkel. Meine Hände sind an die Wand gepresst, und ich lasse meine Magie in den Stein sickern, ihn altern, bis er schließlich zu bröckeln beginnt und als Staub zu Boden rieselt.

Ich werde hochgerissen und in eine neue Erinnerung gestoßen. Caro steht auf einer finsteren Ebene und hebt mir ihre Handflächen entgegen. Ihr Blick wirkt fiebrig, und rote Tränen rinnen ihr über die Wangen. Blut glänzt an ihren Händen. Ich drehe mich um und fliehe.

Dann – ich renne noch immer – weicht die Dunkelheit mit explosionsartiger Wucht strahlendem Sonnenlicht. Meine Haare umflattern mein Gesicht, und ich weine nicht, nein, ich lache, während ich weiter voranstürme. Ein Kieselstein fliegt an meinem Kopf vorbei und landet platschend im Fluss neben mir. Ich bücke mich japsend und zeichne mit einem angekohlten Stöckchen eine kindliche Skizze auf einen Felsbrocken. Mit einem Mal türmt sich das Wasser zu einer riesenhaften Welle auf –

Zu mächtig, ruft eine körperlose Stimme, und die vorüberhuschenden Bilder lösen sich in sternenlose Dunkelheit auf. Vor mir im Schwarz erscheint wie aus dem Nichts der Rubindolch.

Dann zerrt etwas heftig an meinem Bewusstsein. Ich fühle, wie ich mich in Richtung eines wässrigen Lichtscheins bewege, keuchend, bereit zum Angriff –

Doch ich sehe nur Liams Gesicht, die Augen glühend vor Zorn.

14

Ich erstarre angesichts der Wut in seiner verzerrten Miene. Liam wirkt wie ein Raubtier vor dem Sprung. Sein Blick zuckt von mir zu Stef, ganz der kalte, arrogante Lord, als den ich ihn auf Everless kannte. Mein Magen verkrampft sich.

Jetzt wirbelt Liam zu Stef herum. »Was machst du hier?«

»Was machst *du* hier?«, faucht sie zurück. Sie ist aufgesprungen, ihre Haltung die einer Kriegerin, die Schultern gestrafft, der Blick herausfordernd.

Auch ich erhebe mich schwankend, noch benommen vom Sturm der Erinnerungen. »Stef, Liam reist mit mir. Liam – Stef hat mir geholfen, eine Blutrückführung vorzunehmen.«

Stef wirft mir einen vorwurfsvollen Blick zu. »Du hast erwähnt, dass du ihn kennst. Nicht, dass ihr zwei *zusammen* unterwegs seid.«

»Ich habe nicht behauptet, dass ich es nicht bin.« Ich fühle mich genauso jung, wie die Entgegnung mich klingen lässt. Halb blind vor Schwindel stütze ich mich auf den Tisch.

»Warum sollte die Alchimistin sich ausgerechnet einem Gerling anvertrauen?«

Liams Blick verfinstert sich, und ich weiß, Stef hat einen wunden Punkt getroffen. »Ich bin nicht wie der Rest meiner Familie. Jules kann mir vertrauen. Kannst du von dir dasselbe sagen, Hexe?«

»Lass meine Familie aus dem Spiel, du Witzfigur von einem Lord«, blafft Stef zurück. »Meine Großmutter ist im Dienste der Alchimistin gestorben. Mein Vater weigert sich, mich als seine Tochter anzuerkennen, weil er sich schämt, eine Zaunhexe in der Familie zu haben. Also hat er mich hierhergeschickt, an eine Schule, an der alle hinter meinem Rücken über mich tuscheln. Jules.« Wieder dreht sie sich zu mir. »Es gibt andere Menschen, die dich unterstützen würden. Du musst dich nicht mit einem Gerling einlassen.«

»Liam hat mir das Leben gerettet«, entgegne ich. »Ich vertraue ihm.«

Stef antwortet nicht. Schweigen breitet sich im Raum aus. Liams Augen wirken leer, seine Lippen sind zusammengepresst, vermutlich vor Frust darüber, dass er die Kontrolle über die Situation verloren hat. Nach einer Weile jedoch glätten sich seine Züge wieder. Er blickt mich an und nickt.

»Stef«, sage ich heiser. »Ich möchte die Blutrückführung noch einmal versuchen. Bitte.«

Ihr Mund verzieht sich. Leise, mehr zu sich selbst, sagt sie: »Mama und Großmama wären entsetzt, wenn sie wüssten, dass sich die Alchimistin einem Gerling anvertraut hat.«

»Jules.« Liam klingt, als wäre er kurz davor, die Beherrschung zu verlieren. »Ich glaube nicht –«

»Erzähl mir, was du gesehen hast«, fällt Stef ihm, an mich gewandt, ins Wort.

Jetzt verstummt auch Liam, und die beiden sehen mich an. Ich schließe die Augen, sowohl, um ihren erwartungsvollen Blicken zu entkommen, als auch, um mich auf die Erinnerungen zu konzentrieren. Als ich mit meiner Erzählung bei dem Dolch in der schwarzen Leere anlange, zittere ich vor Hitze und Kälte gleichermaßen. Stef starrt mich eindringlich an, nur ihre leicht geschürzten Lippen verraten ihre Anspannung. »Jules, ich glaube nicht, dass dir mit einer weiteren Blutrückführung geholfen ist.«

»Aber das muss es«, protestiere ich schwach, Tränen der Verzweiflung in den Augen. »Warum sagst du das?«

Kopfschüttelnd zieht Stef eine Glasphiole aus ihrem Beutel und füllt sie mit der restlichen Flüssigkeit aus der Messingschale. »Erinnerungen können viele Formen annehmen. Aber sie sind niemals schwarz, leer und verfälscht, so wie du es beschrieben hast. Das klingt eher nach einem Traum.«

»Nein«, widerspreche ich. »Es war kein Traum. Das alles war keine Ausgeburt meiner Phantasie. Liam, sag ihr, was du bei deinen Nachforschungen herausgefunden hast.« Meine Stimme klingt nun flehend.

Liam tritt unbehaglich von einem Fuß auf den anderen. Seine Wangen röten sich. »In den alten Aufzeichnungen ist von einer Waffe die Rede, mit der die Zauberin getötet werden kann. Und hier sind Symbole in den Stein geritzt –«, er deutet zur Wand, »die auf dasselbe hinweisen.«

Stefs Augen werden schmal, doch sie hört aufmerksam zu. Dann wendet sie sich wieder zu mir um. »Ich glaube nicht, dass es eine Ausgeburt deiner Phantasie war, Jules, das wollte ich damit nicht sagen. Aber dein Gedächtnis wirkt … irgendwie zerstreut. Verzerrt durch Magie.«

»Verzerrt? Was meinst du damit?«

»Als du Caros Herz gestohlen hast, hast du ihr reine Magie entzogen und sie in Stücke zerteilt. Das war –« Sie hebt die Hände und sucht nach den richtigen Worten, »als hättest du den Himmel in Stücke gerissen. Niemand weiß, was diese Magie mit dir anstellt.« Sie hält inne und blickt nachdenklich durch die Öffnung in der Wand. »Es ist möglich, dass du bloß zu weit von dieser Waffe entfernt bist, um sie klar zu sehen. Aber im Fall der Alchimistin setzt sich das Gedächtnis aus Momenten zusammen, und Momente sind Zeit. Auf irgendeine Art wird deine Magie sich darauf auswirken.«

Während ich überlege, richtet sich Stefs Aufmerksamkeit auf mein Notizbuch. Sie durchquert den Raum und setzt sich wieder auf einen der Stühle, nimmt das Notizbuch und fängt an, darin zu blättern.

Ich folge ihr, ohne darüber nachzudenken. Es ist ein seltsames Gefühl, einen so gut wie fremden Menschen in meinem Buch lesen zu sehen. Am liebsten würde ich es ihr aus den Händen reißen, aber ich halte mich davon ab. Ihre Bewegungen wirken träge, doch ihr Blick ist konzentriert.

»Wir könnten etwas ausprobieren, einen alten Trick. Gib mir dein Messer«, verlangt sie unvermittelt. Sie legt das Notizbuch hin, und ich sehe, dass sie eine leere Seite aufgeschlagen hat.

Liam wird stocksteif. »Jules –«

Ich lege ihm die Hand auf den Arm, und er verstummt. Dann hole ich das Messer, das ich auf den Nachttisch gelegt hatte. Ich traue mich kaum, die Klinge genauer anzusehen, aus Angst, sie könnte sich in Luft auflösen.

Als ich sie Stef reiche, packt sie mein Handgelenk und setzt die Messerspitze auf meinen linken Daumen.

Liam stößt einen leisen Fluch aus, doch Stef hat bereits zugestochen, und ein leuchtend roter Blutstropfen quillt hervor. Dann presst sie meinen Daumen auf das Pergament.

Liam stürzt auf uns zu, bleibt jedoch abrupt stehen, als ich das Notizbuch anhebe, um ihm zu zeigen, was auf der Seite geschieht. Mein Blut sickert nicht als hässlicher Fleck ins Papier, sondern breitet sich in alle Richtungen darauf aus. Die hauchfeinen Verästelungen scheinen vorgegebenen Pfaden zu folgen.

Worte. Das Blut bildet geschwungene Linien, die sich zu Buchstaben in einer vertrauten Handschrift zusammensetzen. Es ist die der Alchimistin, *meine* Handschrift, so wie ich sie auch aus dem Rest des Notizbuchs kenne. Mir stockt der Atem.

Suche den roten Fluss.

»Suche den roten Fluss«, liest Liam, der die Zeile auf dem Kopf sieht, langsam vor. Sein Blick huscht zu einem Stapel Bücher auf dem Schreibpult, und ich weiß, dass er sich fragt, wie viele Geheimnisse sich noch darin verbergen mögen. »Wie hast du das angestellt?«

Stef antwortet gelassen. »Das werde ich mit Sicherheit keinem Gerling verraten.«

Liam stößt frustriert den Atem aus. »Wenn das irgendein Schwindel ist –«

»Es ist kein Schwindel. Wie gesagt«, erwidert sie würdevoll, »meine Familie steht schon seit ewigen Zeiten im Dienst der Alchimistin.« Dann sieht sie mich an. »Ich will zwar nicht in diese« – sie wedelt verächtlich mit der Hand – »*Sache* verwickelt werden, aber ich würde Jules niemals schaden.«

Liam und Stef streiten noch eine Weile mit gedämpften Stimmen weiter, doch alles, woran ich denken kann, ist: *Suche den roten Fluss.*

Mein Blut beginnt zu brodeln. Ich spüre das Wissen darin, all die Geheimnisse, die durch meine Adern strömen, knapp außerhalb meiner Reichweite. Ich muss diesen Satz in einem meiner früheren Leben geschrieben, ihn mithilfe von Magie in die Seite geprägt haben. In Sempera gibt es viele Flüsse, die meisten sind nach den Städten benannt, durch die sie fließen, aber von einem roten habe ich noch nie gehört. Ich schließe die Augen und denke an die Landkarten, die Papa mich als Kind immer hat zeichnen lassen. *Man sollte das Land kennen, in dem man lebt.* Beklommen frage ich mich, ob er darauf bestanden hat, weil er wusste, dass ich eines Tages würde fliehen müssen.

Tief in mir regt sich etwas, doch als ich dem Gefühl folge, stoße ich auf eine ärgerlich leere Wand, wie so oft. Liams und Stefs Stimmen dröhnen mir in den Ohren. »Still«, fauche ich die beiden an.

Stef greift abermals nach meinem Notizbuch und steht auf. »Ich habe einen Vorschlag, Alchimistin«, verkündet sie.

Meine Wangen prickeln bei dieser Anrede, doch Stef erwidert ruhig meinen Blick. »Und zwar?«, frage ich.

»Du lässt mich das Buch lesen«, sagt sie. »Als Bezahlung, anstatt des Bluteisens.«

Unwillkürlich sehe ich Liam an. Er wirkt alles andere als einverstanden, doch er mischt sich nicht ein.

Ich schlucke. »Versprichst du mir, gut darauf achtzugeben?«

»Hoch und heilig. Ich bringe es dir später zurück.«

Ich nicke.

Stef neigt dankend den Kopf und geht, ohne sich zu verabschieden.

Nachdem sich die Tür hinter ihr geschlossen hat, atmet Liam geräuschvoll aus. »Es gefällt mir nicht, das Notizbuch aus den Händen zu geben«, sagt er ernst.

»Sie weiß bereits, dass ich die Alchimistin bin«, entgegne ich. Gegen dieses Geheimnis wirkt alles andere klein und unbedeutend. »Und außerdem hat sie die Notiz über den roten Fluss sichtbar gemacht. Vielleicht findet sie noch mehr.«

Ich stehe auf und gehe zu der Öffnung in der Mauer. »Ich

habe das Gefühl, es könnte wichtig sein. Hast du jemals von einem roten Fluss gehört?«

»Vielleicht steht hier etwas darüber …«, murmelt Liam und tritt zum Tisch und geht die dort verteilt liegenden Seiten durch. Er nimmt eine Seite nach der anderen in die Hand, während ich nach draußen blicke und versuche, einen Sinn in all das zu bringen, was ich bei der Blutrückführung gesehen habe. Obwohl das Bild flackert und immer mehr verblasst, erinnere ich mich an den Kiesel, der an meinem Kopf vorbeigeflogen und in einem Fluss gelandet ist. Daran, wie ich eine Schlange und einen Fuchs auf den Stein gezeichnet habe. *Genau wie damals als Kind in meine Notizbücher.*

Ich schüttele den Kopf, in der Hoffnung, vielleicht eine vergrabene Antwort loszuruckeln, doch nichts kommt zum Vorschein. Draußen ist Stef auf dem Weg zurück in ihr Zimmer. Von hier oben gleicht sie in ihrem grünen Mantel einem Blatt, das der Wind über den Rasen weht. Am Horizont geht die Sonne unter. In diesem Moment dreht Stef sich um, schirmt mit einer Hand ihre Augen ab und blickt zurück zum Turm. Ich winke, bevor mir klar wird, dass sie von außen nichts als eine verlassene Ruine sehen kann.

»Jules«, reißt mich Liam aus meinen Gedanken. »In den Abhandlungen über den Mythos wird nirgends ein roter Fluss erwähnt, nur der, in dem Caro dich in deinem ersten Leben ertränkt hat.« Er beißt sich auf die Lippe. »Der verläuft gar nicht weit von hier, in der Nähe eines Dorfes namens Pryceton. Das liegt auf Chamberlayne-Gebiet, und ich weiß, dass die Familie es schwer bewachen lässt. Dorthin sollten wir uns also nur wagen, wenn wir absolut sicher sind, dass es das Risiko wert ist. Aber sieh mal, hier.«

Sanft nimmt er mich bei der Schulter und führt mich zu der Karte von Sempera, die noch immer auf dem Boden ausgebreitet liegt. Er deutet auf eine dicke blaue Linie, die das Land in zwei Hälften teilt. »Das hier ist der Ort, an dem die Zauberin dich ertränkt haben soll.« Die Stelle ist mit einer roten Nadel markiert. Sein Finger folgt dem Fluss und hält vor dem Punkt inne, an dem Bellwood auf der Karte verzeichnet ist. Dann tippt er darauf. »Das Wasser hier schimmert rot, wenn die Sonne auf- oder untergeht, als läge ein Fluch darüber. Zumindest laut den Legenden.«

»Wie weit ist es bis dorthin?«, frage ich.

»Vielleicht eine oder zwei Stunden, wenn wir den direkten Weg durch Montmere nehmen.«

»Das hier war einmal mein Zuhause«, murmele ich. Nachdem ich damals schon die Diebeshöhle für den späteren Gebrauch verborgen habe, erscheint es mir nicht abwegig, dass irgendwo in der Nähe noch weitere Hinweise auf meine Vergangenheit versteckt sind. Ich blicke auf das getrocknete Blut an meinem Daumen und denke an die Botschaft in meiner eigenen Handschrift. »Es wäre ein guter Anfang.«

15

Ich finde keinen Schlaf, bis schließlich Stef mit meinem Notizbuch zurückkommt. Mit nachdenklichem Blick überreicht sie es mir. Am liebsten würde ich sie fragen, wie viel sie gelesen hat, doch ich fühle mich seltsam befangen, und so bedanke ich mich bloß und wünsche ihr eine gute Nacht.

Nachdem sie wieder fort ist, verbringen Liam und ich die Nacht in der Diebeshöhle. Ich rolle mich auf dem Bett zusammen, das Notizbuch neben mir, während Liam sich am anderen Ende des Zimmers auf den Boden legt und seinen Mantel als Decke benutzt. Er hat ein eigenes Zimmer in einem der Schulgebäude, doch er weigert sich, mich allein zu lassen.

Am nächsten Morgen holt er uns einen Teller mit Obst und Brot zum Frühstück, und eine Stunde später machen wir uns, in lange braune Kutten gehüllt, die Liam uns ebenfalls besorgt hat, bereit zum Aufbruch. Ich versuche, mich davon abzulenken, wie sehr die schlichte Kleidung sein gutes Aussehen betont, wie viel mehr er ohne seine edle Gerling-Aufmachung wie er selbst wirkt – wie viel freier trotz der Trauer, die noch immer an ihm zu nagen scheint.

Der Stadtgeruch – Pferdedung und frisch gebackenes Brot, Erde und Rauch – ist beruhigend nach dem kaum wahrnehmbaren Hauch von Weihrauch in der Diebeshöhle, der mir erst bewusst wird, nachdem wir nicht mehr dort sind. Dennoch fühle ich mich in den Straßen von Montmere ausgeliefert, wie eine Zielscheibe, die nur darauf wartet, von einem Pfeil getroffen zu werden.

Mein ganzer Körper vibriert vor Tatendrang. Heute, sage ich mir, werden wir die Waffe finden, oder zumindest eine neue Spur, die uns zu ihr führen wird. Und dann können wir nach Shorehaven zurückkehren, und ich werde die Zauberin töten. Ich werde ein für alle Mal frei sein, genau wie Ina und Liam.

Schnell ersticke ich den Gedanken, bevor er sich in etwas Gefährliches verwandeln kann.

Viele der Türen, an denen wir vorbeikommen, sind mit welken Veilchen oder dunkelroten Stoffgirlanden geschmückt. Der Anblick erfüllt mich mit Freude, denn dies sind die Überbleibsel von Inas Krönungsfeierlichkeiten. Mitten auf einer Straße steht ein dünner Holzpfahl, der von oben bis unten mit Bändern umwickelt ist, jedes einzeln festgeknotet.

»Ein Band für jedes Herrschaftsjahr, Miss«, ertönt eine brüchige Stimme. Ich zucke zusammen und senke hastig den Kopf, erschrocken, dass uns jemand beobachtet. Doch die alte Frau lächelt uns freundlich an und hebt eine Handvoll bunter Bänder. »Fügen Sie eines hinzu, und Königin Ina wird ein weiteres Jahr regieren. Kostet nur einen Stundentaler.«

Ich greife in meine Tasche und hole einen Taler heraus. Zuerst tue ich es nur, um nicht aufzufallen, doch als ich das Seidenband von der alten Frau entgegennehme, wird mir klar, dass es noch einen weiteren Grund gibt. Meine Schwester fehlt mir, und ich will etwas tun, um mich ihr näher zu fühlen. Will ihr geloben, dass ich alldem bald ein Ende machen werde. Um unser beider willen.

Die Kapuze tief in die Stirn gezogen, nähere ich mich dem

Pfahl, und dieselbe Wehmut wie beim Krönungsball ergreift mich. Während ich das Band festknote, wünsche ich mir, das Ganze wäre nicht mehr als eine feierliche Geste. Meine Schwester ist die neue Königin. Und ich bin überzeugt, dass sie eine gute Königin sein wird, soweit es in diesem zerrissenen Land möglich ist. Meine Augen werden feucht, und ich wende mich schnell ab, bevor die alte Frau es sieht.

Liam führt uns durch ein Kaufmannsviertel in den Außenbezirken von Montmere. »Die Händler dort sind an Reisende gewöhnt und stecken ihre Nasen nicht in fremde Angelegenheiten«, erklärt er. »Ich weiß, dass der Fluss in dieser Richtung liegt, aber nicht, wie man genau dorthin gelangt. Wir werden jemanden nach dem Weg fragen müssen.«

Während wir weitergehen, spüre ich förmlich das Gewicht auf Liams Schultern. Ich sehe es an seinem Gang, seinem wie unter einer schweren Last gebeugten Rücken, seiner Miene, die noch verdrießlicher ist als sonst. Erst jetzt fällt mir auf, dass er in den letzten Tagen kein einziges Mal von sich aus seine Familie oder sein Zuhause erwähnt hat.

»Gibt es denn etwas Neues von Everless?«, frage ich, während wir der verlassenen Straße folgen. Ich habe mich lange zurückgehalten, um ihn nicht zu beunruhigen. Aber Everless ist ein Teil meiner Kindheit. Die Menschen dort sind mir wichtig. Die Gänge von Everless winden sich auch durch meine Vergangenheit, mitsamt all ihren Geheimnissen.

In Liams Blick flackert Schmerz auf. »Dort herrscht das Chaos, wenn du es genau wissen willst«, antwortet er leise. »Mein Vater leert sämtliche Geldtruhen, um die Jagd nach dir zu finanzieren. Ivan hat die Befehlsgewalt im Palast, steht aber in Wirklichkeit unter Caros Fuchtel. Ohne Roan …« Er bricht ab.

Traurigkeit senkt sich über mich, schwer und kalt. Trotz all seiner Fehler war es Roan, der die Menschen auf Everless zusammengehalten hat, der von allen geliebt wurde. Was muss das Schloss ohne ihn für ein trostloser Ort geworden sein.

Wenn wir diese Mission überleben sollten, kann vielleicht Liam eines Tages Everless zum Besseren verändern. Die Vorstellung wärmt mich in der kühlen Morgenluft wie eine winzige Flamme in meiner Brust. Wie gern würde ich den Hoffnungsfunken am Leben erhalten. Liam und ich, wir könnten gemeinsam –

Doch ich gestatte es mir nicht, den Gedanken weiterzuverfolgen. Und so frage ich stattdessen: »Wie viel wissen deine Eltern?«

»Bevor ich nach Shorehaven aufgebrochen bin, habe ich ihnen gesagt, ich würde nach der Krönung meine Studien in Bellwood wieder aufnehmen.« Er blickt nach vorn und muss sichtlich schlucken. »Ich habe ihnen nicht alles erzählt, für den Fall ... für den Fall, dass Caro nach Everless zurückkehrt.«

Ich erschaudere. »Warum sollte Caro zurückkehren?«

Liam wirft mir einen nüchternen Blick zu. »Weil sie damit rechnet, dass du es tun wirst.«

Mir wird flau im Magen. Natürlich weiß ich, dass ich mit meiner Anwesenheit alle auf Everless in Gefahr bringen würde. Doch als so wieder ins Gedächtnis gerufen wird, dass ich nie wieder dorthin werde zurückkehren können, fühle ich mich einsamer denn je.

Vor uns auf der Straße nähert sich raschen Schrittes eine Gestalt. Mir wird bang, doch im nächsten Moment atme ich erleichtert auf, als ich erkenne, dass es nur ein Kind ist, ein Junge mit demselben tapsigen Gang wie Hinton, der kleine Dienstbote von Everless. Seine gelbe Schärpe deutet darauf hin, dass er ein Bote ist, der die Aufgabe hat, Neuigkeiten und Nachrichten zu übermitteln.

»Frag ihn nach dem Fluss«, flüstere ich Liam zu, bevor ich zwischen zwei Gebäude abbiege, als wäre ich zu Hause angelangt. Liam geht weiter, und einen Moment später ertönt die Stimme des Jungen: »Guten Morgen, Sir!«

Ich spähe um die Ecke. Ohne direkt in meine Richtung zu sehen, positioniert Liam sich so, dass der Junge mit dem Rücken zu mir stehen bleibt. Ich trete zurück in mein Versteck und lehne mich an die raue Holzwand des einen Hauses.

»Die Neuigkeiten von heute?«, fragt der Junge hoffnungsvoll. »Nur ein Stundentaler, Sir.« Dann, einen Moment später, beginnt er vorzulesen: »Königin Ina empfängt weiterhin Bittsteller aus ganz Sempera. An ihrem ersten Tag im Amt hat sie eine vorübergehende Steuer erhoben, um den Hunger zu bekämpfen, und eine Belohnung von fünfhundert Jahren auf die Auslieferung der Verräterin Jules Ember ausgesetzt.«

Ich zucke zusammen. Der Junge verkündet seine Neuigkeiten laut und wichtigtuerisch, voller Stolz. »Von der Ostküste«, fährt er fort, »erreichen uns Berichte über seltsame Wetterphänomene –«

»Ich habe noch eine andere Frage an dich«, unterbricht Liam ihn. »Ich bin auf der Durchreise. Kannst du mir sagen – ob es hier in der Gegend eine Stelle gibt, an der sich der Fluss rot verfärbt?«

Der Junge zögert.

»Verzeihen Sie, Sir, aber von dort sollten Sie sich besser fernhalten«, antwortet er dann. »Es heißt, dass der Geist des Alchimisten dort sein Unwesen treibt. Wenn Sie mit dem Wasser in

Berührung kommen, entzieht es Ihnen Ihre Lebensjahre. Einem Freund von mir ist das fast passiert, ganz ehrlich –«

Mein Herzschlag dröhnt mir in den Ohren. Ist es möglich, dass die versteckte Botschaft in meinem Notizbuch auf einen so nahen Ort hinweist? Kurz herrscht Stille in der Gasse, gefolgt von einem Klimpern, als Liam dem Jungen eine weitere Münze in die Hand drückt. »Angenommen, ich möchte die Stelle dennoch finden«, beharrt Liam freundlich, »in welche Richtung müsste ich dann gehen?«

Wieder riskiere ich einen Blick um die Ecke. Der Junge zuckt mit den Schultern und deutet auf einen Punkt hinter Liam, vorbei an den Häusern auf den dichten Waldgürtel, der die Stadt umschließt. »Da lang«, sagt er zaghaft und spielt mit dem Taler in seiner Hand. »Gehen Sie immer geradeaus und folgen Sie dem Fluss nach Süden, bis Sie an eine Lichtung mit einem kleinen Wasserfall kommen. Dort hat das Licht seine Launen, heißt es. Aber, Sir, an Ihrer Stelle würde ich es nicht tun.«

»Mach dir keine Sorgen«, entgegnet Liam lächelnd. »Es hat mich nur interessiert. Danke für die Auskünfte.«

Der Junge wendet sich zum Gehen, und ich trete einen Schritt zurück. Erst als er in sicherer Entfernung ist, geselle ich mich wieder zu Liam.

Schweigend, um niemanden auf uns aufmerksam zu machen, setzen wir unseren Weg fort. Eine halbe Stunde, nachdem wir die Gasse verlassen und uns zwischen den Häusern hindurch in die Richtung bewegt haben, in die der Junge gezeigt hat, liegt die Stadt in unserem Rücken, und vor uns erstreckt sich der Wald, schweigend und so finster, als prallte das Licht der aufgehenden Sonne an ihm ab. An seinem Saum machen wir kurz halt.

Plötzlich habe ich das dringende Bedürfnis, nach Liams Hand zu greifen. Stattdessen jedoch balle ich locker die Fäuste und trete zwischen die Bäume. Liam folgt einen halben Schritt hinter mir.

Sofort umfängt uns das Halbdunkel und taucht uns in jähe, unheimliche Stille. Zwar sind die üblichen Naturgeräusche – Vogelgezwitscher und das Rauschen des Windes in den Bäumen – zu hören, aber sie klingen so gedämpft wie aus weiter Ferne. Obwohl wir noch nah am Waldrand sind, ist das Unterholz dicht, und ich bin dankbar für meinen Mantel, das langärmlige Kleid und die derben Stiefel, die mich schützen, als ich mich durch das Dickicht aus zartgrün belaubten Zweigen und Dornen kämpfe.

Nach wenigen Minuten gelangen wir an den Fluss – zunächst kaum mehr als ein Bachlauf –, den der Junge beschrieben hat, und folgen ihm stromaufwärts. Die Luft wird zunehmend kühler. Sie fühlt sich schwer an, aufgeladen, wie auf Everless.

Kurz darauf überkommt mich eine Gewissheit, ein Gefühl ganz ähnlich dem, das mich ergriffen hat, als wir die Diebeshöhle betreten haben. *Ich bin schon einmal hier gewesen.*

Ich lasse meinen Geist bewusst wandern und mich von meinen Füßen führen, während meine Hände einen Zweig nach dem anderen zur Seite biegen. Abgesehen von einigen schwach sichtbaren Wildpfaden, führt kein Weg durchs Unterholz. Doch ich spüre kaum die Berührung der dürren Äste. Ich bin in keiner Erinnerung versunken, keiner Vision – ich bin einfach Jules, und meine Gedanken sind klar genug, dass ich den Hauch von Angst erkenne, der sie trübt, während wir weiter und weiter in den Wald vordringen. Das von Baumstämmen zerteilte Bild der Stadt hinter uns ist vollkommen verschwunden.

Mein Körper beginnt zu glühen, zunächst sanft, dann mit jedem Schritt heißer, bis es ist, als hätte jemand mir ein Netz aus Flammen übergeworfen. Was wird uns am roten Fluss erwarten? Wenn wir die Waffe nicht finden, sind wir so weit wie vorher, ohne jede Chance darauf, Caro endlich zu besiegen. Und *wenn* wir sie finden –

Wenn wir sie finden, dann muss ich sie benutzen. Dann muss ich Caro töten.

Die Erkenntnis trifft mich vollkommen unerwartet, und die Worte – *Caro töten* – rufen mir abermals in Erinnerung, wie mein Messer in ihr Fleisch gedrungen ist. Ich schüttele mich. Die Vorstellung, es noch einmal tun zu müssen, erfüllt mich mit Grauen, und mein Inneres ist ein einziges finsteres Labyrinth. Ich muss Caro töten, ich habe keine andere Wahl, und doch erscheint es mir unmöglich. Einerseits, weil allein der Gedanke daran Übelkeit in mir auslöst, und andererseits, weil die Waffe, die ich dafür brauche – der sonderbare Rubindolch aus der Diebeshöhle –, nicht auffindbar ist, obwohl ich meines Wissens die Einzige bin, die ihn jemals besessen hat.

Eine seltsame Idee nimmt in meinem Kopf Gestalt an. Was ist, wenn ich die Waffe absichtlich versteckt habe? Und vielleicht nicht einmal vor Caro. Was ist, wenn ich die Waffe vor mir selbst verbergen wollte?

Aber das ergibt doch keinen Sinn. Wenn ich Caros Herz gestohlen habe, dann, um ihr zu schaden. Um sie zu töten und zu verhindern, dass sie die Herrschaft über Sempera an sich reißt. Sie ist meine Feindin.

Nachdem wir eine Weile schweigend durch den Wald gestapft sind, neben uns stets der sanft dahinplätschernde Fluss, erreichen wir eine Lichtung in einer Senke. Obwohl die Sonne inzwischen hoch am Himmel stehen muss, filtert das Geflecht der Baumkronen ihre Strahlen und taucht uns in ein Muster aus Schatten. Ein Stück vor uns verbreitert sich der Fluss zu einem Becken, an dessen anderem Ende ein kleiner Wasserfall rauscht, genau wie der Junge es beschrieben hat. Silberne Gischt spritzt dort auf und hüllt die Bäume in glitzernden Dunst.

Ich schnappe nach Luft und wende mich unwillkürlich Liam zu, um meine Begeisterung über den wunderschönen Anblick in seinen Augen gespiegelt zu sehen. Er hat im Gehen den Mantel ausgezogen und steht nun in seinem weißen Leinenhemd da. Die Lippen leicht geöffnet, streicht er sich die Haare aus der Stirn. Einen Moment lang betrachte ich ihn einfach nur schweigend.

»Glaubst du, er ist hier? Der Dolch?«, fragt er.

Ich muss lächeln. Jetzt ist er derjenige, der die Frage stellt, nicht umgekehrt. »Ich weiß nicht, aber wir werden es wohl bald herausfinden.«

Meine Füße tragen mich zu einem großen Felsbrocken, der ein Stück ins Wasser hineinragt. Mit einer Hand raffe ich meinen Rock und schlüpfe aus den Stiefeln, dann wate ich ins Wasser. Ich bin mir bewusst, dass Liam mich aufmerksam beobachtet, während ich den Stein von allen Seiten untersuche, doch ich bin zu versunken in mein Tun, um mir darüber Gedanken zu machen, wie seltsam mein Verhalten auf ihn wirken muss. Das kalte Wasser schärft meine Sinne.

Und dann sehe ich sie, eine bleiche Unregelmäßigkeit auf dem dunklen Stein, ein paar schwache Kratzer, die das Bild einer zusammengerollten Schlange und eines Fuchses ergeben.

Mein Herzschlag beschleunigt. Wie in Trance strecke ich die Hand nach dem Stein aus. Als meine Finger über die feuchte

Oberfläche gleiten, gerät die Luft um mich in Bewegung. Es ist, als würde sie sich abwechselnd zusammenzuziehen und wieder ausdehnen, und der Duft nach Wildblumen flutet meine Sinne.

Ein weiterer Ort aus meiner Erinnerung.

Ich sehe auf, will nach Liam rufen, doch er ist nicht mehr da. An seiner Stelle steht ein Mädchen am anderen Ufer des Beckens. Sie wirkt mager und außer Atem, und das dunkle Haar hängt ihr in feuchten Strähnen über die Schultern. Ihr Gesicht ist mir vertrauter als mein eigenes.

Meine alte Feindin.

Caro.

16

Liam ist verschwunden. Und ich bin in eine andere Welt – eine andere Zeit – hinübergetreten.

Die Lichtung hat sich verändert; sie ist dieselbe wie zuvor und gleichzeitig doch nicht. Die Bäume sind schlanker, und statt des dichten Blätterdachs formen ihre Zweige eher ein luftiges Gitter, durch das Sonnenlicht aufs Wasser fällt. Vögel zwitschern versteckt im Dickicht. In der Luft liegt der Geruch nach warmer Erde und Wildblumen.

Im nächsten Moment wird der Teil von mir, der noch in der Lage ist, meine Umgebung als Jules Ember wahrzunehmen, von einer Woge aus Emotionen fortgespült. Emotionen, die nicht meine sind.

Furcht erfüllt das Herz der Alchimistin, *mein* Herz. Hektisch und mit Nachdruck hämmert es gegen meine Rippen, als versuchte es, sich von mir loszureißen und zu fliehen. Das Blut rauscht durch meine Adern, und ein Schwall ungeordneter Bilder stürmt meinen Kopf. Eine große Halle mit glänzenden Bodendielen. Ein Tisch voller Metallinstrumente und Gefäße mit geheimnisvollen Pulvern. Caro – Caro neben mir und ein Mann, der mir eine Glasphiole reicht. Sein Lächeln scheint von einem Ohr zum anderen zu reichen.

Dann Schuldgefühle. In wilden Wogen, die wieder und wieder über mir zusammenschlagen. Keuchend sinke ich am Flussufer auf die Knie. Ein scharfer Schmerz in meinem Oberschenkel.

Ich blicke hinunter und erschrecke, als ich den Rubindolch sehe, der sich durch den Stoff meiner Hose bohrt. Die blanke Klinge steckt in keiner Scheide, sondern ist nachlässig unter meinen Gürtel geschoben. Der gewundene Schlangengriff liegt warm unter meinen Fingern und scheint zu pulsieren, wie etwas Lebendiges. Die Waffe ist schön, elegant, scharf, und –

Die Klinge ist voller Blut.

»Nein, nein, nein«, murmele ich. Mit zitternden Händen tauche ich den Dolch ins knietiefe Wasser. Das Blut hinterlässt rote Schlieren darin. Als ich ihn wieder heraushebe, ist die Klinge sauber, und Erleichterung breitet sich in mir aus. Doch gleich darauf entdecke ich einen Blutfleck, der haften geblieben ist, ein kleiner roter Spritzer auf dem Griff. Wieder tauche ich den Dolch ins Wasser und rubbele, doch jedes Mal wenn ich ihn wieder herausnehme, finde ich neue Flecken. Ich wate weiter und weiter ins Wasser, das mir bald bis zum Hals reicht, und plötzlich wird mir bewusst, dass ich weine. Meine Schultern erbeben unter lautlosen Schluchzern.

Das Knacken eines Zweiges hinter mir lässt mich innehalten. Ich blicke auf. Ein Hund starrt mir aus kohleschwarzen Augen entgegen, den Schwanz reglos erhoben.

Meine Brust wird eng. Panik.

Dann tritt eine Gestalt zwischen den Bäumen hervor: Caro. Ihr dunkles Haar ist kurz geschnitten. Ihre moosgrünen Augen suchen zunächst die Lichtung ab, dann dreht sie langsam den Kopf, als hätte sie Witterung aufgenommen.

Schließlich entdeckt sie mich im Wasser. Sie stutzt, bevor sie langsam ans Ufer schlendert. »Antonia.« Ihr Tonfall wirkt gelassen, doch dem ist nicht zu trauen. »Ich dachte mir schon, dass ich dich hier finden würde.«

Ich rühre mich nicht, während mein Blick zwischen Caro und dem Hund hin- und herhuscht. »Hat Ever dich geschickt, um mich zu bestrafen?«

Caro stößt einen Seufzer aus, dann zieht sie die Stiefel aus und rafft ihren Rock. »Nein. Mach doch nicht immer gleich so ein Drama aus allem. Ich würde nur gern wissen, was um Himmels willen in dich gefahren ist. Was war da vorhin los?« Ihre Worte hallen über die Lichtung.

»Bist du verletzt?«, frage ich bemüht ruhig.

»Du, mich verletzen? Niemals.« Ein Lächeln huscht über ihr Gesicht. »Und nur für den Fall, dass es dich interessiert: Ever geht es auch gut. Aber du hast uns einen Heidenschreck eingejagt, Antonia.«

Unter Wasser umklammere ich den Dolch fester. »Tut mir leid. Ich – ich habe einfach die Kontrolle verloren.«

Wieder ein Lächeln, doch es wirkt weniger echt als noch vor ein paar Sekunden. Misstrauen lauert in ihrem Blick, als sie sich vorbeugt und, den Kopf schief gelegt, die flache Hand über die Wasseroberfläche gleiten lässt. Eine glitzernde Welle rollt auf mich zu.

Ich lache, doch der Laut klingt selbst in meinen Ohren hohl und gezwungen. Caro kommt weiter auf mich zu. Ein Schauder überläuft mich, der nichts mit dem kühlen Wasser zu tun hat oder der sommerlichen Brise, die über meinen nassen Nacken streift.

Sie winkt mich zu sich, als hätte sie meine Gedanken gelesen. »Komm raus, Antonia. Wir gehen nach Hause.«

»Und wenn ich nicht will? Hetzt er dann seine Hunde auf mich?«, fauche ich, doch es klingt eher weinerlich.

»Du weißt doch, dass das nur Spaß ist«, schnaubt sie, während sie gleichzeitig einen Schritt von dem Hund neben ihr abrückt, als versuchte sie, sich von einer Lüge zu distanzieren. »Er ist nicht böse auf dich, glaub mir. Und was dachtest du denn, was passiert, wenn du mit Magie herumexperimentierst, die so mächtig ist wie unsere? Natürlich können dabei Menschen zu Schaden kommen. Nur die Starken überleben.«

Ich bekomme noch mehr Angst, wate jedoch auf sie zu und strecke ihr den Dolch hin, mit dem Griff voran. Caro nähert sich mir mit eleganten Bewegungen, Wasser kriecht den Saum ihres leinenen Unterrocks hoch wie dunkle Finger. Sie nimmt mir die Waffe ab und wiegt sie in den Händen wie einen Ballen teuren Tuchs. Ihr Mund verzieht sich zu einem Lächeln.

»Von mir aus kannst du so viele Zimmer verwüsten, wie du willst, Antonia«, sagt sie mit rauer Stimme. »Wenn du dabei jedes Mal etwas wie das hier erschaffst. Sieh doch nur.«

Sie hebt den Dolch, und meine Muskeln spannen sich an, als ich ihn im Geiste schon auf mich zusausen sehe. Doch Caro holt nur ein paarmal damit aus, als wäre er federleicht. Die Klinge blitzt im Sonnenlicht. Ich wünschte, ich könnte ihr den Dolch wieder abnehmen und ins Wasser fallen lassen, sodass er auf den Grund des Flusses sinkt und für immer im weichen Sand verschwindet. Unter meiner Haut regt sich die tief verwurzelte Gewissheit, dass das hier nicht gut ist. Dass wir diesen Dolch nicht besitzen dürften.

»Du hast die Klinge mit Kraft angereichert.« In Caros Worten liegt Anerkennung, beinahe Ehrfurcht. »Genau auf so etwas haben wir hingearbeitet. Schau mal, was ich jetzt kann, ohne dass es mich mehr schwächt.«

Sie stapft eilig aus dem Wasser und pflückt am Ufer eine

leuchtend gelbe Blume. Ich sehe zu, wie die Blüte in ihrer Hand verwelkt und stirbt – nur um kurz darauf zu neuen Kräften und frischer Farbe zu gelangen, bevor sie explodiert und Caro in einen Regen aus grün-gelben Fetzen hüllt. Caro hat ihr das Leben genommen und ihr ein neues geschenkt, als kostete es sie nicht mehr als einen Atemzug.

Als sie sich erwartungsvoll zu mir umdreht, weicht ihr stolzes Grinsen einem Stirnrunzeln. »Warum freust du dich denn gar nicht?«

»Ich freue mich doch.«

»Schwindel mich nicht an.« Ihr Tonfall ist so unbekümmert wie eh und je, dennoch lässt er mich erschaudern. Caro tritt abermals auf mich zu und dreht den Dolch locker in ihrer Hand hin und her. Ist es Einbildung, dass die Spitze einen Moment lang geradewegs auf meine Kehle zeigt?

Ich blinzele, und die Klinge dreht sich erneut, bevor Caro sie mir mit ihrem gewohnten Lächeln zurückreicht.

»Deine Gabe ist unglaublich, Antonia«, sagt sie, als ich den Dolch entgegennehme. »Fürchte dich nicht davor.« Dann hebt sie die Hand und legt sie auf meine Schulter. Glühende Hitze dringt durch den nassen Stoff meines Kleids.

»Ich fürchte mich nicht. Aber vielleicht solltest du es tun«, erwidere ich.

Caro legt den Kopf schief. »Warum sollte ich? Unsere Macht ist unbesiegbar. *Wir beide* werden eines Tages unbesiegbar sein, und das weißt du.«

»Nichts auf der Welt ist unbesiegbar«, widerspreche ich leise, während ich den Dolch zurück in meinen Gürtel stecke. »Man muss nur etwas finden, das stärker ist.«

17

Als ich die Augen wieder aufschlage, steigt Dampf über dem Wasser auf, das jetzt warm um meine Taille schwappt. Meine Haare und Kleider sind durchnässt, doch der Dunst hüllt mich ein. Sicher. Geborgen.

Dann jedoch verdichtet er sich, und ein Schatten bewegt sich auf mich zu. Eine Urangst durchflutet mich und jagt mit jedem Pochen meines Herzens den Namen *Zauberin* durch meine Adern. Sie ist hier. Sie ist gekommen.

Die Silhouette packt mich beim Handgelenk, und mein Schrei sendet Wellen von Kälte durchs Wasser, die alle Wärme vertreiben. Das Knacken der sich bildenden Eisschicht legt sich wie Spitze über den Wald, während sich der Dampf um uns von einer Sekunde zur anderen in Schnee verwandelt. In einer einzigen großen Wolke aus unzähligen gefrorenen Teilchen sinkt er aufs Wasser herab.

»Jules!«

Liam. Die Erinnerung gibt mich frei. Ich atme, versuche mich darauf zu besinnen, dass ich Jules bin und es natürlich Liam ist, der sich mir genähert hat. Seine Lippen sind blau gefroren. Das Licht um mich hat sich verändert, und die Bäume sind größer, als es noch vor einem Moment schien. Ich denke an den Ausdruck purer Machtgier im Gesicht der jungen Caro, und mit einem Mal fällt mir wieder ein, wo ich bin. *Wann.*

Ich zittere. Mir ist erbärmlich kalt.

»Tut mir leid, tut mir leid – das wollte ich nicht. So etwas ist noch nie passiert.« Meine Worte klingen gereizter als beabsichtigt, aber wenigstens nimmt das Wasser innerhalb von Sekunden wieder seine normale Temperatur an. Erst jetzt, nachdem ich wieder ganz zu mir gekommen bin, wird mir klar, dass wir beide mitten im Fluss stehen. Unsere Mäntel liegen zusammengeknüllt auf einem nahen Felsen. Mein Mund klappt auf. »Was ist passiert?«

Liam räuspert sich. »Du bist ins Wasser gegangen.«

»Ich – ich glaube, ich war auf der Flucht.« Ich blicke hinunter. Das Wasser reicht mir nur bis zur Taille, nicht bis zum Hals wie in meiner Vision. »Ich war wieder Antonia. Die Erinnerung muss jahrhundertealt gewesen sein.«

Liam nickt. »Auf einmal ist dieser Dampf aufgestiegen, und ich konnte dich nicht mehr sehen. Ich hatte keine Ahnung, was los war.«

Verlegen senke ich den Kopf und spüre, wie meine Wangen sich röten. »Ich war wütend. Und ich hatte Angst.« Ich denke an das Blut an der Klinge und wie ich versucht habe, es abzuwaschen, als könnte ich den Anblick nicht ertragen. »Ich muss damals jemanden verletzt haben. Wahrscheinlich Caro.«

Ein Moment vergeht, und ich mache mich darauf gefasst, dass Liam sich von mir abwendet. Stattdessen jedoch kommt er einen Schritt näher und murmelt etwas über Kälte, obwohl ich sehen kann, wie ihm Hitze ins Gesicht steigt. Innerlich zerrissen, drehe ich mich halb zur Seite, wende den Blick ab und widerstehe dem Drang, die Arme um ihn zu schlingen. All meine Sinne sind plötzlich geschärft, ich bin mir überdeutlich jedes kleinen Geräuschs und jeder Bewegung bewusst, der Röte, die seinen Hals und sein Gesicht überzieht, des leisen Plätscherns, als er noch dichter auf mich zuwatet. Sein Hemd trieft vor Flusswasser. Feuchtigkeit legt sich auf sein Haar und bringt es zum Glänzen, und unterhalb meiner Rippen regt sich etwas Warmes, Rastloses.

»Was hast du gesehen?«, fragt er. Seine Haltung ist kerzengerade, sein Blick unverwandt auf mein Gesicht gerichtet.

Wieder sehe ich Caros jüngeres, sorgloses Gesicht vor mir, ihre Augen, deren Farbe zwischen verschiedenen Nuancen von Grün zu wechseln scheint. »Ich hatte den Dolch, und ich war auf der Flucht, weil ich irgendetwas getan hatte. Aber Caro hat mich gefunden, wie immer.«

Ich schüttele den Kopf, um den verworrenen Gefühlsknoten darin zu lösen. Liam ergreift meine Schulter, und ich schiebe ihn nicht weg, nicht einmal, als sein Blick sanfter wird. Er schlingt mir den Arm um die Taille, und ich spüre seine Haut unter dem nassen Hemd, als er mich behutsam zurück zum Ufer führt. Dort setze ich mich auf einen flachen Stein, und Liam wickelt mich in meinen Mantel. Als mein Zittern sich schließlich legt, sagt er: »Vergiss Caro. Hast du etwas über die Waffe in Erfahrung gebracht?«

»Ja«, flüstere ich, dankbar dafür, dass er einen kühlen Kopf bewahrt und ich diese Bürde nicht allein tragen muss. So ausführlich wie möglich berichte ich ihm von dem Rubindolch, den ich geschaffen habe – den Antonia geschaffen und mit Kraft angereichert hat. Davon, wie er vor Macht pulsierte und wie Caro ihn auf meine Kehle gerichtet hat. Während ich erzähle, scheint Caros Gesicht immer weiter fortzudriften und flacher zu werden, bis es mehr wie das Bild in einem Buch wirkt als eine reale Erinnerung. Mein Herz kommt langsam zur Ruhe, zumindest so lange, bis das Bild der Caro aus meinem derzeitigen Leben zurückkehrt – ihr Blick kalt, grausam, gierig.

»Was, glaubst du, hat das zu bedeuten? Ist das alles, was wir brauchen? Kraft?«

»Ich weiß es nicht«, antwortet Liam leise.

Ob die Waffe tatsächlich mit Kraft angereichert ist? Doch Liams Skepsis hallt in mir wider, und ich verwerfe den Gedanken. Wenn es nur darum ginge, hätte Caro die Waffe einfach gegen mich einsetzen können. Nein, es ist mehr als Kraft vonnöten, um die Zauberin zu besiegen.

»Und es spielt auch keine Rolle, solange wir den Dolch nicht finden. Fällt dir noch etwas ein? Irgendwelche Details?«

Ich wühle mich durch das Chaos in meinem Kopf. »Wir haben über einen Mann namens Ever gesprochen.« Ich schließe halb die Augen, sodass die Lichtung um mich verschwimmt, und versuche, die Erinnerung abermals heraufzubeschwören. Die Ehrfurcht, mit der ich über ihn geredet habe. »Caro wollte mich zu ihm zurückbringen.«

Liam neigt den Kopf und blickt aufs Wasser. Wieder röten sich seine Wangen. »Lord Ever. Mein Vorfahr.«

Die Worte hängen zwischen uns in der Luft, allzu offensichtlich, nachdem sie einmal ausgesprochen sind. Bislang hatte er keinen Namen, dieser Mann aus den Geschichten – der böse Lord. Nie ist er in meinen Erinnerungen aufgetaucht oder den Albträumen meiner Kindheit, jetzt dagegen ist es, als hätten Caro und ich ihm Leben eingehaucht, indem wir in meiner Vision seinen Namen genannt haben. Mir läuft es eiskalt den Rücken hinunter.

»Ich bin nicht stolz darauf«, fügt Liam knapp hinzu.

Ich hole tief Luft. Es ist nichts als Blut, das Liam mit ihm verbindet, versuche ich, mir einzureden. Ich habe mit angesehen, wie Mitglieder der Gerling-Familie Bluteisen im Wert von Jahrzehnten in ihrem Tee auflösten, als wären es Zuckerwürfel. Liam ist nicht wie sie. Er hat ein gutes Herz.

»Vielleicht bringt uns dieses Wissen ja weiter – vielleicht gibt es eine Spur auf Everless«, überlege ich. Wieder durchläuft mich ein warnender Schauder. *Ich kann nicht zurück.* »Dort gibt es zwar keinen Fluss, aber dafür einen See –«

»Ivan ist auf Everless«, fällt Liam mir ins Wort. »Mein Vater ist auf Everless. Das Schloss ist vermutlich ein noch gefährlicherer Ort für dich als Shorehaven. Außerdem habe ich es von oben bis unten durchsucht, da gibt es nichts als nutzloses Porzellan und verstaubtes Bluteisen. Das Risiko ist zu groß.« In seiner Stimme liegt ein kaum wahrnehmbarer Hauch von Bedauern. Mit hängenden Schultern dreht er sich weg zum Wasserfall und wischt sich den Dunst aus dem Gesicht. »Lord Ever ist tot und begraben. Es gibt nichts, was wir nicht schon aus den Geschichten über ihn wissen.«

»Vielleicht irren die Geschichten«, rutscht es mir heraus.

Liams Miene verfinstert sich, doch ich nehme nicht zurück, was ich gesagt habe. Das sollte ich nicht müssen. »Die Geschichten waren hilfreich«, fahre ich fort, »aber sie sind nicht über jeden Zweifel erhaben.«

»Das habe ich auch nie behauptet, aber immerhin haben sie mich zu dir geführt, nicht wahr?« Dann wechselt er unvermittelt das Thema. »Hast du etwas herausgefunden, was uns gegen Caro helfen könnte?«

»Na ja …« Mein Verstand arbeitet fieberhaft, dreht und wendet die Erinnerung, um sie aus jedem Winkel zu inspizieren, als handle es sich um eine Bluteisenmünze. Ich blicke auf meine

Hände hinunter und denke über das nach, was ich in Erfahrung gebracht habe. An die Alchimistin in der Gestalt Antonias, deren Hände die Klinge erschaffen haben. Dieselben Hände, die einst Zeit und Blut miteinander verbunden haben.

»Ich habe die Klinge mit Kraft angereichert«, murmele ich vor mich hin. »Die Erinnerung hat bewiesen, dass die Waffe, die ich gesehen habe, tatsächlich existiert. Mit Kraft oder – ich weiß nicht, irgendetwas, das mächtig genug ist, um Caro zu töten. Zumindest habe ich das zu ihr gesagt. Ich habe ihr so gut wie damit gedroht.«

Liam schüttelt den Kopf und starrt auf einen Punkt in der Ferne. »Jules, in keiner der Geschichten ist die Rede von einer Waffe, wie du sie beschreibst. Nicht mal während Semperas blutigstem Krieg.«

»Nur weil etwas von niemandem aufgeschrieben wurde, heißt das nicht, dass es nicht passiert ist.« Es muss einfach wahr sein – irgendwo dort draußen muss etwas sein, das uns helfen wird, Caro zu besiegen. »Die alte Königin hat schließlich auch sämtliche Aufzeichnungen über die Bluteisenzeit vernichten lassen. Wer weiß, welche Geheimnisse sonst noch irgendwo in der Geschichte untergegangen sind?«

»Hast du mal daran gedacht –« Liam hält abrupt inne und presst die Lippen zusammen.

»Woran?«, frage ich aufgeregt. Ich warte darauf, dass Liam weiterredet, in der Hoffnung, dass er irgendeine brillante Idee parat hat, irgendein bislang vergessenes Detail, das uns zum ersehnten Durchbruch verhilft.

Liam zögert einen Moment, bevor er fortfährt. »Hast du mal daran gedacht, dass all diese Erinnerungen verfälscht sein könnten? Oder bloß eine von Caros Fallen?«

Verletzt schnappe ich nach Luft. Ein Teil von mir ist sich zwar bewusst, dass ich an Liams Stelle möglicherweise dasselbe denken würde, doch ein anderer, wütender Teil von mir würde ihm am liebsten ins Gesicht schreien. Denn wenn ich mir selbst nicht mehr trauen kann, wenn ich nicht sicher sein kann, dass ich die Wahrheit in mir trage, gut geschützt vor Caros Tricks und Schwindeleien, dann bewahrt mich nichts mehr davor, auf der Stelle zusammenzubrechen. »Warum? Weil in deinen *Quellen* nichts darüber zu finden ist? In den Aufzeichnungen gab es doch Hinweise auf eine Waffe.«

Liam fährt sich mit der Hand durchs feuchte Haar und stößt einen ungeduldigen Seufzer aus. »Sogar Stef hat angedeutet, dass etwas mit deinen Erinnerungen nicht stimmt.«

»Nicht *stimmt?*« Ich stehe auf und schüttele meinen Mantel ab. Mein ganzer Körper glüht fiebrig. »Du hast doch selbst gesagt, Stef hätte ein loses Mundwerk. Und außerdem sind wir schließlich nicht zufällig hier gelandet. Mein Notizbuch hat uns hierhergeführt. *Du* hast uns hierhergeführt, hast du das vergessen? Und wir haben etwas gefunden, indem wir den Spuren meiner Vergangenheit gefolgt sind.«

»Wir hatten bloß Glück und, davon abgesehen, bleibt uns auch keine Zeit, weiter durch Sempera zu ziehen und Puzzleteilchen zusammenzusuchen. Wir sind mit einem Ziel hierhergekommen, und wir sind gescheitert. Unsere Aussichten darauf, die Waffe zu finden, haben sich kein bisschen gebessert«, hält Liam dagegen. »Und unterdessen sind dir Caros Bluthunde auf den Fersen.«

»Ich weiß aber nicht, was ich tun soll, außer nach Puzzleteilchen zu suchen.« Ich balle die Fäuste. »Vielleicht hättest du mir einfach früher sagen sollen, wer ich bin.«

»Vielleicht hättest *du* einfach nicht zurück nach Everless kommen sollen«, entgegnet Liam kühl.

Ich wende mich ab, um die Tränen in meinen Augen vor ihm zu verbergen, und mein nasses Kleid klebt mir plötzlich eiskalt am Körper. Einen Moment lang herrscht Schweigen zwischen uns, dann höre ich, wie Liam aufsteht. Langsam, zögernd tritt er hinter mich und legt mir wieder den Mantel um die Schultern.

»Es tut mir leid, Jules.« Seine Worte klingen sanft und flehend, was eine völlig andere Art von Angst in mir auslöst als der Gedanke an Caro. Und das Schlimmste ist, dass ich ihm glaube. »Ich will dich einfach nicht – ich ertrage die Vorstellung nicht, dich –«

Bitte beende den Satz nicht, denke ich, denn ich weiß auch so, was er sagen will. *Die Vorstellung, dich zu verlieren.*

Ich blinzle. Der Schmerz und die Sorge in seiner Stimme drohen, meinen Ärger zu vertreiben. Doch ich lasse die Wut kristallisieren, bis sie so kalt und hart und unerweichlich ist wie Stein.

»Wir könnten alle in einer besseren Welt leben, wenn es deine Familie nie gegeben hätte«, fauche ich ihn an. »Dann wäre nichts von alldem hier je passiert.«

Der nächste Augenblick zieht sich so entsetzlich in die Länge, dass ich mich zu fragen beginne, ob ich aus Versehen die Zeit angehalten habe. Dann greift Liam nach seinem eigenen Mantel und wirft ihn sich über. Seine Bewegungen sind knapp und fahrig vor unterdrücktem Zorn. Mein schlechtes Gewissen regt sich, aber ich kümmere mich nicht darum.

Das ist der Preis dafür, Liam in Sicherheit zu wissen.

Bevor ich noch etwas sagen kann, dreht Liam sich um und marschiert davon in den Wald.

Auf dem Weg zurück nach Bellwood brodelt die Verstimmung zwischen uns weiter. Keiner von uns sagt etwas, als wir den Wald hinter uns lassen und uns den Kuppeldächern von Montmere nähern. Ein Mädchen, das Blumen verkauft, kommt uns entgegen. Die blutroten Rosen in ihrem Korb erinnern mich an die Blume in Caros Hand, daran, wie sie ihr ohne jede Mühe das Leben genommen und zurückgegeben hat.

Diese Gabe habe ich ihr gestohlen, oder zumindest zum Teil. Bei dem Gedanken erfüllt mich eine seltsame Mischung aus Stolz und Verwirrung. Heute ist Caro von der Kraft anderer abhängig. Ich denke an die alte Königin, an ihre Blässe und den schon zu Lebzeiten eiskalten Körper. Und an Caros Worte, nachdem sie sie getötet hatte. *Ich habe Bluteisen im Wert von Jahrhunderten getrunken, dabei kann ich den Geschmack nicht ausstehen.*

Langsam geht die Sonne unter und entzieht der Welt sanft ihr Licht. In der heraufziehenden Dunkelheit ist es leichter, meinen Gedanken freien Lauf zu lassen, und ich wünsche mir mehr denn je, mein Schicksal läge klarer vor mir, ich besäße mehr Macht und meine Vergangenheit wäre nicht von Geheimnissen verschleiert. Ich bete zu all den Menschen, die ich in meinem Leben schon verloren habe – Roan, Papa, Amma –, dass sich bei unserer Rückkehr nach Bellwood ein Weg, die Zauberin zu besiegen, aufzeigen wird, hell und klar und unmissverständlich.

Nein, ich bete nicht, ich lege ein Versprechen ab.

Schweigend starre ich auf Liams Rücken und wünsche mir, ich könnte ihm davon erzählen. Seine zügigen Schritte zeugen von stummer Entschlossenheit.

Vor uns kommt das Haupttor von Bellwood in Sicht. Dort wartet Elias.

Welche Erleichterung, ihn lebendig und unversehrt zu sehen. Doch als mein Blick über seine Schulter schweift, bleibe ich wie angewurzelt stehen. Hinter ihm sitzt eine dunkle Gestalt auf einem Pferd, umringt von einer Gruppe Soldaten. Sie ist von Kopf bis Fuß in einen wallenden Umhang gehüllt, und ihr Anblick jagt mir einen Schauer über den Rücken.

Sie ist hier, wispert eine Stimme in meinem Kopf.

18

Liam streckt schützend den Arm vor mir aus und zieht mich ins Gebüsch am Wegrand. Wenn ich nicht meine Magie einsetzen will, ist das unsere beste Tarnung. Ich drücke mein Gesicht ins feuchte Gras neben Liam, damit man mich nicht atmen hört.

Ich wage es nicht einmal, den Kopf zu drehen und einen Blick zum Tor hinüber zu werfen, doch wir sind nah genug, dass ich Elias' Stimme erkenne und über das Pochen meines Herzens hinweg die Anspannung darin höre.

»Vielen Dank für die Eskorte, obwohl sie wirklich nicht nötig war. Auch in Connemor gibt es schließlich Mörder und andere Verbrecher, also …«

Es scheint eine Ewigkeit zu dauern, bis die Soldaten – es sind so viele, mindestens ein Dutzend – mitsamt der unheimlichen Gestalt zu Pferd durch das Schultor verschwunden sind. Doch mein Herzrasen verklingt nicht mit ihren Schritten. Als Liam und ich schließlich zurück zur Diebeshöhle schleichen, ist es bereits stockdunkel. Direkt hinter dem Eingang wartet Elias auf uns.

Im Turmzimmer beginnt Liam, rastlos auf und ab zu tigern. Es fällt mir nicht leicht, Ruhe zu bewahren, wenn er so aufgebracht ist. Elias schenkt mir ein aufmunterndes Lächeln. »Wer war das – die Person auf dem Pferd?«, fährt Liam ihn an.

»Freut mich auch, euch wiederzusehen.« Elias' Lächeln verblasst ein wenig. »Ein Söldner, den Ina für die Jagd nach ihr angeheuert hat.« Er deutet auf mich. »Die Königin hat darauf bestanden, dass er mich nach Bellwood begleitet, nachdem ich so versessen darauf war, meine Studien fortzusetzen.«

»Wissen sie, dass ich hier bin?«, frage ich.

Elias überlegt. »Ich glaube nicht. Aber dieser Jäger ist nicht besonders gesprächig, darum habe ich keine Ahnung, wie viele Informationen er hat. Niemand weiß etwas über ihn – woher er kommt oder warum sie ausgerechnet ihn ausgewählt hat.« Er verlagert das Gewicht von einem Fuß auf den anderen. »Aber Caro setzt großes Vertrauen in ihn. Sie hat ihren Soldaten befohlen, sämtliche Flüsse und Häfen zu bewachen, während der Jäger für das Landesinnere zuständig ist. Zuerst dachte ich, es wäre nur eine Finte, um die Leute ruhig zu halten, aber sie scheint tatsächlich davon überzeugt zu sein, dass er Erfolg haben wird.«

Ich schlucke. Welche Waffe oder magischen Kräfte mag Ina ihrem Jäger mit Caros Hilfe an die Hand gegeben haben? Die Soldaten, die überall in Sempera stationiert sind, waren ja schon schlimm genug, aber diese finstere Gestalt, deren bloßer Anblick mich vor Angst hat erstarren lassen – wer weiß, wozu sie fähig ist? Meine Vergangenheit birgt bereits genug Gefahren, und nun streift also ein weiterer Feind durch Sempera. Erschöpfung breitet sich in mir aus.

Elias blickt beklommen zu Boden. »Da ist noch etwas. Master Linfort, der Leiter der Bellwood-Akademie«, fügt er, an mich gewandt, hinzu, »hat angeordnet, dass Liam einem Willkommensbankett für den Jäger und die königlichen Soldaten beiwohnen soll.«

Ich spüre, wie ich erbleiche. »Ob er etwas ahnt? Darüber, dass Liam mir hilft?«

»Nein«, winkt Elias ab. »Nicht mal für tausend Jahrestaler könnte Master Linfort ein solches Geheimnis für sich behalten. Er führt wichtigen Gästen bloß gern seinen hauseigenen Lord vor. Keine Sorge.«

Liam bleibt abrupt stehen. »Wir müssen hier weg. Sofort.«

Nein, denke ich. Trotz der Ankunft des Jägers, eines von Caros Schergen, habe ich mich seit meiner Flucht von Everless nirgends mehr so sicher gefühlt wie hier in der Diebeshöhle. Außerdem spukt mir noch immer die Vision, die ich am Wasserfall hatte, durch den Kopf, und diesmal weckt sie eine völlig neue Empfindung in mir: einen Hauch von Machtbewusstsein. Zwar bin ich Caro damals nicht entgegengetreten, aber ihre Worte haben sich mir ins Gedächtnis gebrannt: *Deine Gabe ist unglaublich, Antonia. Fürchte dich nicht davor.*

Ich fürchte mich nicht.

Wie sehr ich mir wünsche, es wäre wahr. Ich habe es satt, mich zu fürchten.

Doch Liams Blick macht mir deutlich, dass er sich davon nicht überzeugen lassen wird.

Also sage ich stattdessen: »Wir können jetzt nicht gehen. Elias hat recht. Wenn du bei dem Bankett nicht auftauchst, machst du dich nur verdächtig.«

Das leise Ploppen eines Korkens unterbricht mich. Elias grinst verschmitzt. Er hat eine Flasche Wein aus seinem Beutel gezogen. Jetzt schenkt er ein großes Glas ein und reicht es mir. »Wir werden uns hier einen schönen Abend machen, während du weg bist, Liam. Schließlich sind wir der Zauberin bislang entwischt, das muss gefeiert werden.«

»Hör nicht auf ihn, Jules.« Liam verdreht die Augen und wendet sich an Elias: »Das hier ist nicht der richtige Zeitpunkt für deine Scherze.«

»Ganz im Gegenteil, dafür ist immer der richtige Zeitpunkt.« Elias streckt sich und lehnt sich auf seinem Stuhl zurück. »Ihr Semperaner seid nur so schrecklich humorlos.«

»Ach, ja?«, schalte ich mich ein. »Und wie sind die Menschen in Connemor?«

Elias lächelt. »Sehr gute Frage«, erwidert er. »Nun, da wäre zunächst mal unser blendendes Aussehen zu erwähnen. Und unsere Fröhlichkeit – ich vermute, die rührt daher, dass die Winter bei uns keine Ewigkeit dauern. Und außerdem ist es in Connemor nicht üblich, seine Gefühle zu verbergen.«

Er dreht sich zu Liam um. »Mach nicht so ein Gesicht. Willst du etwa behaupten, du hättest nicht seit Jahren davon geträumt, hier zu sein, mit –« Elias deutet vage in meine Richtung, lässt die Hand jedoch schnell wieder sinken, als Liam ihm einen scharfen Blick zuwirft. Mir ist klar, was er sagen wollte: *mit der Alchimistin.*

Liam gibt sich einen sichtlichen Ruck. »Gut, ich gehe jetzt zum Bankett, aber sobald ich zurück bin, brechen wir auf. Wenigstens einer von uns sollte diese Angelegenheit mit dem gebotenen Ernst betrachten.« Sein vorwurfsvoller Tonfall dringt mir bis unter die Haut, doch ich widerspreche nicht. Als er weg ist, löst sich die Anspannung im Raum, und ich lasse mich aufs Bett sinken. In seiner Abwesenheit ist es leichter, die Vorstellung zu verdrängen, wie er in diesem Zimmer sitzt, ein aufgeschlagenes Buch auf den Knien, und von der Alchimistin träumt – von mir.

Draußen ertönt die Schulglocke, was sie, wie Elias erklärt, nur zu besonderen Anlässen tut, und der Klang verhallt in der

Dunkelheit. Das Vogelgezwitscher in den Bäumen ist dem Zirpen der ersten Grillen des Jahres gewichen. Ich erzähle Elias, was in der Zwischenzeit passiert ist: von Stef, von der Waffe in Form eines Reißzahns aus Edelstein mit einer metallenen Schlange als Griff, von dem Hinweis in meinem Notizbuch und meiner Hoffnung, dass er uns den Weg dorthin weisen könnte.

Elias hört aufmerksam zu. Seine Persönlichkeit – eine Kombination aus Charme und Ernsthaftigkeit – fasziniert mich. Nachdem ich zu Ende erzählt habe, holt er ein paar weitere Flaschen Wein und etwas zu essen hervor.

»Wo hast du das alles her?«, frage ich.

»Im Palast stibitzt natürlich. Es war eine ganze Menge übrig nach der Krönungsfeier, die ja nun ein eher abruptes Ende genommen hat.«

»Ja, so etwas ist mir auch zu Ohren gekommen.« Ich lache.

Er schenkt mir Wein nach. »Also, auf euren Durchbruch.«

»Durchbruch? Welchen Durchbruch denn bitte?«, frage ich höhnisch, um die Tatsache zu verschleiern, dass ich auf eine ehrliche Antwort hoffe.

»Immerhin wissen wir jetzt, dass es irgendwo dort draußen eine Waffe gibt, mit der Caro besiegt werden kann. Wir müssen sie nur noch finden«, erwidert Elias schlicht. Dann lehnt er sich zu mir herüber und drückt meine Hand. »Aber das Wichtigste ist: Die Alchimistin ist fürs Erste in Sicherheit.«

Die Luft ist lau, als wir uns zusammen an das kleine Schreibpult setzen und eine Mahlzeit aus Brot, Käse und Äpfeln zu uns nehmen. Nach einer Weile, und einer nicht unerheblichen Menge Wein, finde ich schließlich den Mut, Elias ein wenig mit Fragen zu löchern. »Du kennst meine Geschichte genauso gut wie Liam. Da ist es nur fair, dass ich auch deine erfahre«, erkläre ich.

»Meine Geschichte ist furchtbar langweilig, Miss Ember«, antwortet er.

»Du hast mir mit Liam zusammen das Leben gerettet. Ich glaube, da sind wir über *Miss Ember* hinaus.« Ich lächle ihn an. »Nenn mich einfach Jules.«

Er grinst zurück. »In Ordnung, Einfach-Jules.« Sein Akzent lässt meinen Namen weicher klingen. »Ich beneide dich nicht darum, dass du seit Tagen allein mit Liam unterwegs bist. Ein Wunder, dass du nicht längst das Sprechen verlernt hast.«

Sein Tonfall ist nicht so verächtlich wie Inas oder Caros, wenn sie sich damals auf Everless über Liam lustig gemacht haben. Sondern warmherzig und voller Zuneigung und vielleicht sogar eine Spur verteidigend. Ich muss daran denken, wie Amma und ich einander immer geneckt haben, um allen anderen zuvorzukommen, denn eine kleine Stichelei von einem Menschen, den man liebt, tut nicht weh. Trauer wallt in mir auf, und ich nehme einen Schluck Wein, um sie darin zu ertränken.

In dem Moment wird mir bewusst, dass Elias Liam vermutlich besser kennt als jeder Mensch auf Everless – vielleicht sogar als jeder andere Mensch auf der Welt –, was abermals meine Neugier weckt. »Du kommst aus den wilden Landen. Was hat dich an unsere Küste verschlagen?«

»Den wilden Landen?« Elias' Lachen ist nicht fies, aber ich spüre dennoch, wie ich rot werde. »Das ist eine interessante Bezeichnung, wenn man bedenkt, dass ihr Semperaner die wahren Wilden seid. Sogar vor Magie schreckt ihr als einziges Land auf der Welt nicht zurück.«

»Das kann ich nicht beurteilen«, entgegne ich. »Ich habe Sempera noch nie verlassen.«

»Kaum jemand überschreitet je die Grenze, egal, in welche Richtung.« Wieder beugt er sich vor. »Die Menschen außerhalb Semperas haben Angst vor euch.« Ich muss ein entsetztes Gesicht gemacht haben, denn er lacht abermals. »Keine Sorge, Jules, nicht deinetwegen. Sondern wegen der Magie. Du müsstest mal hören, was für Geschichten sie sich darüber erzählen. Manche behaupten, dass einem, sobald man auch nur einen Fuß auf semperanischen Boden setzt, das Blut aus dem Körper gesaugt wird. Und diese Angst kam eurer alten Königin sehr gelegen.«

Damit hat er wohl recht. »Dann müssen deine Eltern ja mutige Leute sein. Immerhin haben sie dich zum Studieren hierhergeschickt und …«

»Ich stamme aus einer Familie von Diplomaten. Und Gelehrten. Wir hatten schon immer eine Sondererlaubnis eurer Königin, nach Sempera zu reisen, selbst als niemand sonst es durfte.« Elias streckt die Beine lang aus. Ich sage nichts, weil ich nicht zugeben will, dass ich mir eine solche Familie nicht einmal vorstellen kann. »Seit Jahrhunderten ist es bei uns Tradition, dass wir in unserer Jugend eine Zeit lang in einem fremden Land leben, um dort etwas über Bräuche, Geschichte und Handelsbeziehungen zu lernen, bevor wir zu Hause ein Amt übernehmen. Wir sind der Überzeugung, dass diese Praxis unser Land stärkt. Es sicherer macht. Besser«, fügt er rasch hinzu.

»Besser?«, hake ich argwöhnisch nach. Natürlich erkenne ich den Nutzen dieser Tradition, andererseits jedoch erinnert sie mich vage an das, was die Gerlings mit Bluteisen tun. Auf gewisse Weise ist es Diebstahl.

Elias deutet nach draußen auf eins der efeubewachsenen

Gebäude, groß und mit Spitzdach, dessen Fenster in der Dunkelheit goldenes Licht verströmen. »Schau mal, das da ist die Bibliothek. Dort habe ich einen Großteil der vergangenen sechs Jahre verbracht.«

»Womit beschäftigen sich deine Studien?«, frage ich ein wenig übereifrig. Doch ich will einfach alles wissen, über Elias, diesen Ort, sein Leben hier. *Liams* Leben hier. Es ist eine seltsame Art von Neugier, teilweise gespeist aus Zuneigung, teilweise aus Neid.

»Offiziell?« Elias hebt die Augenbrauen. »Mit Philosophie.«

Ich habe noch nie von einem semperanischen Philosophen gehört. »Und … inoffiziell?«, bohre ich weiter.

Er streicht nachdenklich mit dem Finger über den Rand seines Weinglases. »Euer Land ist nicht das einzige, das jemals von Magie befallen war. Auch unseres war es einmal – und wir haben uns vor langer Zeit geschworen, es nie wieder dazu kommen zu lassen.«

»Was meinst du mit ›befallen‹?«

Er schweigt und nippt an seinem Wein. »Vor vielen Jahrhunderten wurden in Connemor zwei Kinder geboren, die die Gabe hatten, ihre Gestalt zu verändern. Es heißt, das sei bloß der Anfang gewesen und dass sie schon von klein an ihre Fähigkeiten trainierten, um immer mächtiger zu werden. Ich werde dir die Einzelheiten ersparen, wichtig ist nur: Sie hatten Erfolg. Aber die Macht hat sie vollkommen trunken gemacht, bis sie schließlich das menschgewordene Böse waren.«

Ich nicke erschüttert. Es ist kaum vorstellbar, dass Caro noch machttrunkener werden könnte, noch böser, als sie längst ist. Der Gedanke lässt mich erschaudern.

»Am Ende besiegte Connemor die beiden, nach langem

Kampf und unter großen Verlusten. Ich bin nach Sempera gekommen, um so viel wie möglich über eure Bluteisenzeit zu lernen. Besser, man macht sich vertraut mit all den Arten von Magie, die sich in den dunklen Winkeln der Welt verbergen.«

Wieder denke ich an Caro, daran, dass alles, was ich über sie zu wissen glaube, mir entgleitet, je mehr ich über sie in Erfahrung bringe. Ich denke an die Königin, die eigens hergekommen war, um die Diebeshöhle niederzubrennen, als Warnung, dass sie allein in die Geheimnisse der Zeit eingeweiht ist. Daran, wie sie die Bellwood-Gelehrten ermordet hatte. »Dann kannst du Sempera für keinen sonderlich sicheren Ort halten.«

Elias schenkt mir abermals ein Lächeln. »Nichts, was auf dieser Welt wichtig ist, ist ungefährlich, Jules. Weißt du das etwa nicht?«

»Vor ein paar Wochen hätte ich dir vermutlich noch nicht zugestimmt«, murmele ich. Wieder kommen mir meine alten Träume in den Sinn: eine hübsche kleine Kate irgendwo am Rand eines Dorfes. Ein Stück Land, fruchtbar genug, um mich und meine Familie zu ernähren, und vier Wände, die uns im Winter Schutz und Wärme spenden. »Also – bist du nur aus Pflichtgefühl hier?«

»Was mich im Moment hier hält, ist nicht die Pflicht. Sondern etwas ... Persönlicheres.« Elias trinkt einen weiteren Schluck Wein und mustert mich dabei aufmerksam.

»Was?«, hake ich argwöhnisch nach.

Elias stößt einen Seufzer aus. »Mein bester Freund«, antwortet er dann, »der sich verlie–«

»Halt«, platzt es aus mir hervor, bevor er den Satz zu Ende führen kann. Ich sacke gegen meine Stuhllehne, getroffen von Elias' Worten wie von einem Geschoss.

Eine Weile sitze ich still da und lasse das ungeheuerliche Ausmaß all dessen, was ich noch immer nicht weiß, über mich hinwegbranden. Hinter meinen geschlossenen Lidern sehe ich Liams Gesicht. Als ich schließlich meine Stimme wiederfinde, ist sie rau und leise. »Bitte sprich es nicht aus. Ich habe schon so viele Menschen verloren. Ich kann … ich *darf* an so etwas nicht denken.«

Elias studiert mich weiter. Schweigen breitet sich zwischen uns aus, während wir unseren Wein trinken und den aufgehenden Mond vor dem Fenster betrachten. Ich fühle seine Worte bis in mein Inneres vordringen wie schwarze Tinte, die sich mit meinem Blut vermischt. Sie auszusprechen wäre, als würde ich ein Leuchtfeuer für Caro entzünden, für den Jäger, und Liam in den sicheren Tod schicken.

Schließlich bricht Elias das Schweigen. »Ich habe schon immer daran geglaubt, dass wir, wenn wir nur die Vergangenheit gut genug kennen, möglicherweise die Zukunft verändern können. Aber du, Jules, bist geradezu in der perfekten Lage dazu.«

»Wie meinst du das?«, frage ich nervös, denn seine Worte kommen dem, was ich insgeheim denke, erschreckend nah.

Elias zögert, und seine Miene ist undurchdringlich im schummrigen Schein der heruntergebrannten Lampen. Ich merke ihm an, dass er versucht, eine Entscheidung zu treffen, und seine Möglichkeiten abwägt. »Du weißt besser als jeder andere, dass die Vergangenheit dazu neigt, sich zu wiederholen –«

Mir entfährt ein bitteres Lachen.

»– aber das heißt nicht, dass sie sich wiederholen *muss*. Wir müssen daran glauben, dass wir die Zukunft verändern können. Was hat das Leben sonst für einen Sinn?«

Ich öffne den Mund und schließe ihn wieder, noch immer auf

der Suche nach einer Antwort. Elias' Andeutung hat etwas in mir aufgestört, aber ich wage es nicht, einen genaueren Blick darauf zu werfen. Vor mir sehe ich Caros Gesicht, ihre Augen tief flaschengrün, ihre Lippen zu einem Lächeln verzogen. Der Gedanke, den Kreislauf des Todes zu durchbrechen, erschüttert mich bis ins Mark.

»Sei zumindest versichert, dass ich dir helfen will, Jules. Liam ist wie ein Bruder für mich.« Wieder greift er zu seinem Glas, und ein verschlagenes Grinsen breitet sich über sein Gesicht. »Oder vielleicht ist mir auch bloß langweilig. Trotzdem, denk nur an die Möglichkeiten, an das, was du zu tun imstande wärst.« In seiner Stimme liegt eine Mischung aus tödlichem Ernst und Belustigung. Seine Worte jedoch wirken sonderbar vertraut, und mir fällt wieder ein, dass Caro etwas ganz Ähnliches zu Antonia gesagt hat. »Wenn ich deine Fähigkeiten besäße –«

»Tust du aber nicht«, unterbreche ich ihn barsch. »Und darum hast du auch keine Ahnung, was das bedeutet.«

Ich rechne damit, dass Elias abermals lacht, doch er starrt mich nur an. »Du hast recht, Einfach-Jules«, erwidert er gelassen. »Dann sag mir: Wie hast *du* vor, sie einzusetzen?«

Ein Bild steigt vor mir auf, unvermittelt und gestochen scharf, und fährt mir wie ein glühender Dorn unter die Haut. Es zeigt eine Szene aus der Zukunft – einer Zukunft, in der ich gescheitert bin, in der Caro ihr Herz und ihr Leben zurückerlangt hat und in der die Leichen aller Menschen, die ich je geliebt habe, unter der kalten Erde begraben liegen.

Wenn mein Dasein einen Sinn hat, dann den, diese Zukunft zu verhindern. Ich hole tief Luft. »Ich werde die Waffe finden, mit der Caro getötet werden kann. Und sollte sie mich vorher aufspüren, sterbe ich lieber, als mich wieder von ihr gefangen nehmen zu lassen.«

Elias runzelt die Stirn.

»Versprich mir eines«, fahre ich eindringlich fort. »Versprich mir, dass du mich tötest, bevor sie mich noch einmal erwischt, bevor sie mit meiner Gabe experimentieren kann, mir Blut abzapft oder jeden, der mir etwas bedeutet, foltert, in der Hoffnung, damit meinen Willen zu brechen, denn irgendwann wird es ihr gelingen.«

Elias rutscht unbehaglich auf seinem Stuhl hin und her. »Jules –«

»Ich will nur –« Meine Kehle ist ganz rau, und ich gerate ins Stammeln. »Es ist nur eine Frage der Zeit, bis Caro herausfindet, dass er mir hilft, wenn sie es nicht längst weiß. Vergiss nicht, dass sie ihre Macht zurückerlangen wird, wenn sie mich besiegt, und dann endet ihre Herrschaft vielleicht niemals. Wer weiß, bis in welche Gebiete sie sie dann ausdehnen wird.«

Elias blinzelt und wirkt zum ersten Mal ernsthaft betroffen. Er senkt den Blick. Aber er sagt nicht Nein.

»Versprich es mir. Wenn nicht für die Menschen in Sempera, dann tu es für Liam. Dir ist genauso sehr daran gelegen wie mir, dass er überlebt«, füge ich leise, aber nachdrücklich hinzu.

Mein Herz pocht wie verrückt, während Elias mehrere Schlucke Wein trinkt.

»Ein Mensch kann überleben, ohne wirklich zu *leben*, und ich weiß nicht, ob Liam ein Leben ohne dich wollen würde«, entgegnet er sanft. Als er sein Glas leert, landet ein Tropfen Wein auf seinem Hemd und hinterlässt dort eine dunkelrote Spur. »In Ordnung, Jules. Du hast mein Wort.«

Danach scheint es nichts mehr zu sagen zu geben. Doch wie sich herausstellt, ist das auch gar nicht nötig, denn mit einem Mal erscheint wie aus dem Nichts etwas Kleines, Glitzerndes in der Luft und segelt in der bedeutungsschweren Stille über unsere Köpfe hinweg. Einen Moment lang denke ich fast, es ist eine Sternschnuppe, bis das Objekt von einem der Wandteppiche abprallt und klimpernd zu Boden fällt. Das Gesicht der toten Königin starrt zu uns herauf, geprägt in Blut und Eisen und Zeit.

Eine Bluteisenmünze.

Elias geht hinüber und hebt sie auf. Verblüfft betrachtet er den Taler in seiner Hand, dreht ihn hin und her.

Er tritt an die Öffnung in der Mauer und späht in die Nacht hinaus. Nach einem Moment schüttelt er den Kopf. »Es ist zu dunkel –«

Leise Schritte ertönen erst unter uns, dann auf der Treppe. Mir läuft ein kalter Schauer über den Rücken.

Kurz darauf klopft es an der Tür.

19

»Wer außer uns weiß noch von diesem Ort?«, zische ich und weiß nicht, ob ich erschrocken oder empört sein soll.

»Niemand.« Elias, wie immer kaum aus der Ruhe zu bringen, legt die Münze auf den Tisch. Doch mir entgeht nicht, wie er unter seinem edlen Wams die Hand auf seinen Dolch legt.

Mit klopfendem Herzen wende ich mich der Tür zu. Zum ersten Mal erscheint mir der Zauber der Diebeshöhle wie ein dürftiger Schutz, und ich fühle mich ausgeliefert. Ich sehe Elias an und denke an den Jäger vor dem Bellwood-Tor.

Er zuckt mit den Schultern. *Deine Entscheidung*, sagt sein Blick.

Mein Mund ist trocken, aber ich habe nicht vor, mich zu verkriechen wie eine Maus, hier, in meinem eigenen Zuhause. Wer auch immer vor der Tür steht, muss etwas von mir besitzen.

Ich umfasse den Dolch an meinem Gürtel und schließe für einen Moment die Augen, um nach der Zeit in meinem Blut zu tasten, für den Fall, dass ich von meiner Gabe Gebrauch machen muss. Dann öffne ich die Tür und pralle gleich darauf zurück beim Anblick der weiblichen Gestalt in der Dunkelheit. *Caro*.

Nein, wird mir dann klar, als ich langsam Einzelheiten erkenne – hochgewachsen, dunkle Haut, Schulrobe. Das ist nicht

Caro. Und erst recht nicht der Jäger. Es ist Stef. Sie legt den Kopf schief, und ihr Blick wandert meinen Arm hinunter bis zu meiner Hand auf dem Griff des Dolches.

Hastig lasse ich ihn los. »Tut mir leid. Du hast uns erschreckt.«

Stef hebt die Schultern zu einer wortlosen Entschuldigung. »Ich dachte, die Münze wäre Warnung genug. Ich wollte dich nicht in einem ungünstigen Moment mit Liam Gerling überraschen.« Mein Mund klappt auf. Stef wendet sich Elias zu. »Connemor. Was habe ich dein hübsches Gesicht vermisst.«

Elias schmunzelt, doch seine Haltung bleibt angespannt. »Gleichfalls, kleine Hexe. Liam ist nicht da.«

Stef grinst mich an. »Linfort auch nicht. Darum halten wir ein geheimes Treffen in einem der Tunnel ab. Wie wär's mit einem kleinen Ausflug, wo doch dein Gefängniswärter gerade außer Haus ist?«

Ich will schon Luft holen, um Liam zu verteidigen – schließlich will er nur mein Bestes –, aber bevor ich etwas erwidern kann, hebt Stef die Augenbraue, als ahnte sie bereits, was ich sagen will, und wäre nicht interessiert.

»Komm schon«, drängt sie. »Dein Zeitzauber hier drin ist ja ganz nett, aber bei dieser unglaublichen Bewegungsfreiheit hier drin« – sie durchquert das Zimmerchen mit übertrieben großen Schritten … und wirbelt dann mit wehendem Mantel wieder zu uns herum – »wär's ja vielleicht nicht übel, mal für eine Weile rauszukommen, oder?«

Ich nicke zögernd, insgeheim froh, dass sie nach der gescheiterten Blutrückführung und nachdem sie in meinem Notizbuch gelesen hat, noch Zeit mit mir verbringen will. Außerdem hat sie recht – ein erwartungsvolles Kribbeln durchläuft mich bei der Vorstellung, die Diebeshöhle zu verlassen und für eine Weile den roten Fluss mitsamt den Erinnerungen, die er heraufbeschworen hat, zu vergessen, genau wie den Jäger. Stef grinst und sieht dann Elias an.

»Nicht dass ich was dagegen hätte«, meldet dieser sich nun schmunzelnd zu Wort. »Da wäre lediglich das winzige Problem, dass Jules die meistgesuchte Person in ganz Sempera ist –«

»Niemand weiß, dass sie hier ist«, fällt Stef ihm ins Wort. »Und auf einer Feier würde sie erst recht niemand vermuten.« Aus ihrem Beutel fördert sie ein samtenes Etui zutage, das sie aufklappt, während sie um den Tisch herum auf mich zukommt. Zuerst erwarte ich, dass es irgendwelche Zaunhexen-Utensilien enthält, doch dann erkenne ich eine Reihe von gläsernen Fläschchen mit hautfarbener Schminke, Dosen mit Pudern und Bündel von Pinseln.

»Du darfst dich uns gern anschließen«, sagt sie über ihre Schulter zu Elias, »aber glaub ja nicht, dass ich dir was hiervon abgebe. Bei dir ist sowieso nichts mehr zu retten.« Dann wendet sie sich wieder mir zu und grinst. »Setz dich.«

Nervös umklammere ich die Lehne des Stuhls, hinter dem ich stehe. »Glaubst du wirklich, das funktioniert?« So verlockend der Gedanke ist, für ein paar Stunden die Diebeshöhle zu verlassen, bei der Vorstellung, dass ich mich, getarnt nur durch ein bisschen Schminke, unter fremde Menschen wagen soll, fühle ich mich jetzt schon völlig nackt.

»Ich *weiß*, dass es funktioniert«, erwidert Stef.

Ungeduldig rückt sie mir den Stuhl zurecht, und ich setze mich. Elias sieht zu, und ein rätselhaftes kleines Lächeln umspielt seine Mundwinkel, während Stef sich ans Werk macht. Ich habe keinen Spiegel zur Hand, doch schon bald sehe ich ein zufriedenes Lächeln auf Stefs Gesicht und Staunen in Elias'. Ich muss an den Abend denken, an dem ich mit Ina und Caro nach Laista gefahren bin, um Inas anstehende Hochzeit zu feiern, daran, wie die beiden mich geschminkt und in einen völlig anderen Menschen verwandelt haben. An die warmherzige Gemeinschaft zwischen uns, bevor ich die Wahrheit herausfand und alles in sich zusammenbrach.

Nach einer Weile legt Stef ihre Pinsel hin. Der Tisch ist übersät mit Fläschchen und offenen Puderdosen. Stef zieht eine meiner Haarsträhnen lang und sieht nachdenklich zu, wie die rötlichbraune Locke zurück in Form springt. Ein Leuchten tritt in ihre Augen, und sie wühlt abermals in ihrem Etui, bis sie triumphierend eine Phiole mit einem weiteren geheimnisvollen Elixier hochhält. Sie träufelt ein wenig davon auf einen Kamm – es duftet nach Rosen –, und nachdem sie ihn durch mein Haar gezogen hat, fällt es mir plötzlich glatt und glänzend über die Schultern.

Schließlich holt sie einen kleinen Spiegel hervor und hält ihn mir vors Gesicht. »Inkognito genug?«

Ich reiße verblüfft die Augen auf und nehme ihr den Spiegel aus der Hand, um mich eingehender zu betrachten.

Der Unterschied ist schwer zu benennen, irgendwie sehe ich einfach anders aus. Älter. Meine Wangenknochen und Augenbrauen sind stärker betont, meine blasse Haut und die Ringe unter meinen Augen überdeckt. Niemand würde auf die Idee kommen, dass ich den Nachmittag damit verbracht habe, mich in einem Fluss vor dem Jäger zu verstecken. Meine Lippen sind voll und rot. Ich sehe aus wie fünfundzwanzig, die Wangen rosig vor Bluteisen, alles an mir wirkt fremd und neu und elegant.

Liam wäre außer sich vor Wut, wenn er wüsste, was ich

vorhabe, aber gleichzeitig wünsche ich mir, er könnte mich so sehen. Dass wir beide ganz normale Schüler wären, die sich nachts gemeinsam davonschleichen, um tanzen zu gehen. Und obwohl ich weiß, dass es niemals so sein könnte, klammere ich mich verzweifelt an den Gedanken.

»Wirklich beeindruckend«, gesteht nun auch Elias. Er sieht mich an. »Jules, ich bin nicht dein Aufpasser. Wenn du wirklich zu dieser Feier möchtest, dann gehen wir.«

Mein Herz fängt an zu klopfen. »Ja, ich möchte.«

Beschwingten Schritts führt Stef Elias und mich über das dunkle Schulgelände. Obwohl es schon spät sein muss, sind noch immer Schüler unterwegs von der Bibliothek zu ihren Wohnhäusern oder schlendern in kleinen Grüppchen durch die Innenhöfe. Gelächter erfüllt die Abendluft. Vor lauter Aufregung habe ich Gänsehaut, doch genau wie Stef vorhergesagt hat, schenkt uns niemand Beachtung. Sie steuert auf eines der Wohngebäude zu. Drinnen gehen wir eine Treppe hinunter und landen in einem dunklen Steintunnel.

Ich lache beklommen. »Wohin führst du uns denn?«

»Keine Sorge, Jules.« Zu meiner Überraschung ist es Elias, der mir antwortet. »Es gibt unzählige Tunnel unter der Schule. Ursprünglich wurden sie gebaut, damit man bei Schnee leichter von einem Gebäude zum anderen gelangt, aber heute dienen sie hauptsächlich anderen Zwecken.« Er grinst, und seine weißen Zähne strahlen im Schein der Fackeln an den Wänden. Und wie zur Bestätigung seiner Worte höre ich Stimmen von irgendwo vor uns im Tunnel, Musik, Lachen. Stef wendet sich in Richtung der Geräusche, und Elias und ich folgen ihr, bis wir eine Stelle erreichen, an der mehrere Tunnel aufeinandertreffen.

Dort tummeln sich Schüler, die inzwischen ihre Roben abgelegt haben und normale Kleider und Westen tragen. Auf einem langen Tisch an der Wand steht eine Auswahl an Flaschen bereit, Bier, Wein und Madel, und in einer Ecke sitzen zwei Mädchen mit Geige und Trommel und machen Musik. Nach jedem Lied rufen die Umstehenden ihnen zu, was sie als Nächstes spielen sollen – »Die Wache der Königin«, »Eine Stunde für die Liebe«. Alle begrüßen einander und umarmen sich lachend.

Die Musik hallt von den Wänden wider, überlagert sich selbst, und die Leute tanzen dicht aneinandergedrängt. Diese Feier hat nichts mit dem eleganten Ball bei Inas Krönung gemeinsam oder der Taverne in Laista. Alles hier ist laut, eng, dunkel, berauschend. Zu laut, um einzelne Stimmen auszumachen und zu dunkel, um Gesichter zu erkennen. Ich entspanne mich ein wenig.

Hierherzukommen war ein Risiko, das ist mir klar, doch der Lärm drängt meine Angst ganz an den Rand meines Bewusstseins. Stef hatte recht. Wer würde damit rechnen, ausgerechnet hier Jules Ember zu begegnen?

Elias geht zum Tisch und kommt mit einem alten Zinnbecher voll Rotwein zurück, den er mir reicht. Ich nehme einen Schluck, und Wärme breitet sich in mir aus. Zum Reden ist es zu laut, also stellen wir uns an die Wand und beobachten das Treiben. Ich habe keine Ahnung vom Tanzen, verspüre jedoch den starken Drang mitzumachen, als übte die Musik eine magnetische Anziehungskraft auf mich aus.

Ich versuche zu widerstehen und bleibe dicht an Elias' Seite. Da erspähe ich Stef in der Menge. Das schummrige Licht legt einen zarten Glanz auf ihre dunkle Haut, während sie eng mit einem hübschen blonden Mädchen tanzt. Ihre Füße bewegen sich nach einem komplizierten Muster, so schnell, dass ich kaum folgen kann. Einmal fängt Stef meinen Blick auf und zwinkert mir zu. Ich kann ein Grinsen nicht unterdrücken.

Hier unten, wo niemand meinen Namen oder mein Gesicht kennt, kann ich mir beinahe einreden, dass ich jemand anders sein werde, wenn ich mich wieder an die Oberfläche begebe. Nicht die Alchimistin, nicht einmal Jules Ember. Als könnte ich mich einfach in eines der vielen anderen Mädchen hier verwandeln, das sich im Mondschein auf den Weg in ein weiches Bett unter einem sicheren Dach macht. Das eine Vergangenheit und eine Zukunft hat, ohne Blutvergießen und nicht in einer Sprache geschrieben, die es selbst nicht versteht.

Als das Lied endet, kommt Stef zurück zu uns, gefolgt von dem blonden Mädchen und drei weiteren Schülerinnen. Alle blicken sie erwartungsvoll an.

»Los, zaubere uns was vor!«, fordert ein Mädchen sie auf. »Ruf die Zauberin herbei, damit sie unsere Feier beehrt!«

Mein Herz setzt kurz aus. Ich bemühe mich, mir nichts anmerken zu lassen, doch auch Elias neben mir richtet sich kerzengerade auf.

»Wein! Ich brauche einen Becher heißen Wein!«, ruft Stef. Das blonde Mädchen flitzt los und kommt gleich darauf mit einem dampfenden Holzkrug zurück. Sie drückt ihn Stef in die Hand.

»Kommt näher«, raunt Stef geheimnisvoll in die Runde. Immer mehr Schüler versammeln sich um uns, und fremde Schultern pressen sich gegen meine. Seit meiner Zeit als Küchenmädchen auf Everless war ich nicht mehr von so vielen Menschen umgeben, und das Gefühl ist beängstigend und tröstlich zugleich.

Stef hält einen bronzenen Wochentaler hoch und lässt ihn in den heißen Wein fallen, wo er sich leise zischend auflöst. Ich zwinge mich zu lächeln wie alle anderen, aber in mir herrscht immer noch helle Aufruhr. Als Nächstes öffnet Stef die andere Hand, und ich erkenne dunkle Eisbeeren darin mitsamt ihren silbern glänzenden Blättern. Ich zittere beim Gedanken daran, was Caro mir über diese Pflanze erzählt hat – dass sie nur an Orten wächst, die die Zauberin betreten hat. Keine Stunde scheint zu vergehen, in der ich nicht an sie erinnert werde.

Stef ballt kräftig die Faust und lässt dann die zerdrückten Beeren ebenfalls in den Becher fallen, genau wie sie es bei meiner Blutrückführung getan hat. Der Wein nimmt einen eigenartigen Geruch an, metallisch und betörend. Unwillkürlich beuge ich mich genau wie alle anderen neugierig vor, um zu sehen, was als Nächstes passiert.

»Eisbeeren und Bluteisen, sorgsam vermischt«, verkündet Stef in dunklem Singsang. »Die vereinten Kräfte von Alchimist und Zauberin.«

Mir entfährt ein Keuchen, und ich tarne den Laut hastig als Hustenanfall, als ein Junge mit Lockenkopf mich skeptisch mustert. Ich bin so lange nicht mehr unter Menschen gewesen, dass ich nicht einordnen kann, ob Stef mich mit dieser Scharade bloß ärgern will. Ich werfe ihr einen strafenden Blick zu, doch sie hat die Augen geschlossen und murmelt irgendetwas, das nach Altsemperanisch klingt. Unwillkürlich umklammere ich Elias' Arm. »Was hat sie vor?«

Elias verdreht die Augen. »Nichts. Eisbeeren verbessern lediglich den Geschmack dieses billigen Weins. Das macht sie auf jeder Feier, um die neuen Schüler zu beeindrucken. Mit großem Erfolg.«

Mein Lachen klingt selbst in meinen Ohren gezwungen. Ich ziehe Elias fort von der Gruppe zu den Tanzenden. Die Musikerinnen haben soeben zu einem neuen Stück mit einer lebhaften, fröhlichen Melodie angesetzt, und nachdem ich ein wenig Wein getrunken habe, kommen mir die Tanzschritte nicht mehr ganz so kompliziert vor. Elias fasst mich bei der Hand und wirbelt mich wieder und wieder im Kreis herum. Als sich die Menge kurz teilt, erhasche ich einen weiteren Blick auf Stef, die nun vor den Augen ihres ergebenen Publikums selbst einen Schluck von ihrem Wein trinkt.

Elias, der sich inzwischen zu einer Gruppe Tanzender gesellt hat, bemerkt nicht, wie ich mich unauffällig zurück in Stefs Richtung bewege. Mein Blut fühlt sich warm an, mein Herz leicht. Ihren geröteten Wangen und dem Funkeln in ihren Augen nach zu urteilen, scheint es Stef ähnlich zu gehen, die nun, einer ausgeklügelten Choreografie folgend, mit wedelnden Armen den Dampf zerteilt, der von ihrem Becher aufsteigt. Beim Anblick ihrer gebannten Zuschauer breitet sich eine seltsame Mischung aus Neid und Traurigkeit in mir aus. Für sie ist Stefs Magie nichts als eine nette kleine Abendbelustigung.

Ich dränge mich zurück in die Runde und fasse Stef beim Arm. »Ich brauche frische Luft«, schreie ich ihr ins Ohr. Der Geräuschpegel ist seit unserer Ankunft stetig gestiegen, und der Tunnel hat sich mehr und mehr gefüllt. »Kommst du mit?«

Unwirsch über die Störung dreht Stef sich um. Als sie jedoch sieht, dass ich es bin, zwinkert sie dem blonden Mädchen zu. »Ich bin gleich wieder da«, sagt sie. »Versuch, mich nicht allzu sehr zu vermissen.«

Nachdem sie ihre Sachen zusammengepackt hat – die übrig gebliebenen Eisbeeren verstaut sie in einer versteckten Innentasche ihres Hemds –, ziehe ich sie in einen der angrenzenden Tunnel. Kichernd gehen wir an einem eng umschlungenen Pärchen vorbei, das sich ebenfalls dorthin geschlichen hat. Als die beiden außer Sicht sind, bleibt Stef stehen, lässt sich an der Wand hinuntergleiten und wischt sich mit dem Handrücken über die Stirn. Noch immer dringen Musik und Stimmen zu uns herüber, aber hier ist es ruhiger, friedlicher. Ich bin froh, mich nach all der Aufregung ein wenig sammeln zu können, und setze mich neben sie.

»Hast du irgendwas Interessantes in meinem Notizbuch gefunden?«, frage ich, beflügelt durch den Wein.

Sie zuckt mit den Schultern. »Ich habe es nicht gelesen.«

Ich ziehe verwirrt die Stirn kraus. Stef lacht.

»Ich wollte Liam Gerling bloß ein bisschen piesacken.« Ihre Stimme trieft vor Verachtung, als sie Liams Namen ausspricht.

»Was hast du eigentlich gegen ihn?«, frage ich, ohne nachzudenken. Dann wird mir klar, wie meine Frage geklungen haben muss, und ich füge hastig hinzu: »Ich meine, ich kann dich verstehen. Ich mochte ihn auch nicht. Bis vor Kurzem.«

Stef mustert mich mit einem wissenden Lächeln.

Röte stiehlt sich in meine Wangen, und ich blicke auf meine Hände hinunter. »Aber stammst du nicht selbst aus einer der fünf Familien?«

»Nicht offiziell. Trotzdem hast du natürlich recht.« Sie seufzt und lehnt den Kopf zurück. Leise Musik durchdringt die Stille, und die Töne scheinen um uns herabzurieseln wie feine Regentropfen. »Ich hatte nur immer gedacht, wenn ich jemals der Alchimistin begegnen würde, wäre meine Mutter bei mir.«

Ich deute mit dem Kinn zurück in Richtung der Feiernden.

»Willst du damit dein Leben verbringen? Mit Schwindeleien und Tricks für Menschen, die deine Magie gar nicht wirklich zu schätzen wissen?«

Stef stößt ein Lachen aus, doch es liegt eine gewisse Härte darin. »Wie der Zufall es will, mag ich meine kleinen Tricks«, verteidigt sie sich. »Ich hoffe übrigens, du hast mir die Einlage mit den Eisbeeren nicht übel genommen, die über den Alchimisten und die Zauberin. Die gehört einfach zum Programm.« Sie schenkt mir ein wehmütiges Lächeln. »Eben hatte ich kurz vergessen, dass ich mich ja heute in ganz besonderer Gesellschaft befinde.«

»Ist schon in Ordnung«, antworte ich automatisch und stelle erst dann fest, dass ich es tatsächlich ernst meine. Vielleicht sollte ich in Bezug auf meine Vergangenheit empfindlicher sein, aber ich fühle mich dieser fröhlich-verbitterten Hexe seltsam verbunden. »Und wer weiß«, sage ich dann bemüht vergnügt, um die Sehnsucht in meiner Stimme zu verbergen, »es wäre ja möglich gewesen, dass die Eisbeeren etwas in mir wachrufen.«

Stef wirft mir einen Seitenblick zu. »Ich habe vorhin nicht gelogen, Jules. Ich weiß wirklich nicht, wie ich dir helfen soll. Es tut mir leid. Aber mir ist jemand anders eingefallen, der es vielleicht kann.«

»Ja?« Mein Herzschlag beschleunigt. »Wer?«

»Mein Cousin, Joeb. Seine Mutter, meine Tante Althea, war eine der mächtigsten Zaunhexen in unserer Familie. Sie ist … unter mysteriösen Umständen ums Leben gekommen.«

Mir wird flau im Magen. »Unter was für Umständen?«

»Von außen wirkte es so, als wäre sie an Altersschwäche gestorben, als wäre schlicht ihre Zeit abgelaufen, aber wir alle wussten, dass sie jede Menge Bluteisen angespart hatte. Und eine Verwandte hat erzählt, aus Altheas Haus hätten Dinge gefehlt, alte Briefe und rituelle Gegenstände.«

Caro, denke ich finster. Die Wirklichkeit bricht über mich herein und übertüncht den ausgelassenen Feierlärm, der durch den dunklen Tunnel zu uns herüberweht. »Das tut mir leid.«

Stef zuckt mit den Schultern, eine knappe, kontrollierte Geste, und ich weiß, dass sie sich nur so gleichgültig gibt. Wie oft habe ich schon dasselbe getan?

»Wir standen uns nicht nahe«, winkt sie ab. »Althea und Joeb waren ziemlich exzentrisch, noch mehr als der Rest der Familie.« Sie senkt den Blick. »Aber wie du dir denken kannst, hat die Sache uns alle nervös gemacht.«

»Hat Joeb ihre Gabe geerbt?«

Stef schüttelt den Kopf. »Meines Wissens nicht. Aber er führt unseren Familienstammbaum, bis zurück in die Zeit von Alchimistin und Zauberin. Wenn du dich mit ihm gutstellst, gewährt er dir vielleicht ein paar Einblicke. Außerdem geht das Gerücht um, dass er seltene Artefakte sammelt und damit Handel treibt – hauptsächlich wirkungslose Heilmittel und Zauberutensilien, aber er könnte etwas über deine Waffe wissen.«

Ich lache. »Glaub mir, ich ergreife jede Chance, die sich bietet.«

Stef lächelt zurück. »Ich bin froh, dass du hier bist, Jules.« Sie zieht etwas aus ihrer Innentasche und hält es ins Licht. Zuerst denke ich, es wäre eine weitere Eisbeere, aber nein – es ist ein kleiner, glatt polierter grauer Stein, der grob in Form eines Gesichts geschliffen ist.

»Den hier hat meine Mutter mir gegeben«, erklärt Stef und

drückt mir den Stein in die Hand. Er ist kühl, beinahe kalt, obwohl er in ihrer Tasche gesteckt hat. »Sie hat gesagt, er solle mich daran erinnern, dass das Böse sich nicht immer hinter dem Gesicht verbirgt, hinter dem man es erwartet. Seither hat er mich beschützt.« Sie errötet und schlägt die Augen nieder. »Zeig ihn Joeb, wenn du zu ihm gehst, dann denkt er, du gehörst zur Familie.«

Während sie mir den Weg zu Joebs Bauernhaus beschreibt, betrachte ich den kleinen Stein genauer, bemüht, mir meine Verwirrung nicht anmerken zu lassen. Der Schliff ist denkbar einfach, bestehend aus einer länglichen Erhebung für die Nase und kleinen Kerben für Augen und Mund, ganz ähnlich wie bei der Zauberinnenfigur, die zu Hause bei Papa und mir auf dem Fensterbrett stand.

Ein lautes Geräusch lässt uns beide zusammenschrecken. Rufe erheben sich über das Stimmengewirr auf der Feier, und im nächsten Moment gerät die Musik ins Stocken. Bevor ich einen klaren Gedanken fassen kann, bin ich aufgesprungen und habe mein Messer gezogen. Auch Stef steht auf, und wir wechseln einen besorgten Blick, bevor sie sich umdreht und zurück durch den Tunnel marschiert. Um nicht allein in der Dunkelheit zu bleiben, folge ich ihr.

Als wir die Abzweigung erreichen, an der die Feier stattgefunden hat, ist die Musik vollends verstummt. Ein Großteil der Gäste hat sich mit dem Rücken zu uns auf der Tanzfläche versammelt. Aufgeregtes Gemurmel übertönt jeden Hinweis darauf, was in ihrer Mitte vor sich geht. Stef, die noch immer voranstürmt, bahnt sich mit den Ellenbogen einen Weg, und ich husche hinterher.

Dann steht er vor mir.

Liam.

Als er mich sieht, blitzen seine Augen vor Wut. Er scheint regelrechte Wellen von Hitze auszusenden, als er mich beim Arm packt und in einen der Tunnel zieht.

»Spar dir deine vorwurfsvollen Blicke. Du übertreibst maßlos, Liam«, zische ich ihm zu, obwohl ich weiß, dass es nicht stimmt.

Elias folgt uns und winkt unsicher einigen der Feiernden zum Abschied zu, die uns neugierig hinterherstarren. Als wir außer Hörweite sind, bleibt Liam stehen und fährt zu mir herum. Obwohl er wütend ist – um nicht zu sagen fuchsteufelswild –, erfüllt mich sein Anblick mit Erleichterung.

»Dir geht es gut«, rutscht es mir heraus.

»*Noch.* Kurz bevor das Bankett beginnen sollte, hat der Jäger den Auftrag erhalten, die Zimmer der Schüler zu durchsuchen.« Seine Augen blitzen. »Wir müssen hier weg. Ich hätte mich nie von euch beiden breitschlagen lassen sollen. Hast du deine Sachen?«

Ich hebe meinen Beutel und fühle das Gewicht des Notizbuchs darin. »Ja, und ich weiß auch schon, wohin wir als Nächstes müssen. Stef hat mir von einer Zaunhexe erzählt, einer Verwandten namens Althea, die letztes Jahr unter mysteriösen Umständen gestorben ist. Gut möglich, dass Caro dahintersteckt.«

Liam blickt mich finster an. »Jules, wir müssen *Sempera* verlassen, nicht Bellwood.«

»Und was ist mit Althea?«

»Wahrscheinlich ist sie bloß einem Bluträuber zum Opfer gefallen.«

Mein normales Leben mit Papa liegt so lange zurück, dass

es beinahe tröstlich ist, an all die nicht magischen Gefahren erinnert zu werden, die einem in Sempera widerfahren können. Bluträuber, die in den Wäldern und Dörfern ihr Unwesen treiben und Menschen für die Zeit in ihrem Blut töten. »Nein, es war kein Bluträuber. Jemand hat ihr die Zeit *entzogen*. Aber ihr Sohn ist noch am Leben. Wir –«

»Dieser Hinweis ist doch keinen Stundentaler wert.«

Mich packt Ärger bei dieser Redewendung, die nur Adlige benutzen, Menschen, denen eine einzelne Stunde nichts wert ist. »Du irrst dich. Es *war* Caro. Und es muss mit der Waffe zu tun haben.« Meine Gedanken überschlagen sich. Warum sonst hätte Caro eine Frau töten sollen, die ich nicht einmal kannte, anstelle von einem Menschen, den ich liebe oder der zumindest in irgendeiner Verbindung zu mir steht? »Sie hat alle meine Verbündeten ermordet. Und Altheas Sohn hat die Aufzeichnungen seiner Mutter gesammelt. Vielleicht weiß er etwas über den Dolch oder den roten Fluss. Caro muss einen Grund gehabt haben, die Frau zu töten.«

»Einen *Grund*?«, wiederholt Liam schneidend. »Langsam solltest du wirklich begriffen haben, dass Caro nie einen Grund braucht, um einen Mord zu begehen. Wenn es wirklich sie war, dann hat sie es vermutlich aus Langeweile getan.«

Ich öffne den Mund, um anzumerken, dass ich Caro weitaus besser kenne als er, doch die Worte bleiben mir im Hals stecken, als Roans Gesicht vor meinem inneren Auge erscheint. Ihn hat Caro getötet, um mir das Herz zu brechen, und ist gescheitert. Doch dann sehe ich ein weiteres Bild vor mir – die Königin, den Kopf zurückgerissen, das Gesicht aschfahl, Blutspritzer auf Lippen und Zähnen. Womit hatte sie es verdient, durch Caros Hand zu sterben?

Liam stößt einen seltsam erstickten Laut aus, und bevor ich weiß, wie mir geschieht, umfasst er mit beiden Händen meine Oberarme und zieht mich an sich. Ich spüre, wie er zittert.

»Hör zu«, sagt er, und seine Stimme klingt schmerzerfüllt und verzweifelt. »Morgen werden Horden von Soldaten nach Bellwood kommen, sie werden alles durchkämmen. Wir sind hier nicht mehr sicher. Nirgends in Sempera. Ich habe uns in der Nähe ein Zimmer im Gasthaus ›Zur grünen Stunde‹ gebucht. Dort werden wir die Nacht verbringen, und morgen früh brechen wir gemeinsam mit Elias auf und versuchen, so schnell wie möglich nach Connemor zu gelangen.«

Eine Sekunde lang bin ich kurz davor, Ja zu sagen, seine Hand zu nehmen und mich von ihm an ferne Ufer entführen zu lassen. Mit einem Mal erscheint mir der Tunnel zu eng für die Spannung, die sich zwischen uns aufbaut, für den frustrierten Schrei, der sich in meiner Kehle zusammenbraut. Nur dass es kein Schrei ist – sondern eine Frage, einfach und von gleißender Klarheit.

Liebst du mich?

Ich stoße Liam mit aller Kraft von mir. »Ich gehe nicht mit dir.«

»Und ich gehe nicht ohne dich«, entgegnet er, und es ist, als würde das Dunkel seiner Augen zu Eis erstarren. Ich erkenne den grausamen Zug um seine Lippen, und in diesem Moment begreife ich, dass er plant, mich mitzunehmen, selbst wenn er es gegen meinen Willen tun muss, genau wie er mich schon einmal von Everless fortgebracht hat.

Doch diesmal liegt die Entscheidung nicht bei ihm.

Ich weiche zurück und reiße die Hände hoch, um ihn mitten in der Bewegung zu stoppen. Hinter ihm bleibt Elias, wie angewurzelt, stehen. Keiner von ihnen kann die Zeitblase verlassen, die meinen Handflächen entströmt und die beiden wie in unsichtbare Fesseln legt.

Ich drehe mich um und stürme davon.

20

So gut es in der Dunkelheit möglich ist, folge ich Stefs Wegbeschreibung. Zu meinem Glück ist der Nachthimmel wenigstens klar, und der Mond erhellt die grob skizzierte Karte, die sie mir mitgegeben hat.

Nach etwa einer Stunde Fußmarsch erreiche ich offenes Ackerland. Der Anblick der frisch umgepflügten Furchen erinnert mich an den kleinen Hof, den Papa und ich früher in Crofton bewirtschaftet haben, und in meinem Hals bildet sich ein Kloß. Vor mir kann ich die Silhouette eines kleinen, windschiefen Häuschens ausmachen, hinter dessen leinenverhängtem Fenster schwaches Licht brennt.

Nervös hebe ich die Hand und klopfe. Niemand antwortet, also drücke ich vorsichtig die Klinke hinunter. Die Tür ist nicht verschlossen und schwingt bereitwillig auf.

Drinnen riecht es bitter nach verbrannten Kräutern und feuchter Erde. Einen Moment lang bleibe ich in der Dunkelheit stehen und lausche. Das schummrige Licht rührt von einer einzigen Kerze her, die sich etwa auf Hüfthöhe in der Mitte des Raums befindet und sachte im Luftzug flackert.

Zögernd gehe ich weiter. Der Mondschein hinter mir verlischt wie eine ausgeblasene Lampe.

Als sich meine Augen an die Dunkelheit gewöhnen, erkenne ich, dass jemand in der Mitte des Zimmers aus kunstvoll angeordneten Kräutern, farbigen Glasfläschchen und der einsamen Kerze eine Art Schrein errichtet hat. Ich erinnere mich, bei der Zaunhexe in Crofton ähnliche Arrangements gesehen zu haben, allesamt von trauernden Verwandten in Auftrag gegeben und mit Bluteisen bezahlt. Der einzige Unterschied besteht darin, dass die Gaben auf diesem Tisch irgendwie echter wirken, die Zusammenstellung durchdachter, auch wenn ich nicht recht sagen könnte, was genau diesen Eindruck in mir weckt. Vielleicht entspringt er auch bloß meiner Angst oder meiner Entschlossenheit, diesem Ausflug einen Sinn zu geben und mich in meinem Vertrauen in Stef bestätigt zu sehen, obwohl Liam mich vor ihr gewarnt hat.

Kurz vor dem Schrein bleibe ich stehen. Von Nahem erkenne ich, dass alles darauf mit einer Schicht Goldpuder bedeckt ist. Das Glitzern lockt mich noch näher, und ich strecke einen Finger aus, um ein wenig von dem Staub aufzunehmen. Ich spüre die Wärme der Kerzenflamme, und ein seltsamer, unerwarteter Schauder überläuft mich.

Hinter mir räuspert sich jemand.

Ich wirbele herum.

Vor mir steht ein Mann. Er ist groß, und obwohl er breite Schultern hat, wirkt er mager. Sein Alter ist unmöglich zu schätzen. Mit seinem wilden schwarzen Haar und dem bleichen, von feinen Runzeln gezeichneten Gesicht könnte er genauso gut dreißig wie auch fünfzig Jahre alt sein. Sein Hemd, das selbst im Halbdunkel schmuddelig wirkt, hängt ihm schlaff am Körper. Als er sich abwendet, um die Lampe auf dem grob gezimmerten Esstisch zu entzünden, wabert schwacher Alkoholgeruch zu mir herüber.

Das muss Joeb sein.

Und er steht genau zwischen mir und der Tür.

Joeb starrt mich aus wässrigen, blutunterlaufenen Augen an und macht einen Schritt auf mich zu. »Wer bist du?« Er lallt ein wenig, aber seine Stimme ist volltönend und fest.

»Ich bin ... eine angehende Zaunhexe, eine entfernte Verwandte«, stammele ich, als mir gerade noch rechtzeitig Stefs Anweisung einfällt, mich als Mitglied der Familie auszugeben. Ich hoffe, er hat so viel getrunken, dass er mein Gesicht nicht von den Zeichnungen wiedererkennt, die Ina überall hat aufhängen lassen. »Als ich von Altheas Tod erfahren habe, wollte ich ...« – ich breite die Hände aus in der Hoffnung, dass er die Lücke selbst füllt, doch er sagt nichts – »mein Beileid bekunden.«

Joeb mustert mich blinzelnd. »Ich habe dich noch nie gesehen.«

Mein Herz zieht sich zusammen, als ich daran denke, wie geistesabwesend ich in den Tagen nach Papas Tod war, und ich entspanne mich ein wenig. Vielleicht ist Joeb ja ein netter Mann, sage ich mir im Stillen, während ich den Drang zu fliehen niederkämpfe. An besten sollte ich ihn nicht weiter beunruhigen, bevor ich etwas mehr über ihn in Erfahrung gebracht habe.

»Ich bin Althea nie begegnet«, sage ich leise. »Aber es kann sein, dass sie von mir gehört hat.«

»Tja, jetzt ist sie jedenfalls tot«, entgegnet Joeb barsch. Dann dreht er sich zum Schrein um. »Du hast keine Gabe mitgebracht«, sagt er. »Was willst du wirklich?«

Ich mache eine hilflose Geste, auf der Suche nach einem Weg, meine Lüge aufrechtzuerhalten. Verzweifelt klammere ich mich an das Erstbeste, was mir einfällt. Ich hoffe, dass es ihn sanfter stimmen wird, damit ich ihn nach der Waffe fragen kann, ohne seinen Unmut auf mich zu ziehen. »Ich wollte ihr die letzte Ehre erweisen und … etwas über sie erfahren.«

Joeb reißt ein Streichholz an und hält es neben mir an ein Bündel Weihrauch. Es fängt sofort Feuer und erfüllt den Raum mit süßlich-herbem Duft. Blaugraue Dunstschwaden wabern durch die Luft. »Niemand in Sempera schert sich einen feuchten Kehricht um tote Zaunhexen. Nicht seit der guten alten Zeit, und die ist vorbei. Ich schätze, du willst sie bestehlen.« Er hält inne, und ein Grinsen schleicht sich auf seine Züge. »Aber es gibt Menschen, die aus guter Absicht stehlen, und Menschen, die es aus böser Absicht tun. Zu welcher Gruppe gehörst du?«

Aus guter Absicht stehlen? Soll das eine versteckte Anspielung auf die Alchimistin sein? Sein Blick ist durchdringend, und doch enthüllt er nichts. Mir dämmert, dass Liam recht gehabt haben könnte. Mein Besuch hier ist reine Zeitverschwendung und noch dazu gefährlich, schließlich habe ich einen verrückten Trinker vor mir, auch wenn er seltsam klar bei Verstand wirkt. Ich überlege, ob ich mich davonmachen soll, ob ich schnell genug bin, um die Zeit anzuhalten und es an ihm vorbei zur Tür zu schaffen.

Aber nein, es geht nicht. Nicht, bevor ich herausgefunden habe, ob Althea etwas darüber wusste, wie Caro zu besiegen sein könnte. Ich zwinge mich, Joeb in die Augen zu sehen, und beschließe, ihm einen Teil der Wahrheit zu offenbaren. Vielleicht entlockt meine Direktheit ihm ja eine Antwort.

»Ich glaube, ich weiß, wer Althea getötet hat«, beginne ich. Seine Augen werden rund, und er weicht einen Schritt zurück. »Und ich möchte wissen, warum sie sterben musste.«

Joeb erwidert noch eine Weile herausfordernd meinen Blick,

dann jedoch scheint sich etwas in ihm zu lösen, und seine Schultern entspannen sich. »Setz dich«, befiehlt er mir schroff, aber aus seiner leisen Stimme spricht Trauer. Er nimmt am Tisch Platz und zieht eine kleine Flasche aus einem Beutel an seinem Gürtel.

Wieder überkommt mich der Drang zu fliehen. Trotz Stefs Warnung bin ich in der Erwartung hierhergekommen, einen Verbündeten vorzufinden, doch der kummervolle Tonfall dieses Mannes – die Tatsache, dass er kein Wort über meine Behauptung, ich würde den Mörder seiner Mutter kennen, verliert – ist verstörender, als jede körperliche Gewalt es sein könnte. Dann mache ich mir bewusst, dass ich einen langen Weg auf mich genommen und Liam zurückgelassen habe. Und vermutlich durchsucht der Jäger in Bellwood noch immer die Schülerzimmer. Ich kann nicht zurück. Ich versuche, die Zweifel niederzuringen, und setze mich, Joebs einladender Geste folgend, ebenfalls an den Tisch.

»Ihr Name ist Joeb, nicht wahr?«, frage ich leise.

Es dauert einen Moment, ehe der Mann nickt, als müsste er erst tief in seinem Gedächtnis nach der passenden Bewegung suchen. Als er seine Ärmel hochkrempelt und den Korken aus der Flasche zieht, fallen mir die Falten auf seiner Haut auf. Sie beginnen zwischen seinen Fingerknöcheln und erstrecken sich über seine Unterarme bis hoch zu den Ellenbogen, wo sie unter seinem Hemd verschwinden.

Fast keuche ich auf, als mir klar wird, dass es keine Falten sind, sondern haarfeine Narben.

Er folgt meinem Blick. »Sie hat mein Blut für ihre Experimente benutzt.« Er nimmt einen Schluck aus der Flasche. »Hat immer behauptet, sie täte es mir zuliebe. Damit ich eines Tages genauso mächtig würde, wie sie es war, und schon ihre Mutter vor ihr.«

»Sie hat versucht, ihre Magie auf Sie zu übertragen?«, frage ich. In meiner Brust regt sich etwas, windet sich wie eine Schlange. »Ist das denn … möglich?«

Er lacht verbittert auf. »Wenn man genug Macht besitzt, ist alles möglich. Und wenn nicht …« Er deutet auf sich selbst. »Ich fürchte, die Mühe meiner Mutter war vergeblich.«

Jetzt, da er nicht mehr so bedrohlich vor mir steht, wirkt Joeb älter. Mich ergreift Mitleid, gepaart mit einem sonderbaren Gefühl von Vertrautheit, angesichts des winzigen Bauernhauses. Einen Moment lang ist es, als wäre ich zurück in meinem alten Zuhause, mit einem Schrein für Papa in der Ecke.

Rasch schiebe ich den Gedanken von mir. Ich muss mich konzentrieren, wenn ich an Informationen gelangen will.

Macht, flüstert eine Stimme in mir. Leise, aber nicht zu überhören.

Ich erschrecke, als Joeb weiterspricht. »Wie kommt es, dass es hier seit dem Tod meiner Mutter plötzlich zugeht wie im Taubenschlag?«, fragt er tonlos. »So viele Bewunderer hatte sie zu Lebzeiten nicht.« Seine Worte sind immer noch verworren, doch ihre Bedeutung – das Gefühl, das darin mitschwingt – dringt messerscharf zu mir durch. Während des Redens streut er etwas in seinen Becher. Ich erkenne den rotgoldenen Schimmer von Bluteisen, aber es sind keine Münzen, sondern winzige Späne. Ich schlucke. Könnte Joeb ein Bluträuber sein?

»Wer ist denn noch gekommen?«, erkundige ich mich zaghaft.

»Jede Menge Leute«, antwortet Joeb gleichgültig. »Andere Zaunhexen und Zeitpfänder, Soldaten und Übergeschnappte.

Haben sich alle wieder verzogen, als sie gemerkt haben, dass es hier nichts zu holen gibt. Oder als ihnen klar wurde, dass ich nicht die Gabe meiner Mutter geerbt habe.«

Ich blicke mich um –

Und diesmal fällt mir auf dem Schrein eine kleine Zauberinnenstatue ins Auge. Kälte breitet sich in mir aus. »War Ihre Mutter eine Anhängerin der Zauberin?«

Joeb spuckt aus und lacht leise. »Nein. Aber die Zauberin ist Teil unseres Vermächtnisses.«

»Ihres Vermächtnisses?« Ich stehe auf und gehe auf den Schrein zu, bemüht, meine Furcht vor ihm zu verbergen. »Wie meinen Sie das?«

»Meine Ahnenreihe von Zaunhexen lässt sich bis in die Zeit der Zauberin zurückverfolgen. Richtiger Zaunhexen, nicht dieser Hochstaplerinnen, die sich einfach ein Schild über die Tür hängen«, grollt er. »Die Ururgroßmutter meiner Mutter hat die Zauberin und die Alchimistin persönlich gekannt. Althea hatte die Gabe. Aber ich nicht, und ich habe auch keine Kinder«, fährt er fort. »Doch das ist dir sicher nicht neu, wenn du behauptest zu wissen, wer meine Mutter getötet hat.« Joebs Bemerkung klingt so beiläufig, dass ich die Gefahr darin fast nicht erkannt hätte.

»Ich – ich bin nicht sicher«, erwidere ich heiser. »Aber ich glaube, es war die Kammerzofe der Königin. Nicht viel älter als ich, dunkle Haare, grüne Augen –« Ich gerate ins Stocken, als ich sehe, wie Joeb sich versteift und seine Augen schmal werden.

»Beide«, entgegnet er langsam. »Beide zusammen. Die tote Königin und dieses Mädchen.«

Ich schnappe nach Luft. »Sie – Sie waren dabei?«

»Ich habe sie gehen sehen, nachdem sie mit ihr fertig waren.«

Mit einem Mal ist jede Trägheit aus seiner Stimme verschwunden, und ein kühler Glanz tritt in seine Augen. »Es war zu spät, um sie noch zu retten. Sie muss wohl wieder schlecht über die Zauberin gesprochen haben.« Er beugt sich vor, und seine langen Fingernägel graben sich in die Tischplatte. »Ich habe sie immer gewarnt, ihre Geschichten für sich zu behalten, aber sie wollte ja nicht hören.«

»S-sie hat schlecht über die Zauberin gesprochen?« Es gelingt mir kaum, das Zittern in meiner Stimme zu unterdrücken.

Joeb mustert mich mit einer Verschlagenheit im Blick, die mir nicht gefällt, und erhebt sich halb von seinem Stuhl.

»Du weißt irgendwas, stimmt's?« Jetzt wirkt er geradezu hellwach. Er schlägt mit der Faust auf den Tisch, und ich zucke zusammen. Die Lampe flackert, dann beruhigt sich die kleine Flamme wieder.

Mein Herz beginnt zu pochen. Irgendwo in diesem Haus verbirgt sich eine geheime Wahrheit. Wenn ich sie doch nur zu fassen bekäme. »Das Mädchen, das Ihre Mutter ermordet hat – das war die Zauberin«, stoße ich hervor. »Und ich bin auf der Suche nach einer Waffe, mit der sie besiegt werden kann.«

Als mir klar wird, dass ich zu viel verraten habe, beiße ich mir auf die Zunge. Ich habe die Kammerzofe der Königin als mächtige Göttin enthüllt und zugegeben, dass ich die Zauberin töten will – Joeb muss mich für wahnsinnig halten, trotz allem, was Stef mir über seine Vergangenheit erzählt hat.

Behutsam, als wäre er ein scheues Reh, das ich nicht verschrecken will, ziehe ich das Notizbuch aus meinem Beutel und lege es auf den Tisch. Ich schlage die Seite mit den Worten aus meinem Blut auf. *Suche den roten Fluss.* »Ich hatte gehofft, Sie könnten mir vielleicht sagen, was das hier bedeutet.«

Als ich wieder zu ihm hochsehe, breitet sich ein Lächeln auf seinem Gesicht aus, das mir noch weniger gefällt als die lallende Feindseligkeit von zuvor, und plötzlich ist seine Stimme kristallklar. »Der rote Fluss, so rot vor Blut«, rezitiert er, als handelte es sich um einen gruseligen Kinderreim.

»Rot vor Blut?«, frage ich. »Was heißt das?«

Er zuckt mit den Schultern. »Wessen Blut wurde über ganz Sempera vergossen?«

Ich muss die Antwort nicht aussprechen: das der Alchimistin. *Mein* Blut. Jeder meiner Muskeln drängt darauf, dieses Haus zu verlassen ... aber ich bin nicht so weit gekommen, nur um jetzt mit leeren Händen wieder zu gehen. »Und die Waffe? Haben Sie je davon gehört, wie –«

»Wie man die Zauberin besiegen kann? Womit sollte man jemand so Mächtiges wie sie töten?« Sein zerfurchtes Gesicht verzerrt sich vor Wut, bevor sich abermals ein entrücktes Lächeln darüberlegt. Mir schwirrt der Kopf angesichts des jähen Wechsels. »Sie ist die fleischgewordene Gier, nicht wahr?«

»Sie ist das fleischgewordene Böse.« Die Worte sprudeln mir unwillkürlich über die Lippen. Was gefährlich ist.

Joeb lehnt sich vor, und ich balle reflexartig die Fäuste. Wieder beschleunigt mein Puls.

»Sie will mehr als nur ihr Herz zurück«, sagt Joeb. »Diesmal will sie auch die Seele der Alchimistin. Denn wenn sie die hat, kann nichts und niemand sie mehr aufhalten. Dann ist sie zu Dingen fähig, die ich mir nicht einmal vorstellen will: Unsterblichkeit brauen. Über die Zeit herrschen. Sie wird nicht nur unabhängig davon leben, sondern sich nach Belieben darin vor- und zurückbewegen können. Das Leben anderer mit einem Fingerschnippen beenden. Sie wird über Jahrtausende Sempera regieren und noch auf dem Thron sitzen, wenn meine sterblichen Überreste längst zu Staub zerfallen sind.«

»Nein, das ist unmöglich.« Ich weiß nicht, warum ich versuche, Joeb davon zu überzeugen, aber ich kann nicht anders, genauso wenig, wie es mir gelingt, den flehenden Ton aus meiner Stimme zu verbannen.

»Gar nichts ist unmöglich.« Er hat sich erhoben, und im Schein der Lampe ergießt sich sein Schatten über den Boden. »Das hat die Zauberin selbst zu mir gesagt. Ich höre sie flüstern. Im Schlaf. In meinen Träumen.«

Und mit einem Mal sind seine Bewegungen kein bisschen träge, kein bisschen schwerfällig mehr. In seiner Hand ist ein Messer aufgetaucht, und seine Stimme klingt kalt und herrisch. Etwas darin lässt mich gehorchen, als er mir befiehlt, zu ihm zu kommen.

Joeb führt mich zum Schrein, wo er mich beim Arm packt und mir die Handfläche aufschlitzt. Ich zittere, doch ich spüre keinen Schmerz. Dann strecke ich folgsam die Hand aus, sodass mein Blut in die flackernde Kerze tropft.

Die Flamme schießt in die Höhe wie ein magisches Signalfeuer, das direkt auf mich deutet.

Und Joeb stürzt sich auf mich.

21

Das Blut in meinen Adern wallt auf, treibt mich an, mich zu verteidigen, noch bevor mein Verstand es tut. Sengende Hitze jagt durch meinen Körper. Mit einem Ruck breite ich die Arme aus, und die kleine Hütte erbebt.

Diesmal lasse ich meiner Magie freien Lauf.

Joeb grapscht nach meiner Kehle, doch ich schnappe mir blitzschnell seine Flasche vom Tisch. Er schreit auf, als sie ihn am Kopf trifft, und die Wucht meines Schlags lässt ihn zurücktaumeln. Er stürzt und landet auf allen vieren.

Das Blut rauscht mir in den Ohren, als ich auf ihn zutrete. Erst jetzt spüre ich die Zeit in meinen Fingern, fließend wie Wasser und gleichzeitig hart wie Stahl. Ich fühle meine Macht wachsen, bis sie sich gegen die Wände stemmt, gegen das Dach, als könnte ich, indem ich nur einen Finger krümme, das Haus zum Bersten bringen – und Joeb mit ihm.

Joeb erholt sich schnell von meinem Schlag und springt mit einem raubtierhaften Knurren zurück auf die Füße. Vielleicht strömt doch mehr Magie durch seine Adern, als er zugeben will. Wieder stürzt er sich auf mich, und diesmal kann ich ihn nicht aufhalten. Er erwischt mich mit seinem ganzen Gewicht, und wir gehen gemeinsam unter ohrenbetäubendem Krachen zu Boden. Sternchen tanzen vor meinen Augen, als mein Kopf auf den Steinboden prallt.

Mein Schrei bleibt mir im Hals stecken. Meine Finger krallen sich um Joebs Unterarme, während ich mit beiden Beinen um mich trete. Ich raffe sämtliche Magie zusammen, bis auf den letzten Tropfen, aber Joeb ist zu nah, zu schwer, und er weckt eine Urangst in mir, die mir die Zeit aus den Händen gleiten lässt.

»Warum tun Sie das?«, fauche ich im Versuch, meine Panik in Wut zu verwandeln. »Ihre Mutter war mir treu ergeben, sie –«

»Die Tage der Alchimistin sind gezählt. Hörst du? Die Zauberin wird mich verschonen«, schnauft Joeb und fängt an, mich zu würgen. Der Alkohol in seinem Atem vermischt sich mit dem Weihrauch zu einem beißenden Gestank, der mir in Mund und Nase dringt. Beinahe bekomme ich Mitleid mit ihm. Beinahe.

Ich ramme Joeb den Ellenbogen in die Rippen, dass es ihm die Luft aus den Lungen treibt, und er rollt japsend von mir weg. Hastig ziehe ich mich am Tisch hoch und taste nach der Zeit. Joeb kämpft sich auf die Füße, doch bevor er mich von Neuem attackieren kann, hebe ich die Hände und wickle die Zeitfäden zu einem Knäuel wie frisch gesponnene Wolle.

Noch immer hängt Rauch in der Luft. Die Kerzenflamme erstarrt. Genau wie Joebs Brust, nur in seinen Augen funkelt weiterhin Leben. Ich konzentriere mich darauf, seine Lungen zu lähmen, sein Herz, während ich die restliche Zeit weiterlaufen lasse – und höre nichts als Stille, als sich sein Kiefer bewegt, auf der Suche nach Atem, wo keiner ist.

Mit einem Mal wird mir klar, dass ich ihn töten könnte, wenn ich wollte.

Ich lasse die Zeit wieder los. Joeb sackt auf dem Boden zusammen, rollt sich auf den Rücken und presst sich die Hände auf die Brust.

»Tut mir leid«, hustet er hervor. Es klingt fast glaubhaft, doch ich habe keine Verwendung für seine Reue. »Sie wusste, dass du herkommen würdest. Sie hat gesagt, sie würde mich am Leben lassen, wenn –«

Er greift nach etwas silbern Glänzendem an seinem Gürtel und wirft es nach mir. Die Klinge segelt so knapp an meinem Gesicht vorbei, dass ich den Luftzug spüre, und ich verliere alle Skrupel. Ich schließe die Augen und lasse die Zeit frei aus meinen Fingern strömen. Sie umschlingt Joeb, der noch immer am Boden liegt. Jetzt fängt er an zu brüllen.

Irgendwo, an einem Ort, der mir weit entfernt vorkommt, fliegt eine Tür auf, und Elias ruft meinen Namen. Aber ich kann nicht aufhören, bringe nicht einmal die Kraft auf, die Augen zu öffnen. Joeb schreit, und seine Stimme verändert sich auf sonderbare Weise, als ich ihn vorwärts durch die Zeit zerre, ihn so schnell altern lasse, dass es ihm den Atem verschlägt. Immer weiter, weiter, weiter. Es liegt nicht mehr in meiner Hand.

Im selben Moment, als Joebs Schrei verklingt, packt jemand meine Arme. Endlich gelingt es mir, die Augen zu öffnen, und ich sehe Elias' angstverzerrtes Gesicht. Sein Griff ist schmerzhaft. Hinter ihm auf dem kalten Steinboden liegt eine reglose Gestalt.

Entsetzen überwältigt mich, als mir klar wird, wie weit ich gegangen bin, was ich getan habe. Joeb ist tot, das sehe ich sofort. Seine Haut ist schlaff und grau, seine Augen sind weit aufgerissen und von einem milchigen Schleier getrübt. Noch während ich dastehe, meinen eigenen Herzschlag in den Ohren wie Kriegstrommeln, rollt sein Kopf zur Seite. Ein Aschenrinnsal rieselt aus seinem Mund. Dick und grau und unerschöpflich.

Ich krieche rückwärts, weg von der Leiche und dem umgestoßenen Tisch. Dann rappele ich mich auf und renne los, wohin, weiß ich nicht. Es scheint, als hätte sich der Lauf der gesamten Welt um mich verlangsamt, und ich kann nicht sagen, ob es mein Einfluss ist.

Aber es kümmert mich auch nicht. Ich könnte ohnehin nichts daran ändern, selbst wenn ich wollte. Mein Körper trifft seine eigenen Entscheidungen, als wäre er der Meinung, ich müsse nur schnell genug fliehen, um meiner Tat zu entkommen. Ich habe einen Mann getötet. *Mörderin.* Spielt es eine Rolle, ob Joeb als Erster versucht hat, mich umzubringen?

Ich muss daran denken, was Caro mir einmal vorgeworfen hat. Dass ich ihr aus purem Vergnügen das Herz gestohlen hätte. Nein – ich werde nicht auf ihre Tricks und ihre Lügen hereinfallen. Ich werde nicht das Schlimmste über mich selbst annehmen.

Und doch … der Gedanke rührt an etwas in meinem Herzen. Wozu bin ich wirklich fähig? Warum weiß ich nichts mehr über meine vergangenen Leben? Warum sind meine Erinnerungen daran wie ausgelöscht?

Nicht weit von mir huscht ein Dorf vorbei, ein dunkles Haus, ein streunender Hund, ein erleuchtetes Fenster, beinahe zu schnell für das bloße Auge, als hätte meine Gabe mich voll und ganz umschlossen und ließe mich durch die Landschaft jagen, während der Rest der Welt im Schneckentempo weiterschleicht. Dann, obwohl nur Sekunden vergangen zu sein scheinen, erreiche ich Montmere und erkundige mich nach dem Gasthaus, von dem Liam gesprochen hat. Meine Gedanken drehen sich um nichts als Flucht. Mit tränenüberströmtem Gesicht stürze ich in den dunklen Eingang des Gasthauses »Zur grünen Stunde«.

Kurz darauf schlage ich die Tür hinter mir zu und beginne verzweifelt, mir die Kleider vom Leib zu zerren, um jede Spur von Joeb loszuwerden, jede Erinnerung an das, was ich getan habe.

Erst als ich barfuß und im Unterkleid dastehe, bemerke ich Liam, der sich in dem Bett am gegenüberliegenden Ende des Zimmers aufsetzt. Es wirkt, als hätte er auf mich gewartet und wäre darüber eingeschlafen. Sein Hemd ist aufgeknöpft, und das Haar fällt ihm offen und in weichen Wellen ins Gesicht.

Mein Puls hat sich kein bisschen beruhigt, seit ich aus Altheas Haus geflohen bin, und das Wummern scheint sogar meine Schritte auf den Holzdielen zu übertönen. Etwas – eine Mischung aus schlechtem Gewissen und Erleichterung, Panik und Entsetzen – lässt mich das Zimmer durchqueren und vor Liam auf die Knie sinken.

Ein Schluchzer entwindet sich meiner Kehle, und ich strecke die Hände nach ihm aus, verzehre mich nach seiner Nähe, danach, dass er all meine Gedanken an Kampf und Tod vertreibt.

Liams Augen wirken unfassbar dunkel und sanft vor Schläfrigkeit. Es ist beinahe stockfinster im Zimmer, doch meine durch das Adrenalin geschärften Sinne registrieren jedes Detail: die Wimpernschatten auf seinen Wangen, das Flattern seines Pulsschlags an seinem Hals, seine Lippen, die meinen Namen flüstern. Seine Finger, die sich mir entgegenrecken und sich in mein Haar graben.

Ich beuge mich vor. Er schlingt die Arme um mich, und einen Atemzug später treffen sich unsere Lippen.

Wärme durchflutet mich. Liam wirkt beinahe fiebrig erhitzt, als meine Hände seine Schultern umfassen. Er zieht mich zu sich ins Bett und drückt mich fest an sich. Langsam lässt mein Zittern nach und weicht einer völlig anderen Art von Aufgewühltheit. Liams Lippen schmecken nach Salz und Sandelholz, und seine Hände gleiten sachte über meinen Rücken, meine Taille. Er hält mich in seinen Armen wie etwas Kostbares, und das Gefühl seiner Zunge an meinen Lippen entlockt mir einen leisen Seufzer, der in der wenigen Luft zwischen uns zu schmelzen scheint – es ist ein Laut, wie ich ihn noch nie zuvor von mir gegeben habe.

Mein Herzschlag passt sich seinem an, jenem kräftigen Pochen, das ich überall dort spüre, wo sich unsere Körper berühren. Mein jagender Puls findet einen Anker in seinem, hektisch und ruhig, laut und leise zugleich.

Ich könnte dafür sorgen, dass dieser Moment niemals endet. Liam hätte nichts dagegen, das sagen mir seine Finger, die zärtlich über meine Wange streichen, das kleine Keuchen, mit dem er sich kurz von mir löst, um zu Atem zu kommen, bevor er mich abermals küsst. Er würde bis in alle Ewigkeit mit mir hier liegen.

Doch das kann ich nicht. Ich kann nicht den Lauf der Welt anhalten. Nicht für immer.

Und so löse ich mich von ihm, obwohl es zu den schwersten Dingen gehört, die ich je tun musste, doch ich bleibe auf dem Bett sitzen, in seinem Schoß. Ich nehme seine Hände von meinen Hüften und halte sie zwischen uns fest, Verbindung und Barriere zugleich, und ich sehe zu, wie langsam die Erkenntnis in seine Augen tritt, dass nichts von alldem ein Traum war.

22

Einen Moment lang sitzen wir reglos da. Ich warte darauf, dass Liam etwas sagt oder der Ausdruck schläfriger Verwunderung von seinem Gesicht verschwindet.

»Jules. Was ist passiert?« Ich bin nicht sicher, ob er unseren Kuss meint oder das, was zuvor passiert ist, was mich dazu getrieben hat, Hals über Kopf davonzustürmen und mich ihm bei meiner Rückkehr geradewegs in die Arme zu werfen. Er rührt sich nicht, und seine Hände umschließen noch immer fest die meinen. Seine Haut strahlt Hitze aus. Behutsam streicht er mit den Daumen über meine Fingerknöchel und dreht meine Hände herum, bis der Schnitt, den Joeb mir zugefügt hat, nach oben weist.

»Du blutest ja.« Seine Berührung ist so zart, dass mir erneut Tränen in die Augen treten. »Erzähl mir, was passiert ist. Elias und ich – wir konnten Stef nicht finden, und wir haben abwechselnd nach dir gesucht.«

Kurz überlege ich, ob ich lügen soll. Doch ich kann die Last dessen, was geschehen ist, nicht allein tragen. Ich habe jemanden getötet.

Ich bin immer noch wie berauscht vom Adrenalin nach unserem Kuss, doch es bedarf nur eines winzigen Augenblicks der Stille, und das angenehme Prickeln verwandelt sich in Furcht. Jetzt das Wort zu ergreifen und Liam die Wahrheit zu sagen, ihm keines der entsetzlichen Details meiner Tat zu verschweigen, flößt mir mehr Angst ein als alles, was hinter mir liegt. Doch es führt kein Weg daran vorbei, wenn ich nicht lügen will. Und das ist das Verstörendste daran: die Erkenntnis, dass ich Liam nicht belügen *will.*

Und so fange ich an zu erzählen.

Als ich fertig bin, geht Liam aus dem Zimmer, um mit Elias zu reden. Nachdem ich ihm von Joeb berichtet habe, von dessen Angriff, seinem Tod – all den finsteren Einzelheiten –, ist es, als hätte es unseren Kuss nie gegeben. Ich belasse es dabei und streiche geschäftig das Laken glatt, um Liam nicht in die Augen sehen zu müssen, bis er fort ist. Erst als sich die Tür hinter ihm geschlossen hat, fällt mein Blick auf einen zerknitterten Zettel auf dem Nachttisch. Noch immer zitternd und ohne darüber nachzudenken, nehme ich die Nachricht, streiche sie glatt und fange an zu lesen.

Sohn,
komm sofort zurück nach Hause. Die königliche Entourage ist eingetroffen, und ich kann deine Abwesenheit nicht länger entschuldigen. Du weißt, dass sie jene bestraft, die es an Loyalität vermissen lassen, und ich werde nicht dulden, dass mein Haus von einer weiteren Tragödie heimgesucht wird.
Lord Nicholas

Die Zeilen lassen mich erschaudern. Habe ich Liam zum Tode verurteilt?

Dann höre ich Schritte vor der Tür, und der Zettel rutscht mir aus den tauben Fingern. Liam kommt zurück ins Zimmer. »Ich habe Elias gebeten, uns ein paar Minuten Zeit zu geben.

Ich war nicht sicher, ob du Gesellschaft möchtest oder – willst du dich lieber ein wenig zurückziehen, um dich auszuruhen?«

Er bricht ab, und sein hoffnungsvoller Tonfall verrät mir, dass er sich wünscht, ich würde bleiben. Seine Wangen sind noch immer gerötet, sein Haar zerzaust, nachdem ich meine Hände hineingegraben habe.

»Liam«, hauche ich atemlos, als hätte ich einen Stoß vor die Brust bekommen. Dann weiß ich nicht weiter.

Doch mehr muss ich auch nicht sagen. Liam kniet sich vor mich, nimmt meine Hände in seine und drückt sie, als wäre ich alles, was ihn noch auf dieser Welt hält. Ich erwidere den Druck und zwinge den Schluchzer hinunter, der sich in mir Bahn brechen will.

Ich sehe Caro vor mir, ihre höhnisch gebleckten Zähne, höre ihre Drohung, mich auszuhöhlen, mir das Herz zu brechen. Ich denke an die teuflische Gier in ihren Augen, als sie Roan die Kehle aufschlitzte, in der Überzeugung, sein Tod wäre genug, um mich zu besiegen.

Wie sie lachen würde, wenn sie wüsste, was ich getan habe.

Beinahe flehend blickt Liam mich noch immer an. Als wartete er darauf, dass ich etwas sage. Seit unseren gemeinsamen Kindertagen hat er mich stets beschützt, selbst als ich ihn hasste und fürchtete. Und die ganze Zeit war meine Furcht begründet, wenn auch auf vollkommen andere Art, als ich glaubte. Denn es war von Anfang an er, der imstande war, meinem Herzen gefährlich zu werden.

Finger für Finger löse ich meine Hand aus seiner. Tränen strömen mir über die Wangen, heiß und voller Wut über das, was ich werde tun müssen, um ihn zu retten. Dasselbe, was einst Papa für mich getan hat, genau wie Liam selbst über so viele Jahre.

Ich muss lügen.

Vielleicht ist es das, was Liebe ausmacht. Vielleicht ist es das, was es mir ermöglicht hat, über Jahrhunderte das Herz der Zauberin in mir zu tragen.

Ich gehe durchs Zimmer zu seinen Kleidern, die, ordentlich gefaltet, neben dem Bett liegen, hebe sie auf und packe sie in seinen ledernen Reisebeutel.

Liams Kopf ruckt hoch. »Was machst du?«, flüstert er.

Meine Antwort klingt erstickt vor unvergossenen Tränen. »Du musst zurück nach Everless. Ich –«, die Worte bleiben mir im Hals stecken, als würden sie sich weigern, Liam wehzutun, »ich werde allein mit Elias nach Connemor gehen.«

Liam starrt mich mit leerem Blick an. Dann reckt er das Kinn vor. »Ach ja?«

Mein Herz schreit mich an, meine Worte zurückzunehmen. Doch das kann ich nicht. In dem Moment, als ich Liam geküsst habe, hätte ich ihm genauso gut eine Zielscheibe auf die Brust zeichnen können, und wenn er jetzt nicht nach Everless zurückgeht, wird sein Vater ihn holen kommen. Und dann – Caro.

»Du hattest recht, ich hätte schon längst aus Sempera fliehen sollen.« Ich lege den Beutel hin und setze mich wieder neben Liam. Meine Glieder sind schwer und gleichzeitig zittrig, und meine Hilflosigkeit droht aus mir herauszuplatzen und alles zu ruinieren. Ich kann nichts tun, nichts, außer Liam dazu zu bringen, nach Everless zurückzukehren, wo er sicherer ist als an meiner Seite. »Elias wird bestimmt einverstanden sein.«

»Natürlich«, erwidert Liam verwirrt. »Elias wird uns helfen …«

Er hält inne, und ich lächele unter Tränen. Wieder muss ich daran denken, was Elias mir in der Diebeshöhle versprochen hat. Dass er mich töten würde, bevor Liam durch meine Schuld etwas zustößt. »Liam«, fahre ich dann fort und zwinge mich, ruhig weiterzuatmen. »Du musst zurück nach Everless. Vergiss einfach, was zwischen uns passiert ist.«

Wieder blickt Liam mich wortlos an. Sosehr seine Besserwisserei normalerweise an meinen Nerven zehrt – seine Schlagfertigkeit, die ihn stets eine Antwort parat haben lässt, bevor mir auch nur die Frage ganz klar ist –, jetzt vermisse ich sie. Sein Schweigen ist beinahe mehr, als ich ertragen kann. Meine Stimme fühlt sich an, als könnte sie jeden Moment brechen, also sage auch ich nichts mehr. Stattdessen schlinge ich die Arme um meinen Oberkörper, um den eisigen Schmerz zu lindern, der sich mit jedem Atemzug tiefer in meine Brust bohrt.

»Du willst allein gehen?«, fragt Liam schließlich.

»Ja –«, bringe ich heraus, bevor meine Stimme tatsächlich versagt. Ich schlucke und setze erneut an, sortiere meine Worte immer wieder um, bevor ich keinen anderen Ausweg mehr weiß, als sie auszusprechen: »Es wird Zeit, dass unsere Wege sich trennen.«

»Ist das dein Ernst?«

»Ja.«

Liam schweigt abermals und blickt mich bloß an, als fände sich irgendwo tief in meinen Augen des Rätsels Lösung. Schließlich nickt er, eine Geste so ruckartig wie das fallende Beil einer Guillotine, und beginnt, seine restlichen Sachen einzusammeln. Ich bleibe stumm sitzen und sehe tatenlos zu, wie ein Schatten meiner selbst.

Einen Moment lang bewegt er sich wie in Trance, dann jedoch tritt er zögernd vor mich und nimmt meine Hand, bevor er abermals nickt.

Seine andere Hand hebt sich an mein Gesicht, und seine Fingerspitzen streifen meine Wange, so flüchtig und leicht, dass ich mich beinahe frage, ob ich mir die Berührung eingebildet habe.

Ich sehe ihm in die Augen. »Versprich mir, dass du auf dich achtgibst.«

»Ich verspreche dir alles, was du willst«, erwidert er.

Dann zieht er sein eigenes kleines Notizbuch aus dem Stapel seiner Sachen, drückt es mir in die Hand und schließt meine Finger darum. Er drückt mir noch einen Kuss auf die Stirn und verlässt leise das Zimmer, ohne mir die Gelegenheit zu geben, ihm auch nur ein Lebewohl hinterherzuflüstern.

23

Irgendwann schlafe ich ein, an das Kopfteil des Betts gelehnt, die Knie an die Brust gezogen. Die Matratze unter mir ist nass vor Tränen. Als ich ein paar Stunden, nachdem Liam gegangen ist, im wässrigen Morgenlicht erwache, sitzt Elias am Tisch. Alles, was er sagt, ist: »Wie lautet dein Plan, werte Alchimistin?« Ein kleines, trauriges Lächeln umspielt seinen Mund.

Ich fühle, wie eine letzte Träne über meine Wange rinnt, dann wische ich mir entschlossen das Gesicht ab. Wie unterschiedlich Liam und Elias doch sind. Aber auch Amma und ich wirkten, von außen betrachtet, sehr gegensätzlich. Ein Echo ihres Lachens hallt mir durch den Kopf.

Schließlich gebe ich mir einen Ruck und erzähle Elias von meiner Begegnung mit Joeb, von dem seltsamen Kindervers, den er zitiert hat, als ich ihm den Satz aus meinem Notizbuch gezeigt habe. *Der rote Fluss, so rot vor Blut.* Davon, dass er der Meinung war, der Satz beziehe sich auf das Blut der Alchimistin. Auf ihren Tod. Obwohl Joeb mich angegriffen hat, obwohl ich ihm nicht trauen konnte – belogen hat er mich nicht. Dazu hatte er keinen Grund und war vermutlich auch nicht dazu imstande.

»*Suche den roten Fluss.* Du glaubst, das ist ein Hinweis auf deinen Tod?« Elias runzelt die Stirn. »Du bist doch schon öfter gestorben.«

»Aber wir wissen von nur einem Mal, bei dem ein Fluss eine Rolle gespielt hat. Wenn man den Geschichten trauen kann.«

Elias lehnt sich zurück. »Als Caro dich am Ende deines ersten Lebens gezwungen hat, ihr Herz zu essen.«

Ich nicke. »Den Geschichten zufolge habe ich versucht, ihr das Herz zurückzugeben, nachdem ich es in zwölf Steine verwandelt hatte. Die hat sie mir zu schlucken gegeben. Sie dachte, ich wollte sie austricksen wie zuvor den bösen Lord, und dann hat sie mich vor Wut im Fluss ertränkt.«

»Und dorthin willst du nun zurück?«

Ich nicke. »Selbst wenn nicht jedes Wort in den Geschichten zutrifft, enthalten sie zumindest ein Körnchen Wahrheit. Was ist, wenn ich die ganze Zeit versucht habe, mich auf diesen einen Moment hinzuweisen, ihn mir ins Gedächtnis zu rufen, weil damals irgendetwas Wichtiges passiert ist? Weil er der Schlüssel dazu ist, wie Caro besiegt werden kann? Vielleicht war das mit den Steinen ja tatsächlich ein Trick, und ich hatte schon damals vor, sie zu töten.«

Ich greife in meine Tasche und hole Liams Notizen heraus. Sie aus der Hand zu geben schmerzt mich, doch ich breite die Seiten vor Elias auf dem Tisch aus. »Der genaue Ort wird in den Geschichten nirgends genannt, aber Liam hat irgendeinen obskuren Gelehrten aufgespürt, der vermutet, dass es sich um das Blythe-Tal handelt.«

»Na dann – worauf warten wir noch?«

Draußen graut ein kalter, nebliger Morgen, wie ein Spiegelbild meiner trostlosen Seelenlandschaft. Das Blythe-Tal liegt ein paar Meilen außerhalb von Montmere, das wir zuvor durchqueren müssen.

Da die Stadt voller Soldaten und Zivilisten ist, die darauf brennen, Profit aus meiner Verhaftung zu schlagen, greifen Elias und ich auf eine neue Tarnung zurück: Wir zerreißen unsere Mäntel und reiben Erde in den Stoff, bis wir als zwei Bluträuber aus dem Wald durchgehen könnten. Als wir uns auf die Suche nach einem Wagen machen, der uns mitnimmt, fallen mir Gruppen von finster dreinblickenden Menschen auf, die sich überall auf den Straßen versammeln. Zuerst befürchte ich, sie hätten mich erkannt, dann jedoch schnappe ich Fetzen ihrer Gespräche auf.

»Mehr als tausend Jahre –«

»Verflucht sei diese Mörderin, die solches Elend über uns bringt! Möge die Zauberin ihr im Schlaf ihre Stunden stehlen –«

»Es heißt, die Soldaten sollen nächste Woche mit dem Schröpfen beginnen –«

Ich wende mich Elias zu, doch der hat sich bereits unter die Leute gemischt, um herauszufinden, was vor sich geht. Als er zurückkommt, erzählt er mir, die Königin habe eine Ankündigung machen lassen. Demnach werde sie, sollte Jules Ember bis Anfang der nächsten Woche nicht gefasst sein, ihre Soldaten in die Städte und Dörfer Semperas schicken, damit sie dort die Bürger schröpften, so lange, bis die Mörderin ihrer gerechten Strafe zugeführt werden könne.

Mich packt die Wut. »Nie im Leben ist das Inas Wunsch. Dahinter muss Caro stecken. Umso mehr Grund zur Eile.«

Zu meiner Erleichterung schlägt Elias einen weiten Bogen um Joebs Hütte, als wir die Stadt hinter uns lassen und uns auf den Weg die Hauptstraße hinunter machen. An einer Wegkreuzung klettern wir auf einen Heuwagen, der uns mit in Richtung des Blythe-Tals nimmt.

Während der Fahrt, die wir größtenteils schweigend verbringen, dringt endgültig zu mir durch, was in der vergangenen Nacht geschehen ist. *Ich habe jemanden getötet.*

Du hattest keine andere Wahl, flüstert eine Stimme in meinem Kopf.

Ich vergrabe den Kopf in den Händen. Joeb mag in Caros Auftrag gehandelt haben, aber rückblickend erscheint mir dieser Umstand kaum mehr von Bedeutung. Er ist tot. Durch meine Schuld. Durch die Schuld der Alchimistin.

Während ich meinen düsteren Gedanken nachhänge, rauscht der Tag an mir vorbei. Elias und ich wechseln von einem Wagen zum nächsten, der Wald wird dichter, und wir ziehen die Köpfe ein, wann immer eine Soldatenpatrouille in Sicht kommt. Und immer wieder bricht die Erinnerung an den Moment über mich herein, in dem ich Liam verlassen musste.

Schließlich, am späten Nachmittag, erreichen Elias und ich den Punkt, ab dem wir zu Fuß weitermüssen. Nachdem wir vom letzten Wagen gestiegen sind, deutet Elias auf eine schattige, halb hinter Bäumen verborgene Schlucht und anschließend auf die Karte, die er bei sich trägt. *Liams Karte*, wird mir gleich darauf bewusst, und die Erkenntnis versetzt mir einen Stich. Die Schlucht bildet den Eingang zum Blythe-Tal. Etwas in mir flackert auf und erlischt wie eine ausgeblasene Kerze, und mir wird eiskalt. Ständig muss ich mich verstecken. Ständig bin ich auf der Flucht, und nun muss ich mich auch noch meinem eigenen Tod stellen – meinem allerersten Tod.

Werde ich auf diesem Weg endlich die Waffe finden, mit der ich Caro besiegen kann?

Ich starre in die Schlucht hinab und atme ein paarmal tief ein und aus, um mein hämmerndes Herz zu beruhigen. Irgendwann muss sich an dieser Stelle eine weite Ebene befunden haben, durch die sich ein Fluss schlängelte, bevor über die Jahrtausende Wind und Wasser den Stein ausgehöhlt und eine dreißig Meter tiefe Furche gegraben haben.

Am oberen Rand verläuft eine Straße. Sie ist verlassen, doch ich sehe frische Wagenspuren im Matsch. Wir dürfen nicht lange hierbleiben.

Der Fluss am Grund der Schlucht gleicht einem flachen grünen Band, und soweit ich sehen kann, fließt das Wasser ruhig und gemächlich dahin. Der Abgrund ist nicht so tief, wie ich zunächst dachte, doch die Felswände sind steil und mit knorrigen Sträuchern und Bäumen bewachsen. Dieser Ort hat nichts von jenem verträumten Zauber an sich, den ich auf der Lichtung mit dem Wasserfall gespürt habe. Dennoch übt er eine seltsame Anziehungskraft auf mich aus, und ich mache mich auf die Suche nach einem Weg hinunter.

»Bist du sicher, dass du es riskieren willst, Jules?«, fragt Elias mit besorgter Miene. »Wenn jemand kommt, gibt es keine Möglichkeit zur Flucht.«

»Ja, bin ich«, antworte ich, obwohl mich bei jedem Blick hinab neue Zweifel befallen. Aber ich habe keine andere Wahl. Ich muss wissen, was sich in dieser Schlucht verbirgt, in meiner Vergangenheit.

»Das da drüben sieht aus wie ein Pfad nach unten. Lass mich vorgehen, um mich zu vergewissern, dass dort niemand ist.«

Doch ich habe mich bereits hingehockt, den überhängenden Ast eines Baums ergriffen und lasse mich über die Kante rutschen. Ich kann nicht sehen, was unter mir ist, doch irgendetwas in mir ist sich sicher, dass ich Halt finden werde, wenn ich den rechten Fuß ausstrecke. Und genauso ist es. Ein inzwischen vertrautes Kribbeln überläuft mich, kalt und gleichzeitig verheißungsvoll. *Hier bin ich schon einmal gewesen.*

Hier bin ich gestorben.

Mit einem Mal packt mich eine so heftige Übelkeit, dass ich mich vornüberkrümme und übergebe.

»Jules«, höre ich Elias' beunruhigte Stimme von oben. Doch ich bin schon zu weit unten, um wieder umzukehren, selbst wenn ich wollte. Ich hebe den Kopf und sehe Elias an der Kante knien. Von hier unten ist der Pfad kaum zu erkennen, oder vielleicht sind es auch bloß meine Erinnerungen, die mich leiten.

»Ich nehme den anderen Weg, um sicherzugehen, dass niemand kommt«, ruft er mir zu. »Ungefähr eine Viertelmeile da entlang.« Er hebt die Hand und deutet flussabwärts. Er bemüht sich, unbeschwert zu klingen, aber ganz kann er die Sorge in seiner Stimme nicht verbergen. »Wir treffen uns dann unten.«

Wie eine Spinne bleibe ich einen Moment an der Wand hocken und warte ab, bis das leise Gurgeln des Flusses Elias' Schritte übertönt. Nach einer Weile erreiche ich den Grund der Schlucht und sehe mich um. Das glitzernde Wasser scheint mich zu sich zu locken.

Hier bin ich gestorben, denke ich abermals.

In der Ferne kann ich Elias' Silhouette ausmachen und will gerade nach ihm rufen, doch mit einem Mal wird mir schwindelig, und alles um mich dreht sich. Der bleich verwaschene Frühlingshimmel nimmt das golddurchwirkte Blau eines Herbstabends an.

Wie berauscht über die schlichte Schönheit meiner Umgebung stolpere ich zum Flussufer. Meine Beine schmerzen, und meine Lungen brennen. Das schillernde Wasser zwingt mich zum Blinzeln, und ich suche die Böschung ab. Aber nicht nach

Elias, wird mir klar, als ich sehe, dass die Zweige der Bäume keine Knospen mehr tragen, sondern sich ihr Laub bereits zu verfärben beginnt.

Denn ich warte nicht mehr auf Elias. Sondern auf Caro.

24

Die Erinnerung prallt auf meinen Verstand und entfacht ein Inferno aus Gedanken und Gefühlen, das weiterbrennt, bis nur noch eine einzige glimmende Gewissheit in der Asche zurückbleibt.

Ich muss Caro ihr Herz zurückgeben.

Ich knie mich ans Flussufer, halb versteckt hinter einem flachen Felsen für den Fall, dass jemand vorbeikommt. Die Zauberin ist zu einem Schatten am Rand meines Bewusstseins verblasst, einem geflüsterten Gerücht, das sich über düstere Dorfstraßen verbreitet. Manchmal heißt es, sie lebe bei den Wölfen in den östlichen Wäldern, manchmal, sie reise verkleidet von Stadt zu Stadt und lasse die Armen von ihrem Blut trinken. Ich streiche mit der Hand über einen Stein neben mir, über das grob hineingeritzte Bild: eine Schlange und ein Fuchs.

Mit zitternden Händen ziehe ich den kleinen Lederbeutel aus der Tasche und halte ihn geöffnet in den Händen. Er ist überraschend leicht, wenn man bedenkt, was er enthält: das Herz der Zauberin. Pure Macht, pures Leben.

Die blassgrauen Steine geben ein sanftgoldenes Licht ab, das die hereinbrechende Nacht erhellt. Sie wärmen meine Finger, selbst durch das Leder, jeder ein Teil vom Herzen der Zauberin, das um seine Freiheit kämpft.

In der Nähe regt sich ein Schatten.

Wie zur Antwort wird der Beutel in meinen Händen noch wärmer. Ich drücke ihn mir an die Brust, obwohl die Steine mir wie glühende Kohlen beinahe die Haut versengen.

Eine dunkle, schlanke Gestalt erscheint am anderen Flussufer. Ich sehe hoch. »Caro?«, frage ich leise.

Sie starrt zu mir herüber. Wut spricht aus ihrer kerzengeraden Haltung, dem erhobenen Kinn – und den wilden Schmerz in ihrem Blick erkenne ich selbst aus der Entfernung. Die Wellen schwappen beinahe über ihre Füße, so dicht steht sie am Wasser.

Sie hebt die Hände, und ich erschaudere, als ihre Macht die Luft zum Vibrieren bringt. Ich kämpfe den Reflex nieder, aufzuspringen und zu fliehen, und stemme mich schwankend auf die Füße, während eine Eisschicht das Wasser überzieht und einen schmalen, glatten Überweg bildet. Elegant schreitet sie zu mir herüber, und ihr Rocksaum schleift durchs Wasser. Nachdem sie das Ufer erreicht hat, schmilzt das Eis hinter ihr. Einen Moment lang ist nichts zu hören außer dem rauschenden Fluss und dem Wind.

Ich halte den Beutel mit den Lebenssteinen zwischen uns.

»Ich hätte nicht gedacht, dass du kommst«, sage ich schließlich.

»Warum ausgerechnet hier?« Ihre Stimme ist kalt, abweisend, und sie mustert geringschätzig die Steine in meinen Händen. »Was ist das?«

Ich schlucke und hebe die Steine, sodass sie das Licht reflektieren. »Dein Herz.«

Caros Augen weiten sich, und ich sehe ein Flackern in ihren Tiefen. Sie tritt näher, bis sie nur noch eine Armlänge von mir entfernt ist. Bis sie nur mehr die Hand nach den Steinen auszustrecken bräuchte. Doch das tut sie nicht.

Ihre Mundwinkel verziehen sich, ob traurig oder argwöhnisch, vermag ich nicht zu deuten. Im Gegenlicht, mit der Abendsonne im Rücken, wirken ihre Umrisse verschwommen, als wäre sie ein Traumwesen. Oder vielleicht liegt es auch an mir, an der Angst, die mir die Sinne vernebelt.

»Was muss ich tun?«, fragt Caro.

Meine Kehle zieht sich zusammen. »Sie schlucken.«

Caro mustert mich, und ihr Blick ist so sengend und unbarmherzig wie die Sonne hinter ihr. Ihre Züge wirken wie überzeichnet, mit hohlen Wangen und tiefen Schatten unter den Augen. Ich strecke ihr die Steine weiter entgegen, bis meine Finger beinahe ihre Brust berühren.

Vorsichtig klaubt Caro einen Stein aus dem Beutel. Hebt ihn an ihre Lippen. Und hält dann inne. »Du hast mir alles genommen. Alles.«

Ich krümme die Finger um das Leder. »Ich habe nur getan, was nötig war, um dich zu retten. Bitte, glaub mir.«

»Lügnerin«, faucht sie.

Jetzt lodert Zorn in ihren Augen wie ein unbezähmbarer Waldbrand. Ihre andere Hand schießt vor und packt mich an beiden Unterarmen gleichzeitig. Ihr Griff ist schmerzhaft fest auf eine Art, die nichts mit Magie zu tun hat. Ich schreie auf und lasse die Steine fallen. Vergeblich versuche ich, mich loszureißen, doch Caro hat noch immer den ersten Stein in der Hand, und nun schiebt sie ihn mir zwischen die Lippen, bevor sie meinen Mund so fest zudrückt, bis ich schlucken muss.

Der Schmerz, mit dem sich der Stein auf meiner Zunge auflöst, raubt mir fast den Verstand. »Caro«, keuche ich. »Bitte.« Doch ich kann nur kraftlos um mich schlagen, als Caro mich in den Fluss zieht und mir einen Stein nach dem anderen die Kehle hinunterzwingt. Mein Blickfeld verfärbt sich rot, dann weiß, und meine Tränen tropfen ins Wasser.

»Das war von Anfang an dein Plan, nicht wahr?«, knurrt Caro. »Du dachtest, du könntest mich töten und mein Herz für immer behalten. Sag, dass es nicht wahr ist, Antonia.«

Ihre Worte fließen ineinander, und ihre Bedeutung – wenn auch nicht der Zorn darin – geht im Plätschern des Flusses unter, im Rauschen meines eigenen Bluts in meinen Ohren. Ich will schreien, doch eine Welle schlägt mir ins Gesicht, und schlammiges Flusswasser erfüllt meine Kehle. Meine Finger umklammern Stoff.

Durch den schmutzigen Film aus Wasser über meinem Gesicht meine ich, ein rotes Glitzern zu erkennen. Eine rubinrote Klinge, schimmernd im Licht der untergehenden Sonne. Ich greife danach, Schwärze umfängt mich, doch meine Fingerspitzen ertasten nichts, überall und nirgends zugleich und –

Ich sterbe.

25

Prustend und nach Luft ringend, tauche ich auf. Ein grellbleicher Nachmittagshimmel blendet mich.

Es ist zu viel, zusätzlich zu meiner brennenden Kehle und der Panik des Sauerstoffentzugs, die mir wie kleine Dolchstiche durch den Körper fährt. Ich reiße den Arm hoch, will meine Augen abschirmen, und als er mir tatsächlich gehorcht und sich über mein Gesicht legt, wird mir klar, dass sich etwas verändert hat. Meine Glieder schmerzen, aber ich spüre Kraft in ihnen. Und unter mir ist etwas Festes, Sand, obwohl mein Kopf noch immer halb unter Wasser ist. Mein Körper hat mir nur vorgegaukelt, ich würde gewürgt, ertränkt.

Mit einem erleichterten Aufschrei werfe ich mich nach vorn und lande unsanft im Sand, bevor ich mich auf den Rücken rolle.

Einen Moment lang bleibe ich liegen, warte darauf, dass die Qual in meinem Hals und meinen Lungen nachlässt und davonströmt wie das Flusswasser von meinen Wangen und Armen. Als ich wieder klar sehen kann, erkenne ich die Schlucht, das grüngraue Wasser, aber von Caro ist keine Spur.

Mit letzter Kraft setze ich mich auf, atme, versuche verzweifelt, mich zu beruhigen. Meine Hände ballen sich im Sand zu Fäusten. Fragmente der Erinnerung sind in mir haften geblieben. Ich spüre die Hitze von Caros Herzsteinen, Finger, die sich wie Klauen um meinen Hals schließen.

Dann dringt ein neuer Gedanke durch das Gewirr: Ich wollte Caro ihr Herz zurückgeben. Also sind die Geschichten wahr.

Aber was ändert das?

Die Erinnerung beginnt zu verblassen, doch die Furcht, die in meinen Adern pocht, wird stärker, anstatt zu verfliegen. Ich ringe nach Luft, und Tränen steigen mir in die Augen. Dann fällt mir der Grund wieder ein, aus dem Elias und ich hierhergekommen sind, und was ich gesehen habe, bevor Caro mich getötet hat: das Glitzern knapp über der Wasseroberfläche.

Die Waffe, der Reißzahn, die Kralle. Der Rubindolch, der sich wie ein roter Faden durch mein Bewusstsein schlängelt. Doch je mehr ich versuche, die Erinnerung festzuhalten und einen Sinn hineinzubringen, desto größere Zweifel beschleichen mich. Ich habe nach dem Dolch gegriffen, als ich im Fluss, in der Schwärze ertrank. Ist es möglich, dass die Waffe bloß eine Vision war, ein Hirngespinst, geboren aus reiner Verzweiflung? Ist sie unwiederbringlich in der Zeit verloren, oder anderswo? Nirgends?

Was mir an Hoffnung verblieben war, versiegt, als ich an Liam denke, der auf Everless ist. Genau wie Caro. Weiß sie Bescheid? Ist es möglich, dass Liam sich geirrt hat und der Dolch dort ist? Ist das der Grund, warum Caro zurück nach Everless gegangen ist, um die einzige Waffe zu zerstören, die sie das Leben kosten könnte? Mir schwirrt der Kopf vor unbeantworteten Fragen. Ich schließe die Augen, lehne mich an den Felsen am Ufer …

Und fahre sofort wieder hoch. Denn meine Hände ertasten etwas Vertrautes, in den Stein Geritztes. Die groben Umrisse einer Schlange und eines Fuchses. Behutsam zeichne ich sie mit dem Finger nach.

Wieder beginnt die Welt sich zu verändern, und etwas zerrt

an meinem Bewusstsein. Der Wald schrumpft. Wird jünger. Mein Finger fährt noch immer die Linien nach – jetzt jedoch bringe ich den Stein darunter zum Schmelzen, verwandle ihn mit nichts als einer leichten Berührung zu Staub.

Hinter mir ertönt eine Stimme. »Hallo.«

Mein Kopf ruckt herum. Zitternd ziehe ich die Knie an die Brust. Doch es ist nur ein Mädchen, das ein paar Schritte von mir entfernt aufgetaucht ist, mit dunklem, glattem Haar und Augen so grün wie das Gras.

»Was zeichnest du da?«, fragt sie.

Langsam strecke ich meine Beine wieder aus. Das Mädchen kommt näher und beugt sich über den Stein. »Ist das eine Schlange?«

»So haben sie mich genannt. In meinem Dorf. Manchmal auch Hexe.«

Das Mädchen kniet sich neben mich und lässt den Blick über mein Kleid wandern, das zerrissen und schmutzig ist. »Bist du darum weggelaufen?«

Ich nicke. »Und ich gehe nie wieder zurück. Also versuch gar nicht erst, mich umzustimmen.«

Sie lächelt. »Mein Vater nennt mich immer seine kleine Füchsin, weil ich so clever bin. Er meint, irgendwann werde ich genauso gewieft sein. Kannst du auch einen Fuchs?«

Wärme erfüllt mich und strömt in meine Hand, während ich mich abermals über den Felsen beuge. Das Mädchen sieht mit leuchtenden Augen zu, wie ich neben die Schlange einen Fuchs in den Stein ritze.

»Du kannst mit zu mir nach Hause kommen.« Sie schließt ihre Hand um meine, und ein Funke stiebt auf, als sich unsere Handflächen berühren.

»Aber ich habe kein Geld …«

Ich ziehe meine Hand zurück, doch sie greift erneut danach. »Das macht nichts. Mein Vater hat genug.« Sie deutet auf eine Gestalt in der Ferne, bevor sie sich wieder mir zuwendet und wie zur Bekräftigung eine kleine Geldbörse voller Silbermünzen hervorzieht. In das Leder ist das Bild eines blühenden Baums geprägt.

Ich hebe den Arm und ziehe etwas aus meinem Haar. Es ist ein blaues Seidenband. »Lass mich dir wenigstens etwas dafür schenken.«

Grinsend nimmt sie das Band und hilft mir auf die Füße. »Du musst keine Angst mehr haben. Ich bin genauso außergewöhnlich wie du. Und mein Vater ist es auch. Wir sind nicht wie andere Leute.«

Wieder beginnt sich die Welt vor meinen Augen zu verwandeln, und ich erwache abermals im Blythe-Tal, als Jules Ember.

Ich stoße einen frustrierten Schrei aus, ohne mich darum zu kümmern, wie laut er von den Felswänden widerhallt. Ich habe es satt, wieder und wieder in meine Vergangenheit gerissen zu werden, diesen halb blinden, geborstenen Spiegel meiner selbst, dessen Scherben kein stimmiges Bild ergeben. Als ich zu erschöpft zum Weinen bin, rappele ich mich hoch und überlege, was ich als Nächstes tun soll.

Ein Gedanke löst sich aus dem Chaos in meinem Kopf: Elias hätte längst hier sein sollen. Wir wollten uns am Fluss treffen. Er wird mir helfen können. Sicher kann er einen Sinn in all das bringen.

Ich blicke zu der Stelle, wo er in die Schlucht absteigen wollte. Doch ich sehe nichts als den unschuldig in der Abendsonne dahinplätschernden Fluss. Nichts deutet darauf hin, dass dieses Wasser einst über mir zusammengeschlagen und mir in die Kehle geflossen ist, meine Lungen mit Tod erfüllt hat.

Ich stürme in die Richtung, aus der Elias hätte kommen sollen.

Jeder Schritt kostet mich unglaubliche Mühe, und meine Füße versinken immer wieder schwerfällig im Sand. Dennoch dauert es nicht lange, bis ich eine Flussbiegung erreiche, an der eine Reihe grober, von Wurzeln überwucherter Felsstufen herab in die Schlucht führt. Diesen Weg wollte er nehmen. Doch niemand ist hier. Ich sehe nicht einmal Fußspuren im Sand.

Plötzlich höre ich Geschrei von oben, gleich hinter der Kante. Männer- und Frauenstimmen, unterbrochen von aufgeregtem Pferdegewieher. Um einzelne Worte ausmachen zu können, bin ich zu weit entfernt, doch ich meine, auch Elias' Stimme zu erkennen – ruhig und herablassend.

Zuerst bin ich erleichtert, dann jedoch keimt eine völlig neue Sorge in mir auf: Was, wenn Elias gefangen genommen wurde, wenn er meinetwegen verschleppt und bestraft wird? Die Vorstellung lässt mich hastig die Treppe hinaufstürmen, und ich spähe über die Kante.

Mein Herz wird schwer. Auf der Wiese vor mir erkenne ich eine Einheit von Shorehaven-Soldaten, die Elias mit gezogenen Schwertern umzingeln. Elias selbst steht mit erhobenen Händen in ihrer Mitte, das Gesicht einer berittenen Gestalt vor ihm zugewandt. Es ist der Jäger.

Der seinen Dolch auf Elias richtet.

Ohne nachzudenken, hieve ich mich das letzte Stück aus der Schlucht und renne auf die kleine Gruppe zu. Als sie mich bemerken, strecke ich beide Hände vor und raffe all meine Macht über die Zeit zusammen, um sie mir zu unterwerfen, was auch immer die Folgen sein mögen.

Und es funktioniert. Die Zeit gerinnt um mich, um *sie*. Die Bewegungen der Soldaten geraten ins Stocken, bevor sie auch nur ihre Schwerter auf mich richten können, ihre Mienen voller Verwunderung und Schreck. Ich lasse sie allesamt erstarren, mit Ausnahme von Elias, der auf mich zugestürzt kommt –

Doch irgendetwas stimmt nicht, denn als ich dem Jäger über dem Stück Seide, das er sich über Mund und Nase gebunden hat, in die Augen sehe, entgleitet mir die Kontrolle über die Zeit. Er bewegt sich, einmal, zweimal, flink wie ein Fisch im Wasser, und befreit sich von meinem Bann. Dann gibt er seinen Soldaten einen lautlosen Befehl und vollführt eine Geste, die direkt durch den Panzer zu dringen scheint, in den ich mich gehüllt habe. Die Soldaten taumeln zur Seite, außer Reichweite meines Banns. Meine Macht über sie verpufft.

Wieder mache ich mich bereit zum Angriff, doch jetzt treibt der Jäger sein Pferd in meine Richtung. Mich überkommt ein Grauen, wie ich es seit dem Moment, in dem Caro Roan getötet hat, nicht mehr verspürt habe.

Doch gleichzeitig bin ich erleichtert, darüber, dass Liam nicht hier ist. Darüber, dass ich ihn zurück nach Everless geschickt habe. Solange ihm niemand auf die Schliche kommt, ist er dort sicher. Und so muss es bleiben, dafür werde ich sorgen. Wenn Caro dahinterkommt, dass ich ihn liebe –

Sie darf mich nicht lebendig in die Finger bekommen.

»Jules!«, ertönt Elias' Stimme. Es klingt so eindringlich, dass ich meinen Blick vom Jäger losreiße und stattdessen ihn ansehe. Elias hat seinen Dolch gezogen, und sein Gesicht ist vor Trauer verzerrt. Ich denke an sein Versprechen – dass er mich töten wird, bevor Caro mich gefangen nehmen kann. Ich sehe ihm an, dass auch er sich daran erinnert.

Ich halte den Atem an, als er ausholt und den Dolch nach mir schleudert. Sicher, gezielt. Die Klinge beschreibt einen Bogen in der Luft, und ich sehe, wie sie sich in meine Brust bohrt, bevor ich es spüre.

Dann setzt der Schmerz ein, überall zugleich. Ich stolpere rückwärts. Nur noch wenige Schritte von mir entfernt, zügelt der Jäger abrupt sein Pferd, dessen Hufe einen Schwall Erde in meine Richtung wirbeln. Schwarz sickert in mein Blickfeld, Schwarz, Schwarz, Schwarz. Jegliche Wärme strömt aus meinem Körper, zusammen mit dem Schmerz, und ich sinke in die Knie.

Vor mir sehe ich Liam, der das Tor von Everless passiert. In Sicherheit, ohne mich.

Etwas ergreift Besitz von mir. Die Zeitstränge, die ich um meine Hände gewickelt habe, um die Soldaten erstarren zu lassen, kriechen mir die Arme herauf, erfüllen meine Brust, meinen Kopf. Pure, berauschende Zeit umfängt mich wie ein Frösteln am ganzen Körper. Ich höre meinen Herzschlag, das Rauschen des Bluts in meinen Adern.

Dann, mit der Wucht einer Flutwelle, setzt abermals der Schmerz ein, und die Welt um mich nimmt wieder Farbe an.

Ich stehe auf.

Ohne dass ich auch nur die geringste Kontrolle darüber hätte, beginnt mein Körper Zeitfäden abzustoßen wie eine sich häutende Schlange. Mit einem Mal lässt der Schmerz in meiner Brust wieder nach und ist kurz darauf verschwunden. Das Blut rinnt zurück in meine Wunde. Die Tränen auf meinen Wangen, die ich zuvor nicht einmal bemerkt hatte, trocknen, und mein Blickfeld wird gerade rechtzeitig wieder klar, dass ich etwas Silbernes durch die Luft flitzen sehe, zurück zu Elias.

Ein Beben geht durch die Zeit. Ich stehe da, unverletzt, während der Jäger auf mich zuprescht und das Messer wieder in Elias' Hand liegt. Verwirrt blickt er darauf, als versuchte er angestrengt, sich an etwas zu erinnern.

»Er ist bewaffnet!«, bellt einer der Soldaten.

Ich bin zu schockiert, zu benommen, um zu verhindern, was als Nächstes passiert, obwohl ich es klar und deutlich voraussehe. Die Soldaten stürmen geschlossen vor. Schwertklingen blitzen. Elias sackt zu Boden, und sein Dolch landet im Klee, ohne etwas ausgerichtet zu haben.

Nein.

Zeitfäden schießen in alle Richtungen. Halb blind vor Angst und Wut, habe ich sie kaum noch unter Kontrolle. Dennoch fange auch ich an zu rennen, vorbei an der nun erstarrten Gestalt des Jägers, vorbei an den Soldaten in ihren Kampfposen, zu Elias, der im Gras kauert, die Hände auf eine tiefe Stichwunde in seiner Seite gepresst.

Wenn es mir gelingt, die Zeit nur noch ein bisschen länger anzuhalten, kann ich ihn retten.

Ich lasse mich vor ihm auf die Knie fallen und lege ihm die Hand auf die Schulter, um ihn aus seiner Starre zu lösen. Elias erwacht blinzelnd, und sofort verzieht sich sein Gesicht gequält. Er hat sein Versprechen gehalten, und ich verspüre tiefe Dankbarkeit, die jedoch gleich darauf tiefem Bedauern weicht. Wieder hätte ich einen Mensch durch meine Schuld fast getötet – obwohl Elias sich offensichtlich nicht einmal daran erinnern kann, den Dolch geworfen zu haben.

»Ich werde versuchen, dich zu heilen«, sage ich und lege die Hand auf seinen Brustkorb, über die Wunde. Elias zuckt zusammen, aber er nickt. Ich schließe die Augen und konzentriere mich auf die Zeit, in der Hoffnung, sie so weit beschleunigen zu können, dass die Wunde verheilt, bevor er zu viel Blut verliert. Doch ich bin zu fahrig, mein Herz schlägt zu schnell. Immer wieder huschen Bilder von Ammas Leiche durch meinen Kopf, und eine Stimme faucht verbittert, dass ich eine Versagerin bin, nichts als ein armseliges Abbild der Alchimistin, dass ich alles falsch gemacht habe seit dem Tag, an dem ich Crofton verlassen habe, um nach Everless zu gehen. Tränen strömen mir übers Gesicht. Ich beiße mir auf die Lippe und versuche, meine Kraft auf Elias' Wunde zu fokussieren, doch meine Hände zittern vor Trauer und Wut und Zweifeln. Ich bin ausgebrannt, hohl, nutzlos.

»Jules. Einfach-Jules.« Elias' Stimme ist heiser, und doch entdecke ich darin noch immer Spuren seiner gewohnten Fröhlichkeit.

Durch meinen Tränenschleier blicke ich ihm in die Augen. Ich fühle, dass seine Wunde sich schließt, aber es geht nicht schnell genug. Noch immer rinnt ihm Blut über die Seite, versickert im Boden und färbt ihn rot.

»Ist nur ein Kratzer. Das wird schon wieder«, krächzt er, und seine Hand tastet schwach nach meinem Unterarm. Der Jäger und die erstarrten Soldaten werden über uns hereinbrechen wie eine Gewitterfront, sobald mein Griff um die Zeit sich lockert. »Wirklich. Du musst hier weg.«

»Ich kann dich nicht hierlassen!«, rufe ich, ohne mich darum zu scheren, wie jämmerlich meine Worte klingen.

»Du kannst, und du wirst.« Er schält meine Hand von seiner Seite. »Caro wird mich nicht töten. Zumindest nicht sofort.«

»Und das soll mich trösten?«, entgegne ich. Schweiß tritt mir auf die Stirn, als ich abermals all meine Kraft zusammennehme und auf seine Wunde richte. Doch auch dieser Versuch scheitert. *Ich* scheitere.

»Geh, Jules. Führ zu Ende, was wir angefangen haben.« Er lächelt mich an.

Ihn hier zurückzulassen ist das Letzte, was ich will, doch ich spüre bereits, wie mir die Zeitfäden wieder entgleiten. Bald werden die Soldaten und der Jäger erwachen. Und wenn ich dann noch bei ihm bin, wird es Elias noch schlechter ergehen.

Wohin auch immer mein Weg mich als Nächstes führen wird, ich werde auf mich allein gestellt sein.

Elias nickt, und sein Lächeln verblasst. »Geh jetzt.« Seine Worte sind der letzte Lichtschein in der aufziehenden Dunkelheit.

26

Unter mir galoppiert die Stute des Jägers. Ihre donnernden Hufe, die Anstrengung in meinen Beinen, mit denen ich verzweifelt ihre Flanken umklammere, um nicht abgeworfen zu werden, helfen mir zu vergessen, was soeben passiert ist. Und so vergehen Stunden, bis sich der Anblick von Elias' Wunde wieder in mein Bewusstsein drängt. Erst dann fange ich an zu weinen und gebe dem peitschenden Wind die Schuld, nicht der Tatsache, dass ich Liams besten Freund in den Händen des Feinds zurückgelassen habe.

Oder zumindest in den Händen seiner Soldaten, denn der Jäger selbst verfolgt mich noch immer. Die Idee, ihm sein Pferd zu stehen, hat mich gerettet, denn die Stute scheint ein wesentlich edleres Reittier zu sein als die Hengste der Soldaten, dabei bin ich alles andere als geübt im Sattel. Über Stunden jagt er mich durch den Wald, fällt immer wieder zurück, um gleich darauf erneut näher zu kommen, aber er holt mich nie ein.

Irgendwann beginnt das Dickicht, sich zu lichten, und mit den Bäumen bleibt auch der Jäger hinter mir zurück. Ich werde langsamer und halte an, lausche misstrauisch in die Dunkelheit. Der heulende Wind trägt den Geruch von Kochfeuern mit sich. Fürs Erste mag ich den Jäger abgehängt haben, aber die Hufspuren meiner Stute schlängeln sich für jeden sichtbar hinter mir durch den Wald.

Ich brauche ein Versteck.

Das Mondlicht über den Baumkronen erleuchtet eine vertraute Landschaft. Ich bin zurück auf dem Gebiet der Gerlings, nicht weit von Laista, und jeder Schritt bringt mich näher an Everless. Auf einem Hügel in der Ferne entdecke ich ein Gebäude; es ist in eisigen Nebel gehüllt und gleicht einer winzigen, von einer hohen Mauer umgebenen Festung, vor deren schmiedeeisernem Tor grün-goldene Banner wehen. Beim Anblick der Gerling-Farben läuft mir ein Schauder über den Rücken.

Obwohl ich noch nie zuvor hier gewesen bin, weiß ich sofort, was ich vor mir habe: Es ist der Friedhof der Gerlings, fünf Meilen vom Schloss entfernt. Diese Erkenntnis ziehe ich nicht aus den Erinnerungen der Alchimistin, sondern aus den Geschichten, die Papa mir erzählt hat, als ich noch ein Kind war, und dem Getuschel der Diener auf Everless.

Es heißt, wenn man das Blut eines Toten trinke, würde einen jeder darin verbliebene Rest Lebenszeit auf der Stelle töten … und doch hat es in diesem Land schon immer Menschen gegeben, die verzweifelt genug waren, um Leichen auszugraben und das Gerücht auf die Probe zu stellen. Nicht in Dörfern wie Crofton – dort hat sowieso kein Toter genügend Zeit übrig, um Diebe anzuziehen. Die Gräber der Adligen dagegen liegen weitab jeglicher Zivilisation, hoch oben auf Hügeln und von dicken Mauern geschützt. Nahezu unerreichbar.

Mit wundgerittenen Beinen steige ich ab. Ich führe die Stute ins Gebüsch und schlinge die Zügel um einen Zweig. Dann tätschele ich ihr den Hals und gehe zurück zum Weg.

Das restliche Stück zum Friedhof lege ich im Laufschritt zurück. Nebel kräuselt sich über die Mauer wie ein Finger, der mich zu sich lockt.

Zu beiden Seiten des Eingangs befindet sich je ein kleiner Unterstand, in denen normalerweise Everless-Soldaten Wache stehen. Auch jetzt müssten welche hier sein, um dafür zu sorgen, dass niemand die Totenruhe der gerlingschen Ahnen stört, aber ich vermute, dass sie alle den Befehl erhalten haben, Sempera nach mir zu durchkämmen. Im Stillen danke ich der Zauberin dafür, denn wenn Caro nicht so unerbittlich Jagd auf mich machen würde, könnte ich diesen Ort sicher nicht so einfach betreten. Und so klettere ich über das Tor auf die andere Seite.

Die hohen Mauern versperren die Sicht auf den Himmel, und die morgendliche Stille hat nun etwas Gespenstisches an sich. Prachtvolle Grabsteine aus Marmor oder geschliffenem Granit lösen sich aus dem Nebel, dunkle, scharfkantige Silhouetten, die wie aus dem Nichts auftauchen. Wieder überläuft mich ein Schauder, und ich bleibe stehen. Von den gewohnten Frühlingsgeräuschen – Vogelgezwitscher, sanft wisperndem Wind – ist nichts zu hören. Ohne den wabernden Nebel ringsum würde ich mich wahrscheinlich fragen, ob die Zeit stehen geblieben ist. Nicht nur für diejenigen, die hier begraben liegen.

Alles, was ich spüre, ist ein schleichendes Unbehagen, als würde mich jemand beobachten.

Etwas Rotes zieht meinen Blick an, ein leuchtender Fleck in all dem Grün und Grau. Ich gehe darauf zu. Eines der Grabmäler – ein Obelisk aus reinweißem Marmor, größer als ich – erhebt sich über einem Rechteck aus frisch umgegrabener Erde. Blumen, rot, weiß, grün, liegen darauf verstreut, dazwischen zarte Geflechte aus Perlen und Halbedelsteinen, kleine Zauberinnenfiguren aus Kupfer und Gold und mehrere halb leer getrunkene Messingbecher mit Wein. Der Geruch der

Blumen und teuren Parfüms überlagert den der regenfeuchten Erde, als ich näher trete, um die in den Stein gravierten Worte zu lesen.

Ich entziffere den Namen *Roan Gerling*. Erbarmungslos zieht er mich an. Eine würdige Grabstätte für den Jungen, den ich einst kannte, der so gern Scherze machte und für jeden ein Lächeln übrig hatte.

Die Trauer um Roan erfüllt einen verborgenen, unerforschten Winkel in meiner Brust, eine kleine Kammer, die ich kaum je betreten habe, seit ich vor einer gefühlten Ewigkeit von Everless geflohen bin – dabei sind seitdem erst zwei Wochen vergangen. Jetzt jedoch, als ich mir die Zeit nehme, hier zu stehen und sein Grab zu betrachten, all die Details auf mich wirken lasse und mir bewusst mache, dass er wirklich tot ist, dass ich ihn nie wiedersehen werde, übermannt mich die Traurigkeit, als wäre er noch einmal gestorben. Ich denke an sein letztes flehendes Flüstern, bevor Caros Klinge ihn zum Verstummen brachte. Daran, wie das Licht in seinen Augen erlosch, als er zu Boden sackte, und an die Stille danach, die so schwer und vollkommen und ewig wirkte. Fort. Durch Caros Schuld.

Plötzlich sinke ich kraftlos auf die Knie. Es ist, als könnte ich mit einem Mal die Gegenwart all der Toten spüren – als würden sie mich umringen, ein Heer unsichtbarer Augenpaare, ein lautloser Hauch längst verklungener Atemzüge. Sie scheinen erwartungsvoll, was mir mein Versagen in Erinnerung ruft. Dass ich, die ich wieder und wieder und wieder von den Toten zurückgekehrt bin, doch eigentlich gekommen bin, um sie zu retten, sie zu erlösen. Papa, Roan, Amma. Und all die anderen, die ich kaum kannte: Rinn, die Frau, die mir den Namen meiner Mutter verraten hat und bis in alle Ewigkeit in einer

Zeitschleife in Briarsmoor gefangen ist. Althea, die Zaunhexe, und Joeb, ihr Sohn.

Elias, der womöglich inzwischen gestorben ist.

Und wer weiß, wie viele sonst noch, in der langen Geschichte der Alchimistin.

Bis heute hat die Zauberin mich nie vollends in die Knie gezwungen. Jahrhundertelang habe ich blind weitergekämpft, ohne sie je zu besiegen, aber auch ohne mich ihr geschlagen zu geben, und jahrhundertelang mussten unzählige Semperaner dafür sterben.

Wieder bricht die Erinnerung an meinen Tod über mich herein, und mit einem Mal schäme ich mich für meine Naivität.

Lügnerin. Du hast mir alles genommen.

»Genau wie du mir«, entgegne ich laut, doch die Worte fühlen sich seltsam in meinem Mund an. Ich setze mich auf den Boden und denke darüber nach. Jetzt, da ich ein wenig zur Ruhe komme, fällt mir die Vision am Flussufer wieder ein, ausgelöst durch das Bild von Fuchs und Schlange. Denn natürlich war das kleine Mädchen Caro. Und der Mann in der Ferne, ihr Vater –

Die beiden haben mich eingeladen, bei ihnen zu leben.

Mit flauem Magen stehe ich wieder auf.

Normalerweise würde mein Aberglaube mich davon abhalten, den Gräbern zu nahe zu kommen, aus Angst, die tote, vergiftete Zeit, die aus der Erde aufsteigt, könnte mein Blut erstarren lassen. Doch ich kann nicht anders. Denn jetzt, als die Morgensonne den Nebel vertreibt, kommt hinter Roans Grab ein Reihe weiterer Steine in Sicht. Dann noch eine und noch eine. Neugierig gehe ich an ihnen entlang, bis mein Blick auf einen vertrauten Namen fällt.

Lord Ulrich Ever

Sein Grabstein ist schlicht, kahl, abgesehen von einem eingravierten blühenden Baum, ähnlich dem, den ich auf Caros Geldbörse gesehen habe, als sie mich gefunden hat.

Die Welt verschwimmt vor meinen Augen. Dann höre ich Caros Stimme. *Mein Vater.*

Lord Ever.

Caros Vater.

Wie konnte Liam das entgehen? Wie konnte es *mir* entgehen? Und doch spüre ich die Wahrheit tief in meinen Knochen.

Eine Bewegung oder ein Geräusch, so leise, dass ich nicht sicher bin, ob ich es mir eingebildet habe, reißt mich aus meinen Gedanken.

Zuerst denke ich, ich wäre wieder in einem Traum versunken, doch der Himmel ist so verwaschen grau wie zuvor. Ich blicke nach links, dann nach rechts, auf der Suche nach einem Zeichen von Leben auf diesem Friedhof. Es ist nichts zu entdecken, doch meine Sinne sind in Alarmbereitschaft, und mir ist nur zu bewusst, dass sich hinter den Dutzenden wuchtiger, nebelumhüllter Grabsteine leicht ein Eindringling verbergen könnte. Gut möglich jedoch, dass es bloß ein weiterer Hinterbliebener ist, ein trauender Freund, der bei meinem Anblick geflohen ist.

Dann berührt mich etwas am Rücken, kalt, spitz, und ich zucke zusammen.

»*Umdrehen*«, ertönt ein gezischter Befehl, und ich gehorche.

Vor mir steht der Jäger.

Ein Schrei ballt sich in meiner Lunge zusammen, aber ich bin fest entschlossen, ihn nicht herauszulassen. Das Gesicht hinter seiner Maske verborgen, die Kapuze tief in die Stirn gezogen, steht er eine Armlänge von mir entfernt, und die Spitze seines Dolches ist nun auf meine Brust gerichtet. Er wirkt wie erstarrt;

ich sehe ihn nicht einmal atmen. Als wäre er ein Geist, den die Toten gesandt haben, um die Alchimistin zu richten.

Dann stürzt er sich auf mich. Fleisch, Muskeln, Knochen, mit einem Mal ist er nur zu real. Nur mit Mühe kann ich ihm ausweichen. Ich spüre das Gewicht unter der schwarzen Seide, höre, wie die Klinge durch die Luft zischt, gefolgt von einem weichen, beunruhigenden Geräusch, als sie sich in die Erde senkt. Der Jäger setzt erneut zum Angriff an.

Zu langsam und steif vor Kälte stolpere ich rückwärts, bis ich gegen einen Grabstein pralle. Ich falle hintenüber, wodurch der nächste Hieb mich um Haaresbreite verfehlt. Sofort springe ich wieder auf und weiche mit erhobenen Händen zurück, um dem Jäger nicht den Rücken zukehren zu müssen. Ich kann den Blick nicht von seinem verhüllten Gesicht wenden. Aus irgendeinem Grund ist die Dunkelheit über dem Rand seiner Maske unheimlicher als jede mordlüsterne Fratze.

Wieder holt er mit seinem Dolch nach mir aus, aber diesmal gelingt es mir, ihm die Waffe aus der Hand zu schlagen. Der Jäger zögert keine Sekunde – er stürzt sich auf mich, und seine Hände in den Lederhandschuhen greifen nach meiner Kehle.

Gemeinsam stürzen wir zu Boden, und er landet auf mir. Unter dem schwarzen Mantel des Jägers fühle ich einen Panzer aus Leder und Metall, der seinen Oberkörper und seine Arme schützt und jeden seiner Angriffe während unseres Handgemenges noch schmerzhafter macht. Mit seinen eisenbeschlagenen Stiefeln tritt er nach meinen Schienbeinen, rammt mir die Ellenbogen in die Rippen, und sein Griff um meine Kehle ist kräftiger als meiner um seine Handgelenke. Keuchender Atem dringt unter seiner Maske hervor, übertönt von meinem eigenen Japsen und dem donnernden Herzschlag in meinen Ohren.

Der Jäger hält inne und versucht, meine Finger von sich zu lösen. Seine Hände sind unerwartet schlank angesichts ihrer Stärke. Seine Brust hebt und senkt sich, und zum ersten Mal registriere ich, dass er kleiner und leichter ist, als ich dachte.

Unvermittelt lässt er von mir ab und fasst nach dem Dolch, der ein Stück weiter im Gras gelandet ist. Dann, beinahe in derselben Bewegung und ohne die Waffe loszulassen, richtet er sich wieder auf und reißt sich die Kapuze vom Kopf.

Mir stockt der Atem, als ich das dunkle kurz geschnittene Haar erkenne. Im nächsten Moment sinkt die seidene Maske zu Boden.

Ina.

27

Mit einem Ruck setze ich mich auf, und die Dolchspitze richtet sich wieder auf mich. Vor mir steht Ina Gold, meine Schwester, die Königin von Sempera, ihre Miene gelassen und gleichzeitig wutverzerrt. Sie atmet schwer durch die leicht geöffneten Lippen, und ihre Wangen sind gerötet. Doch die Hand, mit der sie den Dolch hält, ist gefährlich ruhig.

»Ina.« Meine Stimme ist kaum mehr als ein Krächzen. Freude und Angst verschlingen sich zu einem Knoten in meiner Brust. »Ina, wie …?«

»Sei still«, faucht sie mich an. »Wie kannst du es wagen? Wie kannst du es wagen, an Roans Grab zu kommen?«

Ich schließe den Mund und öffne ihn wieder, versuche zu atmen, zu denken. Ina. Meine Freundin, meine Schwester. Wo soll ich auch nur anfangen, wenn sie mich so hasserfüllt anstarrt? Reue erfüllt mich: Ich dachte, indem ich sie belüge, könnte ich sie beschützen. Ich habe es aus Liebe getan, aber ich hätte sie niemals in dem Glauben lassen dürfen, dass ich die Mörderin bin. Denn jetzt ist die Wut in Inas Augen schmerzhafter als jeder Hieb, den sie mir versetzt hat.

»Ich habe ihn nicht getötet«, stoße ich schließlich hervor. Laut ausgesprochen, klingen die Worte jämmerlich, so wahr sie auch sein mögen.

Inas Hand zuckt, doch ihr Blick bleibt stechend. »Natürlich

nicht«, höhnt sie mit vor Verachtung triefender Stimme. »Dann haben meine Mutter und er wohl einfach beschlossen, sich selbst umzubringen.«

»Ina, du hättest mich einfach töten können«, flüstere ich. Obwohl mein ganzer Körper schmerzt, stemme ich mich auf die Füße – langsam und ohne Ina aus den Augen zu lassen. »Aber du hast es nicht getan.«

»Nein. Dir soll der Prozess gemacht werden.« Inas Blick wandert an mir vorbei, zu Roans Grabstein, dann zurück zu mir. Wieder meine ich, für einen Moment die Gegenwart der Toten um uns zu spüren. Roans und Lord Evers und die all der anderen, die nicht hier begraben liegen. Der vielen Toten aus meinem jetzigen Leben und dem letzten und dem davor, aus fünfhundert Jahren. Ina sehnt sich, genau wie ich, nur nach einem: der Wahrheit.

»Roan war mein Freund«, entgegne ich mit erstickter Stimme, doch ich bemühe mich, meine Gefühle im Zaum zu halten und stark zu sein, für Ina. Auch sie hat alles verloren, darum bin ich es ihr schuldig, jetzt nicht zusammenzubrechen. Genau wie Liam, als er mir zum ersten Mal von der Alchimistin erzählt hat, verabreiche ich ihr die Wahrheit in kleinen, erträglicheren Häppchen. »Er wurde ermordet, weil jemand mir wehtun wollte. Weil jemand dachte, er könnte mir dadurch schaden.«

»Wer?«, fragt sie barsch, obwohl ihr Tränen in den Augen stehen. Sie macht einen Schritt auf mich zu. Ich zwinge mich, nicht zurückzuweichen, nicht mal beim Anblick ihres Dolches. »Ich habe mich unter den Dienstboten umgehört. Sie haben erzählt, du hättest die Gerlings schon immer gehasst. Und viele sind davon überzeugt, dass du seit deiner Kindheit in Roan verliebt warst.«

Ich atme tief durch. »Das stimmt. Aber gehasst habe ich Roan nicht. Niemals. Die Person, die ihn ermordet hat …« Wie soll ich es ihr schonend beibringen? Was kann ich tun, damit sie mir glaubt? Doch Ina blickt mich noch immer unverwandt an, ruhig und prüfend, also sehe ich ihr in die Augen und sage: »Caro hat ihn getötet, Ina. Ihn und deine Mutter.«

Alle Farbe weicht aus Inas Wangen, doch ihren Dolch senkt sie noch immer nicht. Ich mustere sie aufmerksam, während die Bedeutung meiner Worte zu ihr durchdringt. Gedanken huschen über ihr Gesicht wie Wolken über den Himmel.

»Warum?«, flüstert sie schließlich. Ihre Stimme ist leise, dennoch durchdringt sie klar und deutlich die angespannte Stille auf dem Friedhof. »Warum hätte sie das tun sollen?«

Ich klammere mich an die Tatsache, dass sie mich immerhin nicht für übergeschnappt hält, und schöpfe zaghaft Hoffnung. Mögliche Antworten rattern mir durch den Kopf, eine unbrauchbarer als die andere. Doch jetzt, nachdem ich einmal angefangen habe, gibt es kein Zurück mehr. Es dabei zu belassen, würde alles nur noch schlimmer machen. Also strecke ich beide Hände nach meiner Schwester aus.

»Sie wollte mir wehtun«, sage ich leise. »Es ist schwer zu erklären, aber Caro und ich kennen uns schon sehr lange. Wir kannten uns schon, bevor ihr zusammen nach Everless gekommen seid. Ich begreife das alles selbst noch nicht so ganz, aber ich komme der Wahrheit langsam näher.« Ich halte inne. »Überleg mal. Kannst du dich an den Tag erinnern, an dem du Caro kennengelernt hast?«

Ina blinzelt. Sie versteht nicht, worauf ich hinauswill. Doch während ihr Schweigen sich hinzieht, weiß ich, dass sie ihr Gedächtnis nach dem Tag durchforstet, an dem das hübsche, grünäugige Dienstmädchen mit der sanften Stimme in ihr Leben getreten ist. Und dass sie nicht fündig wird, denn …

»Sie war immer da«, wage ich mich vorsichtig vor und lasse den Satz wie eine Frage klingen. »Sie war einfach immer da, nicht wahr?«

Ina antwortet nicht, doch ich sehe ihr an, wie meine Worte ins Schwarze treffen. Sie zuckt zusammen, als sie die Wahrheit erkennt.

»Sie war schon an der Seite deiner Mutter, bevor du und ich auch nur geboren waren. Ein und dieselbe Person. Sie hat den Lauf der Welt beobachtet. Abgewartet. Pläne geschmiedet.«

Ina sagt noch immer nichts, aber ihre Hand schließt sich fester um den verzierten Griff ihres Dolches. Ich kann nur erahnen, wie es für sie gewesen sein muss, ganz allein im Palast aufzuwachsen, während ihre Mutter und ihre einzige Freundin immer wieder über Tage zusammen verschwanden. Wieder muss ich daran denken, wie die frühere Königin und Caro miteinander wirkten in ihrer seltsamen wechselseitigen Abhängigkeit, wie sie umeinander kreisten und zugleich kaum miteinander redeten. Ina muss sich über die Jahre daran gewöhnt haben, jetzt jedoch sehe ich immer mehr Fragen in ihre Augen treten, je länger sie über meine Worte nachdenkt.

Dann winkt sie ab. »Worauf soll sie denn gewartet haben?«

»Auf mich«, antworte ich. Denn auch das ist die Wahrheit. »Caro und ich … wir sind Feindinnen. Ich habe sie nicht gleich erkannt, als sie nach Everless gekommen ist, und sie mich auch nicht, aber nach und nach hat sie begriffen.« Ich hole so tief Luft, dass es in meiner Brust sticht, und versuche, die Tränen zurückzuhalten. »Sie hat Roan getötet, weil sie dachte, ich würde ihn lieben. Und deine Mutter, die verstorbene Königin, wusste davon, darum hat Caro auch sie getötet und die Schuld dafür mir in die Schuhe geschoben.«

Eine Träne rinnt Ina über die Wange, und ich könnte schwören, ihren Griff um den Dolch leicht erschlaffen zu sehen. »Wer bist du?«, flüstert sie.

»Ina«, beginne ich, auf der Suche nach einem Weg zu verhindern, dass meine Schwester schreiend vor mir davonläuft oder sich doch noch dazu entschließt, von ihrer Waffe Gebrauch zu machen. »Was würdest du sagen, wenn ich behaupten würde, der Alchimist und die Zauberin seien noch am Leben?«

Sie runzelt die Stirn. »Meine Mutter hat mich im Glauben an die alten Geschichten erzogen, aber …«

»Mein Vater mich auch.« Unwillkürlich senke ich die Stimme zu einem Flüstern. »Und, glaubst du daran, dass die beiden noch auf Erden weilen? Dass sie noch immer unter uns sind?«

Ina tritt von einem Fuß auf den anderen. »Warum fragst du mich das?«

»Ich weiß, du hältst mich sicher für verrückt«, erwidere ich. »Manchmal tue ich das selbst, aber du musst mir glauben, Ina, bitte.« Ich schlucke. »Ich bin der Alchimist. Die Alchimistin. Und Caro … Caro ist die Zauberin.«

Ina starrt mich an. Eine geschlagene Minute vergeht in ohrenbetäubendem Schweigen.

»Das, was ich gespürt habe, als wir dich und deinen Begleiter angegriffen haben, oberhalb der Schlucht. War das … alte Magie?«

Ich nicke fieberhaft. Meine Augen brennen. »Ina, kennst du die Geschichte, in der der Alchimist der Zauberin ihr Herz zurückgeben wollte, in Form von zwölf Steinen, die sie essen sollte?«

Sie nickt knapp, und ihre Hand senkt sich ein wenig.

»Die Zauberin hat mir nicht getraut und mich gezwungen, die Steine zu schlucken. Aber sie waren tatsächlich ihr Herz, und darum wurde ich wiedergeboren.«

Ein Flackern tritt in Inas Augen.

»Ich bin die Alchimistin«, wiederhole ich meine Worte, wenn auch nicht so selbstsicher, wie ich sollte. Dann schlinge ich die Arme um meinen Oberkörper, als könnte ich dadurch verhindern, dass ich selbst in Stücke breche. »Die zwölfte, die letzte. Caro will mich töten, um sich zurückzuholen, was ich ihr in meinem allerersten Leben gestohlen habe.«

»Ihr Herz«, murmelt Ina.

»Genau. Aber dafür muss sie es mir zuerst brechen. Und deswegen …« Doch weiter komme ich nicht, denn meine Tränen beginnen zu fließen und tropfen mir, eine nach der anderen, vom Kinn.

»Deswegen hat sie Roan getötet«, beendet Ina den Satz für mich, leise und voller Unglauben. »Weil du ihn gernhattest.«

Ich nicke. Mehr nicht, denn ich bringe es nicht über mich, sie abermals zu fragen, ob sie mir glaubt, aus Angst, sie könnte Nein sagen.

»Jules …« Sie kommt einen weiteren Schritt auf mich zu und streckt nun ihrerseits die Hände aus. Sie berührt mich nicht, aber etwas zwischen uns hat sich verändert. Ihr Blick ist sanfter geworden, noch immer unsicher, doch der blanke, lodernde Hass von zuvor ist verschwunden. Vor mir steht nicht mehr der Jäger und auch nicht die Königin, sondern bloß ein Mädchen, bloß meine Freundin, blass und sprachlos.

»Es tut mir leid, dass ich es dir nicht früher gesagt habe«, flüstere ich erstickt. »Aber mir war nicht klar, dass …«

Verwirrung tritt in ihre Augen. »Warum? Warum hättest du ausgerechnet mir davon erzählen sollen?«

Beinahe hätte ich aufgelacht, denn vor diesem Teil der Wahrheit habe ich mich am meisten gefürchtet. Doch ich nehme all meinen Mut zusammen und fahre fort.

»Als wir uns kennengelernt haben, da hast du mir etwas anvertraut. Du wolltest das Geheimnis um deine Geburt lüften. Willst du das noch immer?«

Sie nickt zögernd. »Ich glaube schon.«

»Weißt du noch, wie wir zu dem Waisenhaus geritten sind und mir der Sekretär dort von Briarsmoor erzählt hat? Wir sind beide dort geboren worden, Ina.« Ich hole zittrig Luft. »Wir sind Zwillinge, und unsere Eltern sind während der Zeiterschütterungen verschollen, von denen immer alle reden.«

»Also hat die Königin mich dort gefunden«, sagt Ina. »Mit einem Stein im Mund.«

»Ein Zeichen der Alchimistin«, erkläre ich. »Und eigentlich war ich es, die ihn bei der Geburt im Mund hatte, wenn es überhaupt je einen gegeben hat. Aber Papa – mein Onkel, *unser* Onkel –«, die Erkenntnis, dass Ina beides niemals hatte, versetzt mir einen Stich, »hat mich fortgebracht. Ihm war nicht klar, dass die Königin dich an meiner Stelle mitnehmen würde, es *kann* ihm nicht klar gewesen sein.«

»Also dachte Caro –« Ina ringt sichtlich um Worte. »Sie dachte ... ich ...«

»Ja.« Beherzt mache ich einen Schritt auf sie zu, nah genug, dass ich sie berühren könnte, und sie weicht nicht vor mir zurück. »Sie wollte dich töten. Bis sie herausgefunden hat, dass ich die Alchimistin bin, nicht du.«

Ina mustert mich einen langen Moment. Angst und Unglaube

und noch etwas anderes spiegeln sich, kaum verhohlen, auf ihrem Gesicht. Mir tut es so weh zu sehen, wie aufgewühlt sie ist. Mir vorzustellen, was sie in den letzten Wochen durchgemacht haben muss, während ich meinen Erinnerungen quer durch Sempera nachgejagt bin und sie Caro überlassen habe. Dann jedoch, rasch wie eine Gewitterwolke, braut sich Wut auf ihrem Gesicht zusammen.

»Lügnerin. Du Lügnerin!« Wieder spüre ich den Dolch an meinen Hals. »Dachtest du etwa wirklich, darauf würde ich hereinfallen?«

Ich schließe die Augen. Vielleicht ist das hier das Ende. Nun, immer noch besser, durch Inas Hand zu sterben als durch Caros. Möglicherweise vernebelt die Angst mir den Verstand, aber sie bringt mich auf eine Idee. »Lass mich es dir beweisen. Bitte.«

Sie blinzelt. »Wie?«

Ina *will* mir glauben, da bin ich mir sicher. Ich schließe die Augen und ergreife behutsam ihre Hand. *Das Gedächtnis setzt sich aus Momenten zusammen, und Momente sind Zeit*, rufe ich mir Stefs Worte in Erinnerung und stelle mir vor, wie ich Ina mit mir ziehe.

Langsam – ganz langsam – funktioniert es.

Mit Ina an der Hand wate ich durch meine Erinnerungen, die eine nach der anderen an die Oberfläche meines Bewusstseins driften. Caro auf Everless, die zusieht, wie meine Lebenszeit als goldene Kugel über den Boden rollt; die verlassenen Ruinen von Briarsmoor, der schrille, gequälte Schrei unserer Mutter, Naomi. Roan auf den Knien, Caros Klinge an seiner Kehle –

Ich lasse Inas Hand los und finde mich auf dem Friedhof wieder. Ina blickt mich mit großen glänzenden Augen an.

»Es tut mir leid«, sage ich, und als ich ihren Arm berühre,

fühle ich abermals die harte Panzerung unter ihrem Mantel. Ich weiß, dass dieser Satz nicht im Geringsten ausdrücken kann, was ich empfinde – meine Trauer über das, was Roan zugestoßen ist, was der Königin zugestoßen ist, und mein Bedauern, dass Ina in all das mit hineingezogen und dabei tief verletzt wurde. »Alles.«

Sie schließt die Augen, und ihre Brust hebt und senkt sich ein paarmal. Ich sehe ihr an, wie sehr sie darum kämpft, die Fassung zu bewahren, und der Anblick versetzt mir einen Stich. Dann geben ihre Beine nach, sie taumelt gegen mich, und es ist, als hätte sie lange Zeit nur darauf gewartet, zu fallen.

Ich fange sie auf. Ich fange sie auf und halte sie fest.

28

Wir sitzen noch stundenlang auf dem Friedhof der Gerlings. Ich berichte Ina, was seit unserem nächtlichen Besuch bei der Zaunhexe in Laista passiert ist. Sie versichert mir, dass Elias überleben wird, und selbst wenn es bloß ihr eigenes Wunschdenken ist, das auf mich abfärbt – ich glaube ihr. Als wir uns schließlich alles erzählt haben, ist der Mond bereits aufgegangen. Dennoch stelle ich erstaunt fest, in welch kurzer Zeit sich zwölf Leben und alles, was sich seit meiner Flucht von Everless zugetragen hat, zusammenfassen lassen.

»Ich habe von Anfang an gedacht, dass du irgendetwas an dir hast«, sagt Ina nach einem Moment. »Gleich bei unserer ersten Begegnung. Du warst wie von einem Geheimnis umgeben, einer Aura von Traurigkeit.«

Bei der Erinnerung an unsere gemeinsame Zeit auf Everless – wie einfach da noch alles war im Vergleich zu heute – wird mir das Herz schwer, und ich senke den Blick. »Damals wusste ich selbst noch nichts von … meiner Vergangenheit. Mein Vater war gerade gestorben. Und ich fing langsam an zu begreifen, aber mehr nicht.«

»Du musst dich nicht rechtfertigen. Ich habe zwar keine Ahnung, was es mit dieser Geschichte über die Alchimistin und die Zauberin auf sich hat, aber ich glaube dir.«

Am liebsten würde ich sie fragen, warum. Denn dieses winzige bisschen Vertrauen, das sie mir entgegenbringt, ist mir am unergründlichsten von allem. Doch ein Kloß sitzt in meiner Kehle, und ich sage nichts mehr.

»Zumindest erklärt das, warum Caro sich seit dem Tod meiner Mutter so verändert hat«, fährt Ina fort. »Sie hat nichts als Rache im Sinn. Ich soll eine Armee aufstellen und Soldaten aus jeder Stadt und jedem Dorf in Sempera einziehen. Immerzu spricht sie davon, dass wir andere Länder erobern und dort das Bluteisen verbreiten sollen. Jules, sie lässt unschuldige Bürger schröpfen. Ich habe sie noch nie zuvor so blutrünstig erlebt.«

»Sie war es schon immer.« Mit einem Mal kann ich Ina kaum noch in die Augen sehen, also starre ich ins Gras. »Bis jetzt hat sie es nur nicht offen gezeigt. Caro hat gedroht, so lange weiterzumorden, bis sie den einen Menschen gefunden hat, dessen Tod mir das Herz bricht. Jeder, den ich liebe oder der mich liebt, ist in Gefahr. So viele, die versucht haben, mich zu beschützen, sind bereits gestorben.«

Ina senkt den Kopf. »Glaubst du, ihre Freundschaft war nur geheuchelt?«

»Ich weiß es nicht.« Bevor ich herausgefunden habe, wer sie wirklich ist, kannte ich Caro nur wenige Wochen, Ina hingegen hatte sie seit ihrer Kindheit um sich. Wieder rufe ich mir das kleine Mädchen vor Augen, das ich am Fluss getroffen habe. So freundlich und liebenswert. Doch sosehr ich mich auch bemühe, dieses Bild von ihr im Kopf zu bewahren, sofort schiebt sich wieder das der älteren Caro davor.

Ina ringt sich ein kleines Lächeln ab. »Bei alldem, was wir zusammen erlebt haben, würde ich sagen, es war nicht gespielt. Oder zumindest nicht alles. Ich habe ihr wirklich etwas bedeutet.«

»Es war gefährlich, dich auf die Jagd nach mir zu schicken.«

Ina schüttelt den Kopf. »Das war meine eigene Idee, auch die Verkleidung als Jäger. *Ich* wollte dich finden.« Wieder wendet sie sich ab. »Auch wenn Caro schreckliche Dinge getan hat, sie hat mich mit anderen Augen gesehen als die meisten Menschen. Sie war die Einzige, die mich nicht wie ein Porzellanpüppchen behandelt hat. Es war, als ... hätte sie von Anfang an meine Kraft gespürt.« Sie denkt nach. »Aber wahrscheinlich nur, weil sie mich so lange für die Alchimistin gehalten hat.«

»Nein, das glaube ich nicht.« Ich meine es absolut ernst.

Ina seufzt. »Zu wissen, dass nicht alles geheuchelt war, macht es fast noch schlimmer. Sie war meine beste Freundin«, flüstert sie niedergeschlagen, und ihre Wangen sind nass vor Tränen.

Ich starre ihr einen Moment zu lange ins Gesicht, noch immer überwältigt, dass sie mir tatsächlich glaubt, so wie einst Amma. Treu und erwartungsvoll erwidert sie meinen Blick, als wüsste ich sicher, wie es nun weitergeht. Mit einem Mal packt mich brennende Sehnsucht nach Liam. Liam, der immer weiß, was als Nächstes zu tun ist.

»Was willst du wegen Liam unternehmen?«, fragt Ina nun. Kann sie wirklich so mühelos in meinem Gesicht lesen? »Du hast ihn sehr gern, oder? Du liebst –«

»Sprich es nicht aus«, schneide ich ihr das Wort ab, und sie verstummt, als sie die Angst in meiner Stimme hört. »Bitte.«

Doch Ina konnte noch nie lange den Mund halten. »Glaubst du, er ist derjenige, dessen Tod dir das Herz brechen könnte?«

Ich schlucke. »Ich weiß es nicht.« Doch alles in mir will die wahre Antwort herausschreien.

»Und was nun, Jules? Wie kann ich dir helfen?«

»Ich muss die Waffe finden, mit der man Caro töten kann«, sage ich leise.

Ina nickt grimmig. »Dann musst du zurück nach Everless.«

Ich drücke ihre Hand und wünsche mir nichts sehnlicher, als hier und jetzt mit dem Boden zu verwachsen, an der Seite meiner Schwester. Nicht dass ich nicht gehen wollte – denn das will ich –, aber es wäre schön, noch eine Weile bei Ina bleiben zu können, bevor ich Caro gegenübertreten und mich ihrem Zorn stellen muss. »Du willst doch nur, dass ich Liam wiedersehe«, brumme ich, um zu verheimlichen, was ich wirklich denke. Caro kennt mich. Sie muss wissen, dass ich früher oder später zu dem Ort zurückkehre, wo alles begann.

Ina lacht und lehnt den Kopf an meine Schulter.

Ein kleiner Rauchkringel aus der Richtung von Roans Grabstein zieht meine Aufmerksamkeit auf sich. Neugierig gehe ich hinüber und erkenne, dass Stefs Stein in einer Lache vergossenen Weins liegt. Und sich darin auflöst.

Ina folgt mir. »Ist das Bluteisen?«

»Nein. Er stammt von der Alchimistin und wurde über Generationen weitergegeben. Ein Stein, der einem das wahre Gesicht des Bösen zeigt.« Der Rauch hängt reglos über uns in der Luft. Plötzlich kommt mir eine Idee, und ich sammle ein paar weitere Weinbecher ein, die um Roans Grab verteilt stehen. Den Inhalt gieße ich zusammen in einen davon und lasse den schwarzen Stein hineinfallen. Als würde ich einen Tagestaler in Lady Sidas Nachmittagstee auflösen.

Sofort beginnt die Flüssigkeit zu brodeln und Funken zu sprühen. Die kleine Rauchsäule wird dichter und kräuselt sich. Entsetzt beobachte ich, wie sie die Form verändert und sich in das Gesicht eines Mannes verwandelt. Seine Lippen sind schmal. Dunkle Höhlen gähnen an den Stellen, wo die Augen sein sollten. Ina und ich schnappen gleichzeitig nach Luft.

»Ist das – wer ist das?«, fragt sie atemlos. »So etwas habe ich noch nie gesehen.«

»Das Gesicht des Bösen«, antworte ich und weiche zurück, als sich der Mund zu einem Grinsen verzieht. Im nächsten Moment ist alles verschwunden, so rasch, als wäre es nie da gewesen. Ich blinzele.

Wer sollte es gewesen sein, wenn nicht Lord Ever?

Ina drückt meine Hand und reißt mich damit aus meinen Gedanken. »Du hast recht, ich muss zurück nach Everless«, sage ich entschlossen. »Selbst wenn die Waffe nicht dort ist, finde ich vielleicht andere Informationen, die mir helfen könnten, Caro zu besiegen.«

Auf eine finstere Art ergibt alles einen Sinn. Um dieser Sache ein Ende zu setzen, muss ich zurück an den Anfang – den Anfang all dessen, was ich weiß, den der Geschichte über die Alchimistin und die Zauberin.

»Und was dann?«

Ich blicke Ina an und sehe meine eigene Angst und Hoffnung in ihren Augen gespiegelt.

»Und dann werde ich es beenden«, flüstere ich.

Inas Miene ist ernst. »Du musst dich ihr nicht stellen, oder zumindest *noch* nicht, solange du nicht bereit bist. Du könntest mit mir zurück nach Shorehaven kommen und –«

»Ich *bin* bereit.« Dieser Punkt ist das Einzige, worin ich mir sicher bin, und ich klammere mich an den Gedanken, sosehr er mich auch ängstigt. Die Vorstellung, wozu Caro imstande wäre, sollte sie je erfahren, dass Ina die Wahrheit kennt, lähmt mich bis ins Mark.

»Tja, dann werde ich dir helfen.« Ina überlegt einen Moment und lässt dann meine Hand los. Sie löst die Schnalle auf ihrer

Brust und streift sich den schwarzen Mantel von den Schultern wie einen stoffgewordenen Schatten. Unter ihrer Panzerung, die sie anschließend auszieht, kommen ein schlichtes Hemd und eine Hose zum Vorschein, wie auch Amma und ich sie damals in Crofton hätten tragen können. Sie legt sich die Kleider über den Arm und bückt sich nach dem Stück dunkler Seide, das ihr als Maske gedient hat. Dann hält sie mir die Sachen hin.

»Damit du unerkannt nach Everless gelangst«, erklärt sie auf meinen fragenden Blick hin. »Den Jäger würde niemand aufhalten.«

Wärme breitet sich in mir aus. Niemand hat je so wenig an mir gezweifelt wie Ina in diesem Moment, dennoch ist jetzt nach Everless zurückzukehren der gefährlichste Entschluss, den ich je gefasst habe. »Das ist wunderbar, Ina. Danke.«

Sie beißt sich nachdenklich auf die Unterlippe. »Ich werde eine Nachricht vorausschicken und Caro aus dem Schloss locken. Mir fällt schon etwas ein. So bist du bei deiner Suche ungestört. Viel Zeit kann ich dir nicht verschaffen, aber ein bisschen ist besser als gar nichts.«

Ich sehe Ina an, blicke ihr tief in die Augen. Sie ist nicht mehr die arglose, fröhliche Prinzessin, die vor kaum einem Monat auf Everless eingetroffen ist. Ich erkenne eine neue Ernsthaftigkeit in ihr, eine eiserne Härte in ihren angespannten Schultern und dem vorgereckten Kinn.

Selbst in diesen einfachen Kleidern wirkt sie wie eine Königin.

Mir wird klar, dass ich mir keine Sorgen um sie machen muss. Oder zumindest, dass ich sie nicht beschützen muss wie ein Kind.

Meine Schwester erwidert meinen Blick, fest und eindringlich. »Pass auf dich auf, Jules. Möge die Zauberin –« Sie bricht ab und stößt ein leises Lachen aus, bevor sie mich in die Arme schließt. »Ich glaube, ich brauche die Zauberin nicht mehr, Jules. Jetzt habe ich ja dich.«

Als ich schließlich auf mein Pferd steige, ist Ina bereits fort und alle Zuversicht, die sie in mir geweckt hat, mit ihr. In der Ferne lauert Everless wie ein schwarzer Schmutzfleck am Horizont. Der Ort, an dem Caro und ich Zeit und Blut verbunden haben. Seit ich mit Papa vor all den Jahren von dort fliehen musste, fühle ich mich von irgendwelchen uralten Kräften unerbittlich zurückgezogen. Wie von einem Seidenband, das sich durch die Gärten und Türme und Korridore webt und dessen anderes Ende fest in meinem Herzen verankert ist.

Wenn es in Sempera überhaupt eine Antwort gibt, eine vergrabene Waffe, irgendeine verborgene Möglichkeit, Caro zu besiegen, dann muss sie dort zu finden sein.

Ich treibe die Stute an.

29

Zügig reite ich durch die Dunkelheit. Die Anziehungskraft des Schlosses nimmt von Meile zu Meile zu. Eine seltsame Stille hat jegliche andere Empfindung, jegliche Schwäche aus meinem Körper verdrängt. Als wüssten selbst meine Knochen, dass ich mich dem Ende der Straße nähere.

Nachdem ich mich so lange Zeit im Schatten verkrochen habe, ist es ein merkwürdiges Gefühl, zum ersten Mal seit Ewigkeiten auf offener Straße zu reisen, selbst als Caros Jäger getarnt. Die Kleider sind wie für mich gemacht: Der schwarze Mantel ist luftig und leicht, und die Kapuze reicht mir bis über die Augen. Langsam bricht der Abend herein. Reiter wie Kutschen, die mir entgegenkommen, machen einen weiten Bogen um mich.

Gedanken und Pläne wirbeln mir durch den Kopf, Befürchtungen darüber, was geschehen wird, wenn ich das Anwesen der Gerlings erreiche. Nach dem Gespräch mit Ina auf dem Friedhof löst sich eine einzige klare Antwort aus dem Zentrum des Strudels.

Everless birgt Geheimnisse, die all dem ein Ende setzen werden.

Selbst nach so langer Zeit, nach allem, was ich seither erlebt habe, raubt mir der Anblick des Schlosses noch immer den Atem. Der Ort, an dem jener erste Lord die Alchimistin und die

Zauberin gefangen gehalten haben soll. Aber auch mein erstes Zuhause als Jules. Schnell schiebe ich die Erinnerungen beiseite – ich muss mich auf das konzentrieren, was vor mir liegt, nicht hinter mir.

Erst jetzt wird mir bewusst, dass ich die Stute habe anhalten lassen, mitten auf der Straße. Das Schloss vor mir wirkt düster und verlassen, hinter den Fenstern brennen nur wenige Lichter. Liam hat mir vom Chaos erzählt, das dort herrscht, von leeren Geldtruhen und entlassenen Dienern, während die wenigen verbliebenen Tag für Tag um ihre Stellung bangen müssen, von den Zankereien der machtgierigen Gerling-Verwandtschaft. Ob er irgendwo dort drinnen ist? Was für ein Gefühl muss es sein, durch die einsamen Korridore zu wandeln, in denen alles an seinen toten Bruder erinnert?

Ein kalter Luftzug erfasst mich, und mein Herz macht einen Satz. Liam. Ich blicke hoch zu seinem schummrig erleuchteten Fenster in einem der Türme, und mit einem Mal erfüllt mich eine reine, klare, unmissverständliche Gewissheit.

Ich liebe ihn.

Mein Pferd trabt wieder an.

Es ist genau, wie Ina gesagt hat. In meiner Verkleidung als Jäger gelange ich ungehindert bis zum Schlosstor, das von Soldaten in grün-goldenen Uniformen bewacht wird, drei auf jeder Seite. Sobald sie das Hufgeklapper meiner Stute vernehmen, stehen sie stramm. Ich habe das Gefühl, ein Stück über meinem Körper zu schweben und die Szene aus der Ferne zu beobachten, wie so oft, wenn ich die Zeit manipuliere. In den Gesichtern der Soldaten lese ich Anspannung, als ich auf sie zureite – eine einsame Gestalt, die sich aus der Dunkelheit löst. Doch ihre

Mienen blieben unverändert, selbst als ich nahe genug bin, dass sie die Kleider des Jägers erkennen müssen.

Zu meiner Erleichterung salutieren sie geschlossen, bevor ich mir den Kopf darüber zerbrechen kann, was ich sagen soll. Einer von ihnen gibt seinen Kameraden auf der Schlossmauer hektisch ein Zeichen, und dann öffnet sich das Tor. Nur für mich.

Stolz wie ein heimkehrender Krieger reite ich hindurch.

Das Schloss vor mir scheint zu atmen, und seine dunkle Silhouette wirkt regelrecht lebendig, als ich die weitläufigen Rasenflächen überquere. Die Stille verschluckt jedes Geräusch. Es ist Frühling – überall sollten Blumen blühen. Zwischen den Beeten müsste es nur so wimmeln vor Gärtnern, die ihre Zauber bei Nacht wirken, damit die Gerlings, wenn sie am nächsten Morgen erwachen, ein makelloser Teppich aus bunten Blüten und Grün erwartet. Doch alles ist dunkel und gespenstisch leise. So leise, dass ich das Schwappen der Wellen am steinigen Seeufer auf der anderen Seite des Schlosses höre, langsam und gleichförmig. Dort, wo ich vor nur einem Monat um Papa getrauert habe.

Doch verlassen ist das Anwesen nicht. Als ich weiterreite, regen sich überall die Schatten von Soldaten, die in den Höfen und auf der Mauer patrouillieren, die in den Winkeln der zahlreichen Gebäude und hinter Fenstern wachen. Mein Herz fängt an zu klopfen. So viele Soldaten habe ich noch nie auf Everless gesehen, nicht einmal an dem Tag, als Ina und die Königin erwartet wurden. Sie sind meinetwegen hier, wird mir gleich darauf klar. In der Hoffnung, dass das Kaninchen geradewegs in die Falle hoppelt. Mit einem Mal erscheint mir Inas Mantel wie eine erbärmliche Tarnung.

Doch ich bemühe mich, mir meine Angst nicht anmerken zu lassen, während ich mich dem Hauptgebäude nähere. Die Wachen dort starren mir ebenso bang entgegen. Früher einmal hätte ich bei dem Anblick Triumph verspürt, jetzt jedoch versetzt er mich bloß in noch größere Unruhe. Ich rutsche vom Rücken meiner geliehenen Stute und übergebe die Zügel dem nächsten Soldaten, der sie umständlich entgegennimmt, um ja nicht meine Hände zu berühren. Als ich schließlich das Schloss betrete, atme ich auf, und ein Teil der Beklommenheit weicht aus meiner Brust.

Ich bin zu Hause.

Abgesehen von ein paar Soldaten, die in den Ecken postiert sind oder auf und ab marschieren, wirken die Flure menschenleer. Für gewöhnlich verrichten die Dienstboten einen Großteil ihrer Arbeit abends und nachts: Böden werden gefegt und gescheuert, Kamine mit neuem Holz bestückt, die Fackeln entzündet. Doch von all der Betriebsamkeit ist jetzt keine Spur. Everless hat sich verändert, mehr noch als bei meiner letzten Rückkehr nach zehn Jahren. Das Leben hier war schon immer hart für die Menschen am unteren Ende der Hierarchie. Aber diese ausgestorbenen Korridore mit den geschlossenen Türen zeugen von einer Furcht vor etwas Dunklerem, Bedrohlicherem als der willkürlichen Grausamkeit des Adels. Trotz der allgegenwärtigen Leere fühle ich mich beobachtet. Ein Frösteln überläuft mich, und meine Entschlossenheit gerät ins Wanken.

Lauf, Jules, raunt eine vertraute Stimme. *Lauf und blick nicht zurück.*

Ich versuche, das Wispern aus meinem Kopf zu verbannen, doch es verschanzt sich in einem unerreichbaren Winkel meines Bewusstseins.

Unbeirrt gehe ich weiter. Die Vorhänge vor den Fenstern sind zugezogen und staubig, die Vasen in den Wandnischen leer. All das verstört mich so sehr, dass ich erleichtert aufatme, als ich im Ostflügel dem nächsten Soldaten begegne. Ich fasse ihn beim Arm.

Er zuckt zusammen und greift nach dem Dolch an seinem Gürtel, lässt die Hand jedoch wieder sinken, als er meine Maske und den Mantel erkennt. Er ist jung, nur ein Hauch von Flaum bedeckt seine Oberlippe, und auf seiner Weste prangt das Wappen von Shorehaven. Einer von Caros Männern, nicht der Gerlings.

»Wo sind denn alle?«, platzt es, ungeachtet meiner gewohnten Angst vor Soldaten, aus mir heraus.

»My – Mylady«, stammelt der Mann. »Wir befolgen nur Ihre Regeln. Sie hatten doch selbst angeordnet, dass nach Sonnenuntergang niemand mehr die Flure betreten darf.«

Entsetzt lasse ich seinen Arm los. Was mussten die Bewohner von Everless – Adlige wie Diener – nicht bereits durch meine Schuld erdulden?

Ich gehe weiter und zwinge mich, trotz meiner Bestürzung gelassen zu wirken. Ein Name nach dem anderen schießt mir durch den Kopf – *Tam, Bea.* Ich bin hin- und hergerissen, will in alle Richtungen zugleich: die Küche, den Dienstbotenschlafsaal, die Stallungen. Doch ein Sog ist stärker als alle anderen und krallt seine Klauen in meine Brust. Liam.

Ich muss Liam finden. Ihm erzählen, was ich herausgefunden habe. Mich vergewissern, dass es ihm gut geht.

Meine Vernunft drängt darauf, mich als Erstes auf die Suche nach der Waffe zu machen, doch ich weiß, wenn mein Plan scheitern sollte, könnte dies die letzte Gelegenheit sein, Liam zu sehen und ihm zu gestehen, was ich für ihn empfinde. Ihm Lebewohl zu sagen.

Als ich sicher bin, dass der Soldat außer Sichtweite ist, fange ich an zu rennen und halte nicht an, bis ich den Gebäudeflügel erreicht habe, in dem sich die Gemächer der Gerlings befinden. Auch hier ist es dunkel und gespenstisch still.

In diesem Teil des Schlosses war ich nicht mehr, seit ich ein kleines Mädchen war, und selbst damals bin ich höchstens hierhergekommen, wenn Roan Hausarrest hatte und seine Freunde unter den Dienstboten dazu überredete, ihm Süßigkeiten aufs Zimmer zu schmuggeln. Plötzlich trifft mich die Sehnsucht nach unserer unbeschwerten Kindheit mit der Wucht eines Rammbocks. Halt suchend lehne ich mich an die nächste Tür – und erstarre, als ich am anderen Ende des Flurs Stimmen höre.

Ich drehe mich um und sehe, dass die größte, prachtvollste Tür, hinter der sich Lord Nicholas' Gemächer befinden müssen, einen Spalt offen steht. Ein schwacher Lichtschein fällt nach draußen.

»Ich frage dich noch einmal«, knurrt eine Stimme, die ich als Lord Nicholas' erkenne, rau vor Alkohol. »Wie kannst du erwarten, dass ich dir nach allem, was passiert ist, auch nur die geringste Verantwortung übertrage? Du hast unseren guten Namen in den Schmutz gezogen.«

»Das hier ist immer noch mein Zuhause, nicht Caros und auch nicht Ivans.« Es ist Liam. Erleichterung überkommt mich, aber auch neue Angst, und beinahe ohne mir dessen bewusst zu sein, schleiche ich auf Lord Nicholas' Tür zu. Jetzt knallt jemand offenbar wütend seinen Becher auf den Tisch, und ich erschrecke. Dann werden Schritte laut, und bevor ich reagieren kann, kommt Liam hinaus auf den Flur gestürzt. Sofort fällt mir auf, wie mitgenommen er aussieht. Er hat dunkle Ringe unter den Augen und scheint so in seine finsteren Gedanken versunken, dass er mich nicht einmal bemerkt, sondern schnurstracks davonmarschiert.

Unwillkürlich folge ich ihm den Flur hinunter – und in sein Zimmer. Die Regale an den Wänden lassen den Raum kleiner wirken, als er ist, und doch bieten sie nicht genug Platz für all die Bücher, sodass sie sich auch auf dem Boden und den Fensterbänken türmen. Nachdem die Tür hinter uns zugefallen ist, höre ich einen Moment lang nichts außer dem Klopfen meines Herzens und dem Rauschen des Bluts in meinen Ohren und sehe nichts außer Liam, der sich nun zu mir umdreht. Er steht mit dem Rücken zu seiner flackernden Nachttischlampe, und sein Gesicht liegt im Schatten, dennoch entgeht mir nicht die Furcht, die sich darauf ausbreitet, bevor er seine Züge wieder unter Kontrolle bekommt.

Er weicht zurück in die Mitte des spärlich erleuchteten Raums, und ich folge ihm verwirrt. Ich bin noch nie zuvor in seinem Zimmer gewesen, und plötzlich wird mir klar, wie wenig ich eigentlich über sein Leben weiß. Gierig sauge ich die Flut an Beobachtungen in mich auf. Es ist unordentlicher als gedacht. Eine Ecke des Teppichs ist umgeklappt – wahrscheinlich stolpert er ständig darüber, wenn er mit einem Buch vor der Nase auf und ab schlendert. Ich sehe ein Schreibpult, auf dem sich, genau wie auf dem Nachttisch, lose Zettel stapeln, und ein Bett. Die Decke darauf wirkt alt, aber nicht verschlissen, und ich frage mich, ob er sie schon seit seiner Kindheit hat. Außerdem ist sein Bettzeug vollkommen zerwühlt, und ich frage mich, auch mit Blick auf die Ringe unter seinen Augen, ob er schlecht schläft.

»Liam«, flüstere ich.

»Ich habe schon mit Euch gerechnet«, sagt er leise. »Kommt Ihr, um mich zu töten, meine Königin? Oder bist du es, Caro?«

Zuerst weiß ich nicht, wovon er redet, dann jedoch wird mir klar, dass ich ja noch immer die Verkleidung des Jägers trage. Liam tritt einen Schritt auf mich zu. Seine Hände zittern kaum merklich, doch seine Augen funkeln vor Zorn und Inbrunst.

»Es stimmt, was die Leute behaupten«, zischt er. »Ich habe Jules Ember zur Flucht verholfen. Ich liebe sie.«

Mir stockt der Atem, als Liams Worte sich eines nach dem anderen in meine Brust bohren. *Ich liebe sie.* Ihre Bedeutung erschüttert mich bis auf die Knochen und löst meine Glieder aus ihrer Starre. Ohne auf den Kloß in meiner Kehle zu achten, hebe ich die Hände und ziehe mir die Maske vom Gesicht. Dann streife ich meine Kapuze ab und trete ins Kerzenlicht.

Liam prallt zurück. »Jules ...« Seine Stimme ist kaum mehr als ein Flüstern. »Ich dachte ...«

Die Worte purzeln mir in einem einzigen, hektischen Schwall über die Lippen. »Das hier war die einzige Möglichkeit, ins Schloss zu gelangen, ich –«

Mit drei hastigen Schritten ist er bei mir, schließt mich in die Arme und presst sein Gesicht in mein Haar. Ich umschlinge seine Taille und spüre nun, wie er am ganzen Körper zittert. Es kommt mir vor, als wären Jahre vergangen, seit wir uns zum letzten Mal gesehen haben, ein ganzes Leben, eine Ewigkeit aus unausgesprochenen Worten. Ich schmiege das Gesicht an seine Brust und atme seinen Duft ein, bevor ich den Kopf hebe und seine Lippen auf meine treffen.

Liam stößt ein leises Keuchen aus und stützt sich am Bettpfosten ab. Ich kralle die Finger um seinen Hemdsaum, und meine Hände streifen seine Haut, die überraschend warm ist. Ohne unseren Kuss zu unterbrechen, zerrt er an meinem Mantel, bis die Schnalle zerbricht und die schwarze Seide in einem Bündel zu unseren Füßen liegt. Ich schnappe nach Luft – ich kann nicht anders –, und er zieht mich noch fester an sich.

Bei unserem letzten Kuss waren wir wie in Trance, gehüllt in einen Schleier der Unwirklichkeit, der jeden Gedanken an die möglichen Folgen ausschaltete.

Diesmal ist es vollkommen anders.

Obwohl es inzwischen Nacht ist, sind wir beide hellwach. Dieser Kuss ist nicht sanft, nicht zögerlich. Stattdessen pressen sich Liams Lippen nahezu verzweifelt auf meine. Sie scheinen ein Wort zu formen, das vielleicht mein Name ist, doch mein eigenes Blut brodelt zu laut, als dass ich es hören könnte. Ich antworte mit einem sachten Biss in seine Unterlippe und grabe ihm die Finger in den Rücken, ziehe ihn noch dichter an mich, bis ich seinen ganzen Körper an meinem spüre. Aber ich will ihn noch näher bei mir haben, wie zum Ausgleich für all die Male, die ich ihn zuvor von mir gestoßen habe.

Ich spreize die Finger zwischen seinen Schulterblättern, spüre die Muskeln unter seiner Haut. Er löst sich von mir, was mir einen kleinen Protestlaut entlockt, doch im nächsten Moment streifen seine Lippen über meine Wange, mein Kinn. Eine Hand vergräbt er in meinem Haar und biegt meinen Kopf zurück, um meinen Hals zu küssen. Sein Mund zeichnet eine glühende Linie über meine Kehle, und all die Gründe, aus denen ich ihn je gefürchtet oder auf Abstand gehalten habe, zerfallen zu Staub.

In diesem Moment bin ich nicht die Alchimistin. Ich bin einfach nur Jules, einsam und verzagt, voller Hoffnung und Sehnsucht, während Liam Gerling mir eine rettende Hand entgegenstreckt. Sie war die ganze Zeit da, seit unserem Kuss in Montmere und vielleicht sogar noch früher, vielleicht schon seit er mich aus dem Verlies in Shorehaven befreit hat, seit er mir zur Flucht von Everless verholfen hat. Ein Teil meines Herzens ist noch immer menschlich, gehört ganz und gar zu mir, und dieser Teil ist irgendwann im Laufe der vergangenen Wochen in Liams Besitz übergegangen.

In unseren abgehackten Atemzügen liegt Unsicherheit, wenn nicht gar Angst. Es gibt Hunderte kleiner Arten, auf die Liam mir das Herz brechen könnte, ganz ohne Magie, und umgekehrt ebenso. Vielleicht ist es das, was Liebe ausmacht, vielleicht bleibt mir nichts anderes übrig, als mich meinem Schicksal zu ergeben. Also tue ich es, ohne Furcht.

Alles, was ich weiß, ist, dass ich nicht mehr warte.

Eine Weile schlafe ich friedlich und so tief wie womöglich seit Jahren nicht mehr.

Doch die Ruhe ist nicht von Dauer.

Viel zu früh wache ich auf. Einen Moment lang kann ich mich nicht erinnern, wo ich bin oder was ich hier tue. Ich weiß nur, dass ich mich sicher fühle. Glücklich. Es ist eine vergängliche Sicherheit, ein kurzlebiges Glück. Denn außerhalb der Grenzen dieses kleinen geschützten Raums lauert noch immer die Wirklichkeit auf mich, begierig, mich abermals in ihre Gefahren zu verstricken.

Liam bewegt sich neben mir, und mit einem Mal brechen auch die restlichen Erinnerungen über mich herein. Er liegt auf der Seite, das Gesicht von mir abgewandt, und das Mondlicht, das zum Fenster hereinfällt, überzieht seine Schultern wie mit Silber. Ich höre ihn in der Dunkelheit atmen, spüre seine

Wärme, und seine Nähe erfüllt mich mit beinahe körperlichem Schmerz. Ich strecke die Hand aus und lege sie auf seinen Rücken. Er regt sich, wacht aber nicht auf.

Wie gern würde ich einfach wieder einschlafen. Mich ein letztes Mal meinen Träumen hingeben. Das Unvermeidliche noch ein kleines bisschen weiter hinauszögern. Aber ich kann es nicht. Die wenige Zeit, die mir bleibt, bevor Caro nach Everless zurückkehrt, verrinnt unaufhaltsam – und mit ihr womöglich alles, was mir überhaupt noch an Zeit bleibt, denke ich schwermütig, denn wer weiß schon, was passieren wird, wenn ich ihr gegenübertrete? Und selbst wenn ich noch einmal die Augen schließen würde, wie sollte ich einschlafen neben dem Einzigen auf dieser Welt, der mir das Herz zu brechen vermag?

Der Gedanke schnürt mir die Kehle zu. Ich weiß, was ich zu tun habe – ich muss die Waffe finden. Aber wo soll ich anfangen zu suchen?

Mein Herzschlag verlangsamt sich zu einem unheilvollen Grollen.

Nur, dass es nicht mein Herzschlag ist, sondern ein Geräusch, das von unten aus dem Hof heraufhallt. Das Scheppern des Schlosstors, gefolgt von hektischen Rufen.Caro kehrt zurück.

30

Mit hämmerndem Herzen setze ich mich auf und kämpfe meine Furcht nieder. Caro. Sie wird mich finden. Sie wird Liam finden.

Denk nach. Es muss irgendeinen Ort von Bedeutung geben, an dem sich ein Hinweis verbirgt, so wie die Lichtung mit dem Wasserfall und das Blythe-Tal. Aber ich habe zu viele Kindheitserinnerungen an Everless – wahrscheinlich würden meine Füße mich bloß zu einem von Roans und meinen Lieblingsverstecken führen, oder zur Schmiede, nachdem wir die alte damals in Brand gesetzt haben. Liam hat gesagt, er habe bereits das ganze Schloss durchsucht und nichts gefunden.

Einen Moment lang überlege ich, ob ich ihn wecken soll. Trotz der Gefahr, von Caro erwischt zu werden, wäre er entzückt über dieses neue Rätsel. Ich könnte ihn mitnehmen und die Zeit, die mir mit ihm bleibt, bis zur letzten Sekunde auskosten. Doch er sieht so friedlich aus, wie er daliegt, die Stirn frei von Sorgenfalten, die Augen nicht schattenverhangen, so wie sie es sonst gewesen sind, seit ich ihn kenne – selbst im Schlaf. Durch meine Schuld hat er beinahe alles verloren; ich will ihm nicht auch noch das Wenige nehmen, was ihm geblieben ist.

Außerdem: Irgendetwas sagt mir, dass ich das hier allein tun muss.

Ich schlage die Decke zurück, und sofort überläuft mich ein

Frösteln. Die Luft ist kälter, als es für eine Nacht im Frühling angemessen erscheint. Doch dieses Gefühl, als wäre Everless selbst sich meiner Anwesenheit bewusst und versuchte, mich aufzuhalten, verstärkt nur noch meine Entschlossenheit, der Wahrheit auf den Grund zu gehen.

Zögernd bleibe ich neben dem Bett stehen. Wenn Liam aufwacht und merkt, dass ich weg bin, wird er mir zweifellos folgen. Ich kann nicht zulassen, dass er durchs Schloss streift, während Caro hier ist. Mutig hin oder her, ihr hat er nichts entgegenzusetzen.

Bevor ich es mir anders überlegen kann, strecke ich die Hände nach ihm aus und lasse mich von den Erinnerungen an die vergangenen Stunden überfluten. Ich schließe die Augen und zwinge die Zeit, sich über ihn zu legen wie eine Decke. Sie schmiegt sich an seine Haut und lässt ihn mitten im Atemzug erstarren. Ich erschaudere beim Anblick seines reglosen Brustkorbs, aber wenigstens ist er so in Sicherheit. Die Zeitstarre ist die einzige Art, wie ich ihn schützen kann, bis ich Caro getötet habe – oder sie mich.

Eilig schlüpfe ich in mein Unterhemd, mein Kleid, meine Stiefel, und bücke mich nach den Sachen des Jägers. Ich binde mir die Maske vors Gesicht und schließe, so gut es geht, die zerbrochene Schnalle des Mantels, in der Hoffnung, dass niemand bemerken wird, wie schief er hängt. Als ich mich ein letztes Mal zu Liam umdrehe, durchzuckt mich brennende Sehnsucht bis in den letzten Winkel meines Körpers, und ich muss mich zum Gehen zwingen.

Wenn ich meine Begegnung mit Caro überlebe, werde ich die nächste Nacht an Liams Seite umso mehr genießen können, sage ich mir, während ich die Lampe von seinem Nachttisch nehme und hinaus auf den Flur trete. Falls Caro hier nach ihm suchen sollte, wird sie nichts als einen dunklen Raum vorfinden.

All diese Dinge muss ich mir unermüdlich einreden, wenn ich weiter einen Fuß vor den anderen setzen will.

Der Blick aus einem der Ostfenster im Flur verrät mir, dass es knapper vor Tagesanbruch sein muss, als ich dachte, denn der rußschwarze Himmel hellt sich am Horizont bereits zu Aschgrau auf. Der Blick von hier aus reicht über Laista hinweg bis zu ein paar waldumsäumten Feldern ganz im Hintergrund. Ich suche die Gegend ab, als müsste Caro bereits von Weitem zu sehen sein, überlebensgroß. Doch außer den flackernden Lichtern in den Häusern vereinzelter Frühaufsteher in Laista und einem aufflatternden Vogelschwarm vor dem heller werdenden Himmel regt sich nichts.

Ich wende mich vom Fenster ab und mache mich auf den Weg. Genau wie bei meiner Ankunft sind die Flure, in denen es normalerweise um diese Uhrzeit vor Bediensteten nur so wimmeln müsste, verlassen. Dafür begegne ich auch keinen Soldaten. Vielleicht können Caros Wachen gerade noch genug Respekt für die trauernden Gerlings aufbringen, um sich aus ihrem Wohnbereich fernzuhalten. Vielleicht.

Nachdem ich zwei Treppen hinuntergegangen bin, finde ich mich im Hauptteil des Schlosses wieder. Ich habe die vage Ahnung, dass ich in der Nähe der Bibliothek bin, doch alles wirkt so verändert, dass ich mir nicht sicher sein kann. Die Stille ist gespenstisch ohne die geschäftigen Schritte der Dienstboten bei der Arbeit oder anderer schlafloser Bewohner in ihren Zimmern, ohne das Knistern von Kaminen oder das Knacken des alten Gemäuers. Es ist, als hätte sich eine Decke über das Schloss gelegt, die all die kleinen Geräusche erstickt.

Oder vielleicht liegt es auch an mir. Meine Sinne stehen kopf nach jenen letzten Stunden zwischen absoluter Glückseligkeit mit Liam und entsetzlicher Angst vor Caro, sodass ich meiner Wahrnehmung kaum mehr zu trauen wage. Mein Sehvermögen scheint sich geschärft zu haben, sodass mich jede noch so kleine Bewegung – ein wehender Vorhang, eine flackernde Lampe – erschrocken herumfahren lässt. Dafür höre ich alles gedämpft und fühle kaum den Boden unter meinen Füßen. Es ist, als schwelgte meine Haut noch immer voll und ganz in der Erinnerung an Liams Hände und wäre nicht in der Lage, irgendetwas anderes zu spüren.

Als ich endlich meine Orientierung zurückgewinne, wird mir klar, dass ich ganz in der Nähe der Schatzkammer bin. Ich biege um die Ecke und sehe die mit Schnitzereien verzierte Tür am Ende des Gangs, flankiert von zwei Wachen, die mir ehrfurchtsvoll entgegenblicken. Mir fällt ein, dass Liam erwähnt hat, die Geldtruhen der Gerlings seien geplündert, darum hoffe ich, dass die Soldaten mein Auftauchen nicht falsch deuten. Doch bevor ich es herausfinde, neigen die beiden kurz die Köpfe und verschwinden durch eine kleine Seitentür.

Ich bin allein.

Ohne eine Ahnung, was ich tun soll, gehe ich weiter und lege meine Hand an die Tür der Schatzkammer. Es ist zu dunkel, um die Schnitzereien im Holz zu erkennen, doch ich fühle die geschwungenen Linien unter meinen Fingerspitzen und sehe im Geiste die Muster vor mir, die sich mir ins Gedächtnis gebrannt haben. Die Juwelen, die tanzenden Frauen in ihren fließenden Gewändern.

Dann denke ich an Papa. Ich habe nie seine Leiche gesehen, die Mavaflecken an seinen Händen, der Beweis dafür, dass er versucht hat, die Schatzkammer zu betreten. Er hat sein Leben gegeben, um an ein Buch zu gelangen – oder möglicherweise, denke ich erschaudernd, an etwas anderes, was sich dort drinnen verbirgt. Und jetzt stehe ich hier, praktisch vor geöffneter Tür.

Plötzlich erfüllt mich eine Gewissheit: Dies ist der Ort, an dem alles seinen Anfang genommen hat.

Nicht nur die Reise, die mich zu der Erkenntnis geführt hat, dass ich die Alchimistin bin, sondern auch die Geschichte der Alchimistin selbst. *Meine* Geschichte. Irgendetwas hinter dieser prunkvollen Tür scheint mich magisch anzuziehen und an einen Urinstinkt zu rühren, der tief in mir schlummert. Ich schließe die Augen und spüre in mich hinein, denn das Gefühl ist mir nicht neu. Es sagt mir, dass ich schon einmal hier gewesen bin, bevor ich Jules war. Vor langer, langer Zeit.

Was mag sich hinter der Tür verbergen?

Ich sehe Ketten und die Gitterstäbe einer uralten Gefängniszelle. Das Gesicht eines Mannes, hart und zerfurcht, das uns zwischen den Stäben hindurch entgegenstarrt. Doch ich kann nicht zwischen der Legende, die uns so oft erzählt wurde, und der Wirklichkeit unterscheiden.

Dann, noch während ich darüber nachdenke, steigt jähe Panik in mir auf, die ebenso tief meinem Inneren entspringt wie der Drang, die Schatzkammer zu betreten – nein, tiefer. Ein düsterer Bilderstrom schießt mir durch den Kopf, und in meinen Ohren hallt die Erinnerung an einen längst verhallten Schrei wider. Als wäre das, was hinter dieser Tür liegt, schlicht zu grausam, um es im Gedächtnis zu behalten, als versuchte mein Bewusstsein, mich zu schonen, indem es einen Teil meiner Erinnerungen hinter einem dicken Vorhang verschwinden lässt.

Hastig ziehe ich die Hände zurück. Mein Herzschlag wummert mir in den Ohren, doch die Angst lässt nicht nach. Jetzt scheint sich das Schloss um mich zu verwandeln und neu zu formieren; das schwache Dämmerlicht schwindet, und die Wände rücken näher. Die Welt zieht sich um mich zusammen, als wäre ich im Bauch eines riesigen Ungeheuers gefangen. Wie durch einen Tunnel höre ich leises Frauenlachen und das Donnern von Hufen. Als hätten Caro und ihre Soldaten nun Everless erreicht und stürmten direkt auf mich zu.

Und noch immer wartet vor mir die Tür.

Der kleine Kanal inmitten der Schnitzereien schimmert rötlich. Möglicherweise ist es nur ein Spiel des Lichts, doch es sieht aus, als hätte noch vor Kurzem jemand seine Hand auf den Skorpionstachel gedrückt und sein Blut, seine Zeit, hindurchrinnen lassen. Denn das ist der Preis, den man für den Einlass zahlt. Ein roter –

Ein roter Fluss.

Meine Arme heben sich ohne mein Zutun, und ich presse die Hand auf den Stachel, spüre kaum den Schmerz, als das Blut hervorzuquellen beginnt und mir über den Arm fließt. Die Welt um mich erbebt, während mein Blut den Kanal füllt, glänzend wie geschmolzene Rubine, und Richtung Boden strömt.

Ein Klicken ertönt aus den Tiefen der Tür, leise, aber zugleich erstaunlich klar, und als ich die Hand senke und leicht dagegen drücke, öffnet sie sich widerstandslos. Benommen mache ich einen Schritt in die Dunkelheit.

Wie eine Schlafwandlerin steige ich die Treppe hoch. Meine Füße scheinen einem vorbestimmten Weg zu folgen, während ich selbst nur dabei zusehen kann. Und ist es nicht die ganze Zeit so gewesen? War nicht jeder Tag seit meiner Rückkehr nach

Everless ein einziger Albtraum, den ich durchleben musste, ohne Hoffnung, jemals daraus aufzuwachen? Hat Caro nicht schon immer jede meiner Handlungen vorhergesehen, lange bevor sie wusste, wer ich bin, lange bevor ich auch nur auf der Welt war? In keinem meiner vergangenen Leben ist es mir gelungen, sie auszutricksen oder ihr zu entkommen, niemals konnte ich auf etwas anderes hoffen, als dass ich mich in dem einen Moment, in dem sie mich zu töten versuchte, als stärker erweisen würde als sie. Und so beschleicht mich auch jetzt die Befürchtung, dass ich trotz all der Geschichten und Bücher, mit denen Papa und Liam mich gerüstet haben, unaufhaltsam auf ein schreckliches Ende zuschlittere.

Ich denke an die Zukunft Semperas, während ich weiter der Wendeltreppe nach oben folge. Wenn ich Caro nicht stoppen kann, wird die Welt unter ihrer Herrschaft nicht nur ihren derzeitigen Kurs beibehalten, sondern sogar noch finsterer werden. Regiert von Bluteisen, von der Verbindung aus Zeit und Blut, bis diese irgendwann vollends aus dem Gleichgewicht gerät und die Menschen einander zerfleischen werden wie hungrige Wölfe.

Im spärlichen Licht ein paar einsamer Fackeln an den Wänden erkenne ich, dass die Schatzkammer leer ist, genau wie Liam gesagt hat. Überall stehen ausgeräuberte Truhen. Einem Instinkt folgend, taste ich die Mauer ab, auf der Suche nach einem Hinweis auf eine Geheimtür, einen versteckten Durchgang.

Plötzlich entdecke ich etwas. Es ist nicht viel, bloß eine winzige Unebenheit im staubigen Stein, doch ich bleibe trotzdem stehen. Als ich die Stelle genauer betrachte, wird mir klar, dass es keine Unebenheit ist, sondern ein in die Mauer geritztes Symbol. Das Bild eines blühenden Baums, kaum zu erkennen im schummrigen Licht. Ich muss kurz überlegen, bevor mir wieder einfällt, wo ich es schon einmal gesehen habe: in der Erinnerung an Caro als kleines Mädchen und dann, gestern, an Lord Evers Grab.

Furcht schnürt mir die Kehle zu, aber davon lasse ich mich nicht beirren. Wie aus Reflex drücke ich die Hand auf das Symbol, und ein dumpfes Grollen ertönt, als sich in der Decke über mir eine Luke öffnet. Staub rieselt auf mich herab und bringt meine Augen zum Tränen. Achtlos wische ich mir das Gesicht ab und blicke hinauf in den kaum schulterbreiten Schacht, der senkrecht nach oben führt, wie zu einer Geheimkammer im Himmel.

Eine Reihe einfacher Steinsprossen sind in die Tunnelwand geschlagen und bilden eine Leiter. Die Luft, die mir entgegenschlägt, ist kalt und hüllt mich in einen Schleier aus Geräuschen, eine Mischung aus Sturmgeheul, rauschendem Wasser und seufzenden Stimmen. Leise und wie aus weiter Ferne, aber nicht zu überhören.

Am liebsten würde ich auf dem Absatz kehrtmachen und fliehen – aber was dann? Soll ich mich in der Küche verstecken, wie ich es damals als kleines Mädchen getan hätte?

Nein. Es gibt keinen Zufluchtsort für mich, weder auf Everless noch irgendwo sonst auf dieser Welt. Es hat nie einen gegeben, wird mir dann klar, und eine beinahe unerträgliche Schwere senkt sich auf meine Schultern.

Langsam hebe ich die Hände. Hänge mir Liams Lampe über den Arm. Greife nach der ersten Sprosse. Welche Wendungen mein Lebensweg bisher auch genommen haben mag, es stand von Anfang an fest, dass er mich eines Tages zurück nach Everless führen würde.

Wie das Symbol an der Wand, mit dem sich die geheime Luke

öffnen ließ, sind auch die Sprossen von einer dicken Staubschicht bedeckt. Die ersten fühlen sich an wie glatt poliert, doch je höher ich gelange, desto rauer wird der Stein – als hätten all die Menschen, die über die Jahrhunderte diesen Ort entdeckt haben, irgendwann den Mut verloren, zurückgestoßen durch die herabsickernde Finsternis.

Ich klettere höher und höher. In der Luft liegt ein säuerlich-metallischer Geruch, wie nach altem Blut. Die Beengtheit des Schachts verstärkt meinen Atem akustisch und lässt meine Angst nur noch größer werden, denn ich habe das Gefühl, mich auf diese Weise dem, was auch immer mich oben erwartet, lautstark anzukündigen.

Diese Leiter kann seit Jahrzehnten niemand mehr hochgeklettert sein, vielleicht sogar seit Jahrhunderten, all dem Staub nach zu urteilen, der von jeder weiteren Sprosse zu Boden rieselt. Aber ich klettere nicht ins Nichts. Das sagen mir meine Instinkte, die meine Haut zum Prickeln bringen, mich zur Flucht drängen, mir verzweifelt zuwispern, dass ich einen schrecklichen Fehler mache.

Doch ich fliehe nicht. Ich klettere weiter, bis ich endlich spüre, wie sich der Schacht über mir öffnet. Bis meine Finger einen Steinboden ertasten.

Ich ziehe mich über die Kante.

Und finde mich in einer mittelgroßen Kammer wieder. Das Licht meiner Lampe erreicht gerade eben die gewölbten Wände, die aus Stein sind, genau wie die Decke. Der Fußboden ist gekachelt, aber von einer so dicken Staubschicht bedeckt, dass ich Fußspuren darin hinterlasse wie in frischem Schnee. Es riecht nach Asche.

In der Mitte des Raums steht ein langer Tisch. Ich sehe

Möbel, auf dem eine Ansammlung noch älter wirkender Instrumente aus Metall und Glas liegt, blind vor Schmutz. Doch im flackernden Lampenschein erkenne ich Messerklingen und geheimnisvolle Pulver. Es ist das Instrumentarium eines Zeitpfänders, obwohl die Utensilien fremd wirken, wie aus einer anderen Zeit. In Wandregalen dahinter lagern Dutzende von Flaschen, grüne, braune, blaue, mit Wein oder anderen dunklen Flüssigkeiten darin.

Als Letztes entdecke ich zwei schmale Betten, die aussehen, als hätten ihre Besitzer sie gerade erst verlassen.

Dann fallen mir zwei Dinge gleichzeitig auf.

Die Mauer hinter mir ist mit einem Wandbild verziert. Es zeigt eine Schlange und einen Fuchs, die einander belauern, bereit zum Kampf. Ihre Silhouetten sind grob in den Stein geritzt und die Rillen mit rotem, goldenem und silbernem Pulver gefüllt, was sie im Licht zum Schimmern bringt. Doch der Fuchs und die Schlange – Caro und ich – sind winzig im Vergleich zu der Kreatur, die drohend über ihnen aufragt.

Ein Schauder erschüttert mich bis ins Mark. Es ist ein Hund, mit gesträubten Nackenhaaren und gebleckten Zähnen, doch die beiden scheinen die Bestie nicht zu bemerken.

Mein Mund wird trocken. Ich hebe die Lampe und wende mich wieder den Betten zu, obwohl sie auf den ersten Blick am wenigsten interessant wirken. Getrieben durch ein vages Gefühl der Wehmut, streiche ich über die dicken Decken. Als ich die Hand unter eines der Kissen schiebe, ertaste ich etwas Hartes, Kaltes.

Mit klopfendem Herzen ziehe ich einen rubinroten Dolch hervor, dessen Griff eine Schlange bildet.

Erschrocken lasse ich die Waffe aufs Bett fallen, als wäre die

Schlange echt. Ich blinzele ein paarmal, einen Moment lang nicht sicher, ob ich träume. Doch der Dolch verschwindet nicht. Er liegt einfach da. Erwartungsvoll.

Unter mir ertönen Schritte.

Ich greife nach dem Dolch.

31

Voller Angst umklammere ich den Dolch und lausche, während ich das nagende Gefühl zu verdrängen versuche, all dies schon einmal erlebt zu haben.

Von unten tönt ein leises Scharren herauf, und ich weiß, dass jemand die Leiter hochklettert. Der enge Schacht verstärkt die Geräusche zu einem geisterhaft hohlen Poltern. Lauter und lauter. Und ich kann nichts tun, kann mich nirgends verstecken. Es gibt keinen Weg aus dieser Kammer, außer dem Sturz in die Tiefe.

Meine Faust schließt sich fester um den verschlungenen Griff der Waffe.

Mein Atem geht schnell und abgehackt, während die Geräusche im Schacht unaufhaltsam näher kommen.

Doch mir bleibt keine Zeit, um in Panik zu geraten, keine Zeit für Reue. Denn in diesem Moment hievt sich jemand über den Rand der Luke. Im schummrigen Licht erhasche ich einen Blick auf schwarzen Samt und ein Paar elegante Schuhe. Ich erkenne sie, noch bevor ich ihr Gesicht sehe. *Caro.*

Ihr schwarzes Haar, das ihr offen über die Schultern strömt und mit dem Stoff ihres Kleids verschmilzt, lässt sie wie ein Schatten wirken. Sie wendet sich mir zu, und ein Lächeln breitet sich auf ihrem Gesicht aus. Ihre Zähne strahlen im Halbdunkel. Sie greift sich an die Taille und zieht zwei Dolche, so lang wie ihre Unterarme. Die Klingen reflektieren das Licht meiner Lampe. Dann hebt sie einen Arm samt dem Dolch, und hinter ihr gerät etwas in Bewegung. Eine Steinplatte schiebt sich über die Luke. Wir sind eingeschlossen. Eine Schlafkammer wird zu einer Kerkerzelle, zu einem Grab.

Wortlos stehen wir einander gegenüber. Caros Lächeln ist verschwunden, ihre Haltung angespannt. Dass der gewohnte Ausdruck kühler Entschlossenheit in ihren Augen lodernder Gier gewichen ist, beruhigt mich auch nicht gerade.

Zum ersten Mal, seit Caro Roan getötet hat, empfinde ich einen Anflug von Mitleid mit ihr, so unerklärlich wie unleugbar. Denn auch sie hat auf der Suche nach einem Weg, mich endgültig zu besiegen, unermüdlich Sempera durchstreift. Und anders als ich versucht sie es seit Jahrhunderten.

Ich schiebe das Gefühl von mir. Dies ist der Moment, in dem unsere Geschichte ein Ende finden wird.

Ihr Blick verrät mir ihre Gedanken, als sie den Raum um uns in Augenschein nimmt. Den Tisch mit den grausigen Gerätschaften darauf, das Wandbild, die einfachen Betten. Ihrer verblüfften Miene nach zu schließen ist auch sie seit unserem Zerwürfnis nicht mehr hier gewesen.

Sie entdeckt den Dolch in meiner Hand und sieht wieder zu mir hoch. Ihre Augen funkeln.

Was immer sie bis jetzt zurückgehalten hat, nun scheint sie es abzuschütteln.

»Meine Wachen haben Liam umzingelt. Dein Zauber wird nicht ewig anhalten.«

Mit einem winzigen Teil meines Bewusstseins registriere ich, dass sie sich ihre üblichen geheuchelten Liebenswürdigkeiten spart, dennoch haftet ihren Worten eine giftige Süße an. Sie hebt den rechten Dolch. »Wir sollten die Sache nicht unnötig in die Länge ziehen. Oder möchtest du noch ein wenig plaudern?«

Ich atme tief ein, um Mut zu sammeln, doch es ist, als schlitzte mir die Luft auf dem Weg in meine Lunge die Kehle auf. »Nein.«

»Du kränkst mich«, entgegnet Caro, und ihre Stimme wirkt lauter und tiefer in der kleinen Kammer. Sie macht einen Schritt auf mich zu und deutet auf den Dolch in meiner Hand. »Was ist das?«

Ich zögere, verwirrt über ihre scheinbare Unwissenheit. *Eine Finte*, beschließe ich. »Die Waffe, mit der ich dich töten werde.«

»Das Leben auf meine Kosten scheint deinen Verstand gelähmt zu haben, meine Liebe.« Sie lacht ein abgehacktes, heiseres Blaffen. »Müssen wir denn jedes Mal dasselbe Spiel spielen?«

»Ist es nicht das, worauf du aus bist? Das Spiel?« Ich ahme ihren Tonfall nach, bis meine Stimme klingt wie zu Eis erstarrte Seide. Es gelingt mir so mühelos, dass sich mir der Magen umdreht. Alles, was ich tun muss, ist, mit dem Dolch auszuholen und zuzustechen. »Ist das nicht der Grund, warum du mich seit Jahrhunderten durch Sempera jagst und jeden Menschen tötest, den ich liebe, jeden, der mir je geholfen hat?«

Caros Blick wird noch kälter. »Dir *geholfen*? Du hast nie Hilfe gebraucht, nicht als du Antonia warst und auch nicht in diesem Leben. Würdest du mir sonst in einem Moment wie diesem allein gegenüberstehen?«

Die Wahrheit in ihren Worten lässt mich erbeben.

»Wärst du sonst nach Everless zurückgekehrt, nachdem du erfahren hattest, wer du bist?«, fährt sie fort.

»Ich bin nach Everless zurückgekehrt, um Ina vor dir zu beschützen«, fauche ich.

»Mag sein. Aber das ist nicht alles, nicht wahr? Du hast herausgefunden, wer du bist, und zwar nur deshalb, weil du mein Herz in dir trägst. Wie jedes Mal, wenn du gestorben bist, und jedes Mal, wenn du wiedergeboren wurdest. Der einzige Teil von dir, der unveränderlich war, stammt von *mir*. Darum hast du immer den Weg zurück zur Zauberin gefunden.«

»Damit ist es nun bald vorbei«, erwidere ich mit zittriger Stimme.

In Caros Augen flackert etwas wie Schmerz auf.

Sie steht jetzt so dicht vor mir, dass die Spitze ihres Dolches meine Brust berührt. Ich schlucke, unfähig, mich zu bewegen, ihren Worten etwas entgegenzusetzen, meine eigene Waffe zu heben. Wenn dies eine Falle ist, dann hat Caro mich längst in ihr glitzerndes Netz gelockt wie eine Spinne ihre Beute.

»Ich will dein Herz nicht mehr, Caro«, flüstere ich. »Ich habe schon früher versucht, es dir zurückzugeben ... Ich habe es versucht, aber ...«

Inzwischen kann ich die Sprache ihrer Mimik und ihrer Gesten mühelos deuten. An ihren heruntergezogenen Mundwinkeln erkenne ich, dass sie langsam die Geduld verliert, während mir gleichzeitig die Art, wie sich ihr Körper strafft, verrät, dass sie zu einem Entschluss gelangt ist.

»Wie wäre es, wenn ich versuchen würde, Liam Gerling zu töten, einfach nur, um zu sehen, wo es uns hinführt?«, fragt sie und dreht dabei leicht das Messer, sodass es ein Loch in mein Kleid reißt.

Verzweiflung wallt in mir auf, und mein Körper reagiert instinktiv. Bevor ich mir dessen bewusst werde, wirbele ich herum, greife mir eine Flasche vom Tisch und schlage nach einem der Dolche in Caros Händen. Sie stürzt sich im selben Moment auf mich, und ihre Klinge fährt mir quer über die Brust, doch ich beachte den Schmerz nicht. Keine von uns denkt auch nur daran, ihre Magie gegen die andere einzusetzen. Dies ist keine Kraft-, sondern eine Willensprobe, wird mir plötzlich klar. Hier geht es nicht um Magie. Hier geht es um uns.

Wir ringen miteinander, bis Caro schließlich die Oberhand gewinnt und mich gegen die Wand mit dem Bild von Fuchs und Schlange und Hund rammt.

Einen Moment lang sehe ich nichts als die gefletschten Zähne des Hundes über mir.

Dann stoße ich Caro meinen Dolch ins Fleisch.

32

Blut benetzt den Rubindolch, und bevor ich auch nur ganz begreife, was passiert ist, tritt aus Caros Wunde flirrender Rauch und hüllt uns ein. In Caros Augen spiegelt sich meine Verwirrung – dann jedoch füllt der süßlich-metallische Geruch nach Bluteisen meine Nase, und ich beginne zu verstehen.

Die Edelsteinklinge schmilzt, löst sich beim Kontakt mit Caros Blut auf wie ein Stundentaler in Wein.

Der Rauch wird dicker und verfärbt sich von Rot zu Gold-Blau und schließlich zu Grün. Ich erinnere mich an die Blutrückführung und lasse ihn in meinen Mund strömen wie Wasser. Er ist kühl auf meiner Zunge, und meine Lider schließen sich flatternd.

»Jules«, flüstert Caro. Sie klingt überrascht, als hätte sie so etwas nicht erwartet.

Die Welt um mich verblasst, während ein Gewirr von Gedanken in mir aufsteigt, in kurz aufflackernden Bildern, die ich zunächst nicht einordnen kann. Nach einer Weile jedoch formiert sich eine Erklärung: Der Dolch enthält keine Zeit, keine Kraft – sondern Erinnerungen. Momente aus meiner Vergangenheit.

Ein Mädchen, das mich am Fluss findet und mir die Hand entgegenstreckt, um mich mit zu sich nach Hause zu nehmen.

Zwei Mädchen, die Fangen spielen und dabei »Füchsin!« und »Schlange!« rufen, ohne jede Magie, umgeben nur von

Vogelgezwitscher und dem Flüstern des Windes in den Bäumen.

Lord Evers Anwesen, noch im Bau. Die Maurer haben für die Nacht die Arbeit niedergelegt und ein halb fertiges Schloss zurückgelassen, ein Labyrinth aus Steinhaufen und Kammern unter freiem Himmel. Caro und ich, die wir uns heimlich nachts hineinschleichen und blindlings durch die Gänge tasten, nichts als dem Klang unserer Stimmen folgend, während über uns die Sterne funkeln. Caro, die zu mir sagt: »Mein Vater hat genug Platz, aber du kannst in meinem Zimmer schlafen, dann können wir immer zusammen sein.«

Caro und ich, gerade groß genug, um über die Kante von Lord Evers Werkbank zu spähen. Die Neugier in Caros Augen, als sie die Hand nach all den wunderschönen, scharfen, glänzenden Dingen darauf ausstreckt.

Caro und ich, die wir mit den Dorfkindern Fangen und Verstecken und Karten spielen, ohne auch nur einem von ihnen unsere Namen zu verraten oder einander von der Seite zu weichen.

Ich, die ich mich auf dem Rücken in dem kleinen Becken auf der Lichtung treiben lasse, Caro neben mir, meine rechte Hand mit ihrer linken verschränkt, während die sanfte Strömung uns zu trennen versucht.

Caro und ich, die wir unsere Magie an Bäumen testen. Wir halten uns an den Händen, die Augen fest geschlossen, voll und ganz darauf konzentriert, den im Holz verborgenen Strom von Zeit zu finden. Ein Baumsetzling schießt empor und reckt die Äste zum Himmel wie Arme, während sich eine Flut von grünen Blättern daran ausbreitet, um sich gleich darauf golden zu verfärben und zu Boden zu regnen.

Wir beide am Rand einer Klippe. Kalter Wind peitscht uns ins Gesicht, um uns nichts als blauer Himmel. Caros Haar, das hinter ihr weht wie eine dunkle Fahne, und ich höre ihr aufgeregtes Flüstern: »Wir können alles schaffen, Antonia. Wir könnten sogar fliegen, wenn wir wollten.«

Vor meinen Augen entfaltet sich eine neue Geschichte über die Alchimistin und die Zauberin, wie ein rauschender Fluss von Momenten, die so schnell vorüberziehen, dass ich sie nicht zählen kann. Innerhalb von Sekunden – oder Stunden? – erblüht in meinem Geist eine Freundschaft, *unsere* Freundschaft. Doch gleichzeitig nimmt eine weitere Geschichte darin Form an.

Sie handelt von Lord Ever, der uns beobachtet. Uns unterrichtet. Der uns antreibt und bestraft. Und egal, wie stark wir werden, er wird stärker.

Ich folge Caro, die aus dem Schloss stürmt, ohne zu wissen, worüber sie so wütend ist. Ich weiß bloß, dass ich sie trösten muss. Als ich sie beim Arm greife und sie sich zu mir umdreht, sehe ich Tränen auf ihren Wangen. Spüre ihren Kopf an meiner Schulter, als sie sich mir in die Arme wirft.

Dann ist Frühling, und wir sitzen am Tisch. »Wir haben dich verlassen am Fluss gefunden«, brummt Lord Ever und blickt mich an. »Als ich dir erklärt habe, dass ich der mächtigste Zauberer im ganzen Land bin, der allein mit seiner Tochter mitten im Wald lebt, hast du mich angebettelt, dich mitzunehmen.«

Ever und die kleine Caro, die mich mit in ihr Haus nehmen, das immerzu von Licht erfüllt ist: dem von der Sonne bei Tag, dem der Sterne bei Nacht. Lord Ever sagt, er spüre eine Macht in mir, ganz ähnlich der, die auch in Caro schlummere. »Ihr zwei ergänzt einander perfekt – Furcht und Wagemut, Sanftheit und Stärke«, erklärt er, während er uns lehrt, mit unserer Magie Blei zu Gold zu machen und Flammen in der hohlen Hand zu halten. Als wir uns die Finger verbrennen, sagt er, Schmerz sei der Preis, den man für Macht bezahlen müsse. Caro nickt, und ich sehe ein gieriges Funkeln in ihren Augen. Lord Ever lächelt.

Ich, inzwischen älter, die ich mich hinter einem Vorhang verstecke und durch den Spalt luge, während Ever im großen Saal Bittsteller empfängt. Mithilfe seiner Zauberkraft lässt er Dinge erscheinen – Gold und Seide, Gewürze und Juwelen. Ihn kostet es keinerlei Mühe, doch die Menschen geben bereitwillig ihr Blut dafür, das sich in Metall verwandelt, ehe es auch nur den Steinboden berührt. Neben ihm steht Caro, die das Bluteisen auffängt und den Geschröpften lächelnd die Wunden verbindet, bevor sie sie fortschickt. Manchmal lässt sie ihnen nicht mehr als ein paar Stunden. Eines Tages beim Spielen mit Caro stolpere ich über etwas im Wald. Es ist die Leiche einer Frau. Sie hat es nicht einmal mehr zurück in ihr Dorf geschafft.

Während einer unserer Übungsstunden leite ich meine Magie in einen Dolch und versuche, Ever damit zu töten. Doch die Klinge – mit der Kraft von zehn Männern – vermag ihm kaum einen Kratzer zuzufügen. Verzweifelt bitte ich eine Zaunhexe um Rat. Sie sagt: »Der einzige Weg, das pure Böse zu besiegen, ist, ihm wahre Liebe entgegenzusetzen.« Dann schnürt sie ihr Bündel und flieht.

Als Nächstes stehe ich am Fenster des Zimmers, das Caro und ich uns teilen, und flehe sie an, ihren Vater zum Aufhören zu bewegen. Bleiche Knochen leuchten im Mondlicht auf dem Rasen; am Waldrand lauern Wölfe. Die nahen Dörfer sind nur mehr tote Silhouetten in der Nacht, die Fenster dunkel und aus den Schornsteinen steigt kein Rauch auf. »Wir müssen etwas tun, Caro. Wir müssen ihn aufhalten«, flüstere ich. Statt mir zu antworten, blickt sie mich bloß an – ihre Augen so leuchtend grün, wie es einst das Gras war –, dann wendet sie sich ab. Schmerz erfüllt mich, als mir klar wird, wie allein ich bin, und ich fange an zu weinen. »Warum hörst du mir nicht zu?«

In dieser Nacht beschließe ich, Lord Ever selbst das Handwerk zu legen.

Schließlich entspult sich der letzte Moment in all seinen lebhaften Einzelheiten.

Das Licht der Lampe um mich weicht Fackelschein. Neben mir liegt Caro und schläft. Es ist dunkel und still in unserer Kammer, dem Zimmer, das ihr Vater für sie in seinem Schloss gebaut hat. Nein, *für uns*, wispert eine Stimme in mir, und ich weiß, dass es stimmt. Er war auch mir ein Vater. Irgendwann einmal. Und was ich auch heute von Lord Ever halten mag, wie böse er auch geworden sein mag, Caro liebt ihn noch immer.

Was das, was ich nun tun muss, umso schwerer macht.

Langsam setze ich mich auf und ziehe den Rubindolch unter meinem Kissen hervor. Das Mondlicht spiegelt sich in der Klinge, so grell, dass ich beinahe erwarte, es müsste ein Geräusch von sich geben. Mit angehaltenem Atem blicke ich auf die schlafende Caro hinunter.

Ihr schwarzes Haar bildet einen scharfen Kontrast zum Kissen. Sie liegt, von mir abgewandt, auf der Seite, und ihre Schulter hebt und senkt sich gleichmäßig. Ich höre nichts als ihren leisen Atem.

Sie wird mich bis in alle Ewigkeit hassen.

Wenn sie denn überlebt.

Nein. Ihr darf nichts geschehen. Ich kann mich von meiner Angst nicht übermannen lassen, nicht jetzt. Sonst dringt sie mir bis unter die Haut und hält mich von dem ab, was ich nun einmal tun muss. Selbst während ich hier sitze, bilde ich mir ein, das Klagen der Menschen von Sempera zu hören, als ihnen bewusst wird, welch grausamen Handel sie mit Lord Ever geschlossen haben. Sie haben ihm ihr Blut gegeben, auf dass sich in seinen Adern die Jahrtausende sammelten. Er ist das pure Böse, und darum muss ich ihn aufhalten.

Caros Vater ist zu stark. Ich kann ihn nicht allein überwältigen. Darum brauche ich ihre Hilfe. Ich brauche ihre Kraft, um damit eine Waffe zu erschaffen, mit der sich das Böse besiegen lässt.

Irgendwann wird sie verstehen. Das muss sie einfach.

All das rede ich mir ein, während ich die Hand hebe und die Zeit um Caro gefrieren lasse, sodass sie mitten im Atemzug innehält.

Egal, wie oft ich diesen Zauber durchführe – ich habe ihn wochenlang geübt, um mich für diesen Moment zu wappnen –, er erfüllt mich jedes Mal aufs Neue mit Angst und Übelkeit. Sie ist nicht tot, und doch kommt es mir so vor, als ich sie auf den Rücken rolle. Kein Puls unter ihrer Haut, keine Regung hinter ihren geschlossenen Lidern.

Es fällt mir unglaublich schwer, jetzt das Messer zu heben – die Klinge schimmert rot; ich habe vergessen, warum – und es auf ihre Rippen zu setzen. Mit der anderen Hand stütze ich mich auf ihrem Schlüsselbein ab und stelle mir ihren Körper wie eine Landkarte vor, ihre Adern wie Pfade, die sich über ihre Arme schlängeln, bevor sie über ihrem Herzen zusammenlaufen. Schwach spüre ich ihre gewohnte Wärme, die sich in gleißende Hitze verwandeln kann, wenn sie glücklich oder wütend ist. Es ist, als hielte ich meine Hand über eine Kerzenflamme.

Ich schließe die Augen und stoße zu. Caro gibt keinen Laut von sich, als sich der Dolch in ihr Fleisch bohrt. Ich weiß, was ich sehen würde, wenn meine Augen offen wären: Muskeln und Knochen und Blut. Und darunter noch etwas anderes, weniger Menschliches.

Ich ziehe das Messer heraus und zwinge mich, nicht an das Blut zu denken, während ich stumm nach ihrem Herzen rufe.

Da. Etwas berührt meine Finger. Es ist hart und glatt wie Kristall, die Hitze, die es ausstrahlt, beinahe unerträglich. Doch als ich meine Finger darum schließe, ist es federleicht. Es löst sich ohne jeden Widerstand, als hätte es nur darauf gewartet, dass ich danach greife.

Erst als ich spüre, wie das letzte unsichtbare Band, durch das es mit ihr verbunden war, nachgibt, öffne ich die Augen. Das Ding in meiner Hand erinnert an einen Edelstein, ein Juwel, doch sein Glanz lässt jeden Diamanten der Welt zu einem tristen Erdklumpen verblassen. Sein Strahlen ist grell, zu grell, um bloß eine Spiegelung des Fackelscheins zu sein. Nein, Caros Herz verströmt Licht wie ein gewöhnliches Herz Blut verströmen würde, dickflüssig und weiß erfüllt es meine Hände und dann –

Das Licht, die reine Kraft, nimmt ein schimmerndes Gold an, dann Rot, dann andere Farben, die ich nicht einmal benennen kann, bis das Herz in meinen Händen nicht länger ein Ding zu sein scheint, sondern ein lebendiges Wesen, aus dem sich Ranken aus Licht und Magie um meine Finger winden. Es brennt, doch ich nehme den Schmerz kaum wahr, mit dem sie unter meine Haut dringen. Wärme fließt durch meinen Körper, und meine Hände beginnen von innen heraus zu leuchten. Vor schierer Macht, mehr als ich jemals besessen habe. Sie erfüllt mein

Herz, während Caros und meine Kräfte sich zu etwas vollkommen Neuen vereinen.

Ich keuche auf. Es kostet mich keinerlei Mühe, kaum einen *Gedanken*, Rippen und Muskeln und Haut zusammenzufügen und Caros Wunde zu schließen. Dann lasse ich das Blut verschwinden, jede Spur von Rot, und nur Schwarz und Silber bleibt in der Kammer zurück. Meine Hände zittern vor Kraft, nicht Schwäche, als ich Caro behutsam wieder auf die Seite rolle. Es ist, als lauerte etwas unter meiner Haut, das stärker ist als ich und kurz davor, sich freizukämpfen.

Sobald ich die Zeitfäden, die Caro in ihrer Starre halten, löse, beginnt ihr Brustkorb, sich wieder zu heben und zu senken, als wäre nichts passiert. Nur ein wenig blasser wirkt sie.

Bleibt noch die Waffe. Aus wahrer Liebe.

Ich blicke Caro an und beschwöre meine allererste Erinnerung an sie herauf: das Gesicht eines kleinen Mädchens, meine Hand in ihrer, der Funke, der zwischen uns übersprang, als sich zum ersten Mal unsere Kräfte vereinten. Während ich Caros Herzschlag unter meinem eigenen spüre, schließe ich die Augen und konzentriere mich voll und ganz auf die Bilder, bis sie zu etwas Greifbarem werden, genau wie Lord Ever es mich gelehrt hat. Ich stelle mir vor, wie ich sie aus meinem Bewusstsein pflücke, direkt aus der Zeit.

Als ich die Augen wieder öffne, kann ich die Erinnerung sehen: ein dünner Nebelstreifen, durchwirkt von Blitzen. Ich hebe das Messer, und sie bleibt daran haften. Kurz darauf sickert sie in das Metall, und nur ein weißes Strahlen bleibt zurück.

So sammle ich Augenblick für Augenblick, alles, was unsere Freundschaft ausmacht. Und binde es an die Klinge.

Als Nächstes fische ich Caros Erinnerungen empor – die an

ihren Vater. Ein Nebelfetzen bildet sich über ihrer Stirn und gesellt sich zu meinen in der Klinge. Bilder huschen mir durch den Kopf, und ich bin nicht sicher, ob sie aus Caros Gedächtnis stammen oder meinem, doch mein Geist greift nach jedem der kostbaren Gedanken.

Schließlich, als ich abermals in mein eigenes Bewusstsein hineintaste, finde ich darin nur noch Schatten, Fragmente, die mir nichts als vage Gefühle vermitteln.

Ich blicke auf Caro hinunter und empfinde nichts. Ich weiß, dass sie meine Freundin ist, mit der ich viele glückliche Jahre verbracht habe. Doch gleichzeitig denke ich an ihren Vater, der zu unserem Peiniger wurde, an seine Gier. Ich weiß, dass ich die Kraft finden muss, ihn aufzuhalten, damit er den Menschen von Sempera nicht länger das Leben aussaugt.

»Durch wahre Liebe«, flüstere ich und umklammere den Dolch.

Lord Ever ist wach, als ich seine Kammer betrete, und steht an seiner Werkbank. Der Boden um ihn ist mit glimmenden Bluteisensplittern übersät.

»Antonia.« Er blickt überrascht hoch. In seinen Augen liegt ein fiebriger Glanz. »Warum bist du denn um diese Zeit noch auf den Beinen?« Er geht um den Tisch herum und öffnet die Faust, in der ein paar Rohdiamanten liegen. »Sieh mal, die Lebenszeit eines Kindes. Was für Kräfte mögen darin schlummern?«

Ein rastloses, unersättliches Flackern tritt in seinen Blick.

Das Messer hinter dem Rücken verborgen, gehe ich auf ihn zu. Mein Mund ist trocken, mein Herz schwer. Meine Erinnerungen an ihn habe ich mir nicht entzogen wie die an Caro, oder zumindest nicht alle. Darum weiß ich noch, wie er einst Boten aussandte, um den Menschen in Sempera kundzutun, er würde jedem ewiges Leben bescheren, der ihn auf Everless besuche und ihm einen Teil seines Blutes überlasse. Sehe die Leichen vor mir, blut- und zeitentleert auf dem Boden der Schlosshalle, und in ihrer Mitte Lord Ever mit einem Kelch in der Hand, die Augen vor Verzückung geschlossen, während die Jahrhunderte in seinen Körper strömten.

Er legt den Kopf schief und beäugt mich argwöhnisch. »Antonia?«

Caros Kraft pocht in meinen Adern, vermischt mit meiner eigenen Entschlossenheit. Und in meiner Hand pocht der Dolch.

Er wird der ganzen Welt das Leben aussaugen, um uns drei allein unsterblich zu machen.

Das kann ich nicht zulassen.

Ich hebe das Messer und schlitze ihm die Kehle auf. Die Klinge zischt, als sie mit seinem Blut in Berührung kommt, und Lord Ever sackt tot zu meinen Füßen zusammen.

Caro entdeckt mich, als ich, taumelnd und mit dem Blut ihres Vaters beschmiert, die Kammer verlasse. Sie sieht den Dolch in meinen schlaffen Fingern. Wir bleiben stehen, starren einander an, und eine schreckliche Furcht packt mich beim Anblick der gleißenden Wut in ihren Augen.

»Was hast du getan, Antonia?«, flüstert sie. Ich weiß, dass sie Lord Evers Leiche hinter mir auf dem Boden sehen kann, die Blutlache, die sich um ihn sammelt. Ihr Gesicht verzerrt sich vor Schmerz, doch als sie den Mund öffnet, kommt nichts als Schweigen heraus – ersticktes, ungläubiges Schweigen. Dann reißt sie den Blick von ihrem Vater los und legt die Hand an ihre Brust, als versuchte sie, etwas aufzufangen, das ungehindert herausströmt.

»Was hast du *mir* angetan?«

Meine Augen brennen. Meine Brust droht zu bersten unter all der Trauer, all der Magie, unter der Kraft von Caros Herzen.

»Du wolltest meine Magie.« Ihre Stimme zittert vor Zorn. »Und du hast sie dir einfach *genommen*. Wie konntest du nur?« Sie streckt die Arme vor, wie um mich mit einem Zauber zu belegen, doch außer einem schwachen Flirren in der Luft bringt sie nichts zustande.

Mit blankem Hass in den Augen stürzt sie auf mich zu, die Finger zu Krallen gekrümmt.

Ich drehe mich um und fliehe.

33

Zurück im Turm, springe ich auf die Füße und schreie.

Caro steht vor mir – und zwischen ihren Rippen steckt mein Dolch. Ihr Gesicht ist eine Maske des Entsetzens. Diesmal jedoch, anders als in Shorehaven, strömt ihr Blut nicht zurück in die Wunde. Ihre Augen funkeln, und ich lese darin Bosheit und Unglauben und denselben Hass wie zuvor in meiner Vision. Aber wie sollte es auch anders sein, nach dem, was ich getan habe?

Wie konnte ich es nur vergessen?

Eine Waffe aus wahrer Liebe gegen das pure Böse.

Ich keuche auf, als mir bewusst wird, dass ich noch immer den Dolch umklammert halte. Ich will ihn herausziehen, doch er hat keine Klinge mehr. Der Rubin hat sich komplett in seine Bestandteile aufgelöst: in die Momente unserer Freundschaft, die ich, die *Alchimistin*, unseren Gedächtnissen entnommen habe.

Caros Augen fallen zu, und ihre Lider zucken noch eine Weile, als wäre Sterben nicht mehr als ein schlechter Traum.

Tränen strömen mir übers Gesicht. In meinem ersten Leben habe ich eine Waffe aus wahrer Liebe erschaffen, um damit das Böse zu bekämpfen, um Lord Ever zu besiegen. Und jetzt habe ich sie dazu benutzt, seine Tochter zu töten. Die Zauberin.

»Caro«, flüstere ich heiser. Meine Freundin, meine Feindin.

Ein scharfer Schmerz fährt mir in die Brust, Trauer um das Mädchen, das sie einst war, und unsere verlorene Freundschaft – die Freundschaft, aus der ich die Klinge erschaffen habe. Trauer um das lachende, liebenswerte, lebenslustige Mädchen.

Caro schlägt noch einmal die Augen auf, blinzelt. Ich sehe zu, wie der Hass darin ein letztes Mal auflodert, bevor er zu verlöschen beginnt, und mit ihm die Existenz, die ihn so lange genährt hat. Der silberne Nebel verfliegt mit einem sanften Zischen. Als er verschwunden ist, kippt Caro vornüber.

Reflexartig strecke ich die Arme aus und fange sie auf. Caro umklammert meine Hand und lehnt sich an mich.

Gemeinsam sinken wir zu Boden. Sie hebt die andere Hand an ihre Brust. Unsere Gesichter sind nur Zentimeter voneinander entfernt, und ich erkenne selbst durch meinen Tränenschleier die Gefühle, die über ihr Gesicht huschen wie Wolken.

Schock.

Wut.

Trauer.

Angst.

»Du hast ihn getötet, Jules«, flüstert sie. »Du hast *mich* getötet.«

Ich kann nur nicken und hebe die Hand an ihr Gesicht, wie um Tränen fortzuwischen, doch sie hat keine vergossen. Sie zuckt nicht zurück. Stattdessen legt sie die Hand auf meine, und ich spüre die Kühle ihrer Haut. Meine treuste Gefährtin. Meine liebste und älteste Freundin.

»Jules«, flüstert sie wieder. »Es ist so wunderschön.«

Ein Brennen steigt mir in die Kehle. »Was ist wunderschön, Caro?«

Caro blickt hinunter auf meine Brust. Mein Kleid ist schweißdurchtränkt, doch aus der Wunde, die ihre Klinge quer über meinem Herzen hinterlassen hat, sickert noch etwas anderes. Licht. Goldenes, dickflüssig schimmerndes Licht. Caro streckt die Hand aus, benetzt ihre Finger damit und schließt es in ihrer Faust ein. Und mit einem Mal wird mir etwas klar, was mich bis auf den Grund meiner Seele erschüttert.

Es ist ihr Herz, das sich von meinem löst, als wäre ein magisches Siegel gebrochen worden. Endlich befreit.

Ein Ruck geht durch meinen Körper. Es war nicht Liams Tod, den ich fürchten musste, genauso wenig wie Roans oder der irgendeines der vielen anderen Menschen, die Caro während all meiner Leben zu töten versucht hat.

Es war von Anfang an der Tod meiner besten Freundin, der mir das Herz brechen sollte.

In jedem dieser Leben hat mein Herz nur deswegen zusammengehalten, weil ich unsere Freundschaft vergessen hatte, weil ich sie aus meinem Gedächtnis entfernt hatte, wie man einen Taler aus einer Börse mit Bluteisen nimmt.

Wie kann das sein?

Und zugleich: Wie kann es *nicht* sein? Was sonst könnte meine zwölf Leben erklären und mein Herz, das all die Jahrhunderte heil und unversehrt geblieben ist?

Die Antwort liegt auf der Hand. Wieder bin ich am Fluss und höre Caros Lachen, sehe, wie sie mir die Hand entgegenstreckt, spüre, wie mein eigenes Herz sich öffnet, für sie, die Einzige, die mich je verstanden hat, die mir Mut zugesprochen und geholfen hat, zu dem Menschen zu werden, der ich heute bin.

Schwärze sickert in mein Blickfeld. Das Hellste, was ich noch erkennen kann, ist das Licht von Caros Herzen, das sich nun wie ein Ring aus Gold um uns schließt. Er wird weiter und weiter und weiter und gleichzeitig dünner, ohne dabei etwas von seiner Schönheit einzubüßen.

Ich blicke Caro an, um mich zu vergewissern, dass sie es auch sieht. Doch ihre Augen sind erstarrt, und mir wird klar, dass es zu spät ist. Sie ist tot.

EPILOG

Was als Nächstes geschieht, erlebe ich nur in Bruchstücken.

Liam, der Inas Jägermantel in ein behelfsmäßiges Tragetuch verwandelt hat, bringt mich auf seinem Rücken den Schacht hinunter. Bei jeder seiner mühsamen Bewegungen durchzuckt mich Schmerz, und meine Glieder sind schwer und kalt. Doch selbst durch den Nebel, der mein Bewusstsein einhüllt, registriere ich Spuren von Gold in Liams Haar, seinen Wimpern, an seinen Fingern.

Kurz darauf liege ich auf einem der Eichenholztische in der Küche, an denen ich nach meiner Rückkehr nach Everless so viele Stunden gearbeitet habe. Über mir besorgte Gesichter, während Lora die Wunde versorgt, dort, wo Caros Herz meinen Körper verlassen hat. Sie alle sind von demselben goldenen Licht umgeben; es benetzt ihre Haut wie Tau und springt von einem zum anderen, als wäre es lebendig. Doch niemand außer mir scheint es zu bemerken.

Etwas verändert sich, denke ich.

Ein paar Tage später stehe ich auf dem grünen Rasen und beobachte, wie ein Strom des goldenen Lichts zum Tor hinausfließt. Ich weiß nicht, was es zu bedeuten hat. Aber ich weiß, dass kürzlich bei meinem Besuch bei einem Zeitpfänder in Laista nichts als gewöhnliches Blut aus dem Schnitt in meiner Hand quoll. All die Pulver und Flammen brachten keine Ergebnisse. Und dass, wie Liam berichtet hat, die Hälfte des verbliebenen Bluteisens in der Schatzkammer der Gerlings zu Staub zerfallen ist. Ich frage mich, ob bald alle Menschen in Sempera so frei sein werden wie Elias und sich die Magie aus dem Königinnenreich zurückzieht wie das Meer bei Ebbe. Ob jetzt, da die Zauberin nicht mehr unter uns weilt und die Verbindung zwischen ihr und mir gekappt wurde, auch alles Bluteisen verschwinden wird.

Schließlich erzähle ich Liam, was sich im Turm zwischen Caro und mir zugetragen hat. Wie das Licht in ihren Augen erlosch, bevor ihr Herz seinen Weg zurück in ihre Brust finden konnte, zurück an seinen Platz, den es vor so langer Zeit verlassen hatte.

Als schließlich Ina und Elias in trauter Zweisamkeit nach Everless zurückkehren, staune ich kein bisschen. Seine Stärke, ihr Feuer – eine perfekte Kombination. Meine Schwester plant Caros Beerdigung und erfüllt mir den Wunsch, sie nicht draußen auf dem Gerling-Friedhof zur Ruhe zu betten, sondern im Rosengarten im Herzen von Everless, wo die Eisbeeren wachsen, die sie so geliebt hat. Liam hilft mir dabei, mir in der Nähe ihres Grabs, etwas abseits der Spazierwege, eine kleine Rückzugsecke einzurichten. Einen Ort, an den ich kommen kann, wann immer mir der Sinn danach steht, zum Nachdenken, zum Weinen oder um mit ihr zu plaudern. Inzwischen ist es Sommer geworden, doch ihr Grab ist bereits jetzt von Eisbeeren bewachsen.

Ich erzähle ihr, was in der Welt vor sich geht, alles, wozu ich bislang nie die Gelegenheit hatte – die schönen und die traurigen Geschichten –, und von der Reise, die mich zurück zu ihr geführt hat.

Wenn ich nachts aufwache, weinend vor Trauer um meine Freundin, zieht Liam mich wortlos an sich, behutsam wegen meiner Wunde, die noch immer nicht ganz verheilt ist. Und dann, während mir die Tränen übers Gesicht strömen, flüstert er mir ins Ohr, dass alles gut werden wird. Alles wird gut werden.

Und ich glaube ihm, denn zwischen ihm und mir gibt es keine Geheimnisse mehr. Keine Halbwahrheiten und Lügen, die uns auseinanderbringen könnten.

Bis auf eine.

Ina ist die Einzige, die mich verstehen würde. Und eines Tages erzähle ich ihr davon.

Wir machen einen unserer langen Spaziergänge durch die Gärten von Everless, bevor wir die Schlossmauern verlassen und nach Laista gehen, dann durch die Felder und Wälder dahinter. Für gewöhnlich höre ich bei diesen Ausflügen eher Ina zu und versuche, ihr bei den Problemen mit Semperas neuer Währung zu helfen, mit den Unruhen im Land, dem stetigen Wandel. Ich beneide sie nicht um ihre Sorgen. Genauso wenig wie sie mich um meine.

Also sage ich meiner Schwester die Wahrheit, die ich Liam vorenthalten habe. Dass Caro an jenem Morgen im Turm etwas von dem Licht ihres Herzens aufgefangen und in ihrer Hand eingeschlossen hat, bevor langsam ihr Atem versiegte. Dass ich mit eigenen Augen gesehen habe, wie sie es geschluckt hat und mit einem wissenden Lächeln auf den Lippen gestorben ist. Dass mich der Anblick daran erinnert hat, wie ich in einem früheren Leben ihre Herzsteine geschluckt habe.

Ich erzähle Ina, dass es Wege gibt, um den Tod zu überlisten. Wege, um zurückzukehren.

Wege für Caro und mich und niemanden sonst. Denn wir sind nicht wie alle anderen.

Oder zumindest waren wir es nie.

Etwas in mir – der Teil, der sich nicht mehr scheut zu hoffen – ermahnt mich, Geduld zu haben und abzuwarten. Denn vielleicht werde ich meiner ältesten Freundin eines Tages wieder gegenüberstehen, und dann wird alles anders sein.

Eines Tages klingt längst nicht mehr so bedrohlich wie früher einmal, als ich mir jeden neuen Tag hart erkämpfen musste. Heute erstreckt sich mein Leben vor mir wie Sonnenschein auf Wasser. Meine Wunden heilen. Umgeben von Sicherheit und Frieden, mit Liam und Ina an meiner Seite blicke ich nicht mehr mit Angst in die Zukunft, sondern voller Zuversicht.

Ich habe eine Zukunft. Sie ist nicht unendlich, aber sie ist genug.

Brich die Regeln der Zeit – für deine Liebe

Sara Holland
Everless – Zeit der Liebe
384 Seiten · Ab 14 Jahren
ISBN 978-3-7891-0864-8

Stell dir vor, du lebst in einer Welt, in der Zeit das kostbarste Gut ist. In der die Reichen von der Zeit der Armen leben und dein eigener Vater seine Lebenszeit opfert, um dich zu retten. Stell dir vor, du musst der Familie dienen, die dein Leben zerstört hat. Stell dir vor, dass dein eigenes Herz dich belügt – und im Geheimen den Mann liebt, den du am allermeisten fürchtest. Stell dir vor, du bist der Schlüssel, denn die Zeit gehorcht dir. Und dein Schicksal entscheidet sich genau jetzt!

Auch als eBook

Oetinger

Weitere Informationen unter:
www.oetinger.de

Die Suche nach den Mysterien der Menschheit

Jo Hogan
Infernus Die Macht der Göttin
304 Seiten · Ab 14 Jahren
ISBN 978-3-7891-0903-4

Marias Mutter war vom Bösen besessen und nahm sich deswegen das Leben. Mit diesem Wissen ist Maria aufgewachsen. Und plötzlich wird ihr Vater tot aufgefunden, nachdem er mit einem sagenumwobenen Amulett in Berührung gekommen ist. Traurige Schicksalsschläge, oder steckt mehr dahinter? Auf der Suche nach Antworten begibt sich Maria an die mystischen Orte dieser Welt, gemeinsam mit Joshua, gegen dessen scheinbar überirdische Anziehungskraft sie machtlos ist.

Oetinger

Weitere Informationen unter:
www.infernus-buch.de und **www.oetinger.de**